RITUEL

DU MÊME AUTEUR
CHEZ LE MÊME ÉDITEUR

Birdman
L'Homme du soir
Tokyo
Pig Island

Mo Hayder

RITUEL

Roman

Traduit de l'anglais
par Hubert Tézenas

PRESSES DE LA CITÉ

Titre original : *Ritual*

ISBN 978-2-258-07706-5

A « Adam »

Quelque part sur un plateau aride du lointain Kalahari, en Afrique du Sud, au fond d'un cratère ocre, se trouve un étang nappé d'algues vertes. Seul son silence sort de l'ordinaire – un observateur profane le remarquerait à peine, ne daignerait pas s'y arrêter. A moins que l'envie le prenne de descendre y nager. Ou d'y tremper un orteil. Il décèlerait alors une particularité. Une anomalie.

Il commencerait par trouver l'eau froide. Et même glaciale. D'un froid presque étranger à notre planète. D'un froid issu de siècles et de siècles de silence, des plus lointains tréfonds de l'univers. Il s'apercevrait ensuite que la vie en est quasi absente, à l'exception de quelques poissons incolores. Et pour finir, à condition d'être assez fou pour y piquer une tête, il découvrirait son secret fatidique : cet étang n'a ni bords ni fond, ses eaux noires plongent à pic jusqu'au centre de la terre. Peut-être entendrait-il alors l'avertissement tant de fois murmuré par les habitants du Kalahari dans leur langue ancestrale : *Ceci est la bouche de l'enfer.*

Ceci est Boesmansgat.

1

13 mai

Un lundi de mai, juste après le déjeuner, par trois mètres de fond dans le port flottant de Bristol, le sergent de police « Flea[1] » Marley referma ses doigts gantés sur une main humaine. Surprise de l'avoir aussi vite localisée, elle battit des jambes, ce qui eut pour effet de soulever un tourbillon de vase et d'huile de vidange et de déporter sur l'arrière le poids de son corps : elle se sentit remonter. Elle dut repiquer vers l'avant, passer la main gauche sous l'un des flotteurs du ponton et évacuer un peu d'oxygène pour retrouver sa stabilité et prendre le temps de palper sa trouvaille.

L'eau d'un noir d'encre, une vraie gadoue, ne lui laissait aucune chance d'examen visuel. Dans la plupart des plongées en rivière ou en eaux portuaires, tout s'effectuait au toucher. Elle allait donc devoir faire preuve de patience, laisser la forme de l'objet remonter du bout de ses doigts vers son bras pour finalement s'inscrire dans son cerveau. Elle la tâta en douceur, les yeux fermés, compta les doigts pour s'assurer qu'il s'agissait bien d'une main humaine et s'efforça de les dissocier : d'abord l'annulaire, dont la pliure lui donna une orientation d'ensemble : la paume était tournée vers la surface.

1. Puce. (Toutes les notes sont du traducteur.)

L'esprit en ébullition, elle s'efforça ensuite de visualiser la position du corps : sans doute gisait-il sur le flanc. Elle tira légèrement sur l'index. Loin de rencontrer la résistance attendue, elle sentit la main décoller de la vase en douceur. L'emplacement du poignet n'était plus qu'un amas de cartilages et d'os à nu.

– Sergent ?

La voix du constable Rich Dundas, jaillie de son oreillette, la fit tressaillir dans sa prison de ténèbres. Il l'attendait sur le quai, suivant sa progression avec l'auxiliaire de surface chargé de dévider son fil d'Ariane et de surveiller les instruments.

– Sergent ? Comment ça se passe, Flea ? Tu dois être pile dessus. Tu vois quelque chose ?

Le témoin avait signalé une main, rien qu'une main, pas de corps, ce qui les avait tous laissés perplexes. Jamais ils n'avaient vu un cadavre faire la planche – la décomposition avait tôt fait de les remettre à plat ventre, jambes et bras tendus vers le fond. Rien n'était moins visible que les mains d'un noyé. Sauf que, en l'occurrence, un tout autre tableau commençait à se dessiner : à son point le plus vulnérable – le poignet –, cette main avait été tranchée. C'était une main sans corps. Aucun cadavre n'avait donc flotté, à l'encontre de toutes les lois physiques, sur le dos. Quelque chose dans les propos du témoin continuait néanmoins à perturber Flea. Elle retourna la main pour affiner son image mentale de la position où elle l'avait trouvée – ces détails lui serviraient pour son procès-verbal. Elle n'était pas enfouie dans la vase. Plutôt posée dessus.

– Flea ? Tu me captes ?

– Oui. Je te capte.

Elle souleva la main, la prit au creux de la sienne et se laissa lentement descendre au ras des sédiments déposés au fond du port.

– Flea ?

– Oui, Dundas. Oui. Je suis là.

– Tu as trouvé ?

Elle déglutit, retourna à nouveau la main et posa les doigts dessus. Elle aurait dû dire à Dundas que c'était bon. Qu'elle avait trouvé.

– Non, répondit-elle. Rien pour le moment.

– Qu'est-ce que ça donne ?

– Rien. Je me promène encore un peu. Je te fais signe dès que j'ai une touche.

– OK.

Elle enfonça un bras dans la vase et s'obligea à réfléchir. Elle commença par tirer doucement sur son fil d'Ariane jusqu'au repère des trois mètres suivant. En surface, ce déroulement paraîtrait naturel, comme si elle poursuivait son exploration. Quand ses doigts eurent trouvé l'étiquette, elle coinça le fil entre ses rotules pour le maintenir tendu et s'allongea dans la vase comme elle enseignait aux autres à le faire pour récupérer en cas d'excès de CO_2, la tête tournée vers le bas pour éviter que son masque ne se décolle, les genoux plus ou moins en appui sur le fond. Quant à la main, elle la plaça à la verticale devant son visage, comme pour prier. Un silence émaillé de friture fuyait de son oreillette. Sa cible était atteinte ; elle avait le temps. Elle éteignit son micro, ferma un instant les yeux pour contrôler son équilibre. Elle se focalisa sur un point rouge imaginaire et s'attendit à le voir danser. Mais non. Il resta fixe. Elle s'imposa une immobilité absolue et attendit, comme toujours, un déclic.

– Maman ? souffla-t-elle.

Agacée par le chuintement de sa voix dans son casque, elle attendit encore. Rien. Comme toujours. Elle se concentra au maximum, serra un peu les os de la main pour établir un rapport de familiarité avec ce morceau de chair inconnue.

– Maman ?

Ses yeux la piquaient. Elle les rouvrit mais ne vit rien, hormis l'épais cercle noir habituel de son masque et le halo brunâtre des sédiments qui dansaient devant la vitre. Le bruit de son souffle enveloppait tout. Elle combattit ses larmes et pensa : Maman, je t'en supplie, aide-moi. Je t'ai vue hier soir.

Je t'ai vue. Je sais que tu as essayé de me parler, mais je n'ai pas entendu. S'il te plaît, redis-moi ce que tu voulais me dire.

– Maman ? Ma petite maman ?

Sa propre voix lui revint en écho, roula entre ses tempes, sauf qu'au lieu de *Maman* elle entendit *Idiote, pauvre idiote.* Elle rejeta la tête en arrière et s'appliqua à respirer fort, pour endiguer ses larmes. Qu'espérait-elle ? Pourquoi était-ce toujours ici, au pire endroit, qu'elle se mettait à pleurer – à pleurer dans un masque qu'elle ne pouvait en aucun cas se permettre d'ôter, à la différence des plongeurs sportifs ? Le fait de se sentir plus proche de sa mère en milieu liquide relevait sans doute d'une certaine logique, mais ce n'était pas tout. Aussi loin qu'elle s'en souvienne, l'eau avait toujours été pour elle un élément propice à la concentration et à la sérénité, comme si elle lui donnait accès à certains canaux de son être qui refusaient de s'ouvrir en surface.

Elle attendit que ses larmes soient redescendues à distance de sécurité. Quand elle eut la certitude qu'elle ne risquait plus ni d'être aveuglée ni de se couvrir de ridicule au moment de sa remontée à l'air libre, elle lâcha un soupir et s'intéressa de nouveau à la main coupée. Elle l'approcha de son masque au point qu'une phalange effleura le plexiglas. A force de l'observer, elle comprit ce qui l'inquiétait.

Elle ralluma son micro.

– Dundas ? Tu me captes ?

– Quoi de neuf ?

Elle retourna la main à moins d'un centimètre de son masque, examina la peau livide, la chair déchiquetée. C'était un vieux monsieur qui l'avait aperçue. Pas plus d'une seconde. Il était sorti faire un tour sur le port avec sa petite-fille, qui tenait absolument à essayer ses bottes roses neuves en pleine averse. Il l'avait vue alors qu'ils étaient tous deux blottis sous un parapluie, à regarder les ronds de pluie dans l'eau. Et elle y était effectivement, pile à l'endroit qu'il avait indiqué, au pied du ponton. Sauf qu'il ne pouvait pas l'avoir vue au fond. La visibilité depuis le ponton ne dépassait pas quinze centimètres sous la surface.

— Flea ?

— Je me demandais… quelqu'un près de toi a déjà constaté une visibilité autre que nulle dans ce bassin ?

Une pause. Dundas consultait leurs collègues au bord du quai. Il revint en ligne.

— Négatif, sergent. Personne.

— Elle est à peu près nulle en permanence, c'est ça ?

— Je dirais qu'il y a de fortes chances. Pourquoi ?

Flea reposa la main tranchée sur son lit de sédiments. Elle reviendrait la chercher tout à l'heure munie d'un kit spécifique – il n'était pas question de s'exposer à une perte d'indices en la remontant n'importe comment. Elle attrapa son filin et se mit à réfléchir. Elle s'efforça de se créer une image mentale de la façon dont le témoin avait pu voir cette main, mais cette image se dérobait sans cesse. Sans doute à cause de ce qu'elle avait fait la veille au soir. Ou bien c'était son âge. Vingt-neuf ans le mois prochain. Hé, maman, qu'est-ce que tu dis de ça ? Je vais avoir vingt-neuf ans. Tu ne me voyais pas aller aussi loin, si ?

— Flea ?

Elle tira doucement sur son filin afin que l'auxiliaire de surface pense qu'elle revenait en rampant au pied du quai et lui donne un peu de mou. Elle régla la molette de son émetteur pour améliorer la liaison.

— Mouais, fit-elle. Désolée. J'étais un peu ailleurs. C'est bon, Rich. J'ai la cible. Je remonte.

Debout sur le quai dans le froid glacial, l'haleine fumante et son masque à la main, elle attendit en grelottant que Dundas ait fini de la rincer au jet. Elle était redescendue chercher la main avec un kit de prélèvement adapté. La séance de plongée était terminée. Place à la partie qu'elle détestait : le choc de la sortie de l'eau, des retrouvailles avec les sons, la lumière et les gens, la gifle de l'air sur son visage. Ses dents claquaient. Ce port fluvial était sinistre, même au printemps. La pluie avait cessé et le soleil blafard se reflétait sur les fenêtres, les grues hérissées de la grande cale ouest face à eux, et les irisations huileuses qui mouchetaient la surface. Ils avaient isolé la partie du ponton en bois traité qui bordait l'arrière d'un des restaurants-péniches du quai, la Douve, et les hommes de son équipe de surface, en gilet jaune fluo, remballaient le matériel en slalomant entre les tables de la terrasse : bouteilles d'oxygène, appareils de mesure, radeau d'urgence et planche de secours, tout était éparpillé entre les flaques d'eau de pluie du ponton.

Dundas lui indiqua d'un coup de menton la baie vitrée du restaurant, sur laquelle se découpait le reflet assombri du coordinateur technique de scène de crime ; celui-ci regardait fixement la main, qui gisait à ses pieds dans un sac en plastique jaune grand ouvert.

– Il a l'air d'accord avec toi. Il pense que tu as raison.

– Je sais, soupira Flea en posant son masque, avant de retirer les deux paires de gants que les plongeurs de la police portaient par mesure de protection. Mais on ne s'en douterait pas à le voir, hein ?

Ce n'était ni la première ni la dernière fois qu'elle repêchait un membre humain dans la région de Bristol, et hormis ce qu'une main coupée pouvait avoir à dire sur la tristesse et la solitude de certaines morts, ce genre de trouvaille ne débouchait en général sur rien de remarquable. Une explication finirait par se faire jour, aussi banale que déprimante – un suicide, vraisemblablement. Les médias avaient coutume d'épier ces opérations de police à grand renfort de téléobjectifs depuis l'autre rive du port flottant, mais il n'y avait personne ce jour-là sur le quai de Redcliffe. L'histoire était a priori trop banale, même pour eux. Sauf que Dundas et le coordinateur de scène de crime savaient comme elle que cette main-ci était tout sauf banale et que les journalistes, dès qu'ils se rendraient compte de ce qui leur était passé sous le nez, leur tomberaient dessus comme une nuée de mouches pour décrocher une interview.

La main ne présentait aucun signe de décomposition. En fait, elle était parfaitement intacte mis à part la plaie d'amputation. Et tellement fraîche qu'un concert de sirènes d'alarme s'était déclenché sous le crâne de Flea. Elle s'en était ouverte au coordinateur, lui avait fait remarquer qu'il suffisait d'y jeter un coup d'œil pour voir que cette main ne s'était pas détachée toute seule, mais qu'elle avait subi une blessure d'un type très particulier, et qu'à son humble avis ces marques sur l'os n'avaient pas été laissées par des morsures de poisson, mais par une lame.

Ce à quoi le coordinateur avait rétorqué qu'il ne ferait aucun commentaire avant l'examen du légiste mais qu'elle ne manquait pas de jugeote. Qu'elle en avait peut-être même beaucoup trop pour continuer à passer ses journées dans la flotte.

– Quelqu'un est allé voir le capitaine du port ? s'enquit Flea pendant que son auxiliaire l'aidait à retirer ses bouteilles et son harnais. Quelqu'un lui a demandé s'il y a eu du brassage aujourd'hui ?

– Oui, répondit Dundas en s'accroupissant pour enrouler le tuyau.

Elle laissa tomber le regard sur son sempiternel béret rouge vif – sans lequel, prétendait-il, on aurait pu chauffer un stade entier rien qu'avec la chaleur qui s'échappait de son crâne chauve. Sous sa combinaison fluo se cachait un corps de haute taille et solidement bâti. Elle trouvait parfois difficile d'être une femme à la tête d'un groupe de neuf hommes – dont la moitié étaient plus âgés qu'elle – et de prendre toutes sortes de décisions pour eux, mais jamais elle n'avait eu le moindre doute concernant Dundas. Lui, au moins, serait toujours dans son camp. Technicien hors pair, il jouait un rôle quasi paternel vis-à-vis de l'équipe, même s'il lui arrivait de jurer comme un charretier. Mais chaque fois qu'il se concentrait sur sa tâche, comme en ce moment, il faisait preuve d'une formidable efficacité.

– Ça a effectivement brassé, ajouta-t-il, mais après l'appel du témoin.

– L'écluse ?

– Oui. Ils l'ont ouverte vingt minutes à partir de quatorze heures. Le capitaine du port a fait venir la drague du canal d'amenée pour gratter un peu le fond.

– Et le témoin s'est manifesté à... ?

– Treize heures cinquante-cinq. Ils venaient d'enclencher l'ouverture des vannes. Sinon, je pense que le capitaine aurait attendu. J'en suis même sûr, vu que ces gens-là ont l'air de nous adorer. Ils passent leur temps à se décarcasser pour nos beaux yeux.

Flea glissa les doigts sous le bas de sa cagoule en néoprène, la retroussa sur son cou et s'en défit le plus doucement possible pour limiter les dégâts. Elle ne pouvait pas inspecter l'intérieur d'une de ses cagoules sans y découvrir une touffe de cheveux arrachés à la racine, avec au bout leur petit bulbe. Elle se demandait quelquefois par quel miracle elle n'était pas encore aussi chauve que Dundas. Elle posa sa cagoule, s'essuya le nez et promena un regard oblique sur les eaux du port, jusqu'au pont de Perrot dont le soleil éclaboussait d'or les cornes jumelles, puis encore au-delà vers le bras de St Augustine, là où la Frome ressortait de terre pour se jeter dans l'Avon.

– Je trouve ça bizarre, marmonna-t-elle.

– Quoi donc ?

Elle haussa les épaules, regarda le morceau de chair grise posé sur le quai aux pieds du coordinateur et tenta à nouveau de comprendre comment le témoin avait pu voir cette main. Mais rien à faire. Prise de tournis, elle se sentit pâlir, attrapa une chaise et s'affala dessus en portant une main à son front.

– Hé, Flea, ça va, ma grande ? Bordel de merde, tu n'as pas l'air au top !

– Ouais, bon, répondit-elle avec un petit rire, ça pourrait aller mieux.

Dundas s'accroupit face à elle.

– Qu'est-ce qui ne va pas ?

Elle secoua la tête et baissa les yeux sur ses jambes moulées dans une combinaison noire, sur les flaques d'eau qui grossissaient autour de ses chaussons. Elle avait plus d'heures de plongée au compteur que n'importe quel autre membre de cette équipe – une équipe qu'elle était censée commander : elle avait donc eu tort de faire ce qu'elle avait fait la veille au soir.

— Oh, rien, lâcha-t-elle en s'efforçant de garder un ton léger. Ce n'est rien, je t'assure. Toujours la même histoire : je n'arrive pas à dormir.

— Tu en baves encore, c'est ça ?

Elle sourit, et les gouttelettes de ses cils diffractèrent un instant la lumière du soleil. Son rôle de chef d'équipe comportait une dimension de formation qui l'obligeait souvent à aller à l'eau, c'est-à-dire à redescendre tout en bas de l'échelle hiérarchique, pour laisser à d'autres l'occasion de superviser une plongée. Au fond de son cœur, elle n'aimait pas commander. Au fond de son cœur, elle ne se sentait heureuse que les jours comme celui-ci, quand elle chargeait Dundas de la supervision. Il avait un fils adulte, Jonah, qui les volait sans vergogne, son ex-femme et lui, pour se payer ses doses d'héroïne, et qui malgré cela inspirait à son père un sentiment de culpabilité identique à celui que Flea elle-même éprouvait vis-à-vis de son frère Thom. Dundas et elle avaient beaucoup en commun.

— Oui, finit-elle par reconnaître. J'en bave encore. Même après tout ce temps.

Il lui prit le bras et l'aida à se relever.

— Deux ans, ce n'est pas long. Mais je connais quand même un truc qui t'aiderait.

— Quoi donc ?

— Tu devrais bouffer un peu, pour changer. Je sais que c'est con, mais ça t'aiderait peut-être à dormir.

Elle sourit faiblement et posa une main sur l'épaule de Dundas, prête à se laisser guider.

— Tu as raison. Je vais essayer. Il y a quelque chose à manger dans le bahut ?

2

Le Poste avait été une péniche-commissariat avant d'être vendu puis réaménagé en restaurant, raison pour laquelle le nouveau propriétaire trouvait normal de renvoyer l'ascenseur aux policiers en leur ouvrant les portes de leurs anciens locaux en cas de besoin. Il leur avait donc prêté une pièce du fond de son établissement, près des cuisines, où il faisait nettement meilleur que dans la camionnette. Et c'était là, dans cet ancien vestiaire où les agents avaient jadis eu leurs placards personnels, que l'équipe s'était changée, suspendant ses vêtements aux crochets muraux, nichant bottes et sacs sous le banc qui faisait le tour de la pièce.

Pendant que Dundas s'en allait fureter du côté des cuisines, Flea décrocha le gros sac de police noir où elle rangeait son équipement et commença à se déshabiller. Elle rabattit jusqu'à la taille sa combinaison sèche et son maillot isotherme bleu marine réglementaire. Sans retirer le maillot, elle fit ensuite glisser sa combinaison sur ses chevilles puis ôta ses chaussons de plongée. Elle s'interrompit pour examiner ses pieds – elle était seule et pouvait donc se le permettre. Elle s'assouplit les orteils, étudia leurs membranes interstitielles, les frotta jusqu'à les faire rougir. Elle avait les pieds palmés. On aurait dû la surnommer « Grenouille ». Elle planta ses ongles dans la membrane qui reliait le gros orteil au suivant. Une douleur fulgurante lui remonta tout le corps jusqu'à allumer un éclair blanc dans son cerveau, mais elle tint bon. Elle ferma les yeux pour mieux sentir l'ébullition qui agitait ses veines. Le psychologue de la police, lors de leur dernier entretien semestriel, lui avait conseillé d'aller montrer ses pieds à un spécialiste. « Au fait, rappelez-moi donc quand ces petites peaux sont apparues. Ça remonte bien à l'époque de l'accident, non ? »

Mais elle n'avait jamais rien montré à personne. Ni au psy ni au moindre médecin. Sans doute aurait-elle besoin de se faire opérer un jour. Elle attendrait que surviennent des douleurs, une perte de mobilité, ou tout autre symptôme susceptible de l'empêcher de plonger.

Un bruit s'éleva derrière elle ; elle prit ses chaussettes dans son sac et les enfila en hâte. Dundas revint avec un petit pain italien enrobé d'une serviette en papier à fleurs et haussa les sourcils en la voyant assise en soutien-gorge, son maillot rabattu sur les hanches et les mains autour des chevilles.

— Euh… tu pourrais peut-être mettre quelque chose ? Le commissaire adjoint va venir faire le point. Je lui ai dit où nous trouver.

Elle passa un tee-shirt, attrapa une serviette et s'essuya vigoureusement les cheveux.

— Et le divisionnaire, il est passé où ?

— Parti en réunion avec le staff de l'opération Atrium, et pas franchement emballé de nous voir perdre notre temps sur une main repêchée dans le port. A l'entendre, la brigade criminelle ne devrait pas s'en occuper. Il a levé le camp il y a vingt minutes.

— Tant mieux. Je ne peux pas le sacquer, dit-elle en repensant au dernier briefing.

Ce commissaire avait beau être à peu près réglo, jamais elle n'oublierait la tête qu'il avait faite en la rencontrant trois ans auparavant, lors de sa toute première réunion avec l'équipe de plongée. Il s'attendait comme tous les autres à avoir affaire à une personne dégageant un minimum d'autorité et apte à répondre sans hésiter à toutes ses questions d'ordre technique.

Il avait paru effaré de se retrouver face à Flea – une gamine efflanquée de vingt-six ans qui, avec ses yeux bleus écarquillés et sa tignasse hirsute, semblait incapable non seulement de remonter un cadavre envasé par quatre mètres de fond, mais aussi d'ouvrir un compte bancaire. En règle générale, tous les gradés lui faisaient cet effet-là. Au début, sa timidité lui était apparue comme un défi à relever. Maintenant, elle en avait ras le bol.

– Alors ? demanda-t-elle en jetant sa serviette dans son sac. C'est qui, cet adjoint ? Quelqu'un de Kingswood ?

– Oui. Un nouveau. Jamais entendu parler.

– Il s'appelle comment ?

– J'ai oublié. Son nom fait un peu vieux pochard irlandais, je crois. Le genre bière et barquettes à emporter. Le genre hypertendu. Le genre à envoyer tous les ans un collègue plus jeune que lui passer son test d'effort à sa place avec une carte trafiquée.

– Ne me parle pas de ça, sourit-elle en contractant les biceps. Ma visite annuelle est dans deux semaines.

– Et tu as envie d'être au niveau, pas vrai ? Alors il va falloir bouffer, dit-il en lui tendant le petit pain. Des boissons protéinées. Des crèmes glacées. Des hamburgers. Regarde-toi. La maigreur est l'obésité de demain, tu savais ça ?

Elle prit le sandwich et mordit dedans sous l'œil attentif de Dundas, dont les manières protectrices étaient d'autant plus amusantes qu'il travaillait sous ses ordres. Il avait renoncé depuis longtemps à sermonner son fils et préférait économiser sa salive pour elle. Tout en mâchant, l'envie vint à Flea de se confier à lui, de lui raconter ce qui s'était passé, ce qu'elle avait fait la veille au soir.

Elle était en train de peser ses mots et de les mettre en ordre quand la porte s'ouvrit derrière eux.

– Vous êtes les hommes-grenouilles ? lança une voix masculine. C'est vous qui avez repêché la main ?

Un homme de taille moyenne, en complet gris, les regardait depuis le seuil. Il avait entre trente et quarante ans, et tenait à la main un gobelet de café. Son visage déterminé était encadré d'épais cheveux noirs coupés court.

– Où est-elle passée, au fait ? reprit-il en se penchant en avant pour embrasser la pièce du regard. A part vos gars, il n'y a plus personne sur le quai.

Et, voyant que ni l'un ni l'autre ne répondait :

– Ohé ?

Flea sursauta. Elle avala, et s'essuya la bouche d'un revers de main.

– Oui, pardon. Vous êtes... ?

– Commissaire adjoint Jack Caffery, de la brigade criminelle. Et vous ?

– Elle s'appelle Flea, dit Dundas. Sergent Flea Marley.

Caffery le gratifia d'un regard étrange. Ses yeux revinrent ensuite sur Flea, qui sentit sur-le-champ que son masque impassible dissimulait quelque chose. Elle croyait savoir quoi. Les hommes n'aimaient guère travailler avec une fille qui culminait à un mètre soixante en chaussons de plongée. Ou alors elle avait des miettes sur son tee-shirt.

– Flea ? répéta-t-il. *Flea* ?

– C'est un surnom, réussit-elle à dire. En fait, je m'appelle Phoebe Marley. Sergent Phoebe Marley.

Elle se leva et lui tendit la main. Il la considéra d'un œil perplexe, comme s'il avait affaire à une extraterrestre. Puis il parut se ressaisir et la serra avec vigueur. Il la relâcha vite, ce dont Flea profita pour battre en retraite. Elle se rassit et épousseta d'un air penaud le devant de son tee-shirt, encore une fois déstabilisée. Ça aussi, elle en avait ras le bol. Elle ne savait pas y faire avec les hommes. Ou du moins avec cette sorte d'homme. Ils lui remémoraient des émotions sur lesquelles elle avait fait une croix.

– Eh bien... *Flea* ? Où est cette main que vous avez sortie de l'eau ?

– Partie chez le légiste, expliqua Dundas. On ne vous l'a pas dit ?

– Non.

– Ah bon. Le coordinateur a chargé quelqu'un de l'emporter à Southmeads. Mais vous n'aurez aucun retour avant demain.

– Vous en repêchez beaucoup, des mains, par ici ?

– Oh ouais, fit Dundas. Il y en a toute une collection à Southmeads. Des pieds, des mains, quelques guibolles...

– Et d'où est-ce qu'ils viennent ?

– De suicidés, surtout. Neuf fois sur dix, ils se jettent dans l'Avon. On a une de ces marées, ici, je ne vous dis pas – les macabs se font pas mal secouer, ils heurtent des arbres, toutes sortes d'épaves. On récupère des morceaux un peu partout, rive droite, rive gauche, à l'arsenal...

Caffery plia le poignet gauche pour regarder l'heure.

– Bon, dit-il en rebroussant chemin vers la porte. Je crois que je n'ai plus rien à faire ici.

A peine eut-il franchi le seuil qu'il s'immobilisa dos à eux, une main sur la poignée. Il attendit quelques secondes avant de se retourner. Il regarda Dundas, puis Flea, puis à nouveau Dundas.

– Comment est-ce que... ? C'est un suicide. Comment vous procédez en cas de suicide, d'habitude ?

– Quand on n'a pas de traces, vous voulez dire ? Ni de témoin ?

– Oui.

– Eh bien, euh, on attend qu'ils remontent.

Flea ne se donna pas la peine de développer. Ses coéquipiers et elle étaient tellement habitués à ce phénomène qu'ils avaient tendance à en oublier le sens : un cadavre devait se gonfler de gaz de décomposition pour revenir à la surface. Elle ajouta :

– Et quand c'est fait, on les ramasse. Par ce temps, il faut compter deux semaines.

– C'est bien ce que je pensais. Ils font pareil à Londres.

Le commissaire adjoint s'apprêtait à repartir, mais sans doute surprit-il le coup d'œil de Dundas à Flea, car il se ravisa. Il ferma la porte et revint sur ses pas.

– D'accord, dit-il. Vous essayez de me faire passer un message. Le problème, c'est que je ne vois absolument pas lequel.

Flea inspira profondément. Elle se pencha en avant, mit les coudes sur ses genoux et affronta son regard.

– Le coordinateur ne vous a rien dit ? Il ne vous a pas expliqué qu'on ne croyait pas à un suicide ?

– Vous venez de me dire vous-mêmes que vous repêchez des suicidés à la pelle.

– Oui. Dans l'Avon. Si ça s'était passé dans l'Avon, on comprendrait. Là, on est dans le port.

Elle se leva mais garda une main sur le dossier de sa chaise. Quoiqu'elle n'en montrât rien, elle était troublée par la présence physique du nouveau venu, par le corps sec qu'elle devinait sous son costume. Elle ne pourrait certainement pas s'empêcher de le dévorer des yeux si elle s'approchait de lui. Elle avait déjà remarqué la lisière bleutée, au ras de son col, d'une barbe naissante.

Elle s'humecta les lèvres et regarda Dundas du coin de l'œil.

– Je ne suis pas légiste, enchaîna-t-elle. Je ne devrais pas vous parler de ça. Mais il y a quand même un truc qui cloche. Déjà, cette main a passé moins d'une journée dans l'eau. Même en mer et par gros temps, les cadavres ne commencent à se disloquer que bien après leur remontée. Là, c'est beaucoup trop tôt.

Caffery inclina la tête et haussa les sourcils.

– Oui, reprit-elle. Et si cette main avait été grignotée par la faune habituelle – des poissons, les rats du port –, il y aurait des traces de morsures un peu partout. Et on n'en a vu aucune. La seule blessure était… ici, ajouta-t-elle en s'entourant le poignet. A l'endroit de l'amputation. Le coordinateur est d'accord avec moi là-dessus.

Le commissaire adjoint resta planté devant elle, observant ses cheveux, ses bras maigres. Elle trouva cela insupportable. Jamais elle ne s'était sentie bien sur la terre ferme, où les autres réussissaient apparemment à tisser des liens complexes.

D'où la préférence qu'elle avait toujours eue pour le milieu liquide. Maman, songea-t-elle, tu aurais su t'y prendre. Tu aurais su rester normale, alors que moi j'ai l'air d'une teigne.

– Alors ? fit-il en la dévisageant pensivement. Qu'est-ce qui pourrait avoir causé une blessure de ce type ?

– Un accident de bateau, à la rigueur. Mais ces histoires-là arrivent beaucoup plus en aval, dans l'estuaire. Ensuite, il y a les gens qui se jettent du pont de Clifton. Le pont des suicidés, on l'appelle. Neuf fois sur dix, quand quelqu'un d'ici décide de faire le grand saut, c'est là qu'il va. Il arrive qu'ils se fassent trimballer au gré des courants et quelquefois même, si la marée s'y prête, qu'on les retrouve assez loin en amont. A la rigueur, ajouta-t-elle avec un haussement d'épaules, je suppose qu'on pourrait théoriquement envisager que quelqu'un se soit fait mutiler par l'hélice d'un bateau qui passait sur le fleuve après avoir sauté du pont, et que sa main coupée ait ensuite franchi l'écluse, ou remonté le Cut, pour finir dans le port. Mais franchement, dit-elle en rabattant une mèche de cheveux derrière son oreille, c'est impossible.

– Impossible, confirma Dundas. Une chance sur un million. Et même dans l'hypothèse où elle serait arrivée de plus loin en amont – ou de la Frome, via l'écluse de Netham et le canal d'amenée…

– … ça n'aurait pu se faire que si les vannes du port avaient été ouvertes.

– Ce qui ne s'est produit qu'une seule fois depuis avant-hier. Après l'appel du témoin. On a vérifié.

– Vous êtes en train de m'expliquer que cette main a été jetée dans le port ?

– On n'explique rien. Ce n'est pas notre boulot.

– Mais elle a été jetée ?

Flea et Dundas se consultèrent du regard.

– Ce n'est pas notre boulot, répondirent-ils à l'unisson.

– D'accord, soupira Caffery en regardant à nouveau sa montre. Elle a été jetée. Bon. Vous finissez à quelle heure, les gars ? Comment dois-je m'y prendre pour vous remettre à l'eau ?

– Oh, je ne m'en ferais pas trop pour ça si j'étais vous, fit Dundas en décrochant sa combinaison étanche. On n'a pas encore signalé notre départ à la capitainerie. En plus, on n'est pas du genre à cracher sur les heures sup. Pas vrai, Flea ?

3

25 novembre

Il a toujours rêvé de décrocher. Ceux qui le voient consacrer cent pour cent de son temps et de son énergie à se chercher de la poudre n'en croiraient pas leurs oreilles s'ils l'entendaient clamer que ce qu'il veut vraiment, ce qu'il veut par-dessus tout, c'est trouver un moyen de s'en sortir pour de bon. On est en novembre et il est debout à côté de BM – pour « Bag Man », c'est-à-dire « le Fourgue » – dans l'ombre d'une tour HLM, derrière la rangée de bacs à poubelles où s'effectue une bonne partie des deals de la cité. BM a beau être blanc, il porte un sweat-shirt à capuche gris à la gloire de Malcolm X ; il vient d'annoncer à Mossy qu'il ne lui ferait plus crédit.

– Hein ? s'indigne Mossy. C'est quoi ce délire ?

Il a les boules. Ça fait un bail qu'ils se connaissent, et il n'y a aucune raison pour qu'on lui fasse un coup pareil.

– Désolé, mec, mais t'as trop abusé. Je peux plus rien pour toi, alors on arrête là. Terminus, tout le monde descend.

Il prend Mossy par le bras et l'attire contre lui avant d'ajouter :

– Tu devrais peut-être te faire suivre, mec.

– Me faire suivre ? Comment ça, me faire suivre ?

– Lâche-moi la grappe, mec. C'est juste un conseil.

Mossy essaie quand même, une dernière fois, de convaincre BM de lui refiler un petit quelque chose, même un tout petit peu, mais BM n'en démord pas et Mossy n'a plus qu'à repartir, les épaules basses, partagé entre l'envie de massacrer cet enfoiré et ses interrogations sur l'intérêt d'un suivi. Il se surprend lui-même en participant l'après-midi même, à l'ouest de la City, à un groupe de parole dans une espèce de centre médico-social où il est accueilli par une effrayante vieille dame. Un jour viendra où, à cause de ce simple geste – franchir le seuil de ce centre –, Mossy accusera BM de tous les maux.

La séance est un truc de dingues. Les gens s'assoient un peu partout dans la grande salle, sans se regarder. L'un d'eux a apporté un magnum d'eau minérale et passe son temps à le téter comme si sa vie en dépendait. Mossy attend, les coudes sur les genoux, et fait semblant de s'intéresser à ceux qui racontent d'une voix monocorde que la vie est vraiment trop injuste. C'est un truc qu'il a remarqué chez les toxicos : ils ont presque toujours tendance à s'apitoyer sur leur sort, et il espère ne pas être comme eux. Mais tout en les regardant il essaie de deviner lesquels pourraient avoir de la came sur eux et être assez émus par son histoire pour lui en refiler un peu. Il se met donc à vider son sac – comment il a été abusé par son oncle, son premier fixe à treize ans, et tout ce qui a suivi en termes de cures et de périodes de probation, sans parler de la prostitution où il est tombé tout jeune, avant quinze ans, et il continue, ce qui ne l'empêche pas de voir que l'animateur, un malabar qui a décroché des années plus tôt et s'imagine avoir une dette envers la société, le mate avec insistance, au fond des yeux, et du coup Mossy commence à croire qu'il est en train de marquer des points, qu'il est peut-être même le seul ici à avoir de bonnes raisons d'être accro. Et pourtant, quand il se tait, l'animateur lâche :

– Mossy. *Mossy* ? D'où tu tiens un nom pareil ?

Il hausse les épaules.

– J'sais pas. C'est des potes qui me l'ont trouvé. Parce que je suis maigre comme un clou, comme le mannequin. Vous savez, Kate Moss.

S'ensuit un silence pendant lequel personne ne le regarde, à part l'animateur qui continue de le mater.

– Et tu ne trouves pas que ça a un côté blessant ? demande-t-il avec dans la voix une sorte de fausse note qui sonne comme un avertissement.

Il est temps de se barrer. Mossy grommelle quelques mots comme quoi il n'a voulu blesser personne et attend qu'on ait changé de sujet. Puis il se lève, le plus discrètement possible, remet sa chaise en plastique contre le mur, et quitte la salle. Il sort du centre, s'allume une clope roulée et se dégote un banc, un peu plus bas dans la rue, d'où il pourra surveiller l'entrée du centre. Et il attend, progressivement envahi de crampes qui lui vrillent l'estomac. C'est ce qu'il y a de pire, ces foutues crampes – toujours les premières arrivées et les dernières à disparaître. Les mains sur le ventre, il se demande s'il y a des chiottes quelque part dans le coin. Heureusement qu'il fait doux, et peut-être qu'en continuant à fredonner il finira par penser à autre chose.

Au bout d'un certain temps, la porte s'ouvre. Il voit que l'animateur le regarde mais refuse de se laisser intimider, alors il attend que tout le monde soit sorti. Comme une hyène, il sélectionne les plus faibles, ceux qui traînent à la lisière du troupeau, ceux qui goberont son boniment – on les repère à la lueur d'espoir qui brille dans leurs yeux comme s'ils croyaient encore à la rédemption. Mossy les laisse passer puis leur emboîte le pas, les mains dans les poches et la tête basse.

– Z'auriez de quoi me dépanner, les mecs ? Dites ? Même trois fois rien ? Je vous revaudrai ça.

Mais ils traversent la rue sans lever les yeux, comme s'ils ne voulaient pas être vus avec lui, et le plantent là, en pleine montée de sueur, et ça commence à le gratter de partout, et en retournant à son banc il sent que ses rotules sont à vif à force de s'entrechoquer. La faute à sa maigreur, ou il y a autre chose ? Peut-être que c'est sa peau qui se barre en couille ?

Une fois que les autres ont disparu, il tente de taper un peu de thune à une passante qui ne ralentit même pas l'allure et garde le regard lointain ; il finit donc par décider de descendre du côté des quais, histoire de voir ce qui se passe là-bas. Avec un peu de chance, un des dealers de la cité de Barton Hill sera dans un bon jour. Sinon, il devra changer son fusil d'épaule.

Il vient de se remettre en marche en ruminant ses idées noires quand un Black minuscule et rachitique apparaît soudain à sa hauteur, avec un tas de petites bouclettes serrées au ras du crâne et une moustache embryonnaire. Il porte un jean délavé au niveau des cuisses et un blouson Kappa vert olive dont la capuche ne lui recouvre que partiellement la tête. Mossy se souvient de l'avoir vu au groupe de parole, assis dans un coin. Mais le truc qui retient surtout son attention, c'est sa démarche : comme s'il était bourré. Ou comme s'il n'était pas né ici, sur le béton de Bristol, mais dans un monde meilleur. Comme s'il avait appris à marcher dans la brousse.

– Toi besoin quelque chose ? demande-t-il. Toi chercher quelque chose ?

Mossy s'arrête.

– Ouais. Mais je suis à sec.

Et le plus dingue, c'est qu'au lieu de l'envoyer paître comme il s'y attendait le petit Black le fixe au fond des yeux et lâche :

– Ça pas problème. Pas problème. Moi savoir qui aider toi.

Et c'est comme ça, bien sûr, que ça commence.

4

13 mai

Un soleil rouge et un peu bouffi avait tardivement crevé les nuages, mais les lampes de table du restaurant le Poste étaient déjà allumées. La salle commençait à se remplir, les premiers clients arrivaient, ôtaient leurs manteaux, commandaient un apéritif. Il faisait trop frais pour dîner dehors et la terrasse était déserte : Caffery décida donc d'y passer ses coups de fil. Il allait devoir harceler le divisionnaire pour le pousser à prendre au sérieux l'avis des plongeurs et du coordinateur de scène de crime, ce qui permettrait d'attribuer à l'affaire un statut prioritaire avant même le résultat de l'autopsie – car autopsie il y aurait, même pour une main solitaire. Il devrait aussi persuader les deux sergents de Kingswood qui avaient été spécialement détachés pour lui prêter main-forte sur une affaire d'attaque à main armée d'accepter une petite mission en extra : la recherche d'un éventuel cadavre de sexe masculin récemment privé de sa main droite sur les registres de décès des hôpitaux et dans les morgues de la région.

Après avoir passé plusieurs coups de fil à Bristol, il rempocha son téléphone et gagna l'angle de la terrasse d'où il était possible de voir, derrière les bâches tendues par la police, l'équipe de plongeurs en train de se préparer sur le ponton attenant au restaurant voisin, lequel s'appelait la Douve, comme si cette péniche de pacotille, aux murs décorés de quelques animaux empaillés factices, avait pu évoquer un site médiéval. Quelqu'un avait réussi à convaincre le gérant de ne pas ouvrir ce soir-là, et le matériel des hommes-grenouilles était étalé sur la terrasse, parmi les flaques d'eau. Caffery ne tarda pas à repérer le sergent Marley qui allait et venait, se penchant pour ramasser un masque, s'arrêtant pour parler à un de ses hommes ou inspecter son harnais.

Accoudé à la balustrade, il se roula une cigarette – une manie dont il n'avait jamais réussi à se défaire, malgré le bourrage de crâne gouvernemental auquel il avait droit chaque fois qu'il s'asseyait devant sa télé – et l'alluma sans quitter la jeune femme des yeux. « Flea » – un surnom idiot, sauf qu'il croyait deviner d'où il lui venait. Même enserré dans une combinaison sèche, son corps vibrait d'énergie, et la mobilité de ses traits suggérait que ses idées non plus ne devaient pas rester longtemps en place. Caffery n'avait pas du tout aimé la façon dont il avait capté ces informations. Il n'avait pas du tout aimé la manière dont, à son entrée dans le vestiaire, il l'avait trouvée assise avec son maillot réglementaire rabattu sur la ceinture, ses bras nus, bruns et maigres, et ses cheveux paille tellement durcis qu'ils semblaient avoir été lavés à l'eau de mer. Il n'avait pas non plus aimé l'envie qui l'avait alors pris de rebrousser chemin, gêné qu'il était par la conscience de son propre corps. Le contact de sa peau avec le tissu, le frôlement abrasif de son pantalon à l'intérieur de ses cuisses, la pression de sa ceinture contre son abdomen et son col de chemise qui lui serrait la gorge… Il avait dû mettre le holà. Tout ça ne le concernait plus. Ces sensations le renvoyaient à quelqu'un d'autre, loin dans l'espace et dans le temps.

– S'il vous plaît ?

Il jeta un coup d'œil par-dessus son épaule. Une jeune femme se tenait derrière lui, immobile. Ses cheveux rouge vif formaient une multitude de petits épis maintenus par des rubans multicolores. Une serveuse du Poste, d'après le tablier qui lui ceignait les hanches.

– Oui ?

– Euh…

Elle s'essuya le nez et se retourna brièvement vers la salle pour vérifier qu'on ne l'observait pas.

– J'ai le droit de vous demander ce qui se passe ?

– Vous avez le droit.

Elle croisa les bras en frissonnant, même s'il ne faisait pas si froid que ça sur ce quai, pas au point de frissonner.

– Eh bien, euh… ils ont trouvé quelque chose ?

Le ton de sa voix incita Caffery à pivoter sur lui-même pour l'étudier un peu plus attentivement. Petite et maigre, elle portait sous son tablier un pantalon de treillis noir et un tee-shirt disant « *Je t'aimerai plus quand tu me ressembleras* ».

– Oui, répondit-il. Ils ont trouvé.

– Sous le ponton ?

– Oui.

Elle tira une des chaises de la table la plus proche, s'assit dessus et posa les mains sur la table. Caffery l'observait. Elle avait un anneau dans chaque narine et, au vu de l'inflammation qui lui rougissait les ailes du nez, il devina qu'elle les tripotait quand elle était nerveuse.

– Ça va ? s'enquit-il.

Il écrasa son mégot et s'assit face à elle, dos au restaurant.

– Il y a quelque chose qui vous tracasse ?

– Vous ne me croiriez pas si je vous le disais. Ça se voit à votre tête que vous ne me croiriez pas.

– Mettez-moi à l'épreuve.

Elle le dévisagea avec une moue. Ses yeux pâles étaient ourlés de cils anémiques. Elle avait tartiné du maquillage sur la constellation de boutons qui lui entourait le nez.

– Putain… dit-elle, soudain gênée, en portant les deux mains à son visage. Je veux dire, même moi, je me rends compte que c'est un truc de ouf !

– Mais vous souhaitez m'en parler. N'est-ce pas ?

Un silence s'instaura. Comme prévu, la serveuse laissa redescendre une de ses mains vers son nez et fit tourner un de ses piercings sur lui-même, encore et encore, au point que Caffery finit par craindre de voir perler une goutte de sang.

On n'entendait plus que le clapotis de l'eau contre la base du quai et le tintement des bouteilles de l'équipe de plongeurs. Au bout d'un temps infini, la fille reposa sa main sur la table et lui indiqua le ponton de la Douve d'un coup de menton.

– J'ai vu quelque chose. Un soir, très tard. Sur la terrasse de la Douve. Là où sont ces plongeurs.

– Quelque chose ?

– Enfin. Quelqu'un. Je suppose que vous diriez quelqu'un, même si, franchement, je ne suis pas sûre, soupira-t-elle avec un nouveau frisson. Il faisait noir. Pas comme maintenant. Il était tard. Très tard. Après la fermeture. Quelqu'un avait gerbé par terre dans les toilettes pour dames – et à votre avis, qui est-ce qu'on envoie au charbon dans ces cas-là ? Je traversais la salle avec mon seau, pour aller au placard à balais, et je suis passée là, derrière la baie vitrée...

Elle montra l'intérieur du restaurant, où quelques clients avaient remarqué les bâches de la police et allongeaient le cou pour essayer de deviner ce qu'elles cachaient. Le soleil effleurait l'horizon et Caffery discerna son propre reflet et celui de la fille, baignés d'une lueur rougeâtre, en surimpression sur les silhouettes des dîneurs.

– ... et au moment où j'arrivais à cette table, là, j'ai eu une impression bizarre et je me suis arrêtée. Et c'est là que je l'ai vu.

Elle déglutit avec peine avant d'ajouter :

– Il était à poil. Ça, je l'ai vu tout de suite.

– Il... ?

– Mon copain dit que c'était sûrement un gosse des Roms. Il y en a qui s'installent jusque sur les berges du Cut. On les voit de la route, derrière les hangars, avec leur linge qui sèche. Mon copain dit un gosse parce qu'il était haut comme trois pommes. Pas plus grand que ça, ajouta-t-elle en tendant la main à une hauteur qui excédait à peine le mètre. Sauf qu'il était noir. Noir de chez noir, voilà pourquoi je ne le sens pas trop. J'ai du mal à croire que c'était un Rom.

– Quel âge avait-il ? Cinq ans ? Six ans ?

Elle secoua la tête.

– Non. C'est là que ça coince. C'est ce que j'ai dit à mon copain. Il n'était pas jeune. Loin de là. Il avait la taille d'un gosse, mais ce n'était pas un gosse. J'ai vu sa tête. Pas plus d'une seconde, mais ça m'a suffi. C'était un adulte. Un type bizarre, hyper-bizarre. C'est ça qui m'a le plus fait flipper, même si je sais que vous n'allez pas me croire. Ça, et aussi...

– Et aussi ?

– Ce qu'il faisait.

– Que faisait-il ?

Elle se remit à tripoter son anneau et secoua la tête sans le regarder.

– Oh... Bon, vous voyez le genre...

– Non.

– Le truc classique, vous savez bien, ce que font les mecs, quoi. Il avait sorti son machin, et... enfin bref, dit-elle en posant sur la table un poing à demi fermé. Il le tenait comme ça. (Elle fit entendre un petit rire gêné.) Mais rien à voir avec le vieux vicelard lambda, non. Il devait y avoir un truc, je veux dire, parce qu'il avait un de ces engins... il n'y a qu'un gode qui puisse être aussi... ridicule. Ridiculement gros, précisa-t-elle en affrontant le regard de Caffery, presque en colère, comme s'il venait d'exprimer son incrédulité. Je ne plaisante pas, vous savez. Et j'ai senti que son petit numéro était destiné à la Douve. Comme s'il cherchait à choquer.

– Il y avait encore du monde ? De la lumière ?

– Non, il était facile deux heures du mat. Plus tard, en y repensant, je me suis dit qu'il s'amusait peut-être juste à mater son reflet. La vitrine, vous comprenez ? Vu que tout était éteint à l'intérieur, peut-être qu'il se voyait dedans.

– Peut-être.

Caffery reconstitua mentalement la scène : la salle de restaurant déserte, à peine éclairée par quelques spots colorés et l'enseigne lumineuse d'une marque de bière au-dessus du bar ; en face, les lumières du quai de Redcliffe et leurs reflets dans l'onde ; une zone de ténèbres entre le fleuve et la péniche. Il vit l'ombre incertaine de la fille traverser la salle avec son seau, derrière la baie. Il vit son visage blêmir et se décomposer à l'instant où, ayant perçu un léger bruit, elle tournait la tête vers la nuit noire. Une silhouette enfantine, nue, se découpait contre le ciel et l'observait derrière la vitre. Un Priape.

– Comment est-il arrivé là, selon vous ?

– Oh, par le fleuve, dit-elle, presque surprise de la question. C'est ça, oui. Par le fleuve.

– En bateau, vous voulez dire ?

– Non. En nageant. Il sortait de l'eau.

– Il a nagé jusqu'au ponton ?

– Je ne l'ai pas vu arriver, mais j'ai tout de suite compris qu'il sortait de l'eau, vu qu'il était trempé. Dégoulinant, même. Et ensuite, il y est retourné. Là où il y a ce truc rouge qui flotte. Il s'est tiré à toute allure, on aurait dit une anguille.

Caffery se retourna. Elle montrait du doigt la bouée surmontée d'un pavillon rouge qui oscillait à la surface. Le sergent Marley – Flea – devait être quelque part là-dessous, car plusieurs membres de l'équipe scrutaient les flots, debout au bord du ponton. Un fil d'Ariane tenu par l'auxiliaire de surface plongeait dans l'eau brune, et Dundas parlait à mi-voix dans un émetteur. Caffery dut fournir un gros effort pour imaginer quelqu'un dans cette soupe lisse et impénétrable, qui reflétait les embrasements du ciel. Quelqu'un avait sorti un « bac à macab » en polyuréthane rigide orange, qui attendait sur le quai d'être mis à l'eau. Un silence irréel planait sur la scène dans la clarté déclinante du soir, à croire qu'ils étaient tous aux aguets, prêts à voir émerger une créature improbable. Un humain aux traits d'adulte mais néanmoins assez petit pour ressembler à un enfant. Un humain agile comme une anguille.

Caffery se retourna vers la serveuse aux cheveux rouges. Ses yeux embués indiquaient qu'elle était en train de revivre sa peur, de revoir l'ombre luisante descendre sans bruit dans l'eau du port.

– Je sais, dit-elle en le regardant. Je sais. C'est le truc le plus délirant qui me soit jamais arrivé. Je l'ai suivi des yeux un bon moment, il a longé la base du quai et puis...

– Et puis... ?

– Il a mis la tête sous l'eau. Il a plongé, sans un remous. Et je ne l'ai plus jamais revu.

Flea et son unité ne faisaient pas que plonger : outre un certain nombre de compétences classiques en matière de soutien logistique, de lutte antiémeute et d'exécution des mandats judiciaires, ils étaient formés à l'exploration des espaces confinés et au traitement des zones de contamination chimique ou biologique. Par voie de conséquence, chaque fois qu'un cadavre était signalé dans la région – et pas seulement en milieu aquatique –, Flea et les siens étaient chargés d'aller le chercher. Ils avaient fini par acquérir une telle maîtrise dans le ramassage des corps en décomposition qu'on les avait envoyés en Thaïlande identifier les victimes du tsunami en décembre 2004 : en dix jours, ils avaient inscrit près de deux cents cadavres à leur tableau de chasse.

Son entourage ne comprenait pas qu'elle puisse endurer tout ça. Surtout depuis le tsunami. Elle faisait sûrement des cauchemars ? Pas plus que ça, répondait-elle. De toute façon, on est suivis par un psy. On lui demandait aussi si elle était vraiment obligée de continuer à ramasser des charognes humaines au fond des étangs et des égouts – ne gâchait-elle pas son talent ? Il suffirait certainement qu'elle fasse une demande à sa hiérarchie pour être mutée à la brigade criminelle et travailler en civil. Ce serait tout de même mieux pour elle, non ?

Elle évitait de répondre. Ces gens ne se rendaient pas compte qu'elle n'avait pas le choix. Ils ignoraient que, depuis l'accident de ses parents, elle ne se sentait bien que lorsqu'elle réussissait à rendre à ses proches le corps d'un être humain, sachant que cela permettrait sans doute quelque part à quelqu'un, une mère, un père, un fils ou une fille, de progresser sur le chemin de la reconstruction. Et il y avait aussi, et même surtout, la plongée. Sans la plongée – Flea avait passé toute sa vie à plonger avec ses parents et son frère –, elle n'aurait plus la force de se lever le matin. Elle ne se sentait elle-même que dans l'eau.

Sauf peut-être ce soir-là, car même au fond du port son malaise perdurait. La vase était plus ou moins retombée autour d'elle, et le faisceau de sa torche lui fournissait à présent de vagues indications visuelles. Des formes se profilaient dans l'ombre, des points de repère plus ou moins connus : une citerne jetée du pont d'un navire le mois précédent, une épave de voiture à dix mètres environ sur sa gauche – une vieille Peugeot, dont la vignette de pare-brise était encore visible pour peu qu'on s'approche suffisamment. Une guimbarde dont plus aucun assureur n'aurait voulu, expédiée à la baille avant la fermeture de la rampe de mise à l'eau de l'Ostrich Inn. Elle se trouvait là depuis près de six mois quand les godets de la drague avaient tapé dedans un beau matin de février. Flea l'avait fouillée puis harnachée dans les règles de l'art pour rendre service au capitaine du port, lequel n'attendait plus que l'arrivée d'un treuil pour la remonter.

Et pourtant, malgré l'aspect familier de ce décor, qu'elle avait déjà visité un nombre incalculable de fois lors de précédentes plongées d'exploration, elle se sentit gagnée par une étrange appréhension. Certaines personnes disaient que le port était bizarre et n'hésitaient pas à parler d'issues invisibles ouvrant sur un monde souterrain – un peu comme les anciennes douves recouvertes de briques qui disparaissaient sous Castle Green pour se jeter secrètement dans la Frome trois mètres sous terre. Mais Flea savait, pour avoir plongé cent fois dans ces eaux, que la cause de ses tremblements n'était pas là. L'attitude du commissaire adjoint n'était pas davantage en cause, même si elle détestait sa façon de la considérer comme une gamine sans paraître tenir compte de son bagage professionnel – ce qui lui rappelait cruellement combien elle avait peur de la vie et se sentait ridiculement jeune depuis l'accident. Non, cela non plus n'aurait pas suffi à la mettre dans un état pareil. Au fond d'elle-même, elle savait pertinemment d'où venait son malaise : de ce qu'elle avait fait la veille au soir dans le bureau de son père.

Elle s'obligea à reprendre sa progression dans l'eau trouble pour ne plus y penser. Ils avaient opté pour un quadrillage en immergeant deux pendeurs, un près de chaque bord du bassin, relativement étroit à cet endroit, puis en les reliant par un filin en diagonale autour duquel Flea devait faire des allers et retours en explorant la vase de sa main libre. Elle observait ce plan d'action depuis près de quarante minutes et commençait à trouver le temps long. Il devait l'être encore plus pour les autres, car la nuit était tombée en surface, ça se voyait à la couleur de l'eau. Dundas aurait déjà dû lui demander de remonter. Pour rien au monde elle ne se serait permis de contester une autorité qu'elle lui avait elle-même déléguée, mais elle était fatiguée de soulever le lourd contrepoids qu'elle devait déplacer mètre par mètre au pied du quai avant de revenir chaque fois sur ses pas, en prenant soin de ne jamais lâcher le filin tendu sur sa gauche, pour draguer à la main un nouveau mètre carré de fond.

Cela s'appelait une recherche tactile défensive. Tactile parce que tout s'effectuait au toucher, et défensive parce qu'on courait en permanence le risque d'être confronté à un objet dangereux – un éclat de verre, un hameçon… Ce type de recherche permettait parfois des trouvailles inattendues. Un pied. Une chevelure. Un jour, c'était par les narines qu'elle était entrée en contact avec un cadavre, en lui mettant littéralement les doigts dans le nez. Tu aurais voulu le faire que tu n'aurais pas pu, avait commenté Dundas. Une autre fois, elle avait remonté en suant sang et eau un tronçon de tuyauterie industrielle enveloppé de laine de verre, certaine d'avoir retrouvé la jambe d'un prof de gym trentenaire qui s'était jeté du pont de Clifton la semaine précédente. Tous les repères s'effaçaient en apesanteur, surtout quand la visibilité ne dépassait pas quelques centimètres. Quand elle atteignit enfin le pendeur relié au ponton, à moins de deux mètres de l'endroit où elle avait retrouvé la main, un étrange soulagement la gagna.

De plus en plus épuisée, elle souleva lentement son contrepoids planté dans la vase, le décala à nouveau d'un mètre et le laissa retomber. Elle venait de vérifier qu'il était bien en place et que le filin était suffisamment tendu pour le trajet de retour quand une vague de chair de poule la submergea des pieds à la tête. Totalement inexplicable. Elle n'avait rien vu, et ne se serait certainement pas risquée par la suite à jurer qu'elle avait senti quelque chose, mais pour une raison mystérieuse elle eut soudain la certitude absolue de n'être plus seule dans l'eau.

Elle fit volte-face, dégaina son couteau de cheville et se plaqua contre la base du quai. Le souffle court, elle agrippa le pendeur, changea légèrement de position pour renforcer ses appuis et pointa sa lame vers l'avant, prête à contrer n'importe quelle agression.

– Rich ? fit-elle d'une voix tremblante dans son micro.

– Ouais ?

– Il y a quelqu'un d'autre dans l'eau ?

– Euh... non. Ça m'étonnerait. Pourquoi ?

– Je ne sais pas. Je crois que j'ai vu un fantôme.

Elle s'efforça de rester droite en pagayant d'une main pour compenser les remous qui lui cambraient le dos. L'air remontait dans sa combinaison et lui comprimait le cou. Elle commençait à avoir le tournis.

– Qu'est-ce qui se passe ?

– Rien. Rien.

Ses tympans vrombissaient. La bouée du pendeur étant largement capable de résister au poids d'un être humain, elle aurait pu regagner la surface en moins d'une seconde. Mais elle préféra laisser parler son expérience et attendit, les yeux rivés sur les ténèbres, en traçant de sa lame des arcs de cercle préventifs. Le port de Bristol, se dit-elle. Ce n'est que le port de Bristol. Et elle n'avait rien vu. Les secondes s'égrenèrent. L'aiguille de sa jauge de pression avait à peine bougé ; lentement, très lentement, elle s'accroupit et rangea son couteau dans sa gaine. Elle s'était laissé rattraper une fois de plus par sa folie de la veille, dans le bureau paternel. Ce n'était pas drôle. Pas drôle du tout. Elle se releva, pencha le buste en avant pour forcer l'air à redescendre vers ses jambes et se délivrer de cette sensation d'étranglement. Environnée d'un maelström de sédiments, elle attendit encore quelques secondes.

– Dundas ? Tu es là ?

– Ça va, Flea ?

– Non. Non, ça ne va pas.

J'ai des hallucinations, Rich, faillit-elle ajouter. *Et je deviens parano. C'est la totale.* Mais elle se contenta de dire :

– Ça fait quarante minutes que tu me fais trimer. Je trouve qu'il serait temps de me remonter. Pas toi ?

5

Le bureau de son père était fermé à double tour depuis l'accident. Flea savait où se trouvait la clé – accrochée à un clou de l'office – mais n'avait jamais eu le courage de l'utiliser. Deux ans après, elle restait incapable de franchir le seuil de la pièce où son père avait tant aimé se retirer. Son frère Thom y était allé plusieurs fois, juste après le drame, afin de méditer sur ce qui s'était passé, mais il refusait maintenant d'y mettre les pieds, même pour aider Flea à faire du tri. Tout le monde savait que la perte de leurs parents avait été pour lui un coup terrible, encore plus que pour sa sœur, et peut-être n'était-ce pas si surprenant, étant donné ce qu'il avait vécu pendant l'accident, qu'il ne soit même plus capable de prononcer les mots *papa et maman.*

Au bout du compte, elle avait dû se résoudre à agir seule. Cela s'était passé le dimanche matin, la veille de la découverte de la main dans le port. Il faisait beau. La télévision murmurait dans la cuisine, et Flea, au fond de l'office, explorait les étagères en quête d'une vieille boîte de farine en étain bleu et blanc, à couvercle-tamis, dont sa mère se servait autrefois pour confectionner des madeleines. A l'instant où elle se hissait sur la pointe des pieds, un scintillement attira son regard sur le côté, et c'est alors qu'elle vit la clé. Elle resta un instant figée, les bras tendus vers la pénombre, à l'observer du coin de l'œil, et eut fugacement l'intuition que cette clé cherchait à lui transmettre un message. Ce qui était bien entendu une illusion mais ne l'empêcha pas de décréter séance tenante que le moment était venu.

La maison dans laquelle ses parents avaient vécu pendant trente ans était en pleine décrépitude. Issue de la réunion de quatre logements ouvriers du XVIIIe siècle, elle s'étirait sur près de vingt mètres au bord d'une petite route de campagne et était traversée dans le sens de la longueur par un couloir carrelé. Le bureau se trouvait tout au bout de ce couloir, que Flea emprunta à pas hésitants. Immobile devant la porte, la clé au creux de sa paume, elle colla le nez au panneau pour s'imprégner de l'odeur musquée de la cire et eut un instant l'impression d'être Alice à l'entrée du pays des Merveilles. Bien que son père ne les ait jamais encouragés à franchir ce seuil, elle savait bien ce qui l'attendait de l'autre côté : des pierres et des poutres apparentes, et trois murs recouverts de livres du sol au plafond. Il y avait même un escabeau de bibliothèque à l'ancienne qu'il déplaçait avec son pied – elle le revit déchiffrer le dos de ses bouquins avec ses lunettes recollées à la superglu qui lui glissaient perpétuellement sur le nez.

Elle avait tout cela en tête ce matin-là et se sentait donc prête quand elle tourna la clé dans la serrure. Prête pour le picotement qui se répandit sur sa nuque, prête à être brutalement renvoyée dans son enfance. C'était une question d'air : un air tiède et qui sentait la sueur, avec une pointe de térébenthine et de résine, de tabac à pipe et aussi de bruyère – l'odeur qui accompagnait toujours son père lorsqu'il rentrait du jardin les soirs d'automne. En respirant cet air, ce fut comme si elle recueillait son dernier souffle. Puis elle vit l'escabeau de bibliothèque couché au pied des rayonnages et le fauteuil à oreillettes légèrement en retrait du bureau, comme si son père venait à peine de se lever ; elle dut s'adosser au chambranle et serrer les dents pour refouler ses larmes

Elle réussit enfin à s'approcher de la table, non sans avoir marqué un bref temps d'arrêt au milieu de la pièce comme si son père venait de lui lancer : « *Pas quand je travaille, Flea. Va plutôt aider maman.* » Le soleil qui se faufilait par les fentes des persiennes chauffait le dossier de cuir du fauteuil, qui, lorsqu'elle le toucha, lui parut presque aussi moite que ses paumes. Le vieux damier, dont les pièces de balsa bon marché étaient peintes en trompe-l'œil pour imiter le marbre, trônait encore au centre du bureau, comme au temps où son père jouait contre lui-même jusque tard dans la nuit.

Flea n'était pas particulièrement méthodique de nature – c'était même sa façon de sauter d'une activité à l'autre qui lui avait valu son surnom –, mais son métier l'avait aidée à corriger ce défaut, et elle entreprit de fouiller le bureau comme elle l'aurait fait avec sa brigade : systématiquement et en silence, assise en tailleur par terre pendant que la pendule du grand-père égrenait ses tic-tac dans le couloir et que les chevaux des voisins hennissaient au fond de leur pré. Dans tous les coins de la pièce elle trouva des cartons pleins de revues, de cahiers, de diapositives et de vieilles photos de son père, qui ressemblait un peu à un hibou avec sa veste en velours ; ainsi que quatre cartons de livres scellés sur lesquels était inscrit le nom de son meilleur ami, Kaiser Nduka. Lorsque sa perquisition prit fin, presque toutes ses découvertes correspondaient rigoureusement à ce qu'elle s'était attendue à trouver chez son père.

Presque toutes.

Car de ces vestiges, de cette poussière avaient surgi deux objets insolites. Deux objets inexplicables.

Le premier était un petit coffre-fort caché sous le bureau, contre le mur. Il s'agissait d'un modèle ancien, avec une serrure de cuivre Yale à combinaison. Impossible de l'ouvrir. Elle composa pourtant toutes les séquences chiffrées qui lui vinrent à l'esprit – l'anniversaire de maman, celui de papa, le sien, celui de Thom, la date de mariage de ses parents. Elle alla même chercher un vieux manuel de mathématiques sur un rayonnage et passa un certain temps à le feuilleter, testant au petit bonheur la chance quelques formules de calcul intégral : la construction de Wythoff, la suite de Fibonacci. Mais le coffre ne broncha pas, et elle finit par le laisser de côté pour examiner sa deuxième découverte : une pochette à bijoux de brocart pourpre ayant appartenu à sa mère, retrouvée au fond d'un des tiroirs du bureau.

Elle renfermait un sachet de congélation transparent dont Flea identifia sur-le-champ le contenu : elle avait souvent participé à des interpellations dans des affaires de stupéfiants. Des champignons hallucinogènes, chétifs et ratatinés, blottis les uns contre les autres tels des spectres miniatures. Il devait y en avoir des centaines – assez en tout cas pour alourdir substantiellement la pochette à bijoux maternelle. Elle ouvrit la glissière du sachet et renversa les champignons sur sa jupe. En même temps qu'ils dégringolaient dans une pluie de fibres, un souvenir fit irruption.

Une image de son père, étendu sur le divan de son bureau, les mains sur la poitrine, un coussin devant le visage pour se protéger de la lumière. Il pouvait rester ainsi des heures, sans parler ni bouger, comme endormi. Sauf qu'il ne dormait pas. Il semblait trop agité pour pouvoir dormir. C'était autre chose. Et tout à coup, en touchant ces champignons du bout des doigts, elle eut l'impression de commencer à y voir clair. Eh bien, papa, voilà donc où tu as passé tout ce temps-là...

Elle les contempla longtemps, assise par terre. Puis, tandis que la pendule sonnait onze heures, elle prit une résolution. Elle remballa les champignons, replaça le sachet dans la pochette et se leva. Elle emporta le coffre-fort à la cuisine, le déposa sur une étagère et s'arrêta un moment devant la fenêtre, le regard fixe. Ses lèvres étaient sèches et son crâne bourdonnait : elle savait déjà, aussi sûrement qu'elle avait reconnu l'odeur de son père, que ce serait bientôt son tour de prendre ces champignons.

A présent, debout à côté de la camionnette Mercedes de la brigade, dans la lumière vibrante des projecteurs qui éclairaient l'équipe, Flea ressentait encore les effets de la psilocybine qui circulait dans son organisme. Et quand, à vingt heures, elle donna l'ordre de plier bagage parce que tout le monde était vidé et que les inspecteurs du travail risquaient de lui chercher noise s'ils apprenaient qu'elle faisait trimer ses hommes aussi tard, elle eut beaucoup de mal à s'arracher au port, à l'attraction de cette eau glauque d'où elle s'attendait presque à voir émerger une créature maléfique.

Ils s'étaient regroupés devant le bahut pour enrouler les tuyaux jaunes et bleus et remballer le matériel de surface. Quelques mètres en retrait, à la lisière de l'ombre, le commissaire adjoint Caffery parlait dans son téléphone portable. Elle entendit l'essentiel de la conversation : il s'adressait au divisionnaire, lequel semblait furieux qu'il ait pris l'initiative d'imposer autant d'heures supplémentaires à la brigade de recherche et d'intervention subaquatique sans même attendre les conclusions du médecin légiste chargé d'autopsier la main.

Elle lui tourna le dos, fatiguée et excédée. Ses hommes s'étaient défoncés. Ils avaient ratissé tout le bassin de Welshback, sans oublier de regarder sous les péniches et entre les pilotis des docks d'en face, ramassant au passage tout ce qui traînait au fond – des téléphones portables, un certain nombre de sous-vêtements, plusieurs tables et chaises de bar, et même un vieux fusil militaire. Quatre plongeurs avaient passé chacun quatre-vingt-dix minutes au fond pour quadriller un rectangle long de soixante mètres. Sauf que – et elle pensait être la seule à l'avoir remarqué – ça ne suffisait pas au commissaire adjoint Caffery. Il était déçu, elle le sentait, qu'elle n'ait pas réussi à accomplir un miracle après l'avoir elle-même incité à relancer cette absurde recherche. Lorsqu'elle eut refermé les portières de la camionnette et pris congé du reste de l'équipe, ce fut plus fort qu'elle : refusant de le laisser partir avec l'idée qu'elle avait échoué, elle le rattrapa au moment où il s'éloignait vers sa voiture.

– Vous savez, dit-elle sur un ton qu'elle trouva un peu trop empreint d'excuse, il y a une petite chance pour que le reste du corps ait dérivé.

– Oui ? Comment ça ?

Contrainte d'allonger le pas pour rester à sa hauteur, elle pataugea bruyamment dans les flaques nauséabondes laissées par la pluie devant l'entrée d'une des péniches-restaurants.

– Eh bien, comme ça a pas mal brassé ici aujourd'hui, puisqu'ils ont ouvert l'écluse, je suppose qu'il aurait pu théoriquement repartir vers l'amont.

Au moment même où ces mots sortaient de sa bouche, elle sentit qu'ils sonnaient faux. En six ans de brigade, elle n'avait jamais vu un seul cadavre dériver dans ce sens-là. C'était pour ainsi dire contraire aux lois de la physique.

– C'est un peu tiré par les cheveux, je vous le concède, ajouta-t-elle. Mais si vous tenez vraiment à aller au bout, on peut revenir demain matin.

– D'accord, répondit-il en montant dans une vieille voiture garée en travers de l'entrée du restaurant. Parfait. Rendez-vous ici demain à la première heure.

Il démarra sans un au revoir et tourna sèchement dans la rue déserte. Ses feux arrière disparurent et Flea se retrouva seule sur le quai, à l'exception des deux policiers en tenue du commissariat de Broadbury qui surveillaient au loin le périmètre de sécurité. Elle resta un moment immobile avant de s'apercevoir qu'elle avait les pieds trempés et huileux à force de barboter dans une flaque ; elle s'aperçut aussi qu'elle tremblait de fatigue, certes, mais surtout de rage. Et que cette rage n'était pas tant dirigée contre le commissaire adjoint Caffery que contre elle-même. Un cadavre dérivant au fond du port ? Et puis quoi encore ? Bon Dieu, mais quelle conne !

Les hallucinations lui étaient tombées dessus comme la foudre. Dans un premier temps, il ne s'était rien passé. Pas même l'accélération du pouls attendue. Flea avait avalé les champignons à onze heures et demie du matin. Une heure complète s'était déjà écoulée depuis ; elle allait quitter le divan paternel pour se faire des toasts dans la cuisine quand quelque chose la fit sursauter. Elle eut l'impression qu'un feu d'artifice venait d'éclater de l'autre côté de la fenêtre, quelque part dans l'azur, bien au-dessus des clochers de Bath.

Elle se rassit face à la vitre et crut sentir un mouvement dans la pénombre, juste derrière elle : une masse de couleur indistincte, comme si une créature tapie dans le bureau de son père avait cherché à lui saisir la nuque. Mais, quand elle se retourna, il n'y avait rien, à part les flaques de soleil qui dansaient sur le mur. Alors, tout à coup, elle se rendit compte qu'elle riait. Elle se rallongea sur le divan avec un rire énorme dans la gorge, trop gros pour sa langue, trop gros pour sa bouche. C'était parti.

Elle aurait été bien en peine de dire à quel moment les hallucinations avaient culminé, ni combien de temps avait duré son voyage – mais après être restée un certain temps consciente de ce qu'elle était, de l'endroit où elle se trouvait et du fait qu'elle avait pris de la drogue, elle se retrouva brusquement le visage enfoui dans le divan, dont l'étoffe, à quelques millimètres de ses yeux, lui apparaissait désormais grossie au centuple, avec une trame de fils épais comme des troncs d'arbres. Elle sentait une odeur de naphtaline et voyait un petit point blanc, sans doute un fil défait, mais le point se mit à enfler et ce n'était plus du tout un fil, c'était sa mère entre les arbres, en jean et tee-shirt, avec un fichu à fleurs sur la tête, accroupie devant une touffe de violettes.

Ses lèvres glissèrent sur l'étoffe râpeuse, formant le mot « *Maman* » d'une voix tellement assourdie qu'elle semblait venir d'une très lointaine colline, et pourtant Jill Marley l'entendit. Elle tourna vers les arbres un visage interrogateur, sans voir sa fille. Son expression était indéniablement triste, Flea le devina au pli rectiligne de sa bouche, aux reflets de ses yeux.

– Oh, maman, dit-elle, la gorge serrée, en levant une main comme pour toucher l'image. Maman ? Qu'y a-t-il ?

Jill regardait toujours entre les troncs. Enfin, prudemment, parce qu'elle ne voyait pas sa fille, elle prit la parole. Consciente de l'importance de sa déclaration, Flea voulut se pencher en avant pour l'entendre, mais à cet instant l'image se désagrégea et elle se retrouva là où elle se souvenait d'avoir été quelques instants plus tôt, sur le divan, la joue enfoncée dans le coussin ; de son hallucination, il ne lui restait plus que la certitude, aussi limpide que le vent ou les vagues de l'océan, que sa mère avait voulu dire : « Vous n'avez pas cherché là où il fallait. Nous sommes allés ailleurs. »

Nous sommes allés ailleurs.

Toujours affalée sur le divan, les paupières rougies par le soleil rasant qui traversait les persiennes, Flea comprit, sans l'ombre d'un doute, le sens des propos de sa mère.

Elle avait voulu parler de l'accident.

6

25 novembre

Il faut croire que Racho ne cherche pas à se faire sucer. Il faut croire qu'il a une autre idée en tête, parce qu'il guide Mossy jusqu'à un petit parking à côté d'une batterie de garages, monte avec lui dans une vieille Peugeot déglinguée et lui injecte un fixe de poudre tellement sublime qu'elle lui fait venir les larmes aux yeux.

– Toi mettre ça, OK ? dit Racho au bout d'un certain temps, voyant que l'héroïne fait son effet.

Il tient à la main un de ces masques souples qu'on voit dans les pubs de compagnies aériennes.

– Moi emmener toi chez quelqu'un qui veut aider toi. Mais lui veut toi mettre ça. Lui veut pas toi voir où c'est. Toi d'accord ? Toi mettre ?

Mossy prend le masque, passe ses doigts sous l'élastique et le regarde pendouiller en souriant. S'il y a un truc sur lequel tout le monde est d'accord en ce qui le concerne, c'est qu'il n'a pas froid aux yeux.

– Tu connais quelqu'un qui veut m'aider ?

– Oui. Toi préférer quoi ? L'argent ? La poudre ? Plein de bonne poudre ?

Une image traverse l'esprit de Mossy : il se voit traîné au milieu d'un terrain vague et exécuté d'une balle dans la nuque. Il pense ensuite au fric, et son côté suicidaire se demande : Qu'est-ce que ça peut bien foutre ? Il place le masque devant ses yeux et se laisse aller en arrière sur la banquette.

– Allons-y, dit-il, toujours souriant. Roule ma poule.

S'ensuit un long silence, et Mossy finit par se demander s'il doit ôter son masque, puis le châssis de la Peugeot oscille, une portière s'ouvre et se referme, suivie d'une autre, et il comprend que Racho a quitté l'avant pour le rejoindre à l'arrière.

– Hé ! Qu'est-ce que tu branles ?

Mais les mains de Racho sont déjà sur sa figure, et il sent le bout de ses doigts calleux appuyer sur le masque pour le maintenir en place. Mossy ne cherche pas à le repousser. Il continue d'attendre en silence, il reste assis là tandis qu'un bruit de pas s'approche et qu'une troisième personne monte dans la bagnole. La Peugeot tangue et grince, quelqu'un règle le siège du conducteur, mais personne ne parle. Mossy s'humecte les lèvres en entendant gronder le moteur. L'aventure peut commencer.

– C'est parti, s'esclaffe-t-il. Envoyez la sauce.

Mossy se croirait presque dans un de ces films de gangsters new-yorkais avec Ray Liotta et il se demande très sérieusement si son jour de chance ne serait pas enfin arrivé. Même défoncé, il garde les idées assez claires pour enregistrer certains détails. Le parfum d'après-rasage, par exemple, vient du conducteur, pas du petit Black qui, assis tout contre lui, tient toujours son masque et dégage une odeur très différente, amère, de racine ou de terre.

La Peugeot brinquebale, et il entend d'autres voitures, des bus, des motos, qui passent dans les deux sens. Il entend le clignotant, mais les autres ne disent rien. Mossy ne sait plus du tout où ils sont, et son pouls s'accélère quand la voiture s'arrête et qu'on le pousse en douceur vers la portière. Ça y est ? Terminus ?

Ça n'y est pas. Après une courte marche, un mec parle, mais Mossy ne pige pas grand-chose à cause de son accent, qui n'est pas du coin. Puis il entend un bruit de clé dans une serrure et on l'entraîne à l'intérieur d'un bâtiment, où le changement de température est net. Il fait bon là-dedans, il y a de la moquette sous leurs pieds, mais ça pue encore plus que dans la bagnole. L'odeur lui rappelle la fumerie de crack qui s'est montée l'année précédente dans une des tours de la cité, un souk d'enfer, plein de mecs à moitié morts – et même qu'une fois il y en a eu un qui a clamsé pour de bon, et dans une drôle de position, avachi sur une table et le futal au niveau des chevilles, et tout le monde s'est mis à chuchoter qu'il était ultradéfoncé quand son cœur a lâché, et que les vieux schnocks de la municipalité allaient sûrement en profiter pour venir foutre la merde. Un téléviseur ronronne. Mossy se laisse guider entre les meubles et emprunte un long corridor, toujours flanqué de Racho, tandis que le conducteur de la Peugeot ouvre la marche. Il y a un bruit de porte et de rideaux tirés, puis un tintement de clés, lourdes et denses comme des clés de geôlier, suivi d'un grincement de grille. Mais là, Mossy se rebiffe.

Il fait un pas en arrière, soudain inquiet.

– Non. J'aime pas ça.

Une voix inconnue lui répond. Le conducteur ?

– Pas de souci, fiston. Tu veux qu'on te ramène ?

Mossy sent déjà les prémices de la descente. Une sorte de frisson dans la nuque qui l'avertit que le point de bascule n'est pas loin. Que d'ici quelques heures il aura replongé dans les affres du manque, l'envie de crever.

– Vous avez de la came pour moi ? Y a intérêt.

– Avance, fait la voix. Tu verras. Dès que tu seras entré.

Malgré le goût acide qui lui envahit la bouche, Mossy entre. Il est obligé de lever les pieds parce que le seuil ne ressemble pas du tout à celui d'une porte standard, et il se demande dans quel merdier il est en train de se fourrer. Derrière lui, la grille est refermée à clé ; il a un nouveau mouvement de recul mais sent les petites mains calleuses de Racho se poser sur son bras et l'entraîner. L'air est un peu plus respirable de ce côté-ci, à part une vague odeur de roussi et d'humidité, mais ça vaut toujours mieux qu'avant.

– Voilà, dit Racho. C'est là.

Et il le fait asseoir sur un canapé.

Mossy porte les mains à son masque et l'enlève. Il cligne des yeux. Ils sont seuls, sans le conducteur, dans une chambre quasi aveugle – seulement éclairée par le lampadaire qui flanque le canapé et la triple résistance d'un radiateur d'appoint dont la rallonge se perd dans l'obscurité. Le vieux papier peint est couvert de gribouillis par endroits, comme si des enfants avaient séjourné ici, et quelqu'un a punaisé sur les murs des posters de magazines pour ados : Russell Crowe dans *Gladiator*, Brad Pitt dans *Troie*, plus un autre de Will Smith et Tommy Lee Jones en lunettes noires, au-dessus d'un étincelant « *Ils défendent la Terre contre la racaille de l'univers* ». Mossy bouge les pieds. La moquette est d'un violet presque écœurant et tellement usée qu'on devine la sous-couche de mousse. Il aperçoit dans un coin une grosse radiocassette, une bouilloire, une boîte de thé en sachets et un paquet de sucre.

– On est où, là ?

Il regarde par-dessus son épaule. Le petit bout de couloir qui s'ouvre derrière eux est percé d'une fenêtre, mais elle est condamnée par une plaque métallique de protection barrée du nom « SITEX », semblable à celles que la municipalité a fait poser pour bloquer les issues de la fumerie de crack après l'affaire du mec mort sur la table. On dirait que quelqu'un a commencé à rénover cette piaule avant de changer d'avis, parce que des fils à nu jaillissent du plâtre par endroits et qu'il y a plusieurs trous énormes dans les murs.

– C'est là que tu crèches, alors ?

– Ouais, répond Racho en s'approchant d'un rangement en bois qui a dû appartenir à une cuisine avant d'échouer dans ce taudis. Ça chez moi.

Il sort un sachet d'un tiroir et l'apporte à Mossy, qui sent aussitôt son cœur bondir. Il devine ce qu'il y a dedans avant même que Racho l'ait ouvert. Un flottement s'empare de ses jambes et lui remonte dans les tripes.

– Alors ? Je dois faire quoi pour y avoir droit ?

Racho ne répond pas. Il pose un doigt brun sur sa lèvre supérieure en esquivant le regard de Mossy. Celui-ci essaie de rafler le sachet, le manque de peu. Racho recule de quelques pas pour se mettre hors d'atteinte. Quelque chose vient de s'éteindre dans son regard.

Mossy se rassoit sur le canapé, pantelant.

– Allez... accouche, putain ! Tu veux quoi ? J'aime pas le gore, OK ? Le « rouge », c'est pas mon truc. Mais je suis partant pour un plan fist – ou no-capote. Et j'ai tout ce qu'il faut là-dedans si c'est toi qui as envie de te faire enfiler, ajoute-t-il en se palpant l'entrejambe avec un regard salace. Petit comme t'es, je t'aurai vite comblé.

Racho s'installe sur le canapé à côté de lui et le dévisage avec une telle tristesse que Mossy est à nouveau assailli par la vision de son propre meurtre. Il s'efforce de garder un ton léger.

– Quoi ? Ça veut dire quoi, ce regard ?

– Du sang. Un tout petit peu. Un peu de sang et plein d'héro pour toi. Plein d'argent.

– Du sang ? Je viens de te le dire, mec, j'aime pas le rouge. Compte pas sur moi pour me laisser tabasser, mon chou, même pour toute la poudre du monde.

– Moi piquer là, dit Racho en tapotant le pli du coude de Mossy, pile là où il lui a calé son shoot. Moi mettre petite aiguille là-dedans et prendre un peu de sang.

Mossy considère longuement son bras, puis relève la tête et croise le regard aqueux du petit Black. Le blanc de ses yeux est injecté de sang, comme s'il était malade. Mais son attitude n'a rien de menaçant et, de toute façon, il n'est pas de taille à lui flanquer une raclée, malgré ses muscles noueux et le fait qu'il n'a pas l'air défoncé, ce qui lui donnerait sûrement un avantage.

– T'es un vampire, c'est ça ?

Mossy lâche un rire rauque, un peu nerveux. Mais Racho continue de le fixer avec le même sérieux. Alors Mossy se tait. Et déglutit. Tout ça est trop flippant. Il chasse de son bras les doigts de Racho.

– A quoi ça t'avancera, bordel ? interroge-t-il d'une voix blanche, au bord de la nausée. Qu'est-ce que tu comptes en faire ? Le boire ?

7

13 mai

Caffery éjacula plus vite qu'il ne l'aurait voulu. Peut-être était-ce le stress de la journée, ou sa longueur, ou autre chose, mais à peine eut-il pénétré Keelie, dont les jambes étaient passées par-dessus ses épaules, que ce fut fini. Allongée sur la banquette arrière, la jupe retroussée jusqu'à la taille, elle lui tenait la nuque à deux mains et pressait sa joue contre la sienne. Peut-être aurait-elle préféré que ça aille un peu moins vite, car il lui fallut quelques secondes pour se décider à desserrer son étreinte, retirer ses doigts des cheveux de Caffery et se laisser aller en arrière. Il mit un genou sur le plancher, lui referma les cuisses, se coucha en chien de fusil sur la banquette, et desserra d'une main son col de chemise.

Elle ne disait rien et il garda lui aussi le silence, se contentant de poser un regard vide sur la vitre. Les bonds de son cœur dans sa poitrine lui rappelèrent une conversation qu'il avait eue trois mois plus tôt, le jour de son départ de Londres. « Qu'est-ce que tu vas bien pouvoir foutre là-bas, chez les ploucs ? » lui avait demandé un de ses collègues. Ce à quoi il avait répondu, sans l'ombre d'un sourire : « Je n'en sais trop rien. Peut-être baiser à mort. »

Simple boutade, évidemment, mais cette phrase lui était revenue en mémoire parce qu'il ne voyait guère d'autre explication à l'habitude qu'il avait prise, semaine après semaine, de venir voir des filles comme Keelie. Il n'aurait pu avouer à personne la vérité : qu'il avait quitté Londres, la ville où il avait passé le plus clair de son existence, après s'être aperçu un beau matin que la seule chose qui l'y retenait avait cessé de compter : la disparition, trois décennies plus tôt, de son frère aîné alors âgé de neuf ans. Le besoin de savoir ce qui était arrivé à Ewan avait été jusque-là l'unique but de la vie de Caffery. Du plus loin qu'il s'en souvienne, ce besoin avait imprégné tous ses choix, et il avait très longtemps cru que la réponse se trouvait à Londres, de l'autre côté de la voie de chemin de fer qui bordait l'arrière du jardin familial, chez un vieux pédophile nommé Penderecki. Caffery avait entretenu une véritable obsession pour la maison de celui-ci, persuadé que c'était là que son unique frère était mort. Et subitement, du jour au lendemain, tout ça s'était effacé. Dissous dans le néant. Certes, il continuait de rêver, de penser à son frère aîné. Certes, il continuait d'être taraudé par le désir de retrouver son corps, mais Londres n'avait plus rien à voir là-dedans. Il n'éprouvait plus la nécessité d'épier par la fenêtre la petite maison de Penderecki, ne se rappelait même plus pourquoi il s'était mis en tête de soutirer des réponses à cette foutue bicoque.

En revanche, il tenait toujours autant à son métier. Il s'était engagé dans la police de Londres parce que chaque affaire élucidée lui donnait l'impression d'apporter un contrepoids infinitésimal à la disparition d'Ewan. Et, même s'il n'avait rien d'un arriviste – il avait bénéficié du programme de développement des hauts potentiels de la Met mais, à trente-sept ans, il ne voulait toujours pas entendre parler de passer le concours des divisionnaires –, chaque condamnation prononcée grâce à son travail l'aidait à circonscrire un peu mieux le monstre lové au fond de son cœur qui le réveillait en pleine nuit. Son lien avec Londres s'était peut-être atténué, mais celui qui l'unissait à la police restait puissant. Il pouvait désormais exercer son métier n'importe où – même à Bristol. Sans compter qu'il y avait ici, dans l'ouest de l'Angleterre, quelqu'un qui pourrait peut-être l'aider à résoudre l'énigme Ewan.

Contre lui, Keelie toussa et se massa brièvement la gorge, comme pour calmer une douleur. Elle s'essuya ensuite le coin des yeux du bout de l'index, éliminant un résidu de mascara. Elle remit sa jupe en place et se pencha au-dessus du siège avant pour abaisser le pare-soleil et s'étudier dans le miroir de courtoisie. Sa jupe taille basse révélait le haut de son porte-jarretelles et de sa culotte.

Sans préavis, Caffery sentit sa gorge se nouer. Il se redressa légèrement, tendit le bras et lui toucha le mollet, pris d'une soudaine envie de dialoguer avec elle, de lui demander si elle avait des gosses, d'entendre des mots humains. Mais Keelie se méprit sur son geste. Elle haussa les sourcils sans cesser de contempler son image dans le miroir et esquissa un petit sourire en coin.

– Qu'est-ce que ça veut dire, ça ?

Elle allait ajouter quelque chose quand une violente secousse agita la voiture. Un *boum* métallique déchira le silence et, à l'extrême limite de son champ de vision, Caffery crut voir une forme sombre passer devant le pare-brise.

– Merde ! cria Keelie en agrippant l'appuie-tête. C'était quoi, ce truc ?

Caffery remonta fébrilement sa braguette, ouvrit la portière d'un coup d'épaule et bondit dans l'impasse déserte.

– Hé ! lança-t-il en se retournant pour scruter les ténèbres, adossé à la carrosserie. Qu'est-ce que ça veut dire, bordel de merde ?

Hé, répondit l'écho, *bordel de merde...*

On n'entendait que la rumeur du trafic et le lointain éclat de rire d'une femme sur City Road. Il n'y avait rien d'autre dans l'impasse qu'un grand sac en papier débordant d'ordures renversé sur le trottoir et le reflet d'un réverbère dans le caniveau. Caffery descendit jusqu'à la rue en inspectant chaque seuil, chaque interstice entre les vieux murs de brique, puis rebroussa chemin vers sa voiture. Keelie avait allumé le plafonnier et ne le quittait pas des yeux. Il savait ce qu'elle devait se dire : que quelqu'un semblait s'être brièvement posé sur le capot avant de s'envoler dans la nuit. Ou plutôt – l'idée d'un être humain ailé étant assez peu plausible – que ce quelqu'un était monté sur le capot sans bruit puis, après avoir assisté à leur partie de jambes en l'air, en était redescendu d'un bond et s'était caché là où ni l'un ni l'autre ne pourrait le voir.

Caffery eut une idée. Lentement, il boucla sa ceinture. *On ne part pas à la guerre avec le pantalon déboutonné.* Il retroussa ses manches, se coucha sur le bitume et roula sur le flanc, assez près de la voiture pour voir dessous, mais assez loin tout de même pour se laisser une chance de parer une éventuelle attaque. Il abaissa la joue au ras du caniveau et étudia attentivement le bas de caisse. Rien, sinon l'odeur d'essence et la clarté incertaine du réverbère sur le trottoir. D'un coup de talon, il se propulsa sous le châssis pour examiner l'arrière des roues, mais là encore il n'y avait rien. Il bascula ensuite sur le dos et contempla le ciel, les nuages teintés d'orange par le halo de la ville, et les étoiles au-delà. Il scruta le toit des immeubles sans cesser de s'interroger sur l'impression d'être épié qu'il venait d'éprouver. Qu'il éprouvait encore.

Il finit par se remettre debout et, tout en époussetant son costume, se demanda si les amortisseurs de sa vieille guimbarde avaient pu rester coincés en position basse avant de se débloquer d'un seul coup sous l'effet de leurs mouvements à l'intérieur de l'habitacle.

Keelie le regardait toujours, et il lui adressa un petit signe de la main. Son désir de la posséder n'était plus qu'un souvenir, mais il savait qu'il allait devoir lui parler, et cette perspective l'épuisait à l'avance. S'il s'était installé à Bristol, ce n'était pas seulement pour prendre ses distances vis-à-vis de Londres. Il y avait aussi là une résignation, un renoncement à rencontrer un jour quelqu'un qui puisse comprendre à quel point la culpabilité et le sentiment de perte pouvaient déposséder une personne de sa vie. Caffery avait cessé depuis longtemps de regarder les femmes avec l'espoir que l'une d'elles pourrait lui rendre la sienne.

Oui, songea-t-il en cherchant son tabac dans sa poche et en scrutant une dernière fois les façades de l'impasse au cas où un détail lui aurait échappé, ce problème-là était surmonté depuis belle lurette. Et il ne s'en portait que mieux.

8

Depuis sa plongée dans le port, Flea avait les jambes lourdes. Elle ressentait le poids de chaque seconde de ses vingt-neuf années d'existence. A la sortie de Bristol, elle ralentit, gara sa Ford sur le bas-côté, coupa le moteur et sortit le sachet de champignons hallucinogènes de la boîte à gants. Elle les regarda longtemps, tout en cherchant à raviver les dernières bribes d'images mentales qui dérivaient encore aux confins de sa conscience. *Nous sommes allés ailleurs.* Le désir lui vint d'ouvrir le sachet et de s'en fourrer plein la bouche. Elle aspirait par-dessus tout à retourner dans ce bois, à s'avancer sur le sentier où elle savait que sa mère l'attendait toujours, penchée sur une touffe de violettes.

Mais elle se retint. Rangea les champignons dans la boîte à gants et chercha à tâtons son portable. Un peu plus tôt dans la soirée, en consultant ses messages, elle avait trouvé un sms de Tig. La coïncidence ne manquait pas d'ironie : Tig, une des très rares personnes de son entourage capables de comprendre son besoin de consommer ces champignons, avait justement choisi ce soir pour renouer le contact après trois mois de silence. Comme s'il lisait dans ses pensées. Il habitait cité Hopewell, pas très loin, elle pouvait y être en vingt minutes à cette heure-ci. Ce serait facile et réconfortant de lui parler de son père, de la drogue, de son trip de la veille et de l'envie qui la démangeait de recommencer pour se glisser à nouveau dans la forêt où l'attendait sa mère. Mais, en repensant à la façon dont ces champignons avaient été minutieusement dissimulés dans une pochette, et surtout en revoyant son père allongé sur le divan avec un coussin sur la figure, elle se rendit compte qu'il y avait quelqu'un qui pourrait l'aider à tirer tout cela au clair encore mieux que Tig. Quelqu'un qui pourrait la mettre pour de bon sur la voie.

Elle laissa son portable, redémarra et mit le cap au sud. Les constructions qui bordaient la chaussée ne tardèrent pas à s'espacer. Après avoir laissé derrière elle un ultime réverbère, elle s'engagea sur la petite route obscure qui filait vers la solitude des collines de Mendip.

Kaiser Nduka.

Si son père avait jamais eu un ami proche, c'était bien Kaiser Nduka. Ils avaient préparé leur licence ensemble au Corpus Christi College et incarnaient à première vue les deux personnages les plus différents qu'on puisse imaginer : papa avec son ascendance suédoise, sa peau cireuse, fine comme du papier, et ses mains délicates d'enfant, et Kaiser, fils aîné d'un chef Ibo, sorte de géant spectral aux tibias minces comme des cannes, mais au visage tellement massif qu'il semblait menacer en permanence l'équilibre général de son corps, impression que renforçait sa crinière grisonnante de cheveux crépus. Kaiser avait quitté le Nigeria dans les années soixante-dix, chargé par sa famille de magnats du pétrole de faire ses études en Angleterre, et il était arrivé vêtu à l'occidentale, mais coiffé d'un *abeti-aja*, le chapeau pointu traditionnel aux bords relevés. Ces deux êtres antinomiques avaient fini par se découvrir un centre d'intérêt commun : l'application de la philosophie et de la psychologie à l'étude des religions. Professeur de religion comparée, Kaiser était un grand spécialiste des états hallucinatoires dans les rites chamaniques. Sa carrière s'était déroulée sans accroc jusqu'au jour où, titulaire d'une chaire dans une université privée nigériane, il avait monté un projet de recherche dont les conséquences calamiteuses lui avaient valu un renvoi tonitruant. Sa fiancée l'avait quitté à la même époque.

Ils ont fini par ouvrir les yeux, avait froidement commenté la mère de Flea. *Son amie et ses collègues ont dû se rendre compte qu'il n'était qu'à moitié humain.*

Jill Marley s'était toujours sentie mal à l'aise avec Kaiser. Elle n'avait jamais expliqué à Flea pourquoi, mais elle se trouvait régulièrement de bonnes excuses pour rester à la maison quand son mari partait vers les collines de Mendip. Thom aussi avait peur de Kaiser. Il lui trouvait une ressemblance avec le diable et affirmait l'avoir vu en rêve enlever des gens dans la rue. Flea avait plusieurs fois tenté d'imaginer ce qu'il avait pu voir dans la fièvre de ses cauchemars d'enfant : les rues graisseuses et mal éclairées d'Ibadan, les mendiants, le trafic chaotique, et tout à coup une forme silencieuse tapie dans un passage : Kaiser. L'image lui avait toujours paru presque comique : Kaiser, son énorme tête dissimulée sous une capuche, rôdant sur les trottoirs obscurs à l'affût d'un être humain. Mais Thom refusait d'en démordre. La maison perpétuellement en travaux de Kaiser le terrifiait avec ses parties tantôt condamnées, tantôt dissimulées par des bâches, tantôt carrément éventrées et à ciel ouvert.

En s'engageant ce soir-là sur le long chemin privatif dont la lune sphérique contenait à peine les ombres, Flea comprit les craintes de son frère. Cette propriété perdue au cœur de la forêt qui recouvrait les collines de Mendip avait effectivement un côté spectral. Les lianes de lierre détrempé en suspension au-dessus d'elle laissaient traîner leurs griffes interminables sur son pare-brise, ce qui l'obligea à actionner les essuie-glaces. Elle poursuivit ainsi sa montée sur près de deux kilomètres, précédée par le faisceau tremblotant de ses phares, jusqu'à ce que le chemin débouche sur un petit pré galeux nimbé d'une lumière argentée. A l'extrémité de ce pré, le relief s'affaissait abruptement – le sommet opposé de la vallée était distant de trois kilomètres – et c'est là que se dressait, en équilibre précaire au bord de l'abîme, la maison de Kaiser : construite en lias bleu, la pierre locale, elle avait dû être plutôt jolie avant d'être défigurée par ses transformations et rajouts successifs. Une lampe brillait dans le salon, à peine visible derrière la couverture tendue sur la fenêtre. Il devait être à sa place habituelle, affalé dans son fauteuil inclinable.

Elle se gara, glissa le sachet de champignons dans sa pochette banane et se dirigea en frissonnant vers la porte de derrière : elle avait soudain l'impression d'arriver trop tard. Elle s'avança dans la cuisine après avoir refermé doucement, huma l'agréable odeur d'épices qui emplissait l'air tiède.

La maison de Kaiser était un capharnaüm. Toutes les surfaces de la cuisine étaient encombrées de piles poussiéreuses de revues, de lettres et d'objets venus des quatre coins du monde. Comme le bureau de son père. Ce qui expliquait que les gens aient toujours eu peine à croire que l'art culinaire puisse être le loisir favori de Kaiser. Au fil des ans, Flea était devenue l'objet privilégié de ses attentions. C'était toujours elle qu'il entraînait à l'écart pour lui raconter des histoires et lui montrer les lieux les plus secrets de son jardin, elle qu'il laissait enfoncer ses doigts dans les yeux des masques traditionnels de sa tribu. Mais surtout il lui témoignait son affection en cuisinant. Ses recettes empruntaient à toutes les nations, à toutes les cultures. C'était parfois un gâteau à la noix de coco, parfois un couscous adouci au lait concentré et servi dans des bols ébréchés de chez Woolworth. Ce soir-là, il avait confectionné deux gâteaux aux dattes, qui refroidissaient sur une grille. Flea trancha l'un d'eux, disposa les parts gluantes sur une assiette qu'elle emporta dans le couloir traversé de courants d'air.

— Ce n'est que moi, annonça-t-elle en baissant la tête avant d'écarter la feuille de plastique fixée au-dessus du seuil du salon.

Malgré la pénombre, le chaos ambiant lui sauta aux yeux : les rayonnages surchargés, l'excès de meubles, l'abat-jour maculé de taches de l'unique lampe allumée. Kaiser était là où elle s'attendait à le trouver : dans son fauteuil, les jambes surélevées et croisées au niveau des chevilles, les mains jointes devant la bouche. Il ne réagit pas à son entrée, ne manifesta ni surprise ni gaieté. Apparemment concentré sur un point imaginaire situé à quelques centimètres de son visage, il portait un pyjama trop court et une paire de ridicules babouches bleues dans lesquelles s'enfonçaient ses pieds démesurés.

Flea déposa le gâteau sur la table basse. Il regardait toujours droit devant lui, et ses longs ongles jaunes se rejoignaient à la base de son nez camus. A portée de main, sur un petit meuble bas, son ordinateur allumé affichait la page d'accueil de DiveNet, un site international consacré aux sports de plongée, juste à côté d'une photographie encadrée de Maya, sa fiancée africaine. Elle l'avait quitté trente ans plus tôt, mais il l'aimait encore. La bouche de Maya, remarqua Flea, était exactement à la hauteur de l'oreille droite de Kaiser.

– Kaiser ? La porte était ouverte.

Il acquiesça.

– Kaiser ? Tu m'entends ?

Il sortit de sa torpeur, jeta un coup d'œil à l'écran.

– Oui, Phoebe, répondit-il d'une voix lasse. Je t'entends. Mais je suis triste. Tellement triste pour tes parents. Je n'arrive pas à m'y faire. Malgré le temps.

En d'autres circonstances elle se serait assise à ses pieds, ou jetée dans ses bras. Mais ce qu'elle avait à lui dire était sérieux. Elle s'installa dans le canapé qui lui faisait face et se pencha en avant, les coudes sur les genoux.

– Kaiser... Tu te souviens des plaisanteries de papa chaque fois que tu nous servais une de tes pâtisseries ? Tu te souviens ? Il te lançait un truc du genre : « Dis donc, mon vieux, tu es sûr que tu n'as rien mis dans ton gâteau ? »

Un sourire envahit les traits du vieil homme. Elle vit même son menton trembloter, signe qu'il riait sans bruit.

– Seulement voilà, Kaiser, ce n'est plus une plaisanterie.

Le sourire disparut.

– Je te demande pardon ?

– Ça ne me fait plus rire.

Elle l'observa longuement, intensément. Ses yeux couleur de pus étaient injectés de sang. D'une certaine manière, son visage osseux lui avait toujours rappelé un bouc imberbe.

— Figure-toi que je viens seulement de comprendre que ce n'était pas une plaisanterie. Pas pour tout le monde, en tout cas.

— Que veux-tu dire, au nom du ciel ?

Elle se tourna vers les deux placards qui encadraient la cheminée. Ils étaient fermés à clé, et, à la réflexion, cette maison avait toujours contenu des objets inaccessibles, des pièces auxquelles ni Thom ni elle n'avaient jamais accès. Toutes sortes de gens venaient régulièrement consulter Kaiser sur ses connaissances chamaniques, ce qui le faisait bien rire : « Je n'ai rien d'un chaman, disait-il. Je ne suis qu'un vieux prof au rancart. » Mais on devinait en lui une face cachée, peut-être à cause de son corps sinueux, d'une force extrême malgré son âge et sa maigreur, ou de l'intensité avec laquelle il dévisageait parfois son vis-à-vis. Flea avait entendu son père dire de Kaiser qu'il « savait de quoi il parlait » et que ces placards renfermaient ses drogues rituelles. Elle avait toujours cru qu'il plaisantait, là aussi. Jusqu'à maintenant.

— Phoebe ? Je t'ai posé une question.

Elle soupira, prit une part de gâteau et se laissa aller en arrière dans le canapé, les jambes tendues.

— Je suis allée dans le bureau de papa, dit-elle en fixant d'un œil morose le gâteau qu'elle tenait à la main. Là où il gardait toutes ses affaires. Il y a pas mal de livres à toi.

— Oui ?

— Oui, et aussi un petit coffre-fort, que je n'ai pas réussi à ouvrir. La combinaison n'est pas là-bas, ajouta-t-elle sans céder à la tentation de le regarder. J'ai fouillé partout mais je ne l'ai pas trouvée, et je me suis demandé si tu la connaissais. Ou si tu savais où il pourrait l'avoir notée.

— C'est de ça que tu es venue me parler ?

— Tu sais où il l'a notée ?

Kaiser renifla avec impatience puis expira lentement par le nez.

— Je n'ai jamais entendu parler de ce coffre, et encore moins de sa combinaison. Et je te repose ma question : c'est de ça que tu es venue me parler ?

Flea posa son gâteau sur l'assiette et secoua la tête en silence, toujours sans lever les yeux.

– Kaiser... Kaiser, sais-tu pourquoi papa passait des journées entières enfermé dans son bureau ?

Le vieil homme replia le repose-pieds de son fauteuil avec un craquement sourd et se pencha en avant. A nouveau, un ange passa.

– Permets-moi de te renvoyer la question, Phoebe, répondit-il enfin. Est-ce que toi, tu sais pourquoi ? Est-ce que tu sais pourquoi ton père s'enfermait comme ça ?

– Je crois. Oui. Je crois que je le sais.

– Je n'ai jamais connu personne qui ait autant soif de comprendre que ton père. J'imagine qu'il t'a parlé de l'attention seconde ?

– Les régions de notre esprit auxquelles on n'accède que par le rêve ou la perte de conscience. Ou éventuellement sous hypnose. C'est de ça qu'il parlait. D'une part de nous-mêmes qui serait la clé de tout ce que nous gardons enfoui. Et le moyen pour lui d'y accéder... c'était la drogue, n'est-ce pas ? demanda-t-elle en cherchant enfin son regard.

– Ton père a expérimenté des voies diverses. C'était parfois la méditation mais, oui, la drogue a souvent joué un rôle.

– J'en étais sûre.

– Ne le juge pas trop vite. David a toujours été animé par le besoin de découvrir, de se mettre à nu, de se libérer l'esprit.

Flea attendit quelques secondes, puis sortit le sachet de champignons hallucinogènes de sa pochette banane et le laissa tomber par terre entre eux.

– De la psilocybine, dit-elle. Je me suis renseignée. Ça veut dire « crâne chauve ». Les Aztèques l'appelaient *teonancatl*, « chair des dieux »... Ces trucs pourraient me faire perdre mon boulot.

Kaiser émit une sorte de claquement de langue guttural. Un son qu'elle se rappelait avoir entendu dans sa bouche des années plus tôt et qu'elle avait toujours associé aux bouviers des hauts plateaux du Nigeria. Elle comprit que c'était tout simplement sa façon de saluer l'éclosion d'une idée.

– Tu en as pris. Je te connais, Phoebe. Je le sens dans ta voix. Tu en as pris. Sans me consulter.

– Oui. Et je vais recommencer.

Il renifla.

– Ne sois pas idiote.

– Tu dis que papa faisait ça pour se libérer l'esprit ?

– Oui.

– Il faut que je te demande… surtout ne te moque pas de moi. Est-ce qu'il t'est arrivé, au cours de tes recherches… As-tu déjà entendu quelqu'un dire que telle ou telle drogue pouvait permettre d'entrer en communication avec des morts ?

Le vieil homme soupira.

– Avec tes parents, tu veux dire ?

– Avec maman.

Il secoua la tête et se leva. Une main au creux des reins, il fit face aux placards fermés.

Cette fragilité… encore un mensonge, pensa-t-elle. De ses muscles longs, de ses mains crochues comme des serres il émanait au contraire une impression de puissance.

– Phoebe, murmura-t-il, il y a certaines choses que tu ferais mieux de laisser de côté. Ressasser le passé ne t'apportera rien.

– C'est ce qu'aurait fait papa ?

– Non.

– Alors je ne le ferai pas non plus, répondit-elle en se redressant imperceptiblement. Et tant pis si ça me coûte ma place. Je veux retourner là où j'étais hier soir… Je l'ai vue, Kaiser, murmura-t-elle après une pause. J'ai vu maman. Elle a essayé de me parler de l'accident, ajouta-t-elle en serrant le poing. Mais je n'ai pas pu… je n'ai pas tout compris.

– Qu'est-ce que tu dis ? interrogea Kaiser, le visage grave.

– Je te dis qu'il y a quelque chose dans l'accident – ou dans l'idée qu'on s'en est tous faite – qui ne colle pas du tout. On n'a pas cherché là où il fallait, martela-t-elle en affrontant son regard. Je vais recommencer, Kaiser. Je vais en reprendre. Il faut que je sache ce qu'elle voulait me dire.

Un silence écrasant s'abattit sur la pièce. Des reflets changeants défilèrent dans les yeux de Kaiser. Après l'avoir fixée longuement, il détourna la tête et se rassit dans son fauteuil. Il y resta un moment de profil, à contempler sa fiancée, les mains sur les accoudoirs.

– Si tu souhaites communiquer avec des personnes qui ont quitté ce monde, dit-il à mi-voix, il y a nettement mieux. Une substance hallucinogène beaucoup plus contrôlable – et légale. C'est David qui me l'a fait connaître.

– Mais tu n'y crois pas, si ? Tu ne crois pas que ce soit possible ?

– Tu trouveras toute la littérature que tu veux là-dessus dans le bureau de ton père, fit Kaiser, ignorant sa question. S'il te plaît, renseigne-toi, et reviens me voir ensuite. Et jette donc ces crânes chauves – ils ne t'emmèneront pas plus loin. Contrairement à ça.

– A « ça » ? répéta-t-elle, à la fois inquiète et excitée. Ça quoi ?

Il ébaucha un sourire mélancolique, qui paraissait surtout s'adresser à lui-même, comme s'il s'attendait depuis longtemps à devoir un jour divulguer ce secret.

– L'ibogaïne.

– L'ibogaïne ?

Flea eut une vision de flammes et de silhouettes se livrant dans l'obscurité à des danses immémoriales.

– L'ibogaïne, répéta Kaiser. Et si tu souhaites réellement reparler à ta mère…

– Oui ?

– … c'est la seule voie possible.

9

14 mai

Le matin du deuxième jour de l'enquête, tout en sirotant un café sur le port de Bristol à quelques mètres des hommes-grenouilles qui préparaient leur matériel, Jack Caffery laissa ses pensées graviter autour d'un point cardinal : l'ouest. Il avait longtemps envisagé de quitter Londres pour partir non pas à l'ouest, mais à l'est – c'est-à-dire dans une direction synonyme, pour tout Anglais, de vents froids et d'invasions étrangères. A l'époque où le sentiment d'être uni à son frère par un lien indéfectible s'était dissous, on l'avait chargé d'une enquête dans le Norfolk, et peut-être était-ce la raison pour laquelle il avait eu l'impression d'abandonner là-bas une part de lui-même. Pendant quelque temps, après l'abrupte disparition de ce sentiment, il avait cherché sur Internet un poste à pourvoir en Est-Anglie. Mais, au bout de plusieurs mois de vaines prospections, il avait fini par reporter son attention sur l'ouest, où un événement plus intéressant s'était produit entre-temps.

Un détenu venait de sortir d'un centre de semi-liberté. Un homme capable de comprendre une forme de violence particulière. Plus Caffery y pensait, plus il était persuadé qu'il devait le rencontrer. Et sur ces entrefaites, comme par enchantement, un poste s'était libéré à la Criminelle de Bristol.

Caffery avait donc fait une croix provisoire sur le Norfolk pour mettre le cap à l'ouest, vers les contrebandiers, les pommeraies et le Somerset – le pays des gens d'été.

Le plus étrange dans cette affaire était sans doute qu'il appréciait de travailler dans l'Ouest : l'exercice de son métier s'y révélait nettement plus simple qu'à Londres, où, quoi qu'on fasse, le résultat était toujours plus ou moins faussé. Il en vint même à s'avouer, en observant le flamboiement des bateaux sous le soleil et la parade amoureuse des cygnes du port qui dessinaient des cœurs en se becquetant, que l'Ouest lui plaisait. Oui, songea-t-il en laissant tomber son regard sur le canot que les plongeurs avaient fini d'équiper et à la proue duquel Flea, debout, zippait sa combinaison sèche. Sans les quelques promesses qu'il s'était faites à lui-même – et son profond désenchantement vis-à-vis du genre féminin –, il aurait même pu se prendre d'affection pour cette région.

Elle se tenait à moins de deux mètres de lui, les jambes écartées pour compenser le roulis, les cheveux noués à la diable autour de son petit minois bronzé. Il se rendit compte qu'elle venait de s'interrompre dans sa tâche, une main sur la clavicule. Elle n'était pas tournée vers la partie du port qu'ils s'apprêtaient à explorer ce matin-là, mais vers le bord – et plus précisément vers le point de jonction du ponton et du quai, c'est-à-dire juste sous les pieds de Caffery. A l'endroit exact que lui avait indiqué la serveuse en décrivant son nain surgi des flots.

Plusieurs secondes s'écoulèrent avant que l'expression de la jeune femme attire l'attention de quelqu'un d'autre – en l'occurrence le constable Dundas, qui s'apprêtait à tirer sur le câble de démarrage du moteur et remarqua son regard fixe. Il lâcha la barre.

— Flea ?

— Ouais… minute, dit-elle en levant une main. Attends un peu.

Elle fixait toujours la base du quai, comme si elle cherchait à se souvenir d'un détail clé qui s'obstinait à la fuir. Caffery se remémora une légende lue sur un dépliant touristique :

construits par des prisonniers des guerres napoléoniennes, le port et le Cut, canal tracé pour détourner la Frome, étaient toujours en place deux cents ans plus tard, malgré la mousse, la vase et les dépôts de suie consécutifs à des décennies de pollution au mazout. Ces lieux inconnus lui inspiraient à peu près le même sentiment d'étrangeté qu'un donjon médiéval, mais Flea, elle, devait les connaître de fond en comble, et cet intérêt soudain pouvait donc être considéré comme incongru.

– Flea ? répéta Dundas en fronçant les sourcils. Ça va ?

Au lieu de se retourner, elle leva la tête vers Caffery

– Il a plu hier matin. N'est-ce pas ?

Vaguement désarçonné par l'intensité de son regard, il se pencha par-dessus la rambarde.

– Oui. Oui, il a plu. Pourquoi ?

Elle le fixait toujours mais semblait être ailleurs, lancée à la poursuite d'une idée enfouie dans les profondeurs de son cerveau. Sur ce, un bateau en partance créa une vague qui fit tanguer le canot et interrompit son effort de concentration. Elle secoua la tête et ferma le col de sa combinaison. Elle enfila son harnais, puis ses palmes.

– Allez, lança-t-elle à Dundas en lui faisant signe de démarrer le moteur. On y va.

Caffery suivit des yeux le départ du canot, son sillage d'écume dans l'eau bourbeuse. Pliée en deux, Flea vérifia ses bouteilles et ses manomètres avant de mousquetonner un filin de sécurité à son harnais. En un sens, il fut soulagé de la voir partir : on aurait cru à son regard qu'elle connaissait tous ses secrets, y compris les moins avouables. Qu'elle savait où il était allé traîner hier soir. Caffery avait dans la bouche un mauvais goût dont il ignorait lui-même s'il le devait à la bouteille de vin bue la veille ou au souvenir de ce qui s'était passé sur la banquette arrière de sa voiture, dans une sombre impasse bordée de poubelles.

Il attendit que le canot ait disparu au-delà du ponton et avala son café d'un trait – le troisième, histoire d'éviter qu'une gueule de bois n'empiète sur sa journée de travail. L'analyse des empreintes digitales de la main n'était pas encore terminée. Le système informatique IDENT1 avait beau être moins mauvais que son prédécesseur le NAFIS, il péchait parfois par sa lenteur et, pour l'heure, seule une des cinq empreintes nécessaires à l'établissement d'une comparaison avait été mise en évidence. En revanche, Caffery avait reçu le rapport d'autopsie, dont les conclusions le laissaient perplexe. Non seulement l'examen avait révélé la présence sous les ongles de la main de fibres bleu-violet qui avaient aussitôt été envoyées au labo du QG, mais la légiste confirmait dans son rapport que les marques visibles sur l'os avaient été causées par une scie. En précisant que la victime avait probablement été amputée de son vivant.

Tout cela avait fait redescendre d'un cran la furie du divisionnaire à l'encontre de Caffery. L'affaire avait été déclarée prioritaire, et la brigade criminelle avait envoyé au commissariat de Kingswood une équipe de soutien standard : trois techniciens du HOLMES[1], trois inspecteurs (deux constables et un sergent), un investigateur civil (un ex-policier à la retraite), un coordinateur de scène de crime et un officier de liaison. Revigoré par la mise à sa disposition d'une force de frappe digne de ce nom, Caffery attendait quatre hommes de plus à huit heures sur le quai pour interroger toutes les personnes qui fréquentaient le secteur, professionnellement ou non. Le port, ce jour-là, allait grouiller de flics.

Il écrasa son gobelet et s'apprêtait à remonter vers la rue pour accueillir son équipe quand un grondement de moteur le fit se retourner. Le canot revenait à vive allure vers le ponton. Flea, debout à la proue avec sa capuche sur la tête, mais sans masque, avait de nouveau les yeux fixés sur la base du quai, au même endroit que tout à l'heure. Dundas coupa les gaz et laissa la poupe de l'embarcation dériver lentement jusqu'au bord. Flea se pencha en avant puis, en s'accrochant aux branches de lilas sauvage qui

1. *Home Office Large Major Enquiry System,* réseau informatique de soutien aux enquêtes majeures du ministère de l'Intérieur britannique.

jaillissaient du mur moussu, elle entreprit de faire glisser le canot le long de celui-ci en s'arrêtant tous les trente centimètres environ pour tâter la pierre avec une expression de concentration absolue.

– Qu'est-ce qu'il y a ? demanda Caffery d'en haut. Vous avez trouvé quelque chose ?

– Non. Mais j'ai une idée.

– Laquelle ?

– La déposition du témoin, répondit-elle un peu essoufflée. Vous l'avez lue ?

– Un résumé. Le PV complet est à New Bridewell. Pourquoi ?

– Le patron m'en a remis un exemplaire pendant le briefing. Et quelque chose m'a tout de suite turlupinée.

Elle se remit à examiner le mur. Elle écarta une touffe d'algues, plissa les yeux, puis secoua la tête.

– Le fait qu'il ait pu voir cette main, reprit-elle. On avait tous du mal à comprendre.

Elle se déplaça encore le long de la paroi, enfonça ses ongles dans la mousse. Caffery se décala de quelques pas pour rester à sa hauteur.

– Et ça vous turlupine toujours ?

– Hier, dans l'eau, la visibilité était nulle. C'est là que ça coince : je ne vois pas comment il a pu repérer cette satanée main.

Quelque chose attira son regard, et elle s'interrompit. Elle s'assit à la proue du canot et, en s'accrochant à une pierre disjointe, noua les jambes autour d'un des piliers du ponton pour plaquer le flanc du canot contre le bord. Dundas stabilisa l'embarcation en empoignant côté poupe un anneau d'amarrage. Avec un petit grognement satisfait, Flea tendit la main droite vers le mur. Caffery se pencha au maximum mais ne voyait plus guère que sa tête, ses épaules et son profil grimaçant de concentration ; son bras était en train de disparaître dans les profondeurs du mur.

– Ça vous turlupine toujours ? insista-t-il.

Elle opina avec le regard vide caractéristique des personnes qui travaillent exclusivement au toucher. Son bras s'enfonça encore.

– Oui, dit-elle. Et ce monsieur a bien dit qu'il n'y avait… il a bien dit qu'il n'y avait personne d'autre sur le quai, c'est ça ?

– A ma connaissance. Il a dû la voir flotter.

Elle leva tout à coup les yeux sur lui – un éclair bleu, un peu sauvage, qui fit à Caffery l'effet d'une décharge électrique. Puis elle baissa la tête, et à nouveau il ne vit plus que le haut de sa cagoule et son épaule tendue vers le mur.

Elle ressortit son bras et regarda ce qu'elle tenait au creux de la paume. Une masse de boue noire compacte, mêlée de feuilles et de brindilles. Elle s'inclina légèrement en arrière, lança la jambe droite sur le ponton, déposa sa trouvaille au bord de celui-ci et l'écrasa rapidement du bout de l'index, les traits crispés par l'effort qu'elle devait faire pour maintenir sa position.

Elle jeta un autre coup d'œil à Caffery, avec la même flamme bleue dans les prunelles.

– Même en état de décomposition – ce qui n'était pas le cas –, une main ne flotterait pas.

– Pourquoi ?

– Parce que c'est lourd : il y a beaucoup d'os et pas assez de tissus mous. Et surtout, les gaz de décomposition s'en échapperaient au fur et à mesure par la plaie d'amputation. Et, sans gaz, rien ne flotte.

Elle remit la main dans l'orifice qu'elle venait de découvrir. Une odeur infecte d'égout et de ténèbres monta jusqu'à Caffery. Cette fois, son bras disparut jusqu'à l'épaule et sa joue se plissa contre la paroi.

– Bref, poursuivit-elle, soit le témoin a menti, soit…

– Soit… ?

– Soit cette main est tombée dans le port sous l'effet d'un courant, et le témoin l'a aperçue pile à ce moment-là. Il pleuvait des cordes. Elle aurait pu sortir d'une conduite d'eau pluviale…

Flea grimaça de plus belle, comme si elle s'efforçait de raffermir sa prise sur un objet invisible. Elle plaqua sa main gauche contre le mur, ramena le buste en arrière, ressortit son bras droit de l'orifice et déposa un deuxième tas de bourbe dégoulinante sur le ponton. Puis elle revint face au mur, posa les mains de part et d'autre de l'orifice et regarda à l'intérieur. Les manches de sa combinaison étaient souillées de mousse et de vase.

– ... d'une conduite comme celle-ci.

10

25 novembre

Ça lui a pris du temps – et peut-être aussi un petit passage par la case manque – mais Mossy a fini par décider qu'on ne lui demandait pas la mer à boire.

Le deal est le suivant : ils veulent lui prélever un peu de jus. Par simple piqûre. Rien à voir avec un plan « rouge » – il ne se fera pas enfiler jusqu'au sang. Racho a déjà préparé son matos, une aiguille et un tube relié à une espèce de poche à perfusion. Ils vont taper dans une veine pas trop cramée et pomper jusqu'à ce que la poche soit pleine, c'est-à-dire pendant une vingtaine de minutes, et Mossy pourra ensuite décompresser en s'envoyant un autre fixe, plus une tasse de thé ou une bonne bière si ça lui chante. Et il sera libre. Il y a deux cents livres à la clé, plus le sachet de poudre que Racho lui a mis sous le nez. Il devra juste ressortir d'ici les yeux bandés, et ils le déposeront où il veut dans Bristol. Il a beau se creuser la cervelle, il ne voit pas une seule bonne raison de ne pas leur faire confiance. Il y a des tas de gens qui donnent leur sang gratos, oui ou non ? Et puis qu'est-ce que ça lui coûtera de vendre une petite partie de lui-même dont il n'a aucun besoin, lui qui loue son trou de balle depuis des années ? Il n'y a qu'à voir ça comme une variation sur le même thème, même si c'est un peu tordu. Sans compter qu'il fait bon dans cette piaule – et l'odeur de nourriture qui flotte dans les parages lui rappelle d'un seul coup qu'il n'a rien avalé depuis la veille au soir.

Allongé dans le canapé, il se fume un petit pétard pendant que Racho lui pose son cathéter. Il doit s'y reprendre à deux fois et le loupe ensuite en voulant amorcer sa pompe trop vite. Mossy lâche un juron.

– T'es un sacré expert, dit-il en regardant Racho fixer le cathéter avec du sparadrap, puis brancher dessus un tube flexible.

Le tube est commandé par un petit robinet en plastique ; au moment de l'ouvrir, Racho s'interrompt pour jeter un coup d'œil par-dessus son épaule, ce qui incite Mossy à se demander si quelqu'un les observe. Il décolle la nuque du bras du canapé et suit son regard. Une deuxième grille se détache petit à petit de la pénombre, beaucoup plus basse que l'autre et également fermée à clé, barrant l'accès d'une pièce complètement noire.

Racho émet un petit claquement guttural. Il lâche son tube et, avec une grâce de danseuse, se love sur le canapé contre Mossy en posant une main sur ses côtes saillantes. Surpris, Mossy soulève le menton, baisse les yeux sur le haut du crâne du petit Black, couvert de frisottis laineux et irréguliers, et se sent pris d'une tendresse inattendue. On dirait que ce mec cherche à le consoler, ou à se réchauffer. Comme un môme qui se blottirait contre sa mère.

– Quoi ? lâche-t-il d'une voix un peu rauque, saisi d'une soudaine envie de caresser les cheveux de Racho. Qu'est-ce que tu veux ?

– Moi triste. Moi très triste.

– Qu'est-ce que tu racontes, putain ?

Il entend Racho déglutir. Il sent les cartilages de sa gorge monter puis redescendre contre son bras.

– Lui veut toi crier.

Mossy, submergé par les pulsations du shit, manque éclater de rire.

– Crier ? répète-t-il avec un demi-sourire. Tu déconnes ou quoi ? Pourquoi je crierais ?

– Moi demander toi. Quand sang sortir, toi crier. OK ?

Mossy se tord le cou, s'efforce de percer l'ombre derrière la grille, cherche des yeux scrutateurs. Mais on n'y voit que dalle, à part les reflets du métal de la grille, dont il est sûr à cent pour cent qu'elle est verrouillée. Il lâche un rire de gorge, un rire entendu. Ça y est, il a pigé.

– Hé, chéri ! lance-t-il d'une voix forte, qui résonne dans le noir. C'est bon, je sais que t'es là ! Je te vois pas, OK, mais je sais que tu y es. Et laisse-moi te dire un truc – les pervers, je les kiffe grave. Vraiment. Je vous adore tous. Je vais te sortir le show de ta vie. Ta caméra est prête ?

En guise de réponse, un petit clic s'échappe des ténèbres, suivi d'un ronronnement, et un voyant rouge se met à clignoter. Mossy repose la nuque sur l'accoudoir et s'esclaffe de plus belle. Il se retrouve en terrain connu. Ils l'ont presque tous filmé, ceux qui adorent se revoir en pleine action comme ceux qui ont tellement honte de leurs désirs ou de la taille de leur queue qu'ils préfèrent le filmer pour se branler ensuite, quand il ne sera plus là pour se foutre de leur gueule. Il comprend maintenant pourquoi on le paie si cher, et il s'en moque. C'est bon, il peut se détendre.

Racho bouge. Il se redresse et ouvre le robinet du cathéter. En observant son visage tout proche, Mossy se demande s'ils pourraient être amis.

– Toi crier, souffle Racho. Maintenant.

Et c'est ce que fait Mossy. Il renverse la tête en arrière sur le tissu râpeux, et il hurle.

11

14 mai

– Je n'ai pas besoin de vous demander ce qu'on cherche.

Les agents de la société d'entretien sous contrat avec la municipalité, trois types en blouson rouge vif estampillé SITA, manœuvraient leur radeau gonflable pour l'approcher au plus près du ponton ; l'un d'eux était en train d'ajuster un gros tuyau flexible orange sur une machine de lavage à haute pression. Celui qui se tenait à la proue plaça un doigt sous la canalisation et étudia le filet d'eau qui en coulait pendant que son collègue réglait la puissance du jet.

– La seule question que je me pose, reprit-il, c'est jusqu'où on doit remonter.

Caffery, debout sur le ponton, considérait d'un œil songeur les mottes de boue extraites par Flea.

– Pardon ?

L'homme qui venait de lui adresser la parole était massif et rougeaud. Il avait le crâne rasé et trois piercings dans l'oreille droite.

– Elle est bouchée, non ? La conduite. Vous voyez, quand il fait beau et que ça continue à dégouliner, c'est qu'il y a un bouchon quelque part.

– A quelle distance ?

L'autre s'esclaffa.

– Au pays de Galles ? A Cardiff ? Vous en faites pas. Vous serez le premier à savoir.

Pendant que les agents d'entretien inséraient la tête de leur tuyau dans l'orifice, Caffery considéra la longue coulée verdâtre qui s'en échappait. Puis il regarda à nouveau la boue étalée à ses pieds sur le ponton. Elle était noire mais, depuis que Flea l'avait sortie de la conduite, il repensait constamment aux résidus gras et blanchâtres qui avaient fini par boucher une canalisation chez un certain Dennis Nilsen dans les années quatre-vingt. Tout le monde à la Met connaissait cette histoire – l'histoire de ce qu'avaient découvert les plombiers : des caillots de graisse humaine issus des trois cadavres que Nilsen avait dépecés, puis bouillis dans son studio avant de les balancer aux chiottes.

– On sait d'où vient cette conduite ? demanda-t-il à Flea.

Elle s'était douchée au Poste et portait à présent un pull et un pantalon de treillis bleu marine ; accroupie à quelques pas sur le ponton, elle étudiait le plan que venaient de leur transmettre par coursier les services de l'équipement. Caffery s'accroupit à côté d'elle en s'efforçant de ne pas se laisser distraire par son odeur de shampooing pour bébé et de dentifrice, qui s'était progressivement substituée aux remugles d'égout à mesure qu'il se rapprochait d'elle.

– Certaines conduites se déversent dans le port, d'autres dans des cours d'eau souterrains – la Frome, les douves – mais pour compliquer les choses il y en a aussi qui repartent dans le réseau d'égout.

Elle se tourna vers le pont suspendu de Clifton qui se dressait en aval, lointain et froid, puis scruta l'étroit chenal. Les agents d'entretien mirent leur engin en marche ; une puissante gerbe d'eau sale gicla de l'orifice et se déversa dans le port, ce qui fit pivoter le radeau sur son axe. Flea dut hausser le ton pour couvrir le vacarme.

– La station de pompage de l'intercepteur nord est là-bas, cria-t-elle. Juste sous le pont.

– La station de pompage du quoi ?

– D'un de nos réseaux d'égout. On en a deux à Bristol, un qui couvre l'anneau sud, l'autre le nord. Les canalisations d'ici dépendent du réseau nord. Mais ça ne signifie pas grand-chose, dans la mesure où, comme dans la plupart des villes, le gros du système d'évacuation des eaux pluviales est indépendant. Cette conduite-ci…

Flea suivit du doigt le tracé de la canalisation. Elle partait du port, passait juste devant l'entrée des restaurants et se terminait en surface environ trois mètres plus loin, au bord de la route, par une bouche d'égout.

– … n'est pas reliée au réseau, conclut-elle en tapotant un symbole de grille dessiné sur le plan. Contrairement à ce que sa direction pourrait faire croire.

– Ça y est ! s'écria un des types en rouge. On l'a !

Caffery et Flea levèrent la tête. L'agent aux piercings tenait son tuyau au-dessus de sa tête, à deux mains, les yeux plissés et le visage détourné pour éviter d'être éclaboussé par le geyser qui continuait de jaillir de l'orifice.

– Vous avez quoi ? demanda Caffery, obligé de crier, en s'avançant. Vous savez ce que c'est ?

– Ça, je peux pas vous dire ! C'est assez loin, à dix bons mètres. Va falloir aller jeter un œil !

Caffery regarda Dundas assembler le matériel d'inspection de la brigade : une caméra gyroscopique montée sur une sonde à roulettes, et reliée par un câble de cinquante mètres à un écran portatif serti dans un boîtier étanche de couleur jaune. Dès que les agents d'entretien eurent déblayé la piste et que la brigade de plongée eut remis son canot en position, Flea introduisit méticuleusement la caméra dans l'orifice.

Elle appuya sur un bouton de la télécommande, et la caméra sur roulettes entama son périple à l'intérieur de la conduite. Tout le monde avait les yeux rivés sur l'écran, dans un silence à peine rompu par les grincements du câble qui se dévidait lentement. Surmontée de deux projecteurs, la caméra fournissait déjà les premières images en couleurs d'une incursion aussi tortueuse qu'irréelle dans les profondeurs de la terre, parfois touchée par des racines pendantes ou la clarté soudaine d'un rai de soleil tombé d'une grille d'égout ; son objectif ne tarda pas à être criblé de gouttelettes. La police avait autrefois cherché en vain le corps d'Ewan dans le collecteur parallèle à la voie ferrée qui passait derrière le jardin des parents de Caffery, et celui-ci en avait gardé une profonde aversion pour les égouts.

— Visez-moi ça, murmura un des agents d'entretien en montrant les parois intérieures. Cette conduite est complètement naze. C'est fissuré de partout.

Flea procédait avec lenteur, en regardant alternativement le plan du réseau, son écran et l'entrée de la canalisation.

— Cinq mètres, annonça-t-elle après un coup d'œil au compteur. Et le bouchon est à dix mètres, c'est ça ?

— Dix cinquante.

Le silence retomba. Tout le monde s'attendait à voir une image emplir l'écran au détour d'un virage. Sans doute chacun anticipait-il une horreur différente. Pour Caffery, c'étaient des yeux. Il avait passé une bonne partie des nuits de son enfance à spéculer dans le noir sur la tranchée ferroviaire qui passait derrière la fenêtre de sa chambre, ainsi que sur l'endroit où Penderecki avait pu enterrer Ewan. Il s'était toujours représenté son grand frère gisant sur le dos, le visage tourné vers le ciel, et c'était la raison pour laquelle il s'attendait aujourd'hui encore à voir d'abord surgir des ténèbres une paire d'yeux – des yeux aux cornées vitreuses, desséchées, incapables de refléter la lumière.

— Neuf, dit Flea. Neuf cinquante. Dix. Dix cin...

Elle arrêta la caméra. Une image venait d'apparaître sur l'écran. Plus personne n'osait respirer.

— Qu'est-ce que c'est ? souffla Caffery.

On était loin du cadavre que tous avaient en tête. Ils mirent quelques secondes à comprendre qu'ils avaient affaire à un amas de cailloux, de vase, de racines et de terre.

— Notre bouchon, répondit Flea.

– On dirait un éboulis, commenta un des agents d'entretien. Il y a eu un affaissement.

– Vous pouvez aller plus loin ?

– Je crois.

Elle se remit à manier sa télécommande. Sur l'écran, la caméra se rapprocha de l'agglomérat, entreprit de l'escalader, mais retomba en arrière.

– Si seulement je pouvais...

Elle fit trois tentatives infructueuses. A la quatrième, le petit chariot téléguidé réussit à gravir l'éboulis puis redescendit cahin-caha sur le versant opposé jusqu'à s'immerger entièrement dans une eau stagnante. L'image devint floue. Les projecteurs n'éclairaient plus que des tourbillons de particules en suspension, mais le voyage reprit. Flea stoppait la caméra à chaque anomalie, la faisait tourner en douceur pour filmer la moindre fissure, la moindre protubérance. Cinq minutes plus tard, l'engin buta contre une paroi de ciment et s'immobilisa.

– Qu'est-ce que c'est ?

Elle secoua la tête.

– Je crois qu'on est au bout, dit-elle, perplexe. Il n'y a rien.

Dans un silence teinté de déception, Flea filma la paroi sous tous les angles avant de faire entièrement pivoter la caméra sur son axe pour la pointer vers l'éboulis. Toujours rien. L'intérieur de la conduite était vide. Elle appuya sur un bouton ; l'image se rétracta jusqu'à n'être plus qu'un point lumineux avant de disparaître de l'écran.

– Dommage, maugréa Dundas en posant une main sur l'épaule de Flea. C'était pourtant l'explication la moins illogique.

– Ouais, fit-elle. Je crois. Mais bon...

Les lèvres pincées, elle fit revenir la caméra en marche arrière, tous feux éteints.

Les agents d'entretien se dispersèrent, un peu déçus de ne pas avoir assisté à la découverte d'un cadavre coincé dans les profondeurs d'une canalisation – une histoire bien saignante à raconter au pub. Seul Caffery resta immobile. Il se tenait toujours face à l'écran éteint, l'esprit en effervescence. Une intuition était en train de s'imposer à lui, liée à l'idée de direction, ou d'intention. A sa conviction soudaine que la personne qui avait coupé cette main n'avait jamais eu l'intention de la voir tomber dans le port. Il tourna la tête vers le quai et tenta d'évaluer la distance entre l'orifice et la surface de l'eau. Un mètre cinquante à vue de nez.

– Votre caméra a fait tout le parcours aller en montée, n'est-ce pas ? demanda-t-il à Flea. La conduite est en pente ?

– Bien sûr. Jusqu'à la bouche d'égout. Pourquoi ?

Il ramassa le plan et se mit à l'étudier.

– A quelle profondeur passe-t-elle ? Il y aurait moyen de suivre son tracé en surface ?

Elle cessa d'enrouler le câble de la caméra et lança un coup d'œil dubitatif au plan qu'il tenait entre les mains.

– Encore faudrait-il qu'il soit exact. J'imagine qu'on devrait pouvoir y arriver avec une sonde radar, mais il va falloir qu'on aille en chercher une au QG.

– Venez, dit-il en avançant vers le quai. On va d'abord donner sa chance à ce plan.

Flea posa son câble sur le ponton et s'empressa de le rattraper.

– Mais... il n'y a rien dans cette conduite ! Je l'ai explorée de fond en comble. Je n'ai rien laissé passer.

– Je ne dis pas ça, sergent. Je ne dis pas ça.

Caffery plia le plan au creux de sa main pour mieux se concentrer sur le tracé en pointillé de la canalisation, longea le quai, repassa de l'autre côté des bâches de la police et se dirigea vers la camionnette des hommes-grenouilles, autour de laquelle rôdaient déjà plusieurs badauds : le sigle de la brigade de recherche et d'intervention subaquatique fonctionnait comme une invitation pour tous les vampires de la ville.

– Hé ! lança Flea, hors d'haleine. Ne vous en faites pas pour moi. Je ne vais pas en faire une jaunisse si je me suis plantée, vous savez.

Caffery fit halte à quelques pas de l'entrée d'un des deux restaurants, et elle l'imita. Le silence retomba. Puis, dans un ensemble parfait, ils baissèrent instinctivement les yeux. Ils se tenaient de part et d'autre d'une flaque brunâtre qui débordait d'une grille d'égout. Ils s'interrogèrent du regard.

— Elle était déjà là hier, finit par dire Flea en observant l'eau qui lui léchait les bottes. Je m'y suis même mouillé les pieds.

— La conduite est bouchée. Ça ne s'écoule pas.

Caffery balaya du regard les pavés qui tapissaient le quai aux abords de la Douve, jusqu'aux marches de l'entrée. S'il lisait bien son plan, cette grille d'égout marquait le point de départ de la canalisation, qui filait ensuite quasiment en ligne droite jusqu'à l'endroit où elle se jetait dans le port. A deux mètres de là, elle devait donc passer sous cet enclos à poubelles fermé par une palissade en bois. Il revint sur ses pas en suivant sa ligne imaginaire et contourna l'enclos jusqu'à en localiser l'ouverture.

— Qu'est-ce que vous faites ? interrogea Flea.

Caffery lui fit signe de se taire et pénétra dans l'enclos. L'odeur était nauséabonde. Une nuée de mouches bourdonnait autour des bacs débordants. Une bonne douzaine de caisses de bouteilles de bière vides étaient empilées de part et d'autre de la sortie de secours du restaurant, qui donnait sur les cuisines. Il écarta un bac puis repoussa du pied les sacs-poubelles gonflés de détritus qui s'entassaient jusqu'à l'entrée. Après avoir dégagé la base du mur à l'endroit où la conduite, en toute logique, effectuait un bref passage sous le perron, il s'arrêta et regarda fixement le sol.

— Qu'est-ce que vous… ?

Flea s'interrompit net en suivant son regard. Un pavé manquait, celui qui aurait dû faire la jonction avec l'assise du perron. Et plusieurs autres, autour, avaient été grossièrement fracassés, peut-être à coups de pioche.

— Oh… Je crois que je commence à comprendre, murmura-t-elle.

— Mouais. Je dirais qu'on est pile au-dessus de l'éboulis. Pas vous ?

12

Ainsi découvrirent-ils que deux mains, et non pas une, avaient été enfouies sous l'entrée du restaurant la Douve. Quel que fût l'auteur de cette inhumation, il y était allé un peu trop fort, provoquant un éboulis et la chute d'une de ces mains dans la conduite d'eau pluviale qui passait en dessous, d'où sa glissade jusque dans le port. Sa sœur jumelle était restée coincée en équilibre précaire dans un mélange de terre et de débris juste au-dessus de l'éboulis, les doigts tendus vers l'eau. Soit à quelques centimètres à peine du champ de la caméra téléguidée par Flea.

Caffery avait déjà vu des membres coupés. S'il existait un domaine dans lequel il avait de la bouteille, c'était bien celui des mutilations humaines, et il avait été confronté à des déclinaisons autrement effroyables des innombrables façons dont le connu pouvait soudain virer à l'inconnu. Aussi ne comprit-il pas trop lui-même pourquoi la découverte d'une deuxième main sous l'entrée de la Douve avait fait naître en lui ce petit bourdonnement d'appréhension.

Au cours de la nuit, ses pensées l'avaient maintes fois ramené à la serveuse du restaurant voisin, le Poste, avec sa voix qui semblait dire qu'elle ne s'attendait pas à être crue : une fille soumise, presque implorante et consciente du côté un peu dingue, un peu malsain de son récit. Il avait rêvé d'ombres, de formes mouvantes et naines. Il avait demandé à quelqu'un de Kingswood d'établir la liste de tous les exhibitionniste fichés du coin, et elle lui était revenue riche de plusieurs centaines de noms. Il ne se sentait pas le courage de les passer tous au crible. Cela risquait de prendre des semaines, alors que le petit Priape du ponton n'avait pour l'heure aucun rapport concret avec les mains tranchées, et encore moins avec ce qui lui était arrivé dans sa voiture la veille au soir en compagnie de Keelie.

Caffery connaissait cependant assez bien le système pour savoir qu'il devait à tout le moins donner l'illusion de procéder avec méthode. Le propriétaire de la Douve était actuellement en vacances à l'étranger – Caffery avait chargé un de ses hommes de retrouver sa trace – mais les employés du restaurant, qui commençaient tout juste à arriver pour prendre leur service, eurent la surprise d'être interceptés à l'entrée les uns après les autres puis escortés jusqu'au Poste pour y être interrogés. Caffery avait commencé par entraîner le noyau dur de son équipe dans une séance de porte-à-porte sur le port de plaisance, après quoi la quasi-totalité de sa force de frappe s'était regroupée dans la grande salle du Poste. On s'y serait cru dans un commissariat, avec des interrogateurs et des interrogés qui s'affrontaient du regard au-dessus des tables en buvant des cafés noirs servis dans des tasses minuscules. En plus des questions habituelles, Caffery avait prié ses enquêteurs de demander à tous leurs clients s'ils avaient remarqué quoi que ce soit d'anormal sur le ponton en fin de soirée, après la fermeture.

Il attendit à l'extérieur du restaurant que les techniciens aient fini de déterrer la main – ils procédaient avec une lenteur d'archéologues, pour éviter toute perte d'indice. Le soleil avait traversé le port et se reflétait là-bas sur les mâts des voiliers, mais de ce côté-ci le ponton était à l'ombre et il faisait froid. Caffery eut curieusement du mal à l'imaginer ensoleillé, quelle que soit l'heure du jour. Un conseiller technique avait défini les paramètres de recherche et plusieurs équipes étaient arrivées en car de Portishead pour passer la Douve et ses abords au peigne fin à l'aide de radars souterrains, pendant que des agents d'entretien sondaient toutes les canalisations du secteur. Mais tous revinrent bredouilles. Le cadavre restait introuvable.

Le coordinateur de scène de crime glissa la deuxième main dans un sachet transparent tout en considérant ce remue-ménage d'un œil goguenard, apparemment très amusé de voir tout ce monde s'agiter en vain.

– Et vous dites que vous êtes enquêteur ? demanda-t-il en s'approchant de Caffery.

L'aspect de ce petit homme inexpressif et gris, au nez pincé et aux yeux ourlés de poches rouges, suggéra à Caffery qu'il n'avait pas affaire à un citadin. Il voyait plutôt ce type reprenant chaque soir sa voiture pour rentrer chez lui, quelque part dans la nébuleuse de bourgades qui se déployait au sud-ouest de Bristol. A Nailsea, peut-être.

– Je vous demande pardon ? fit-il, laissant tomber son regard sur le morceau de chair grise visible à l'intérieur du sachet.

Le coordinateur vrilla sur lui ses yeux aqueux.

– Vous dites que vous êtes enquêteur ? Et moi qui croyais que les enquêteurs avaient pour règle d'or de ne jamais se fonder sur des présomptions...

– Et qu'ai-je présumé ?

– Qu'il y avait un cadavre.

– Ecoutez, je sais que ça peut paraître idiot, mais s'il y a une main – et même deux – il y a forcément un cadavre.

Après avoir refermé la glissière du sachet d'un pincement de doigts, le coordinateur inscrivit ses initiales et la date sur l'étiquette.

– Je ne suis pas médecin, notez bien, mais on apprend quand même quelques petites choses dans ma partie, déclara-t-il en déposant le sachet dans une glacière en polystyrène. Et les lois les plus élémentaires de la physique et de la chimie montrent que l'amputation d'une main ne transforme pas nécessairement le corps humain concerné en cadavre.

– Vous voulez dire que cette personne pourrait être encore en vie ?

Le coordinateur plongea une main dans sa mallette et en ressortit un bouquet de stylos maintenus par un épais élastique rouge. Il défit l'élastique et laissa retomber les stylos à l'intérieur de sa mallette.

– Vous voyez ça ? dit-il en agitant son élastique. C'est une artère humaine.

– D'accord. Si vous le dites.

Le coordinateur sortit ensuite un cutter.

– Vous connaissez sûrement l'erreur classique des candidats au suicide, dit-il en faisant glisser l'ongle de son index dans le sens de la largeur de l'élastique. Ils s'entaillent le poignet comme ça.

– Ouais. Et ça ne marche pas.

– Alors que s'ils faisaient comme ça...

D'un coup précis de cutter, il incisa longitudinalement son élastique, qui se fendit en deux mais resta d'un seul tenant.

– ... le boulot serait mieux fait. Quand on se tranche une veine en largeur, l'artère est préservée, et elle continue à pomper du jus. Mais si vous la tranchez complètement...

Il plaça l'élastique sur la rambarde du ponton, le coupa en deux puis reprit le caoutchouc vrillé entre le pouce et l'index.

– ... elle repart d'un seul coup vers le haut du bras, exactement comme ce truc, dit-il en agitant son élastique qui se tortillait dans le vide telle une anguille vivante. Le sang cesse d'affluer et le circuit se bloque. Pour le plus grand bonheur du patient. Ou son malheur, s'il avait vraiment l'intention d'y passer.

Au loin, derrière les toits ensoleillés de Bristol, un vol d'oiseaux montait dans le bleu du ciel. Caffery le suivit pensivement des yeux.

– Vous voulez dire qu'il pourrait y avoir, quelque part dans le coin, quelqu'un qui se promène sans ses mains ?

Le coordinateur ricana.

– Hé, je n'ai jamais dit qu'il se promenait, d'accord ? Mais je ne dis pas non plus que c'est un macab. De toute façon, ajouta-t-il en jetant l'élastique dans sa mallette, je ne suis là que pour emporter cette saleté à Southmeads. Ce n'est pas moi qui suis chargé de l'autopsie, et encore moins de mener l'enquête. Au fait, vous savez quoi ?

– Quoi ?

– L'enquête. Si j'en crois la rumeur, ce serait votre boulot, monsieur Caffery.

13

8 mai

Mossy a entendu parler d'une clinique à Glastonbury où on peut décrocher en un week-end – un truc à base de plantes qui ne provoque aucune dépendance, même qu'il paraît qu'on ne se souvient de rien – et il se dit qu'il ferait peut-être bien d'utiliser le fric de Racho pour se payer une désintox. Mais la volonté ayant un peu de mal à trouver sa place dans l'univers de Mossy, son idée a tôt fait de se muer en souvenir et son fric de retrouver le chemin des poches de BM.

Les jours succèdent aux jours, l'hiver arrive et puis s'en va, Mossy se chope un abcès à la jambe et se tape une semaine d'hosto où on lui impose un protocole à la méthadone qui foire lamentablement, ne faisant qu'accroître sa soif de vraie poudre à la sortie. Le printemps est là, et la vie sur le trottoir devient un peu moins dure parce que le soleil commence à monter à la tête des divorcés flippés et autres vieux fermiers pédés du Gloucestershire, qui se persuadent qu'ils n'auront pas les yeux en face des trous tant qu'ils n'auront pas été se faire sucer à Bristol. Dans ses périodes de creux, Mossy revient quelquefois à l'endroit où Racho l'a branché. Il zone un peu dans les parages dans l'espoir de le revoir parce que, comme il l'a raconté à BM, ces clients-là sont des tordus qui en redemanderont forcément. Ce n'est pas du tout comme si on le payait pour une turlutte vite fait. C'est à la fois un peu plus et un peu moins. Vendre son corps sans vendre son âme, en un sens.

Mais il ne revoit Racho que début mai. Ça se passe comme l'autre fois, alors que Mossy traîne seul devant le centre, titillant du bout du pied un mégot sur le trottoir et se demandant s'il y a de quoi se rouler une clope. Il s'aperçoit tout à coup que Racho est là, les mains dans les poches, toujours avec sa démarche de mec bourré. Il a oublié à quel point ce petit Black était mignon. Carrément craquant avec ses longs cils noirs et les frisettes qui couvrent sa nuque délicate. Il fait plus propre qu'avant, aussi, comme s'il s'était enfin lavé des poussières de l'Afrique.

– Salut, dit Mossy. Ça fait une paye.

Il le détaille en prenant son temps, de ses baskets à sa veste en velours marron trop grande pour lui : on ne fait pas de fringues pour des mecs aussi minuscules. Racho aurait presque la classe avec son jean droit nickel et le pull qu'il porte sous sa veste s'il ne flottait pas dedans : ses manches et l'ourlet de son pantalon sont retournés.

Racho ne répond pas. Il pose une main sur le poignet de Mossy et le pince doucement entre le pouce et l'index, un geste qui se veut rassurant. Mossy, pris d'une bouffée de tendresse, sent monter de ses tripes un désir insoutenable. Il se dégage.

– Il en redemande, c'est ça ? Il veut me saigner ?

– Lui redemande.

Sauf que cette fois Mossy a un plan. Un bon plan, et même un plan courageux. Il emmène Racho au centre de désintox par les plantes pour se renseigner sur le prix de la cure. Mossy se sent un peu décalé dans cette clinique de bourges, surtout quand on lui annonce les tarifs. Mais c'est justement le plan de Mossy. Il rejoint Racho à l'extérieur de la clinique et lui annonce qu'il veut bien le suivre, et donner ce qu'on voudra, si on lui refile de quoi se payer cette cure. Racho passe un coup de fil. Il a l'air à cran et fait son cachottier, mais finit apparemment par convaincre son interlocuteur, puisque au final ils retournent ensemble à Bristol et arrivent sur le même parking que l'autre fois. Le crépuscule est tombé quand ils s'embarquent dans la vieille Peugeot.

La procédure est la même au départ – un fixe sur la banquette arrière, le masque d'avion, le trajet cahoteux. Des portes qui s'ouvrent puis se referment et le contact rêche du vieux canapé où Mossy finit par se retrouver assis – avec en prime un ressort pété qui lui rentre dans les cuisses et l'oblige à changer de position. Sauf qu'en ôtant son masque il voit que Racho pleure.

– Ben quoi ? fait Mossy avec une petite boule d'angoisse dans la gorge. Qu'est-ce qui t'arrive ?

Racho fuit son regard. Il se masse la gorge entre le pouce et l'index et Mossy se rappelle avec quelle netteté il a senti, l'autre fois, le va-et-vient de sa pomme d'Adam contre son bras. Son estomac se noue.

– Quoi ? insiste-t-il. Allez, mec, qu'est-ce qu'il y a ? Il veut quoi, ce coup-ci ?

Racho lève enfin sur lui ses yeux larmoyants.

– Pardon, dit-il d'une toute petite voix. Moi désolé.

14

14 mai

Cet après-midi-là, tandis qu'elle s'affairait avec ses hommes à remonter le canot de la brigade, laver le matériel au jet et récupérer les pavillons de plongée, Flea remarqua que, toutes les fois qu'elle se retournait, l'inspecteur Jack Caffery était quelque part dans son champ de vision. Elle crut d'abord à une plaisanterie, comme si Dundas et Caffery avaient scellé une improbable amitié et s'amusaient à la faire marcher. Puis elle se demanda si les champignons continuaient de lui donner des hallucinations. La vérité était pire encore : une part d'elle-même se révélait étrangement et involontairement hypersensible à la présence de cet individu qu'elle ne connaissait pas, qui ne comprenait rien à ce qu'elle était, et qui n'avait aucun autre lien avec sa vie que le titre de commissaire adjoint qui l'avait amené à la diriger dans une de ses missions de soutien.

Dès qu'elle en eut pris conscience, Flea s'éloigna à grandes enjambées du quai, ouvrit les battants arrière de la camionnette, entassa les bouteilles d'oxygène à l'intérieur, retraversa le parking et alla se réfugier dans sa voiture. Après avoir refermé la portière, elle consulta ses messages du jour sur l'écran de son portable : un « salut » de Thom, une liste de modifications d'effectifs envoyée par le département des ressources humaines, une offre commerciale de son opérateur téléphonique, et enfin un nouveau sms de Tig, qu'elle relut en se massant les tempes.

> *Lu mon sms d'hier ? Besoin de te parler, donne des nouvelles. Ici : tjs la même galère. Libre ce soir ? Serai à l'appart. Tel moi si c OK et je te retrouve dehors. Tig.*

Elle effaça le message et resta immobile, à se dire que décidément tout avait bien changé depuis l'époque où elle pouvait s'envoyer en l'air dans la joie et la bonne humeur. Avant l'accident, quand elle avait son propre appartement et ne rentrait chez ses parents que le week-end, elle avait apprécié tout ce que permettait le sexe : voir les traits d'un homme se modifier lorsqu'il la découvrait en sous-vêtements, entendre sa voix changer en prononçant son nom. Mais, depuis l'accident, elle se contentait de masturbations solitaires, agrémentées de vagues fantasmes sur tel ou tel acteur de cinéma. Elle se disait que c'était parce qu'elle n'osait plus se déchausser devant personne, mais il n'y avait pas que ça. Plus jamais elle ne pourrait parler à cœur ouvert de la vie et de la mort, ni des questions qui avaient envahi son existence. Les seuls hommes dont elle se sentait proche étaient soit beaucoup plus âgés qu'elle, comme Kaiser ou Dundas, soit homosexuels. Comme Tig.

Elle inséra la clé dans le contact et composa son numéro. Un message enregistré lui répondit. Elle démarra et avança dans la rue. Elle n'aurait pas dû fréquenter quelqu'un comme Tig, c'était une des entorses à l'éthique de son métier qu'elle se permettait, mais ce soir il n'y avait que lui qui puisse comprendre ce qu'elle traversait.

Va pour Tig, donc.

Cette photo encadrée était le seul et unique objet décoratif en sa possession, et Caffery s'était dit qu'au bout de deux mois dans ce petit cottage de location, le moment semblait venu d'accomplir un effort symbolique d'appropriation des lieux en l'accrochant quelque part. Les murs de la partie la plus ancienne de la maison, sans doute composés d'un mélange de chaux et de crin ou autre saloperie de ce genre, étaient tellement poreux et irréguliers qu'il se rabattit sur l'extension, dont les cloisons nettement plus récentes auraient dû pouvoir supporter sans problème un cadre de dimensions aussi modestes. Et pourtant, celui-ci refusait de tenir en place. Il avait beau être léger, les clous ressortaient les uns après les autres.

Après l'exhumation de la deuxième main, il était retourné à son bureau, où il avait passé un long moment seul, s'efforçant de combiner les pièces du puzzle et risquant des hypothèses. Les fibres prélevées sur la première avaient été envoyées à Chepstow pour être soumises à une analyse approfondie que le laboratoire du QG n'avait pas les moyens techniques de réaliser, et le logiciel IDENT1 continuait de mouliner sur les empreintes. Pendant ce temps, les hommes de Caffery étaient allés interroger les employés de la Douve en congé ce jour-là et avaient réussi à joindre le propriétaire, lequel avait accepté d'abréger ses vacances et était attendu à Bristol le surlendemain. Ne voyant rien de plus à faire, Caffery était parvenu à la conclusion que la meilleure solution, la solution normale, consistait à rentrer chez lui. Ce qu'il avait fait, en s'arrêtant au passage dans une quincaillerie de Hartcliffe pour s'acheter une boîte de vis avec chevilles et quelques tournevis.

— Allez, grommela-t-il en donnant un ultime coup de tournevis, cette fois, c'est la bonne.

Il recula, contrôla l'alignement du cadre par rapport au plafond et à la plinthe. Ça faisait ridicule, ce minuscule cadre rectangulaire échoué sur un mur nu. La photo représentait sa promotion à la sortie de l'école de police de Hendon, dans les années quatre-vingt ; on l'avait placé au dernier rang, et tout au bout. Il s'approcha pour étudier les visages. Il avait recroisé un certain nombre de ces types au fil des ans et les avait vus monter en grade, se marier, devenir pères – voire grands-pères pour certains. Il les avait vus grossir, se dégarnir, développer des diabètes dus aux mauvaises habitudes alimentaires des flics. Lui-même était le seul à ne pas avoir changé : il pesait à peu près le même poids qu'à l'époque et avait toujours autant de cheveux. Il aurait dû s'estimer heureux. Il y avait d'ailleurs droit régulièrement : Non mais regardez-moi cet enfoiré, il n'a pas perdu un tif. Il se contentait de hocher la tête ou de s'en tirer par une pirouette, mais au fond de son cœur il détestait se voir dans la glace à cause de ce que ce reflet lui suggérait : que la vie, la vraie vie, ne l'avait jamais effleuré.

Il toucha du doigt son visage de jeune homme et discerna sans peine, malgré le noir et blanc, ce qui l'avait toujours séparé des autres. A l'époque, bien qu'il eût à peine vingt ans, ses yeux exprimaient déjà la même détermination farouche, la même colère. Ce n'étaient pas encore des yeux de tueur – cette lueur-là viendrait plus tard –, mais ceux d'un homme assoiffé de vengeance et de violence. Rebecca, son ex, lui avait un jour offert un livre pour Noël. Un recueil d'aphorismes, et elle s'était donné la peine d'en souligner un pour lui. Il ne se rappelait plus le nom de l'auteur et avait depuis longtemps perdu le livre, mais il n'oublierait jamais la phrase en question : « Les petites âmes cruelles débordent de colère et de ressentiment, et elles sont incapables de s'accorder le plaisir de pardonner à leurs ennemis. »

— Petit et cruel, chuchota-t-il en contemplant son portrait.

Petit et cruel parce qu'il n'avait jamais compris la notion de pardon, un mot selon lui vide de sens. Il alla à la fenêtre, posa une main sur la vitre et regarda dehors en réfléchissant à sa situation. Le cottage était bâti sur une colline karstique, une pente déserte au bas de laquelle serpentait une petite route de campagne, criblée de cavités naturelles et de mines à ciel ouvert dont les Romains avaient jadis extrait du plomb, mais où poussaient aujourd'hui des plantes marécageuses comme la laîche et les soucis d'eau. Un élevage de porcs était installé au bord de la route, et quelques centaines de mètres seulement séparaient le jardin de Caffery du plus proche des cercles de Priddy – quatre cercles néolithiques, endommagés par les glissements de terrain, autour desquels circulaient encore des rumeurs de mystérieux rituels antiques. Drôle d'endroit pour tenter de comprendre la violence qui le rongeait, de débusquer le monstre enfoui en lui depuis tant d'années et d'échapper enfin aux rouages de son propre système.

Il perçut un mouvement à la limite de son champ de vision. Il ne réagit pas, resta immobile à écouter les battements de son cœur. Puis il tourna lentement la tête vers le téléviseur éteint, où se reflétait une image déformée de la pièce : la porte ouverte sur le couloir moquetté qui menait aux autres pièces de la maison ; son visage aux orbites creuses ; les fenêtres et la sphère orangée du soleil déclinant. Difficile de dire si le mouvement s'était produit à l'intérieur ou dans le jardin. Tous les sens en alerte, Caffery attendit. Une bonne minute passa ; alors qu'il s'apprêtait à mettre l'incident sur le compte de son imagination, il entendit, dans son dos, une série de petits raclements, suivis d'un crac.

Il fit volte-face. Sa photo de promotion était par terre. Des éclats de verre gisaient un peu partout, le cadre était disjoint, la petite vis arrachée. Malgré tous ses efforts, le mur n'en avait pas voulu. Il s'approcha, passa un doigt sur le trou. La cheville aussi était tombée, entraînant dans sa chute un morceau de plâtre. Il considéra la pièce muette, les rayons de soleil qui effleuraient le sol, le téléviseur, et à nouveau le cadre brisé. Il respira lentement, à plusieurs reprises, en se traitant d'imbécile. Il fallait vraiment être con pour se faire des idées aussi stupides que celle qui venait de l'effleurer. L'idée que cette maison, aussi inerte fût-elle, avait trouvé le moyen de le prendre en grippe.

Tig habitait à Hopewell, une cité HLM où se dressaient quelques-uns des plus hauts immeubles de Bristol, au rez-de-chaussée d'une tour rouge et bleu fissurée de partout et fouettée par les vents, dont la moitié des appartements étaient condamnés ou vandalisés malgré la vue imprenable qu'ils offraient sur la ville. En descendant de voiture, Flea fut saisie par la désolation ambiante. Un petit Noir passa à sa hauteur, les mains dans les poches, en évitant son regard comme le faisaient la plupart des jeunes du quartier. Elle ne croisa personne d'autre entre le parking et le pied de la tour.

Tig lui entrouvrit sa porte, qui donnait directement sur l'extérieur, en laissant la chaînette de sûreté ; il avait l'air un peu sonné, comme s'il sortait du lit. Quand il se frotta l'œil, elle vit rouler ses muscles bodybuildés sous son débardeur noir.

– Salut.

– Salut.

– Désolée d'avoir été aussi longue à la détente. On vient d'enchaîner deux sales journées. Ça va ?

En prison, le voisin de cellule de Tig lui avait balancé de l'eau de Javel en pleine figure. L'œil gauche s'en était tiré sans dommages mais le droit avait développé un glaucome secondaire, provoquant un gonflement du globe et un décalage latéral de la pupille. C'était toujours celui-là qu'il se frottait quand il était à cran. Mieux valait attendre qu'il ait fini d'y enfoncer ses jointures. Flea croisa les bras en frissonnant et jeta un coup d'œil derrière lui.

– Tig ? Tu me laisses entrer ?

Il hésita, regarda par-dessus son épaule les piles de vieux journaux qui encombraient le couloir, et Flea sentit qu'il était embarrassé. Quinze ans plus tôt, Tig avait plongé pour tentative de meurtre sur une dame de quatre-vingts ans qui l'avait surpris en train de cambrioler son appartement. Héroïnomane à l'époque des faits, il s'était distingué du commun des taulards en réussissant à décrocher en prison et surtout en créant, à sa libération, une structure associative de soutien et d'accueil pour les toxicomanes désireux de s'en sortir. Cette activité professionnelle lui avait permis de tisser des liens solides avec les minorités ethniques et autres groupes de réfugiés présents dans la région – il avait même été, pendant un temps, pressenti pour participer à l'opération Atrium, une vaste campagne anticriminelle fondée sur le renseignement et visant les gangs jamaïcains spécialisés dans le trafic de drogue ; Tig avait beau être aussi blanc qu'on puisse l'être, les responsables d'Atrium avaient décidé après avoir scruté ses relations à la loupe qu'il méritait d'être pris comme SHIC, « source humaine d'informations sous couverture », puisque c'était ainsi qu'on appelait désormais les infiltrés. L'idée ne fit pas long feu : ils firent machine arrière dès qu'ils eurent compris qu'un indic blanc n'avait pas l'ombre d'une chance. Sans doute auraient-ils carrément pris leurs jambes à leur cou s'ils avaient appris à l'époque qu'une de ses meilleures amies était sergent dans une unité de soutien de la police.

Ils s'étaient connus par la plongée. Tig avait réussi à faire inscrire quatre clients de son association à un stage d'initiation dans le centre où Flea terminait justement sa formation d'instructrice. Contraints de se fréquenter deux jours durant, ils s'étaient découvert des atomes crochus. Mais plus encore que la plongée, quelque chose d'indéfinissable les avait rapprochés : le sentiment d'être tous les deux des éclopés de la vie, peut-être, mais aussi, et peut-être surtout, de rembourser l'un et l'autre une dette en adoptant une conduite responsable – dans son métier de flic et vis-à-vis de Thom pour Flea ; dans son travail de responsable associatif et vis-à-vis de sa mère pour Tig.

Sa mère avait un petit grain – rien d'officiel, mais le passage de Tig par la case prison avait fait déborder le vase. Il avait emménagé ici dès sa sortie, un an plus tôt, pour prendre soin d'elle, et il devait notamment supporter sa manie d'amasser toutes sortes de vieilles cochonneries. Tout le monde était d'accord pour penser que cette situation finirait par le rendre fou.

– On était censés se retrouver dehors, grommela-t-il.

– J'ai essayé de t'appeler. Et même s'il y avait un coin ouvert dans cette partie du monde, je n'ai pas un rond sur moi. D'ailleurs, c'est toi qui as proposé qu'on se voie, non ? demanda-t-elle en essuyant d'un geste impatient son nez qui commençait à couler. Tig, au nom du ciel, je me les gèle ! Ta mère ne me dérange pas, si c'est ça le problème.

Il la dévisagea un certain temps, le front contre la porte, avec son œil droit qui disait merde à l'autre. Sans doute se disait-il qu'elle ressemblait à un épouvantail.

– Tu trembles, dit-il enfin. Qu'est-ce qui ne va pas ?

– J'ai froid. Ecoute, je suis venue parce que tu voulais qu'on parle. C'est ton idée. Rappelle-toi.

Il lui montra le paillasson.

– Reste ici. Ne bouge pas. Je vais voir si elle est présentable et je reviens.

Il disparut dans le couloir sombre, avec son papier peint décollé et sa peinture écaillée, en la laissant dehors. Elle resserra les pans de son manteau et attendit, dansant d'un pied sur l'autre. Un courant d'air froid et rance s'échappait du couloir, et un scanner radio mal syntonisé grésillait dans une pièce. La mère de Tig, sûrement. Depuis que Flea la connaissait, elle passait une partie considérable de son temps à écouter la fréquence de la police, sous prétexte qu'elle devait garder une longueur d'avance si les flics décidaient de venir l'embarquer. Car son monde était désormais ainsi, grouillant d'armées et de brigades imaginaires qui quadrillaient les rues. Depuis que les transmissions policières étaient brouillées, elle écoutait leurs parasites. Ce qui donnait une bonne idée de son état.

Tig réapparut dans le couloir quelques minutes plus tard, alluma le plafonnier et défit la chaînette.

– Maman ne dort pas. Ça tombe mal.

Il s'effaça pour la laisser entrer et lui indiqua d'un geste empreint de tristesse les profondeurs du couloir, recouvert d'une étroite bande de moquette souillée de taches mille fois piétinées.

– C'est toujours dans ces moments-là que l'envie me démange de replonger, ajouta-t-il. Quand elle ne dort pas.

Ils entrèrent dans la cuisine, avec ses piles de linge et sa pauvre petite table en mélaminé au centre de laquelle une salière, un poivrier et une bouteille de ketchup trônaient sur un napperon plastifié. Tig mit la bouilloire en marche, alluma tous les feux de la gazinière en position maximale pour réchauffer la pièce, et l'invita à s'asseoir après avoir retiré un tas de vêtements d'une chaise. Flea s'installa en silence face à la table, agressée par l'odeur de saleté, de pourriture et de butane ; la petite masse rigide du sachet de champignons qui lui comprimait le sein à l'intérieur de sa pochette banane lui rappela sa mère et les violettes. Tig lui servit une tasse de thé au lait, dénicha un sachet de cacahuètes, l'ouvrit d'un coup de dents et le vida dans un bol qu'il poussa devant elle.

— Qu'est-ce qui ne va pas ? demanda-t-il. C'est le boulot ? Il s'est encore passé un truc horrible ? C'est drôle, mais quand tu viens ici, tu ne sens jamais le cadavre.

— Je ne passe pas ma vie à transporter des cadavres, figure-toi.

— Une bonne partie quand même.

Tu sais, Tig, eut-elle envie de répliquer, c'est surtout quand je viens ici que j'aurais besoin d'un équipement de protection. Mais elle se retint. Elle resserra encore son manteau. Il faisait un froid de canard dans cette cuisine, avec un courant d'air en prime.

— D'accord, dit-elle, tu as raison. Ces deux derniers jours, j'ai eu ma dose de viande froide. Mais rien de trop gerbant – enfin si, mais juste un peu.

Il prit une poignée de cacahuètes et les tria distraitement au creux de sa paume.

— « Juste un peu gerbant » ? Ça veut dire quoi ?

— On a retrouvé une paire de mains.

Il releva la tête.

— Une paire de mains ?

— Sous l'entrée d'un des restaurants du port flottant.

— Sans corps ?

— Sans corps.

— Dans le port de Bristol ?

— Je viens de te le dire.

— Qu'est-ce qu'elles foutaient là ?

— On aimerait bien le savoir.

— Vous savez à qui elles étaient ?

— Non.

– C'était quel restau ?

Elle farfouilla parmi les cacahuètes en se demandant s'il était raisonnable de manger quoi que ce soit ici.

– Face au quai de Redcliffe, répondit-elle. La Douve.

Il émit un petit sifflement.

– La Douve ? Je connais, putain. Je connais le patron. Un Africain – il m'a même aidé à financer mon assoce.

– Dans ce cas, fit-elle en se risquant à jeter quelques cacahuètes dans sa bouche, je crois que c'est une raison suffisante pour que je ne t'en dise pas plus, non ?

Tig soupira.

– C'était juste histoire de manifester un peu d'intérêt.

Elle prit une autre cacahuète dans le bol et la cassa en deux. La main de Tig était posée à plat sur la table, avec ses ongles courts et ses phalanges sur lesquelles s'estompaient peu à peu les mots AMOUR et HAINE qu'il s'était fait tatouer en prison.

– Tig ? risqua-t-elle après un bref silence. Tu te souviens, quand tu te droguais… ?

– Je ne risque pas d'oublier.

– Est-ce qu'il t'est arrivé de sentir… d'avoir la sensation que… que tout un univers était en train de s'ouvrir… ici, dans ta tête ?

Il partit d'un rire sec.

– Tout un univers ? Oh, ouais ! C'est toujours l'impression que ça donne au début, comme s'il existait en nous des mondes inconnus auxquels il n'y a aucun autre moyen d'accéder. Mais ensuite, quand ça bascule – parce que ça finit toujours par basculer –, on s'aperçoit qu'en fait c'est quand on ne se défonce pas que l'univers s'ouvre. Sauf que c'est maintenant un univers de douleur. Et que la seule issue, c'est toujours plus de came.

– Mais au début, quand tu avais accès à cet univers, est-ce qu'il t'est arrivé de penser que tu pouvais… je ne sais pas, disons, établir le contact ? Entrer en communication avec des personnes disparues ?

– Oh, s'il te plaît, Flea... *Je parle avec les morts,* c'est ça ? Laisse tomber, putain. Il n'y a pas un allumé, un gourou ni un fan de magie blanche qui n'ait tâté de la dope sans se persuader qu'elle lui procurait un pouvoir de divination, un don de double vue ou je ne sais quelle autre connerie du même genre. J'ai déjà entendu ça en long, en large et en travers. Ils s'imaginent qu'ils vont pouvoir parler aux morts parce qu'ils s'injectent un peu de merde dans le bras.

Parler aux morts, songea Flea en revoyant sa mère accroupie dans un bois. Parler aux morts.

– Maintenant, ajouta Tig, si tu me demandes si la défonce peut t'aider à retrouver des événements dont tu as été le témoin, des trucs oubliés que tu ne pensais même pas savoir, la réponse est oui. Bien sûr. Mais ça ne t'apprendra que des choses que tu savais déjà.

Elle détourna la tête en se frictionnant les bras.

– J'ai trouvé des champignons dans le bureau de mon père. De la psilo. Et j'en ai pris.

– Toi ?

Tig la fixa intensément, en tapotant la table de ses mains tatouées. *Amour. Haine. Amour. Haine.*

– Toi ? Quelle conne ! Putain, mais quelle conne !

Elle réussit enfin à le regarder – à regarder son visage étrange et ravagé, son œil droit qui battait la campagne et son nez aplati. Sa présence ici, face à Tig, posait un problème clair : elle voulait se droguer pour voyager dans les profondeurs de sa mémoire et découvrir des réponses qui, à coup sûr, étaient presque à sa portée. Elle allait se droguer pour entendre des voix. Pour lui, c'était le contraire. Il s'était drogué pour les faire taire. Il s'était drogué pour refouler sa rage. Et c'était là que le bât blessait. Même s'il la comprenait mieux que d'autres, Tig ne pourrait jamais saisir vraiment l'objet de sa quête.

Il haussa les épaules.

– Enfin bref. C'est fait, c'est fait. Alors ? Qu'est-ce qui te tracasse ?

– J'ai vu ma mère. Et elle a essayé de me dire quelque chose.

Elle chassa une mèche de son front, se pencha en arrière sur sa chaise et leva les yeux vers le plafond avant d'ajouter :

– Mais je n'ai pas tout compris, alors je veux…

– Tu veux remettre ça ?

– Pas avec la psilo.

– Oh. Ne me dis pas que tu es tentée de tomber dans la poudre comme moi.

Elle ramena sa chaise en avant et affronta son regard.

– Tu te souviens de mon ami Kaiser ?

– Ouais. Un drôle de numéro. Le grand ami de ton père.

– Il dit que je n'y arriverai pas avec les champignons.

Tig opina. Son œil droit était mi-clos, comme si cette discussion commençait à le lasser.

– Et ?

– Il me suggère d'essayer autre chose, il m'en a parlé hier soir. L'ibogaïne.

– Ouais, ouais, je connais. C'est naturel, c'est légal, ça vient d'Afrique. Ils l'utilisent dans certains centres de désintox.

– Kaiser pense que je pourrais passer des mois à me gaver de psilo sans avancer d'un pouce, alors que cet hallucinogène-là a des chances de m'emmener là où je veux aller. Tout se passe là-dedans, dit-elle en se touchant la tempe. Je pourrai peut-être parler à maman et comprendre ce qu'elle voulait me dire.

– Et tu y crois ?

Elle joignit les mains entre ses genoux et regarda sa tasse de thé intacte. La friture du scanner dans la chambre voisine traversait la cloison. Non, pensa-t-elle. Non, je n'y crois pas vraiment, mais c'est toujours mieux que rien.

– Bon, soupira Tig, sentant qu'elle ne répondrait pas. Je ne vois pas trop quoi te dire. De toute façon, les gens comme toi, tu sais, ça ne tombe jamais accro. Pas comme les gens comme moi, en tout cas.

Elle esquissa un sourire mélancolique.

– J'ai pris un congé de quatre jours qui démarre jeudi. Sans astreinte.

Tig décolla de sa chaise et alla prendre un autre sachet dans le placard. Les cacahuètes dégringolèrent dans le bol en soulevant un petit nuage de sel.

– Va pour jeudi, alors, dit-il avec un rire triste. Je n'essaierai même pas de t'en dissuader.

Elle resta immobile, fixant les cacahuètes, et comprit tout à coup que le monde serait toujours ainsi, avec des gens qui s'en sortaient et d'autres qui ne s'en sortaient pas. Que certaines personnes étaient bénies par l'existence, et d'autres non. Et qu'en dépit de ses blessures et de ses angoisses – en dépit de tout ce qu'elle croyait partager avec Tig –, elle faisait partie des privilégiés. Et Tig non.

15

Le froid s'était accentué avec le déclin du soleil, et le Marcheur avait cessé de marcher. Il s'était faufilé à travers une haie en bordure d'une minuscule route du Somerset et préparait son feu dans le champ voisin en empilant des bouts de papier ramassés en chemin ce jour-là. A vingt heures trente, Jack Caffery parqua sa voiture à hauteur de son bivouac, sans éteindre ses phares.

Dans un premier temps, il se contenta de l'observer. Approcher enfin ce personnage qui occupait ses pensées depuis des mois lui faisait un drôle d'effet.

Le Marcheur était trop habitué à la présence des automobilistes pour lui prêter attention. Lorsqu'il se retourna pour ramasser du bois, Caffery entrevit son visage et pensa : On dirait un homme né dans les entrailles d'un four. Il était couvert de suie des pieds à la tête : les épaisses chaussettes qui débordaient de ses chaussures de marche, maintenues sur ses mollets par des nœuds de charpie, avaient noirci ; quant à son manteau, fermé avec du fil de pêche au niveau de la ceinture, il était bien trop crasseux pour qu'il soit possible de deviner sa couleur d'origine. L'homme approchait la cinquantaine – Caffery le savait pour avoir épluché son dossier au bureau des archives criminelles – mais personne, à le voir, n'aurait été capable d'évaluer son âge. Ses longs cheveux tombaient plus bas que ses épaules et, combinés à l'épaisse barbe noire qui commençait juste sous ses yeux et lui ruisselait sur la poitrine, formaient une espèce de cagoule.

Caffery récupéra sa parka sur la banquette arrière et descendit de voiture. La route était déserte et tellement étroite que les frondaisons se rejoignaient au-dessus d'elle et la transformaient en tunnel : seul un timide rayon de soleil vespéral parvenait à s'insinuer encore dans la pénombre par une brèche de la haie. Caffery claqua sa portière, boutonna son manteau, traversa la chaussée et enjamba le squelette d'une aubépine, ce qui lui valut de déchirer son vieux pantalon et de se faire un accroc à la manche droite.

Parvenu dans le champ, il sortit un bonnet de sa poche et se l'enfonça jusqu'aux oreilles. La température avait tellement dégringolé qu'on se serait cru en plein hiver. Il s'immobilisa sur un sillon de labour et attendit. Le Marcheur, toujours aussi affairé, sortit un briquet sale d'une de ses poches et le plaça à la base de son faisceau de papier et de brindilles. Le feu prit presque instantanément – des années d'expérience. Des flammes jaillirent en crépitant, projetant des ombres mouvantes sur la terre crépusculaire.

Caffery s'avança de quelques pas.

– Vous êtes le Marcheur.

L'homme ne leva pas la tête. Il jeta une branche dans le feu puis en saisit deux autres entre ses mains gantées.

– Je disais : vous êtes le Marcheur. N'est-ce pas ?

– Ce n'est pas mon nom de baptême. Ni celui par lequel m'appelait ma mère.

Caffery croisa les bras. Malgré sa voix civilisée, polie en un sens, le Marcheur ne semblait se soucier ni de l'identité de son visiteur ni de son opinion. A croire qu'il s'attendait à cette visite et n'attachait aucune importance à la conversation qui allait ou non s'ensuivre. Il jeta ses branches dans les flammes et assista un moment à leur combustion. Visiblement satisfait, il ficha deux bâtons dans le sol à côté du feu, déroula le sac de couchage sanglé sur son sac à dos et le suspendit entre les bâtons pour le mettre à sécher. Ses vêtements et son haleine fumaient dans la pénombre grandissante.

– Je vous cherche depuis longtemps, dit Caffery.

– Et comment m'avez-vous retrouvé ? s'enquit le Marcheur d'un ton badin, presque amusé. Je ne suis pas facile à localiser. Je bouge. Je marche. C'est ma spécialité.

– Ma spécialité à moi, c'est de retrouver les gens. Je suis policier.

Le Marcheur s'interrompit et, pour la première fois, leva la tête. Ses yeux bleus, ourlés de longs cils sombres, provoquèrent chez Caffery un absurde déclic de reconnaissance : on aurait dit les siens. Le Marcheur et lui avaient exactement les mêmes yeux. Comme s'ils avaient partagé, à un point quelconque de leur arbre généalogique, un ancêtre commun. A l'âge de pierre, peut-être.

– Je n'aime pas la police.

Le Marcheur, plissant légèrement les yeux, étudia Caffery. Il prit tout son temps, passa en revue le bonnet, la parka, les Doc Martens. Peut-être trouvait-il que Caffery ne ressemblait pas à un flic. Ou peut-être avait-il lui aussi remarqué le détail des yeux.

– Ah, finit-il par dire, mes vieux amis. De la police. Ils savent où je suis, n'est-ce pas ?

– Ils ont leur petite idée. Une idée générale. Vous ne sortez pas tellement du Somerset et du Wiltshire.

Le Marcheur éclata de rire.

– Ils pensent peut-être que je n'ai pas passé assez de temps à l'ombre ? Que je vais remettre ça ? Que je vais recommencer sur quelqu'un d'autre ?

– Disons qu'on leur signale votre présence de temps en temps. Des passants, des gens qui ne savent pas qui vous êtes et s'imaginent peut-être, en vous voyant couché par terre, que vous êtes malade.

– Ou que je représente un danger pour eux ?

– Dans notre métier, on ne jette jamais rien. Votre fiche circule toujours dans le système.

– Le système, répéta le Marcheur en tournant le dos à Caffery pour préparer son dîner. *Le sys-tème.*

A l'aide de l'ouvre-bouteille pendu autour de son cou par un ruban, il perça le couvercle de quatre boîtes de conserve qu'il déposa l'une après l'autre au centre du feu. Il s'assit avec lenteur, freiné par sa masse de vêtements, et dénoua les chiffons qui enveloppaient ses jambes. Il défit ses lacets et ôta précautionneusement ses chaussures avant de les déposer au sol près de son duvet. Il retira ensuite ses chaussettes, trois paires, et s'examina les pieds. Caffery constata qu'aux endroits où les siens avaient tendance à être rouges et calleux, ceux du Marcheur étaient noirs, comme si son organisme exsudait une sorte de goudron protecteur. Il les frotta et les sécha à l'aide d'un chiffon, enfila deux paires de chaussettes sèches puis ce qui ressemblait à des pantoufles en peau de mouton, qu'il fixa à ses chevilles à l'aide de bouts de charpie. Cela fait, il s'occupa de ses chaussures : il glissa une main à l'intérieur de chacune d'elles, tapota le talon sur le sol et enduisit leurs profondeurs d'une fine couche de vaseline prise dans un pot minuscule. Le Marcheur consacrait son temps à marcher, et ses chaussures méritaient toutes les attentions qu'il pouvait leur prodiguer.

– J'ai parcouru un long chemin pour vous voir.

– Sans blague ?

– J'ai mis longtemps à arriver jusqu'à vous.

– Et moi, j'ai mis toute une vie à arriver là où je suis.

– Je sais, fit Caffery, de plus en plus gêné par le froid, en changeant de pied d'appui. Je suis ici parce que je voudrais que vous me racontiez certaines choses. Je voudrais que vous me parliez de ce que vous avez fait.

Le Marcheur fit entendre un rire léger et poli, comme s'il venait d'entendre une plaisanterie gentillette.

– Et où est-il écrit que je parle sur commande ? Hmm ? Y a-t-il une pancarte dans mon dos disant que je suis prêt à me confier à n'importe qui ? Vous n'êtes pas mon patron, ajouta-t-il, riant de plus belle. Monsieur le po-li-cier.

Caffery entrouvrit sa parka et retira un litre de scotch de dessous son chandail. Il le lui tendit.

– Je vous ai apporté ça.

Le Marcheur considéra la bouteille, puis Caffery. Il finit par prendre la bouteille, la tourna et retourna entre ses mains. Ses ongles, vus de près, étaient décollés et jaunes, comme si une infection couvait dessous. Il sentait l'allume-feu et la fumée.

– En 1980, déclara-t-il d'un ton pensif en étudiant le clipper blanc et or qui ornait l'étiquette, une maison de taille moyenne, à Bristol, se négociait dans les vingt mille livres. Vous saviez ça ?

Caffery ne déviait jamais de sa ligne quand quelqu'un changeait brusquement de sujet. Cela faisait partie de son métier de flic.

– Non. Je pourrais peut-être risquer une évaluation pour Londres. Mais pas ici. Je suis en territoire inconnu.

– Eh bien, vous êtes maintenant dans le secret. Vingt mille livres. Bon, mes parents étaient médecins, figurez-vous – ils sont morts tous les deux, évidemment –, et ils possédaient une des plus grosses baraques de Clifton. Ils l'ont payée soixante mille livres en 1980, et c'est moi qui l'ai récupérée à leur mort. Ce qui ne m'a pas servi à grand-chose, bien sûr, vu que j'étais hébergé dans le quartier de haute sécurité de Long Lartin, jusqu'au jour où... (Il marqua un temps d'arrêt, se racla la gorge et leva vers le ciel ses yeux bleu nuit.) Mais vous savez déjà tout ça, pas vrai ?

– J'ai lu votre dossier.

– Les exécuteurs du testament ont réglé les droits de succession et loué la maison à une boîte de management. Ils ont encaissé le loyer pendant les dix dernières années de ma peine. Un vrai bijou, cette baraque ; même moi, je m'en rendais compte. Six chambres, des dépendances – un des plus beaux fleurons de l'architecture XVIIIe de Bristol, d'après les agents immobiliers. Je l'ai vendue l'année dernière, en sortant de taule. A votre avis, on m'en a donné combien ?

– Je viens moi-même de vendre une maison à Londres. Elle ne cassait pas des briques, mais mes parents l'avaient payée quinze mille livres dans les années soixante-dix et j'en ai tiré plus de trois cent cinquante. Je ne sais pas, moi... Cinq cents ?

– Multipliez par quatre. Eh oui, presque deux millions. Tous les mois, j'ai plus de huit mille livres d'intérêts qui tombent sur mon compte. C'est aussi dans mon dossier, ça ?

Il lança la bouteille en l'air. Elle tournoya sur elle-même en flamboyant dans le ciel marine, et il la rattrapa par le goulot avec un sourire expert.

– Tenez, dit-il en l'enfonçant dans la poitrine de Caffery. Je ne bois que du cidre. Mais merci quand même.

Flea resta avec Tig jusqu'à huit heures du soir. Ils allèrent s'acheter deux fish and chips au seul snack de Bristol qui les emballait encore dans du papier journal et rentrèrent manger à l'appartement. Pendant qu'ils partageaient une bouteille de vin, elle s'exhorta à lui demander ce que signifiait son message, de quoi il avait besoin de lui parler. Lorsqu'elle réussit enfin à poser la question, alors qu'elle était déjà debout pour s'en aller, il éluda d'un revers de main. Non, dit-il, ce n'était rien. Tu me manquais, voilà tout.

Elle boutonna son manteau, sortit ses clés et l'embrassa sur la joue – Tig se raidissait chaque fois qu'elle l'approchait, les bras tendus le long du corps, mais elle le fit quand même. Au moment où elle s'écartait, souriant à demi de sa capacité à le tétaniser d'embarras, elle aperçut sa mère immobile sur le seuil de la cuisine. Elle était vêtue d'un peignoir rose matelassé, et ses cheveux gris tombaient librement sur ses épaules. Elle faisait plus âgée que ses cinquante ans, comme si une moitié d'elle-même seulement était de ce monde, et l'autre ailleurs. Un squelette en robe de chambre.

– Maman... dit Tig. Retourne te coucher. Il est tard.

Mais elle s'accrocha au cadre de la porte, d'un air éberlué, et les dévisagea tour à tour en ouvrant puis refermant la bouche comme si elle voulait parler. Tig se leva et la prit par le bras.

— Oh, Tommy, marmotta-t-elle. S'il te plaît. Dis-leur de s'en aller, tu veux bien, chéri ? Dis-leur de me laisser tranquille.

— Allez, maman, tu rêves encore. Au lit.

— Dis-leur de me fiche la paix. Les Noirs.

— Maman, je t'en prie, dit Tig en l'enlaçant puis en essayant de l'entraîner en douceur vers le couloir. Viens, mon cœur, on retourne au lit.

Mais elle résista. Elle agrippa le chambranle et se tourna vers Flea, cherchant du soutien. De grosses veines d'un bleu maladif affleurèrent sous sa peau cireuse.

— Oh, ma belle, chuchota-t-elle. Oh, trésor, je vais si mal.

— Madame Baines, vous vous souvenez de moi ? Je suis Flea. On se connaît. Vous vous souvenez ?

— Tu leur demanderas, mon fils, n'est-ce pas ? Dis-leur qu'ils m'embêtent avec leurs odeurs et leur musique. Dis-leur d'arrêter de courir dans mon couloir et de passer la tête à travers les murs.

— Ne vous inquiétez pas, madame Baines, dit Flea en s'avançant d'un pas pour poser une main sur son bras glacial et fragile comme une allumette. Je suis sûre que Tommy va tout arranger.

Mme Baines la fixa en cillant. Puis elle se mit à pleurer. Un chapelet de petits sons confus et dépourvus d'énergie. Elle tendit la main vers Tig.

— Tommy, demande au petit de ne plus passer la tête à travers mon mur.

— Maman. C'était à la télé. Tu la regardes trop.

— Je sais que c'était à la télé, Tommy. Je sais. Tu as le couteau à beurre ? demanda-t-elle en retirant sa main et en promenant sur la cuisine un regard harassé. Le couteau à beurre de ton père, celui à manche d'os ? Donne-le-moi, que je puisse me défendre.

Tig glissa un coup d'œil désespéré à Flea, et elle comprit qu'il lui demandait de l'aide. Elle ne put qu'esquisser une grimace compatissante. Peut-être s'était-elle fourvoyée en se jugeant capable, à cause de Thom, de comprendre ce que Tig vivait avec sa mère. C'était nettement pire que d'avoir un frère dépressif au chômage. Jamais elle n'aurait pu supporter le calvaire quotidien de Tig, qui réussissait malgré tout à rester clean.

– Viens, maman, je te ramène dans ta chambre. Et je vais te préparer un bon lait chaud. Ça te fait plaisir, non ?

– Où est le couteau à beurre ?

– Je te l'apporterai. Dès que tu seras recouchée. Promis.

– Et tu les empêcheras de me regarder ? Quand je serai dans mon lit ?

– Oui, maman. C'est promis. Je vais éteindre la télé.

Il la repoussa doucement hors de la cuisine, en la tenant par les épaules, et ces deux êtres brisés s'éloignèrent pas à pas dans le capharnaüm du couloir, laissant Flea seule face à la porte de la cuisine qui pivotait doucement sur ses gonds, à s'interroger sur l'inévitable part de douleur des relations parents-enfants.

Le Marcheur ne correspondait décidément pas à l'idée qu'on s'en faisait. Il n'y avait pas que la question du cidre et de l'argent – Caffery aurait juré que personne n'était au courant de son aisance financière. Premièrement, il ne campait pas au petit bonheur la chance, selon l'endroit où ses pas l'avaient mené au coucher du soleil. C'était beaucoup plus planifié. Il s'était constitué tout un réseau d'étapes dans l'ouest du pays, avec des petites caches en bord de route où il était à peu près sûr d'avoir la paix. Il y stockait un certain nombre d'objets, tantôt sous une haie, tantôt sous un abreuvoir, tantôt dans les interstices d'un muret en ruine. En l'occurrence, Caffery le vit exhumer d'une tranchée recouverte de terre meuble, au pied de la haie, plusieurs boîtes de conserve, une pile de coussins en mousse, et quatre bonbonnes de cidre.

– On devrait toujours boire les produits du pays où on se trouve, affirma-t-il en débouchant une bonbonne avec ses dents. On va à Cuba, on boit du rhum. Au Mexique, de la tequila. Vous n'aurez jamais la gueule de bois si vous vous en tenez à ça. La mise au point de ces alcools a demandé des générations de sagesse. Il faut bien ça pour apprendre comment un corps réagit au climat, à la terre et à l'eau.

Caffery ouvrit sa bouteille de whisky et la vida entièrement sur le sol. Il se pencha en avant et la tendit au Marcheur, qui entreprit précautionneusement d'y verser du cidre trouble en inclinant sa bonbonne au-dessus du goulot.

– Et dans le Somerset, on boit des pommes. Du cidre.

Les flammes montaient haut à présent, éclaboussant de lumière le visage des deux hommes. Assis sur leurs coussins de mousse craquelée, ils regardèrent la nuit tomber. Tandis qu'agonisaient les dernières lueurs du jour, un halo électrique se forma au nord-ouest au-dessus de Bristol, tellement laiteux et irréel sous le ciel gris qu'on aurait dit une cité fabuleuse, peuplée de dragons plutôt que d'étudiants, de dealers et de gens suffisamment tordus pour trancher les deux mains de quelqu'un et aller les enfouir sous le perron d'un restaurant.

Caffery se redressa sur son siège et porta la bouteille à ses lèvres. Le cidre lui parut froid mais déclencha en lui une telle bouffée d'automne et de souvenirs d'enfance dans les vergers qu'il le but presque d'une traite, avide de prolonger ce voyage dans le temps et d'échapper aux images d'amputation.

– Jusqu'en 1990, reprit le Marcheur, le fermier qui me fournit celui-là balançait toujours une carcasse dans sa cuve. De porc, ou de poulet. Pour adoucir la mixture, disait-il. Depuis que l'inspection sanitaire le lui a interdit, son cidre n'est plus que l'ombre de lui-même.

Caffery but à nouveau, cul sec, sans se soucier du trajet de retour qu'il allait devoir effectuer en voiture. Les paysans, les ouvriers avaient vécu ainsi pendant des siècles, et cette idée lui mit du baume au cœur. Avec ce cidre dans la gorge et le froid honnête des sillons labourés qui s'étiraient dans son dos, il s'autorisa à évacuer enfin les aberrations du jour, à cesser de s'inquiéter pour un pauvre bougre privé de ses deux mains, mort ou mourant. Il s'essuya la bouche et se pencha en avant, les coudes sur les genoux.

– Que dois-je vous donner ? Il n'est pas question pour moi de vous payer, et je ne sais pas ce dont vous pourriez avoir besoin.

Le Marcheur se fendit d'un sourire ironique.

– J'aurais besoin de deux choses.

– Deux ?

– Premièrement, il faudrait que vous me présentiez cette personne qui vient de surgir du néant, tel un fantôme, pour me demander de lui livrer mon passé.

– Je m'appelle Jack, dit Caffery en tendant la main.

Le Marcheur ne la prit pas.

– Jack ? Il y a peut-être autre chose qui va avec ? Un nom de famille ?

– Caffery, répondit Caffery en ramenant sa main et en la posant par terre à côté de lui, comme un objet encombrant. Jack Caffery.

– Jack Caffery, pouffa le Marcheur. Jack Caffery, po-li-cier.

Il tisonna le feu et déplaça ses boîtes de conserve d'une main experte. Un filet de vapeur s'élevait de deux d'entre elles ; il les repoussa au bord des braises. Le soleil avait disparu, et les clématites accrochées aux branches hautes se paraient de reflets bleutés qui les faisaient ressembler à de petits nuages nocturnes.

– De Londres, donc ? C'est là-bas que vous habitez ?

– Non. J'habite ici. Dans les collines de Mendip.

– Mais vous êtes londonien. Je l'ai deviné rien qu'à vous regarder, avant même que vous ayez ouvert votre bouche de policier.

– Ma famille vient de Liverpool – et même du Donegal si on remonte plus loin – mais moi, oui, je suis londonien. Sauf que j'habite maintenant ici. Je me suis fait muter il y a deux mois.

– Dans l'Ouest ?

– Parce que je voulais vous parler.

– Vous auriez pu faire l'aller-retour. Prendre un billet pas cher, en période creuse, et venir passer la journée avec moi.

Et repartir ensuite vers ces fumées où il fait si bon vivre, pas vrai ?

Caffery partit d'un rire sec.

– Mais il y a autre chose, reprit le Marcheur. Je me trompe ? Vous n'êtes pas là que pour me voir.

– Il y a toujours autre chose.

– Une femme ? Jack Caffery, policier, cessez donc de tourner autour du pot. Il y a toujours une femme.

– Il y avait une femme. Oui.

Le Marcheur le dévorait des yeux, attendant la suite. Caffery soupira.

– Elle voulait des enfants. Plus elle insistait, et moins je pouvais. Notre couple a fini par devenir une cocotte-minute, et avant qu'on ait compris ce qui nous arrivait… (Il claqua des mains, créant un courant d'air qui fit vaciller les flammes.) Peut-être que je ne l'aimais pas assez, ajouta-t-il en souriant. En tout cas, j'en suis incapable. Totalement incapable d'avoir un enfant. J'ai vu de trop près ce qui peut leur arriver. Aux enfants.

Un silence tomba. Les feux clignotants d'un avion qui venait de décoller de Bristol s'élevèrent au-dessus de l'horizon, froids et muets, et ils les suivirent des yeux, feignant peut-être tous deux de ne pas penser au mot « enfant » et aux sens différents qu'il revêtait pour l'un et pour l'autre. Lorsque Rebecca avait fait part de son désir de maternité à Caffery, elle s'était contentée de lui dire qu'elle rêvait d'« avoir un E », sachant qu'il n'existait pas pour lui de mot plus dangereux que celui-là. Sans cela, disait-elle, l'énergie qu'il dépensait à vivre serait perdue, comme aspirée par un trou noir. Quand il lui avait demandé ce que ça signifiait, elle avait répondu : « L'énergie que tu consacres à découvrir ce qui est arrivé à Ewan – et aussi à ton travail – n'a aucun sens. Absolument aucun. Elle ne va nulle part et ne crée rien. » Ce qui était curieux, car il n'avait jamais envisagé ni son métier ni sa recherche d'une réponse aux questions qui le taraudaient comme un gaspillage d'énergie. En revanche, chaque fois qu'il tentait de se représenter un enfant, une famille, les images qui lui venaient étaient toujours vagues et éthérées, prêtes à se dissoudre en une seconde. Autant vouloir retenir un lambeau de brume entre ses doigts.

Le Marcheur finit par se lever péniblement. Il alla chercher deux gamelles en fer-blanc sous la haie et revint vers le feu. Il se servit d'un bâton pour faire rouler les boîtes de conserve loin des flammes, en cala une entre ses pieds et la perça à l'aide d'un couteau suisse.

– Le dîner sera prêt dans une minute.

Son front était perlé de sueur. Les gouttelettes glissaient sur la crasse avant de se perdre dans sa barbe.

– On va manger. Et après, on en reparlera.

Caffery leva les yeux sur lui, sa bouteille toujours entre les mains. Ils n'avaient que dix ans d'écart mais, pour une raison qui avait sans doute à voir avec le cidre, la situation lui paraissait aussi naturelle et rassurante que s'il s'était trouvé face à un père. Peut-être même plus. Le Marcheur versa de la nourriture dans chaque gamelle et ils mangèrent : du pain de viande et des petites pommes de terre, saupoudrés d'aromates que son hôte avait sortis d'une de ses poches. Caffery n'aurait su dire pourquoi – peut-être était-ce le froid, ou bien le choc des réminiscences déclenchées par le cidre – mais il eut l'impression que cet humble repas à base de viande et de féculents tout droit sortis de boîtes en fer-blanc à demi calcinées serait le seul dont il se souviendrait à l'heure de sa mort. Quand sa gamelle fut vide, il passa ses doigts dedans puis les lécha. Le Marcheur avait déjà fini et l'observait.

– Alors, Jack Caffery, vous avez laissé une femme derrière vous, et maintenant ? Pas d'autre femme ici ? Avec vous ?

Caffery sourit.

– Non. Pas de femme.

Il posa sa gamelle et tira sa blague à tabac de la poche intérieure de sa veste. Il prit son temps pour rouler sa cigarette. Il n'avait pu s'empêcher, en entendant le mot « femme », de revoir Flea sur le port ce matin-là, en tee-shirt bleu marine, avec sa tignasse blond sale et ses bras bronzés. Il lécha le bord du papier sans regarder le Marcheur, préférant maintenir les yeux sur les lumières de Bristol.

– Des prostituées, dit-il. Je vais aux putes. Là-bas. A Bristol.

– Des prostituées ? Ou une prostituée ?

– Plusieurs. Je prends rarement la même plus de deux fois.

– Souvent ?

– Pas assez souvent.

– Ça représente quoi, pas assez souvent ?

Caffery alluma sa cigarette et tira deux ou trois fois dessus en revoyant des corps, des visages, des lampadaires. Il repensa au vide béant de sa poitrine, qu'il espérait probablement combler avec des filles comme Keelie.

– Une fois par semaine. Pourquoi ? Vous faites comment, vous ?

Le Marcheur montra brièvement ses dents – on aurait dit de l'os – et la pointe rouge de sa langue.

– C'est fini. En ce qui me concerne, c'est fini depuis le jour où ça s'est passé. Ça fait partie d'une autre vie. Et il suffit de se dire que c'est une activité à laquelle d'autres gens s'adonnent dans une autre vie pour que le manque disparaisse.

Il se releva, ramassa les gamelles, les essuya avec un chiffon, les empila au bord du fossé qui longeait la haie. Il boucha sa bonbonne et la remit sous les buissons. Puis il déroula un tapis de sol en mousse et le jeta sur le sol.

– C'est l'heure du dodo.

– La deuxième chose. Vous ne m'avez pas parlé de la deuxième chose que vous attendez de moi.

– Au printemps, je me couche une heure après la tombée de la nuit, déclara le Marcheur comme s'il n'avait pas entendu. J'ai toujours fait comme ça, depuis qu'ils m'ont laissé sortir de Long Lartin. Vous pouvez rester si ça vous chante, mais je ne vous conseille pas de dormir à la belle étoile. Primo, il fait froid. Et secundo…

Il disposa ses hardes sur le tapis de sol de manière à s'allonger dessus et à les garder chaudes pour le lendemain. Il récupéra son sac de couchage suspendu près du feu, le mit en boule afin de préserver la chaleur qu'il venait d'emmagasiner puis l'étala sur ses vêtements.

– Secundo, il n'est pas recommandé de passer la nuit dehors avec quelqu'un comme moi. Après tout, ajouta-t-il avec un petit claquement de langue voluptueux, qui sait dans quel état vous vous réveilleriez ?

Caffery se mit debout.

– Vous m'avez dit que vous aviez besoin de deux choses. J'en ai fait une. Quelle est l'autre ?

Le Marcheur s'approcha de quelques pas et, cette fois, Caffery sentit comme un flottement. Une légère boiterie, peut-être. Ou une hésitation.

– Il y a effectivement un service que vous pourriez me rendre, Jack Caffery. Et ensuite, on pourra discuter.

– Dites.

– Des Snowbunting et des Remembrance. Voilà mon prix. Un bonne couvée de Snowbunting et de Remembrance.

– Le Snowbunting ? C'est un oiseau ?

– Non. Pas un oiseau. Une fleur. Un crocus. Une petite fleur blanche de début de printemps.

– Où puis-je trouver des crocus en cette saison ?

– Vous n'aurez qu'à m'apporter des bulbes, et je les planterai. Mais il faudra m'écouter. Surtout ne revenez pas avec des sermons plein la bouche, ni dans l'idée de faire de moi un membre productif de la société. Je suis ce que je suis, et n'essayez surtout pas de me faire croire à la rédemption. Compris ?

– Compris. Pas de rédemption.

– Bien. Le Remembrance a connu des jours meilleurs. Il est démodé et assez dur à trouver. Mais…

Il se redressa de toute sa hauteur et plaqua une main sur le torse de Caffery, qui se soulevait à chaque inspiration. Comme pour lui prendre le pouls.

– Mais vous y arriverez. Vous me trouverez mes crocus. J'en suis certain.

16

Le car-jacking avait fait son apparition dans l'Ouest. En 2006, un jeune couple de cadres sup, venus de Wellington pour la journée afin d'assister aux courses, s'était fait braquer son Scénic sur le parking de l'hippodrome de Bristol. Leur agresseur, un type en cagoule rouge et jean R&B, avait attendu que la femme soit descendue et que son mari ait tiré le frein à main pour passer à l'action.

Après avoir fait tomber le conducteur sur le bitume, ce qui avait valu à celui-ci une fracture du poignet, il avait sauté au volant du monospace et s'était enfui à cinquante à l'heure sur le parking, causant pour plus de dix mille livres de dégâts à d'autres véhicules. Il était reparti par la route de Clifton, et nul ne savait jusqu'où il serait allé s'il n'avait fini par se rendre compte qu'en piquant cette voiture il avait également commis un rapt. La fille du couple, âgée de six ans, était sanglée à l'arrière. Ce que voyant, il s'était empressé d'abandonner le Scénic sur un trottoir de Whiteladies Road, en laissant le moteur en marche et sa passagère indemne. Il avait disparu dans la grisaille de l'après-midi et on ne l'avait plus jamais revu.

Flea s'était brièvement intéressée à l'affaire parce qu'il lui arrivait de stationner sur ce parking. Elle s'était procuré le procès-verbal auprès d'un ami des renseignements généraux, et un détail l'avait frappée dès sa première lecture : *la petite était assise sur un rehausseur.* Elle passa donc les jours suivants à rôder sur les parkings pour étudier les Renault Scénic, et en particulier ceux qui étaient munis de rehausseurs, jusqu'à ce que sa conviction soit faite : quel que soit l'angle sous lequel le voleur avait porté son attaque, il ne pouvait pas ne pas avoir vu l'enfant avant de braquer le monospace. En épluchant les déclarations des témoins, elle constata ensuite que, selon les propres dires de la petite fille, les premiers mots de son agresseur avaient été : « Ferme ta putain de gueule. » Ce qui ne ressemblait guère à une réaction d'étonnement : « Ferme ta putain de gueule… »

Et si les enquêteurs s'étaient plantés sur toute la ligne ? se demanda Flea. Le voleur, selon eux, s'était débarrassé de la voiture parce qu'il s'était aperçu qu'il n'était pas seul à bord. Mais ne pouvait-on pas renverser les termes de l'hypothèse ? Envisager que ce n'était pas la découverte de l'enfant qui l'avait incité à lâcher le Scénic ? Que sa présence était peut-être même au contraire – et cette pensée lui fit froid dans le dos – ce qui l'avait décidé à voler cette voiture-là ?

Obsédée par l'idée que le braqueur avait ciblé le Scénic à cause de la petite fille, avant de prendre peur pour une raison quelconque, elle entreprit d'aller à la pêche aux informations, de poser des questions, de suggérer une théorie alternative. Elle passa voir un inspecteur qu'elle connaissait à la brigade des crimes contre les véhicules de Trinity Road pour lui demander ce qu'il en pensait. Et puis, un beau jour, elle fut convoquée chez le divisionnaire. Pour la première fois, il la fit rester debout dans son bureau au lieu de l'inviter à s'asseoir. Il alla droit au but.

— Bon, je n'ai pas l'intention de répéter deux fois ce que je vais vous dire, et on fera ensuite comme si je ne l'avais jamais dit. Fermez votre grande gueule, Marley.

Ainsi apprit-elle la prudence. Et même si la fillette en larmes sur son siège auto continuait de la hanter, Flea se promit de ne jamais plus se mêler de ce qui ne la regardait pas. Elle conclut même un pacte avec elle-même : la prochaine fois qu'elle se surprendrait à jouer les enquêtrices, elle irait elle-même trouver son commissaire afin de lui signifier sa candidature au programme de formation interne de la Criminelle. Ce qui, bien entendu, impliquerait de renoncer à la plongée. Et comme il n'en était pas question, elle se borna à continuer à faire son boulot, repêchant des cadavres et les couteaux ou les flingues qui avaient fait d'eux des cadavres, montant en première ligne chaque fois que ses collègues avaient besoin de force de frappe. Mais il n'était plus question pour elle de réfléchir sur une affaire. Zéro curiosité, zéro théorie. Telle était sa nouvelle règle d'or.

C'est pourquoi ce soir-là, en contournant par les petites routes la lisière nord de Bath, dont l'abbaye et les clochers illuminés se découpaient sur un fond de collines sombres, Flea évita soigneusement de s'interroger sur la façon dont une paire de mains coupées avait pu atterrir sous le perron du restaurant la Douve. Elle préféra penser à Tig, se demander s'il était vraiment le seul à pouvoir comprendre ce qu'elle éprouvait vis-à-vis de ses parents. S'il comprenait la culpabilité et si ce qu'il avait autrefois infligé à cette vieille dame était resté gravé en lui comme un trou noir. Elle s'interrogeait encore en arrivant chez elle, et sans doute n'aurait-elle plus repensé aux mains coupées avant le lendemain matin si elle n'avait fait ce soir-là une découverte fortuite dans le bureau de son père.

Il était tard, et seule la petite lanterne fixée au-dessus de la porte éclairait son cottage envahi d'ombres lorsqu'elle quitta la route étroite pour engager sa Ford Focus sur l'allée de gravier. La glycine entortillée sur la façade commençait à disjoindre les pierres du linteau de l'entrée ; n'ayant pas les moyens de faire appel à un maçon, elle avait dû grimper elle-même sur une échelle deux mois plus tôt avec une truelle et un bac de mortier. Elle n'avait pas su doser son mélange : une longue et déprimante fissure courait déjà juste au-dessus du linteau.

Elle entra, ramassa son courrier et le feuilleta tout en se dirigeant vers la cuisine. Au sommet de la pile, un exemplaire du dernier bulletin des agences immobilières locales, frappé d'une alarmante manchette rouge : *Le prix des maisons en forte baisse au deuxième trimestre.* Un Post-it rose était collé sur la couverture, porteur d'une seule phrase manuscrite : « *Mais notre offre initiale tient toujours, naturellement. Bien à vous, Katherine Oscar.* »

Quelques siècles plus tôt, l'immense jardin des Marley avait appartenu non pas au cottage, mais à Charlcombe Hall, le manoir voisin. Or Katherine et Giles Oscar, les nouveaux propriétaires de ce dernier, s'étaient mis en tête de remettre la main dessus pour jouir d'une vue parfaitement dégagée sur la vallée à l'arrière de leur demeure déjà surconstruite et surdécorée. Flea se disait par moments que vendre serait peut-être la meilleure solution pour rééquilibrer ses comptes. Depuis l'accident, Thom ne voulait plus entendre parler de vivre ici, « avec les fantômes », et ils s'étaient donc mis d'accord pour qu'elle garde le cottage et lui reverse en échange chaque mois une avance sur sa part de l'assurance-vie qu'ils toucheraient tous deux au terme des sept années réglementaires. L'argent des Oscar lui aurait facilité la vie.

Mais non. Elle froissa le bulletin et le jeta dans le gros fourneau en fonte. Elle ne bougerait pas d'un pouce, quels que soient les problèmes posés par la préservation de la maison familiale. C'était la seule chose qui la reliait encore à son enfance – et peut-être était-ce aussi un talon d'Achille, mais Flea en avait besoin. Elle était née ici, elle avait appris à connaître en grandissant chaque centimètre carré des pelouses séculaires et ponctuées de bassins qui descendaient en terrasses successives jusqu'à un lac artificiel, avant de se fondre dans les prés voisins. Elle avait toujours vécu avec la présence de Bath dans le lointain et les nappes de brouillard qui recouvraient la vallée certains matins d'automne, tellement denses que seules quelques flèches d'église s'en détachaient à la façon d'arbres noyés.

Elle attendit que le bulletin ait pris feu, ôta ses chaussures et alla dans le bureau de son père. La lumière électrique donnait aux meubles un aspect un peu figé, comme si elle les avait laissés dans une position qui ne leur était pas naturelle. Les cartons de Kaiser, intacts, étaient alignés sous la table. Elle s'approcha de la bibliothèque et fit courir son index sur les volumes jusqu'à la thèse reliée que son père avait autrefois soutenue à Cambridge. Elle la sortit, l'ouvrit et regarda le verso de la couverture. Il avait toujours copieusement annoté ses livres, qu'il considérait comme des outils et non comme des objets de vénération. Seuls ceux qui étaient enrichis par leurs lecteurs avaient de la valeur, disait-il, et l'intérieur de la couverture de sa thèse était constellé de pattes de mouche – des notes microscopiques, prises pour lui-même. Elle revint sous le plafonnier et les parcourut en cherchant une série de chiffres, n'importe laquelle, qui puisse correspondre à la combinaison du coffre.

Finalement, n'ayant trouvé ni chiffres ni indice de l'endroit où son père pouvait avoir inscrit la combinaison, elle reposa sa thèse et s'accroupit pour dégager les trois cartons de documents de Kaiser, tous fermés par du scotch marron. Elle sectionna les larges bandes d'adhésif avec le tranchant d'une règle trouvée sur la table et en vida un de son contenu – trois piles de revues retenues par de gros élastiques, des croquis de ce qui ressemblait à une danse tribale africaine, une multitude de livres religieux et de psychologie – le tout recouvert d'une fine poussière de plâtre : ces documents avaient à l'évidence séjourné chez Kaiser.

Elle trouva le texte auquel celui-ci avait fait allusion au fond du carton – encore une thèse, semblait-il, sortie d'une vieille imprimante à points. La couverture était agrémentée d'une photocopie de dessin au trait représentant une racine, les pages maintenues par une reliure à spirale en plastique rouge. *Des usages de la racine de* Tabernanthe iboga *dans l'initiation chamanique,* disait le titre, accompagné d'un nom d'auteur inconnu et du copyright de l'université de Berkeley. Elle alla s'asseoir dans le fauteuil de son père et se mit à feuilleter l'ouvrage en sautant les pages de tableaux pour se concentrer sur les passages consacrés à la méthodologie.

Cette lecture lui permit d'y voir plus clair : l'ibogaïne s'obtenait à partir de l'écorce d'une racine. Les membres de la tribu bwiti, au Cameroun et au Gabon, la consommaient pour entrer en communication avec leurs ancêtres – elle permettait selon eux de « s'ouvrir la tête pour y accueillir la lumière ». Le texte était émaillé de photographies en noir et blanc de piètre qualité qui montraient plusieurs membres d'une tribu africaine : certains étaient vêtus d'une sorte de jupe en raphia, d'autres d'une peau de chat ; il y avait aussi un vieillard brandissant un flambeau à base d'écorce. Un chapitre était consacré à la mortalité imputable à l'ibogaïne. L'auteur déclarait qu'il n'existait aucun moyen fiable d'évaluer le nombre de personnes décédées à la suite de l'ingestion de cette substance : elle était parfois employée pour pallier les symptômes de manque causés par une longue période d'addiction à l'héroïne, mais les données scientifiques sur l'état physique préalable des participants restaient insuffisantes. Un certain nombre de marqueurs indirects permettaient cependant selon lui d'avancer un taux de décès de l'ordre de un pour cent, le cœur et le foie étant les deux organes le plus communément atteints.

Flea mit la thèse sous son bras pour l'emporter dans sa chambre et allait éteindre la lumière du bureau quand son regard fut attiré vers le sol. Plusieurs volumes s'étaient ouverts pendant son grand déballage. Une image l'arrêta net, la photo d'une paire de mains noires et fripées. Des mains tranchées. Elle retourna l'ouvrage et lut le titre. Un picotement lui envahit la nuque.

Elle reposa la thèse, s'assit en tailleur et, prise d'un léger vertige, se mit à tourner les pages, lentement, lisant et regardant les photos. Dans le couloir, la pendule du grand-père battait toujours la mesure, mais Flea ne sentait plus le temps passer ; les phrases du livre s'insinuaient insidieusement dans son esprit et en chassaient tout le reste.

Quand ce fut fini, elle leva les yeux vers la fenêtre envahie de plantes grimpantes qui donnait sur le jardin baigné de lune. Elle aurait dû être en train de se retourner tranquillement dans la confortable tiédeur de son lit. Au lieu de quoi elle transpirait. Elle crevait de chaud malgré les fenêtres ouvertes. Assise très droite à même le sol, elle tira inconsciemment sur le col de son tee-shirt. Kaiser, l'ibogaïne et Tig étaient oubliés. Oublié aussi son pacte intérieur – la promesse qu'elle s'était faite de ne plus jamais se hasarder à théoriser sur quelque enquête que ce soit. Elle ne pouvait plus penser à rien d'autre qu'à ces mains enfouies sous l'entrée d'un restaurant. D'un restaurant dont le propriétaire était africain.

17

8 mai

Il ne s'est jamais autant battu de sa vie. Il s'est battu, battu à en crever, mais ça n'a pas marché. Il a eu beau se jeter un nombre incalculable de fois contre la grille verrouillée, rebondir sur les murs comme un animal blessé, il a eu beau beugler et s'acharner sur la plaque métallique qui bouche la fenêtre, rien n'y a fait ; il a fini par renoncer. Couché sur le canapé, le visage entre les mains, il sanglote.

– S'il vous plaît, hurle-t-il, j'ai changé d'avis ! J'en veux plus, de votre putain de fric !

Racho le regarde, assis au pied d'un mur, les genoux sous le menton et les yeux écarquillés. Il a l'air effrayé, aussi désespéré que Mossy.

– Pitié, merde, laissez-moi partir ! Je vous jure que je dirai rien à personne. Je vous le jure !

Il s'interrompt, les joues pleines de larmes, éloigne ses mains de son visage et les regarde, presque honteux de sa peur. Ses mains. Ses putains de mains. Ils veulent les lui prendre et tout ce bazar ressemble à un délire complet, cette piaule de merde, avec ses grilles et ses serrures. Un truc de malade. Il continue de sangloter un moment. Jusqu'à ce que Racho produise un son étrange, puis se relève et s'approche de la grille. Il tape trois petits coups sur un des barreaux. Un signal.

Mossy laisse retomber ses mains.

– Qu'est-ce que tu fous ? Où tu vas ? T'en va pas, merde !

– Tonton, fait Racho d'une voix pâteuse, embarrassée, sans se retourner. Moi parler à Tonton.

– Qui ça ? Putain, qu'est-ce que… ?

Un bruit lui parvient du corridor. Une silhouette se découpe dans un rai de lumière, et les mots de Mossy restent coincés dans sa gorge. Il ne bronche plus. Très lentement, sans quitter Racho des yeux, il se relève, contourne le canapé et s'accroupit derrière, les mains à plat sur le sol, comme si ça pouvait le protéger. Il fait trop sombre pour voir qui est l'arrivant, mais on dirait un homme. Le conducteur de la Peugeot ? Un bref instant, il voit des mains gantées déverrouiller la grille, puis Racho se couler à l'extérieur. La grille se referme avec un bruit de métal, le verrou claque, et Mossy se retrouve seul dans le silence.

Il reste longtemps sans bouger, les yeux rivés sur la grille, s'attendant à voir quelqu'un revenir. Mais les minutes s'égrènent et rien ne se passe. Au bout d'une heure, ne voyant toujours personne, il finit par se relever et se met prudemment en marche, un peu penché, en tâchant de garder les jambes souples et en soufflant fort, comme un athlète, ce qui serait presque comique pour une loque dans son genre, sans jamais quitter la grille des yeux plus d'une seconde. Il fait le tour de la pièce en explorant à tâtons ses moindres recoins.

C'est un carré parfait. Sûrement une ancienne chambre de fille, vu qu'il reste par endroits un peu de papier peint, avec à mi-hauteur une frise de ballerines. L'embryon de couloir qui part d'un des côtés mène à une salle de bains. Il tourne brièvement le dos à la grille pour jeter un œil à l'intérieur de celle-ci. Mal lui en prend.

Il y a tout un arsenal sado-maso encastré dans les murs, et c'est du lourd, Mossy n'a pas besoin qu'on lui fasse un dessin. Le tuyau jaune lové sur le carrelage est de ceux qu'on utilise pour laver les machines-outils. Ce tuyau en dit encore plus long que tout le reste : il dit que ce qui se passe ici, ou ce qui va s'y passer, nécessite un putain de nettoyage. Il y a aussi des chiottes pétées sous une minuscule fenêtre à barreaux – aucun espoir de ce côté-là, mais derrière lui, dans le couloir, il y en a une autre, condamnée elle aussi par une plaque de métal qui devait descendre jusqu'à terre mais dont la base a été soulevée, comme si quelqu'un avait tenté de se faufiler dessous.

Mossy se couche au sol, dos au mur, et, en soufflant de plus en plus fort, passe la tête dans l'interstice. Il parvient à y glisser les épaules et aperçoit, en se tordant le cou, un bout de ciel gris. Cette fenêtre donne forcément sur l'extérieur du bâtiment, mais dès qu'il essaie de monter plus haut il se rend compte que ça coince. Rien à faire. Il pousse des deux pieds, se démène comme un beau diable, mais la plaque lui comprime tellement l'échine qu'il a l'impression que ses reins vont lâcher. Quelqu'un risque d'arriver à tout moment et de le trouver là ; il redescend en se contorsionnant, centimètre par centimètre, la peau labourée par le métal. Quand il émerge enfin, il a son tee-shirt sur la tête et le dos couvert d'écorchures.

Il se relève et rabat son tee-shirt en tremblant. Il ne peut pas blairer cet endroit. En dehors de la grille et de ces deux fenêtres, il n'y a qu'une autre issue. Mossy s'en souvient parce qu'elle lui a fait penser, la première fois, à une cage de fauve. Un trou creusé à grands coups de masse dans le mur de parpaings, ayant la forme et la hauteur d'une cheminée. Lui aussi est défendu par une grille de fer amovible, mais beaucoup plus basse que celle par laquelle Racho vient de disparaître. Mossy verrait bien un lion là-dedans, ou un tigre. Il s'accroupit devant l'orifice, regarde derrière les barreaux, croit deviner un amas de vêtements. Il s'apprête à tendre le bras pour l'attraper quand la grande grille se rouvre sur sa droite.

Mossy retourne dare-dare se planquer derrière son canapé. Des sanglots de terreur lui montent déjà dans la gorge, puis il s'aperçoit que ce n'est que Racho. Une silhouette referme la grille derrière lui, mais le Black est le seul à entrer dans la pièce. Ses yeux brillent et il ne sourit pas, mais il a l'air moins triste que tout à l'heure. La silhouette repart dans le corridor et, dès qu'elle a disparu, Racho vient vers Mossy et s'agenouille sur le canapé.

– Quoi ? souffle Mossy. Qu'est-ce qu'il y a ?

– Toi avoir ami ?

– Si j'ai un ami ?

– Un ami avec problèmes d'argent ?

– Qu'est-ce que tu racontes ?

– Tonton dire toi peut-être avoir quelqu'un pour remplacer toi. Et alors, toi partir.

– Hein ? fait Mossy, abasourdi.

– Quelqu'un pour remplacer toi. Nous prendre mains lui.

– Tu veux dire que si je lui trouve quelqu'un, il me laissera les miennes ? C'est ça ?

– C'est ça.

Mossy expire lentement. Son cœur fait des bonds. Il faut réfléchir vite pour ne pas laisser filer l'occase. Bristol grouille d'enfoirés qu'il verrait bien les mains tranchées – il y en a même un certain nombre à qui il les trancherait lui-même –, mais pas un seul n'est assez débile pour aller se foutre dans la même merde que lui.

Et puis il se rend compte que si, il y en a un : un mec à la fois assez chiant et assez con. Con comme une bite, même. Jonah. Jonah Dundas, de la cité Hopewell. Mossy lève les yeux sur Racho, une ombre de sourire au coin des lèvres, parce qu'il va pouvoir sauver sa peau en sacrifiant quelqu'un d'autre.

Et, pour être franc, ça fait du bien.

18

15 mai

Le lendemain matin à sept heures, le gros ordinateur du système IDENT1, enfin venu à bout de ses cinq comparaisons, désigna le propriétaire de la main coupée : Ian Mallows, vingt-deux ans, un jeune toxicomane de la cité HLM de Knowle West – dont les braves habitants, à l'heure de s'attabler pour le petit déjeuner, eurent la surprise de découvrir sous leurs fenêtres une petite nuée de flics en tenue : neuf honorables agents de la police de l'Avon et du Somerset, en plein porte-à-porte.

Caffery, encore sous le coup du cidre de la veille, patientait en bras de chemise à côté du fourgon de la police de proximité. Il se sentait fatigué et avait mal au dos. Mais il savait que l'enquête venait de connaître un frémissement, qu'une petite brèche s'était ouverte et qu'en s'y faufilant ils avaient peut-être une chance de retrouver avant le soir la pièce à conviction numéro un : le cadavre de Mallows. Ou même Mallows vivant, si la suggestion du coordinateur de scène de crime était juste. Caffery avait envoyé un sergent interroger l'agent de probation du jeune homme pendant qu'une équipe de soutien s'occupait d'enfoncer la porte de son studio, mais celui-ci était vide et les gars de la Scientifique n'avaient pas encore fini de le passer au peigne fin. Quant aux policiers qui fourmillaient à travers la cité, tous munis d'une photo de Ian Mallows, ils obtenaient sans cesse la même réponse.

– Demandez plutôt à BM. Il connaît tout le monde dans le coin. Voyez ça avec BM.

Et il suffit à Caffery de promener un regard circulaire sur le grand ensemble, avec ses hauts immeubles et le rectangle de gazon couvert de merdes de chien qui tapissait le centre de la dalle, pour savoir en moins de cinq minutes à qui les habitants se référaient.

Il se tenait au pied d'une cage d'escalier, les mains dans les poches, une semelle en appui contre le mur. Il portait un sweat-shirt à capuche gris sous un blazer noir et une médaille autour du cou, et son visage pâle, très anglais et presque aristocratique avec son nez romain et ses joues légèrement roses, aurait paru tout à fait à sa place sur un terrain de rugby de Harrow. Mais il suffisait de se rapprocher un peu pour voir que ce garçon était un pur produit de Knowle West : la façon qu'avait son regard de s'échapper sur les côtés, ses chairs déjà flasques et tombantes, le perpétuel frottement du haut de ses cuisses.

– Quoi ? fit BM en voyant venir Caffery avec son porte-insigne brandi entre le pouce et l'index. Y a un problème ?

Il décolla le dos du mur et laissa tomber un regard méfiant sur la carte de police.

– Tu as une minute ?

– Non. Non, j'suis à la bourre.

– Comme tu voudras.

Caffery rangea sa carte. Il releva son col et resta immobile, à contempler la cage d'escalier barbouillée de tags et l'humidité qui suintait des murs. BM le fixait d'un œil noir, attendant soit qu'il parle, soit qu'il s'en aille, soit qu'il lui tombe dessus. Mais Caffery ne fit rien de tout cela. Il toussa bruyamment, sourit au jeune homme et reprit son observation de la cage d'escalier comme s'ils étaient deux citoyens à l'arrêt de bus, en attente de la même chose. Comme s'il avait la vie devant lui et pouvait la passer à poireauter ici le cas échéant – et peut-être était-il d'ailleurs objectivement le moins pressé des deux. Car, en un sens, peu lui importait que BM parle ou non.

Depuis la veille au soir, il se sentait incapable de penser à autre chose qu'à ce que le Marcheur avait à lui dire. Et pourtant, un effort de concentration s'imposait : il avait encore des devoirs vis-à-vis du pauvre junkie qui s'était fait amputer des deux mains.

BM extirpa les siennes du fond de ses poches, émit un petit claquement de langue méprisant à la façon des Jamaïcains de Deptford et fit demi-tour vers l'escalier.

– BM, fit calmement Caffery. J'ai connu un BM, à Londres. Tu sais pourquoi on l'appelait comme ça ?

Sur les marches, BM hésita. Caffery remarqua les semelles sales de ses Reebok.

– Parce qu'il dealait pour le compte d'un autre. D'où ce surnom, « Bag Man ». « Le Fourgue ». J'imagine que ce n'est pas ton cas. Mais je ferais peut-être mieux de poser la question à ton agent de probation ?

Un ange passa. Quelque part, un téléviseur se mit à beugler le générique de *This Morning*. BM s'accroupit au sommet de l'escalier et colla son visage entre deux barreaux de la rampe.

– J'en ai pas, lâcha-t-il. J'ai pas de casier.

– Tu en veux un ?

Nouveau silence, encore plus long. BM finit par s'asseoir sur le palier. Outre sa respiration, Caffery entendit le léger bruit qu'il produisit en sortant un mince paquet de sa poche, puis en le glissant subrepticement sous le paillasson le plus proche. Il ne broncha pas. Mieux valait le laisser sauver la face. Au bout d'un certain temps, BM redescendit l'escalier avec force couinements de baskets, les mains à nouveau enfoncées dans les poches de son taille basse.

– Qu'est-ce qu'il y a ? Vous me voulez quoi ?

Caffery lui montra la photo de Mallows. BM s'essuya le nez d'un revers de main, en se dandinant.

– Tiens, Mossy ! Qu'est-ce qui lui arrive ? Vous l'avez serré ?

– Il a disparu.

– Et vous croyez que c'est moi qui l'ai enlevé ?

Caffery rempocha le portrait.

– Quelqu'un lui a tranché les mains. Avec une scie égoïne, de celles qu'on peut acheter dans n'importe quelle quincaillerie. Il est probablement mort, mais nous n'en sommes pas sûrs parce que son corps est introuvable.

Toute trace de rose venait de quitter les joues d'écolier de BM. Il s'assit brusquement sur la première marche de l'escalier, les pieds largement écartés. Une de ses mains voleta un instant dans le vide, comme s'il avait besoin de se raccrocher à la rampe, puis il retint son geste en surprenant le regard de Caffery. Visiblement secoué, il planta ses coudes sur ses genoux.

– Ça va, fiston ?

– Alors c'est ça qu'il voulait dire, marmonna BM, un voile de sueur sur la lèvre supérieure. C'est ça. Ça fait un bail, mais il m'a dit un truc. Il était en manque, et je me suis dit qu'il était à côté de ses pompes, vous voyez le genre, qu'il déconnait à plein tube.

– Il t'a dit quoi ?

– Qu'il avait rencontré quelqu'un. Qu'il était allé dans une assoce pour toxicos – un de ces trucs à la con qui sont censés vous aider à décrocher, mais qui ne marchent jamais. Les mecs y vont juste dans l'espoir de taper quelqu'un qui a de la came.

– Tu te rappelles laquelle ?

– Y en a une bonne centaine dans le coin. Elles sont partout. Le seul truc que je peux vous dire, c'est que c'était pas celle de Knowle West. Ça, vous pouvez me croire : y a pas un tox du quartier qui irait montrer sa gueule là-bas.

– Et qui Mallows a-t-il rencontré ?

– J'en sais rien.

BM se leva, remit les mains dans ses poches et s'avança hors de l'immeuble pour embrasser du regard la cité grise et les policiers qui s'affairaient un peu partout, visitant les balcons, frappant aux portes. Puis il se replia dans la pénombre du hall et vérifia que personne ne l'écoutait avant de se retourner vers Caffery, les traits tirés.

– Il m'a dit un truc bizarre. Il m'a dit que ça allait saigner. Ça me revient, maintenant que j'y pense. Il a dit : « Y a des putains de tordus dans le secteur, BM, et je me demande à qui ils s'attaqueraient s'ils avaient pas des mecs comme moi, des pauvres connards qui se laissent faire sans résister. »

– OK, fit Caffery en lui prenant le bras pour le relever. Tu n'as qu'à laisser ta came cinq minutes ici. Elle ne risque pas grand-chose sous le paillasson de cette vieille dame. On va s'asseoir autour d'une table et mettre tout ça noir sur blanc.

Le problème avec Flea, songea Caffery, c'est qu'elle avait systématiquement l'air un peu à cran hors de l'eau. Sur la défensive, comme si elle s'attendait en permanence à ce qu'on lui annonce une catastrophe. Du moins fut-ce la première idée qui lui vint lorsqu'il la retrouva dans l'après-midi sur le parking du QG.

L'enquête avait connu un jour sans. Dans sa déposition, BM s'était avéré incapable d'en dire plus que ce que Caffery lui avait soutiré en cinq minutes dans un hall d'immeuble : Mossy, à l'en croire, était du genre à tomber dans tous les panneaux, un couillon de première. Il aurait suivi n'importe qui. Quant à ses propos sur les « tordus », BM ne voyait rien à ajouter. Il donna aux policiers les noms d'une quarantaine de personnes et d'une vingtaine de lieux que Mossy avait selon lui l'habitude de fréquenter, cita dix-sept associations d'aide aux toxicomanes, mais pour le reste, en dehors de cette conversation déjà ancienne, il n'était sûr de rien. Il était infoutu de dire si Mossy avait récemment poussé la porte d'une de ces assoces et, pour être franc, il se demandait surtout comment ces enfoirés s'y étaient pris pour l'immobiliser pendant qu'ils lui sciaient les pognes. Rien de bien intéressant a priori, mais le divisionnaire avait tenu à maintenir la

« prière du soir » – c'est-à-dire à dresser le bilan des événements du jour au QG, où il sortait d'une autre réunion. D'où le passage de Caffery à Portishead.

Il venait de garer le X5 de la brigade et se dirigeait vers la façade de verre et de chrome en lissant les plis de sa veste, en prévision de sa rencontre avec le divisionnaire, quand il la vit venir à sa rencontre à grands pas sur la pelouse. Ses cheveux étaient mouillés et rabattus en arrière, et elle avait troqué sa tenue réglementaire contre un vieux jean et un débardeur gris qui laissait ses bras nus.

– Monsieur Caffery ! Ça va ?

Il devait y avoir un problème, à en juger par son empressement à le rattraper et aussi par ses mains, qu'elle gardait dans les poches de son jean comme si elle craignait de ne pas pouvoir les maîtriser. Rien n'était pareil dans l'Ouest, pensa-t-il. Jamais il n'aurait vu une aussi belle pelouse à Scotland Yard, ni une collègue comme Flea. Elle lui emboîta le pas comme s'ils se rendaient à la même réunion.

– Du nouveau ? s'enquit-elle. Sur l'affaire ?

– Mouais, lâcha-t-il en l'observant du coin de l'œil, vaguement inquiet. On l'a identifié. Le propriétaire des mains.

– Identifié ?

– Grâce à ses empreintes. Ian Mallows, dit Mossy. Un toxico. Il habitait une des cités du coin.

– Quoi d'autre ?

– Des fibres sous ses ongles. Vous avez fait du bon boulot en repêchant sa main, parce qu'elles y étaient toujours. Des fibres violettes. De type moquette.

– Et vous ne… fit-elle en regardant brièvement l'immeuble de verre qui se dressait face à eux. Vous ne savez toujours pas pourquoi on lui a fait ça ?

Il s'arrêta.

– Non. Je ne sais toujours pas pourquoi.

– C'est bizarre, non ?

Elle stoppa à son tour, et il sentit à sa mine grave qu'elle avait quelque chose sur le bout de la langue.

– Je veux dire, ajouta-t-elle en faisant un pas vers lui, pourquoi quelqu'un pourrait-il vouloir faire une chose pareille ? Il est africain, vous saviez ça ?

– Qui donc ?

– Le patron de la Douve. C'est un Africain. Vous ne pensez pas que ça mériterait d'être pris en compte ?

Caffery fronça les sourcils en considérant sa masse de cheveux blonds. Il n'y avait rien dans ce visage qui exprimât une quelconque aptitude à encaisser les coups durs du métier, songea-t-il. Sauf peut-être ce nez très légèrement aplati qui ne cadrait pas tout à fait avec le reste, séquelle probable d'une vieille fracture. Il décida qu'elle avait un petit côté chimérique, un peu déconnecté du réel. A l'image des propos qu'elle tenait.

– Je vous demande pardon ? Qu'est-ce qui mériterait d'être pris en compte ?

– Ses origines africaines. Il se pourrait qu'il y ait un lien. Entre ses origines africaines et la présence de ces mains coupées devant l'entrée de son restaurant.

Caffery éclata de rire, persuadé qu'elle le faisait marcher.

– C'est une blague ? Vous me menez en bateau, c'est ça ?

Il y eut un silence, et l'expression de Flea changea.

– Ça ne me regarde pas, murmura-t-elle en se grattant la nuque. Mais bon, j'essaie juste de comprendre comment elles ont pu se retrouver là.

– Si vous voulez mon avis, ça n'ira pas chercher tellement plus loin qu'une embrouille liée à un petit trafic de came. D'ailleurs, j'ai décidé que l'enquête ne serait plus axée sur les recherches dans le port.

– Non ?

– Non. La victime est à chercher ailleurs, et c'est ce que nous allons faire. Ce garçon carburait depuis des années à l'héroïne et passait son temps à essayer de décrocher. Vous connaissez la chanson : une pile d'injonctions de soins haute comme ça. D'après le seul témoignage qu'on ait réussi à obtenir aujourd'hui, il semblerait qu'il ait vécu une expérience traumatisante dans une structure spécialisée. L'opération est déjà lancée à l'heure où je vous parle. On a une vingtaine d'associations à visiter, et je crois que...

Il marqua un temps d'arrêt. L'expression de Flea s'était soudain durcie. Une lueur presque inquiétante flamboyait dans ses prunelles.

– ... et je crois que c'est de ce côté-là qu'on trouvera la bonne piste, acheva-t-il. Qu'y a-t-il ? Qu'est-ce que vous avez à me regarder comme ça ?

– Rien. Je n'ai pas à me mêler de l'enquête.

Après avoir reculé d'un pas sans le quitter des yeux, comme si elle craignait qu'il ne lui saute à la gorge, elle rebroussa chemin vers le parking, sortit son portable et se mit à rédiger un sms tout en marchant.

Caffery avait lu quelque part que certains adolescents finissaient avec un pouce hypertrophié à force d'envoyer des messages sur leur portable.

– Flea ?

Elle s'arrêta net et rangea le téléphone aussi brusquement que s'il l'avait surprise une grenade à la main.

– Oui ?

– Je suis nouveau ici. Dans la région.

– Je sais.

– J'aurais besoin de quelqu'un pour me rencarder. Sur Bristol. C'est-à-dire... je cherche une pépinière, s'empressa-t-il d'ajouter, pour ne pas trop donner l'impression qu'il cherchait à la draguer. Je me demandais si vous pourriez m'en indiquer une bonne.

Il crut voir Flea jeter un coup d'œil vers son annulaire gauche.

– Eh bien, je pourrais me renseigner, dit-elle. Quel âge a votre... fils ? fille ?

Caffery sourit. En partie à cause de l'énormité du quiproquo, mais aussi parce qu'il se sentait idiot de ne pas avoir d'enfants à son âge.

– Non, répondit-il. Pas une pouponnière. Une pépinière, pour les plantes. J'aimerais acheter des plantes. Quelques bulbes. C'est tout.

Le sms de Flea était destiné à Tig. Hantée par la photographie vue dans un des livres de Kaiser et incapable de se débarrasser du souvenir des mains enfouies sous l'entrée du restaurant, elle avait passé une bonne partie de la journée à tenter de convaincre son ami de la présenter au propriétaire de la Douve. Après un moment de consternation et une tirade téléphonique indignée sur l'éthique de son métier – « et du tien aussi, Flea » –, Tig avait fini par consentir, du bout des lèvres, à tâter le terrain auprès de l'intéressé, et l'avait priée de passer le rejoindre au siège de son association. Un rendez-vous qui ne lui aurait pas posé de problèmes sans ce que Caffery venait de lui apprendre sur Mallows. Car elle était désormais inquiète.

Si les inspecteurs de la Criminelle avaient décidé de passer au crible les associations d'aide aux toxicomanes, Tig se retrouverait tôt ou tard dans leur collimateur, et Dieu seul savait quelles conclusions ils tireraient de ses antécédents, surtout s'ils découvraient qu'il connaissait le patron de la Douve. Pire encore, au cas où des flics en civil viendraient frapper à sa porte, Tig imaginerait forcément que le tuyau venait d'elle. Et elle risquait d'en prendre sérieusement pour son grade. Surtout s'il s'avérait que Mallows était passé par son « Relais des Usagers ». Ce qui ne l'empêcha pas de se dire, en remontant dans sa voiture pour envoyer son sms – *Slt Tig, j'arrive ds 1 heure* –, qu'il y avait peu de chances pour que le commissaire adjoint Caffery tienne compte de ce qu'elle venait de lui suggérer. Même si elle était restée évasive, il aurait dû manifester un peu plus d'intérêt en apprenant que le propriétaire de la Douve était africain. Parce qu'il était absolument vital que quelqu'un s'intéresse à cette piste.

Elle ne fut pas longue à rallier le centre social où Tig organisait ses séances de soutien du mercredi. Il s'agissait d'une ancienne école victorienne réaménagée selon les normes en vigueur, avec parquets flottants et toilettes pour handicapés munies de cordons d'alarme. Quand elle sonna à la porte, le dernier groupe de parole venait de se disperser, et Tig était seul dans le hall caverneux. Il vint lui ouvrir avec une pile de dossiers sous le bras, vêtu d'un sweat-shirt noir et d'un treillis de camouflage dont le bas était rentré dans ses boots.

– Alors ? fit-elle, contrainte d'allonger le pas pour le suivre jusqu'à son petit bureau, qui empestait la moquette neuve et le désinfectant. Tu lui as parlé à ton ami ? Le restaurateur ?

– Oui.

Il déposa bruyamment ses dossiers sur la table, s'affala sur une chaise à roulettes et joignit les mains sur son estomac tout en pivotant pour faire face à Flea.

– Je vois, dit-elle en laissant tomber son gros sac noir et sa pochette banane. Il va falloir que je te supplie.

Tig émit un rire sec.

– Ils étaient à l'étranger, dit-il. Sa femme et lui. Au Portugal. Ils ne sont rentrés que depuis midi. On peut éventuellement passer prendre un café chez eux, mais ne t'attends pas trop à être reçue à bras ouverts. J'ai fait comme si j'avais besoin de lui soutirer encore un peu de thune pour le Relais. Surtout, ma belle, ne t'amuse pas à leur sortir des questions de flic à la con, pigé ?

– Pigé.

– Et pas question de fouiner non plus. Tu ne bouges pas le cul de ta chaise et tu t'écrases. Quoi que tu aies envie de savoir, tu attends que le sujet soit sur la table, et si ça ne vient pas tu laisses courir. Tu laisses courir, Flea. Je fais ça pour te rendre service – un énorme service, OK ? Et si le truc part en sucette, s'il devine que tu émarges chez les flics… (Il se passa un doigt en travers de la gorge.) Je suis fini. Et ce sera ta faute.

– Putain, Tig, grommela-t-elle en s'asseyant. Tu crois vraiment que je te ferais un coup pareil ?

– C'est comme ça que je veux que ça se passe. Et c'est à prendre ou à laisser. D'accord ?

Flea croisa les bras et l'observa un instant – son corps massif, l'ombre gris-bleu de son crâne rasé – tout en repensant à la photo qu'elle transportait dans son sac noir : un portrait de

Ian Mallows, imprimé lors de son passage en coup de vent au commissariat d'Almondsbury.

Elle inspira profondément et s'apprêtait à la sortir de son sac quand Tig lâcha soudain :

– Au fait, dis-moi, comment va le prof ? Tu l'as revu ?

– Kaiser, tu veux dire ? Non. Pourquoi ?

– Mais tu comptes toujours y aller demain ?

– Oui. Dans l'après-midi.

Il regarda le plafond.

– Je ne me souviens plus. Il enseigne quoi, déjà ?

– Il... La religion comparée, je crois. Les hallucinations ne représentent qu'une petite partie de son travail. Pourquoi ?

– Pourquoi ? répéta Tig, tirant sur le col de son sweat-shirt comme s'il avait trop chaud. C'est juste que je commence à avoir quelques doutes sur tes fréquentations. Tu traînes avec des mecs louches.

– *Louches* ?

– Je me demande s'il ne serait pas temps que tu fasses un peu plus attention aux types avec qui tu sors.

– Je ne « sors » avec personne, Tig. Tu le sais très bien.

– Peut-être, fit-il avec une soudaine gravité. Admettons. Disons plutôt qu'il serait temps que moi, je fasse un peu plus attention.

– Pardon ?

– J'aurais dû percuter depuis longtemps, Flea. J'aurais dû m'intéresser un peu plus à toi.

– Arrête. Je ne comprends rien à ce que tu racontes.

– Vraiment ? fit-il, cherchant son regard. Tu ne comprends pas ?

Elle pouffa.

– Tig ? Tu es gay, bon sang !

Un silence stupéfait s'abattit. Puis Tig éclata de rire.

– Gay ? Oh, tu te fous de ma gueule... Moi, gay ?

– Oui. Je veux dire, tu... Tig, allez. Dis-moi que tu plaisantes.

– Non, répondit-il à mi-voix. Je ne plaisante pas.

Elle tiqua. On nageait en plein délire. Tig était pédé comme un phoque. Il l'avait toujours été et le serait toujours. Sans quoi leur amitié n'aurait jamais pu durer aussi longtemps. Elle n'était certainement pas la fille la plus perspicace du monde, mais *ça* ? C'était absurde, inimaginable.

– Alors ? fit Tig. Qu'est-ce que tu en penses ?

– Ce que j'en pense ? répéta-t-elle en secouant la tête. J'en pense… que si tu es effectivement en train de me dire ce que je crois que tu es en train de me dire – et je trouve ça franchement bizarre, pour être honnête – je vais être obligée de répondre non.

– Non ?

– Ecoute, tu sais très bien où j'en suis, Tig. Je suis… Je suis hors jeu. Depuis l'accident, je ne peux même plus penser à ces choses-là. Je suis… Et merde, soupira-t-elle, désemparée. Au nom du ciel, Tig, tu es censé être gay !

Il recula sur sa chaise, leva les mains et partit du rire sombre de quelqu'un qui vient de voir ses pires prédictions se confirmer. La tension de ses mâchoires était visible, mais il n'y avait aucune colère dans son regard.

– Ecoute… Ne t'en fais pas pour ça. Je t'assure. Tu n'as qu'à y réfléchir, ajouta-t-il en remuant la langue dans sa bouche comme s'il cherchait à se débarrasser d'un corps étranger ou d'un mauvais goût. Tu réfléchis et quand tu seras prête, tu me feras signe. D'accord ?

– D'accord, répondit-elle, encore sous le choc, en fixant ses yeux asymétriques. D'accord. Je vais réfléchir.

Elle s'empressa de baisser la tête pour masquer son embarras, ramassa son sac et fouilla dedans, plus longtemps que nécessaire. Quand le feu eut enfin reflué de ses joues, elle referma ses doigts sur la photo froissée de Mallows. Elle eut d'abord envie de la laisser au fond de son sac. D'attendre d'avoir rencontré le propriétaire de la Douve pour en parler à Tig. Mais non. Il fallait se lancer. Faute de quoi elle s'exposait à une montagne d'ennuis. Elle plaça la photo côté verso sur le bureau, en évitant son regard.

– Qu'est-ce que c'est que ça ?

Elle inspira profondément avant de retourner la photo. Elle savait déjà ce qu'il allait lui dire : « C'est un de nos clients. Pourquoi tu me montres sa photo ? Tu ne crois pas que je l'ai déjà assez vu comme ça, ce pauvre gland ? »

Le visage de Tig devint inexpressif. Il y eut un long, un interminable silence. Puis il haussa les épaules.

– Alors ? Qu'est-ce que tu veux que je te dise ? Tu me montres la gueule d'un petit branleur, et puis quoi ?

– Tu ne l'as jamais vu ?

– Non. Je devrais ?

– Il ne fréquente pas ton association ?

– Non.

Elle soupira longuement, avec une espèce de petit rire. Elle se sentait déjà mieux.

– Grâce au ciel. Enfin une bonne nouvelle dans cette journée de merde.

Elle remit la photo dans son sac et allait ramasser sa pochette banane quand un long coup de sonnette résonna d'un bout à l'autre du centre social.

19

Immobile face à la porte du centre social de Mangotsfield, Caffery se sentait fatigué. Une douleur sourde irradiait dans ses jambes et, en attendant que quelqu'un daigne ouvrir, il se fourra dans la bouche deux comprimés d'ibuprofène qu'il avala à sec. Il se serait bien vu fumant une cigarette allongé quelque part. Ou dans les bras d'une fille de City Road, n'importe où sauf ici, prêt à se farcir un énième animateur de groupes de parole pour junkies forcément peu enclin à coopérer.

La réunion au QG de cet après-midi avait viré à l'exercice stérile de gestion des effectifs. Depuis que la drogue avait fait son apparition dans l'équation, la pression était retombée d'un cran. Caffery avait passé le plus clair du briefing à regarder les arroseurs automatiques des pelouses manucurées de Valley Road, écoutant d'une oreille distraite le divisionnaire tout en pensant aux quarante personnes, aux dix-sept associations et à la vingtaine de lieux divers qu'ils allaient devoir visiter. Son moral avait connu une fugace embellie lorsqu'on l'avait prévenu qu'un message venait de lui parvenir au commissariat de Kingswood à propos des fibres violettes retrouvées sous les ongles de Ian Mallows. Hélas, il ne s'agissait que d'une note visant à l'informer que le laboratoire de Chepstow corroborait l'hypothèse de celui de Portishead comme quoi les fibres en question provenaient d'une moquette, et sollicitait par conséquent l'autorisation de les soumettre à une coûteuse analyse chromatographique afin de préciser ses conclusions.

Le silence s'étira encore quelques secondes avant que quelqu'un arrive à la porte. Le fondateur de l'association, Tommy Baines, ne correspondait pas du tout à l'image que Caffery s'en était faite. Il n'avait pas trente ans, et l'ombre bleuâtre du tatouage effacé au laser qui s'épanouissait sur son cou, associée à son crâne rasé, lui apparut immédiatement comme un signe de violence, passée et présente. Son œil droit déconnait, peut-être à la suite d'une bagarre. En lui mettant sa carte sous le nez, Caffery vit, ou crut voir, une lueur de colère danser dans son regard – un peu comme s'il se retrouvait face à une vieille connaissance qui, après avoir promis de ne pas venir l'emmerder au travail, s'était pointée quand même. Il paraissait avoir été interrompu au beau milieu d'une activité dont Caffery sentit qu'elle pouvait être personnelle. Lorsque Baines referma la porte après l'avoir fait entrer, il eut en outre l'intuition assez nette qu'il y avait quelqu'un d'autre dans le bâtiment, caché dans une des pièces sombres. Une femme ? Il crut percevoir une odeur, peut-être un parfum, très vaguement familier. Il suivit Baines dans un couloir en prenant soin de mémoriser chacune des portes devant lesquelles ils passaient.

– Vous pouvez m'appeler Tig, déclara Baines en le précédant dans un petit bureau. Je traîne ce surnom depuis la taule. Ne me demandez pas pourquoi.

Il souleva une pile de formulaires d'inscription dûment complétés, l'installa dans le bac du photocopieur et composa son code personnel d'une série de coups de pouce, sans un regard pour Caffery. A croire qu'il se désintéressait de son cas, ou qu'il était rompu aux visites de la flicaille.

– On survit, en ce moment, dit-il. Trop petits. Vu qu'on ne touche pas de subventions permanentes, on vivote grâce à des dons ici et là, en plus de ce qu'on arrive à soutirer à nos clients. A ceux qui ont les moyens, c'est-à-dire presque aucun.

(Il s'exprimait sur un ton mesuré, en soupesant chaque mot avant de le prononcer.) C'est moi qui me tape tout. Je suis le président, le seul animateur salarié, et en attendant qu'on ait les moyens je travaille surtout à domicile. Ce centre social, ajouta-t-il avec un geste circulaire, fait partie de nos soutiens. J'ai le droit de l'utiliser gratis six heures par semaine.

Il retira ses photocopies du bac et les introduisit dans une pochette transparente. Il embrassa du regard les persiennes, la moquette bleue de type industriel, le bureau et les rangements standard en aggloméré avant d'ajouter :

– Ouais, c'est à peu près tout ce qu'on a comme local officiel. A part ici et les quelques séances foireuses que j'anime dans le cadre d'un programme en institution de Keynsham, je pilote mon assoce de chez ma mère. Et elle a un pet au casque, ma mère.

Caffery posa une main sur le dossier d'une chaise.

– Je peux m'asseoir ? J'aurais besoin de bavarder quelques minutes avec vous si c'est possible. Vous n'êtes pas trop pressé ?

Devant le photocopieur, Tig hésita. Caffery crut voir son regard dévier vers la porte et eut à nouveau la sensation d'une autre présence. D'une activité interrompue. Mais ça ne dura pas. Tig lui indiqua la chaise.

– Bien sûr, bien sûr. On n'attend plus personne ce soir. Asseyez-vous, mon vieux. Je lance la bouilloire.

Caffery s'exécuta et le regarda préparer le thé, essuyer deux mugs à l'aide d'une serviette en papier verte, puis sortir d'un placard une boîte de biscuits en fer-blanc. En attendant, il prépara son calepin et la photo de Mossy, qu'il déposa retournée sur le bureau. Ce genre d'entretien le rendait dingue : il n'avait jamais rencontré dans le milieu du soutien aux camés autre chose que des types fermés comme des trous de balle, qui démarraient au quart de tour chaque fois qu'un flic cherchait à se renseigner sur un de leurs clients – Et puis quoi encore ? Vous ne connaissez pas le *principe* de la *confidentialité* des soins ? Même les bénévoles, qui s'avéraient en général un peu plus abordables que les institutionnels, un peu moins bornés, ne lâchaient leurs infos qu'au compte-gouttes.

– Vous n'en avez jamais marre ? s'enquit Caffery en prenant le mug de thé que lui tendait Tig. Vous n'avez jamais envie de les envoyer se faire voir ?

Tig lâcha un rire sec. Il retroussa les manches de son sweat-shirt, s'assit et croisa les jambes en posant le pied gauche sur le genou droit, puis son mug sur sa cheville.

– Ecoutez, mon vieux, je connais bien les flics. Vous n'avez rien à secouer de ce que je pense de mes clients. Alors, qu'est-ce qui vous amène ? Qu'est-ce que vous attendez de moi ?

Caffery laissa filer quelques secondes avant de répondre. Il regarda Tig au fond des yeux. Le droit était gris et nuageux comme le ciel de Londres par mauvais temps. Il eut un instant la désagréable impression d'être incapable de décrypter ce type. Il retourna le portrait de Mossy.

– Vous le connaissez ?

Tig prit son temps. Il reposa tranquillement son mug sur la table, en plaçant l'anse sur le côté. Il décroisa les jambes et, quand ses deux pieds furent en appui sur le sol, il se mit les mains sur les cuisses et se leva pour prendre la photo. Pendant qu'il l'étudiait, Caffery crut déceler une infime contraction au coin de ses yeux, un changement millimétrique. L'idée l'effleura que Tig savait exactement ce qu'il allait lui montrer.

– Non, dit-il en portant la feuille à la lumière. Désolé, mec. Connais pas.

Tig fit mine de rendre la photo à Caffery, mais celui-ci ne la prit pas. Il fixait toujours l'animateur.

– Vous êtes sûr de ne pas le connaître ?

– A cent pour cent. Je ne l'ai jamais vu de ma vie. Tenez, reprenez ça.

Caffery attendit encore. Il tenta de se faufiler sous l'œil nuageux de cet homme afin d'y surprendre un vacillement, une dilatation de la pupille, ou tout autre indice de mensonge. Mais il ne vit rien. Hormis ce masque singulièrement lisse qu'il ne savait comment interpréter.

Il récupéra le tirage et prépara sa question suivante tout en le rangeant dans sa serviette. Puis, parce qu'il détestait cette question et savait où elle le mènerait, il repensa aux filles de City Road et à ce qu'il aurait pu être en train de faire à ce moment même. Pour oublier. Il réprima un soupir et retira la main de sa serviette.

– Vos clients, dit-il. L'un d'eux le connaît peut-être, non ? Je pourrais demander à l'un de mes hommes de repasser pour leur poser quelques questions ?

Tig ricana. Et le toisa d'une façon que Caffery connaissait bien, ayant passé des années à faire exactement le même travail à Londres Sud-Est.

– Je ne devrais pas avoir à invoquer la confidentialité des soins. C'est la pierre angulaire de l'édifice. On serait vite sur la paille si on passait notre temps à ouvrir les bras aux flics.

– Oui. J'imagine, fit Caffery en étudiant le dos de ses mains. Mais... vous savez à quoi je pense ?

– A quoi ?

– Je pense à votre avenir, Tig. Je pense à votre avenir et à ce que vous pourriez faire pour l'améliorer. Et puis je pense à tous ces gens qui sont dans la galère au moment où je vous parle, à tous ces gens qui pourraient subir le même sort que ce garçon. A toutes ces victimes qui n'en sont pas encore...

Il laissa sa dernière phrase en suspens pour accroître son impact. En transférant le poids de la responsabilité sur la personne interrogée, on obtenait parfois un puissant levier.

– Ça pourrait même tomber sur quelqu'un qui vous est proche, reprit-il. Je pense à eux et je vois une vie meilleure, une vie heureuse, pourquoi pas avec une maison, une famille. Et je vois aussi le contraire. Je les vois assassinés. Mutilés. Amputés des deux mains. A la scie. Une égoïne de base, en vente dans toutes les quincailleries. Vous appelez ça un avenir, vous ?

Il vit que Tig accusait le coup. Une soudaine pâleur lui envahit le front, comme si son sang avait cessé de l'irriguer.

— J'ai une responsabilité envers ces gosses, lâcha-t-il.

— Et envers leur avenir. Le type dont je viens de vous montrer la photo ressemble certainement à la plupart de vos protégés : c'est le même style de vie. Ce qui nous fait croire que si l'auteur recommence, il choisira une victime de profil plus ou moins similaire.

— Mais je ne peux pas ouvrir mes portes à vos hommes, c'est impossible. Mes clients perdraient totalement confiance en moi.

— C'est à vous de voir. Il n'y a que vous qui puissiez en décider.

Nouveau silence.

— Je sais, dit Tig. Vous n'avez qu'à me laisser cette photo, je la leur montrerai. On verra bien.

— J'espère que je peux compter sur vous, insista Caffery, déterminé à pousser son avantage. Que les futures victimes peuvent compter sur vous. D'accord ?

— Ecoutez... Je vous le promets. Vous avez ma parole, OK ? C'est à prendre ou à laisser.

Caffery ressortit de sa serviette la photo de Mallows et la lui tendit au-dessus du bureau. Tig la prit, les traits figés. Il la plaça sur la vitre du photocopieur et la reproduisit à plusieurs exemplaires, le dos tourné à son visiteur, lequel resta un moment sans rien dire, à se demander s'il n'avait oublié aucune question. Puis il vit sur le sol, à côté du photocopieur, un sac qu'il n'avait pas remarqué jusque-là, un gros sac noir uni, sur lequel était posée une pochette banane dont le logo lui sembla familier. Ses pensées commençaient à peine à dériver de ce côté-là quand Tig lança :

— Vous êtes au courant, pour moi ?

— Pardon ?

— Quoi, vous n'avez pas lu mon casier avant de venir ?

— Qu'est-ce que j'aurais trouvé dedans ?

Tig lui rendit la photo de Mallows et alla se rasseoir. Il passa une main sur son crâne.

— Vous m'avez demandé tout à l'heure s'il m'arrivait d'en avoir marre. Vous savez pourquoi la réponse est non ?

– Non, dit Caffery en jetant un nouveau coup d'œil au sac. Non, je ne sais pas.

– Parce que je suis un des leurs. Ou que je l'ai été. C'est pour ça que je ne me lasserai jamais d'eux, ni de la merde noire où ils se mettent tous – la haine de soi, la galère, le putain de gouffre au fond duquel on dégringole quand on se retrouve accro. Je sais ce que c'est de casser une vitre de portière pour piquer une pièce de dix pence sur la planche de bord, de taper dans le minimum retraite de sa mère, de faire les poches d'un blaireau endormi dans son dégueulis. Je sais ce que c'est d'en arriver là.

– Pourquoi me dites-vous ça ?

– Parce que j'ai failli tuer quelqu'un... J'ai purgé ma peine, ajouta-t-il après un silence, mais je vous vois déjà apprenant ça et revenant ici, la bouche en cœur, pour m'accuser. Autant vous prévenir d'emblée, pour qu'il n'y ait pas de surprise.

Caffery recula sur sa chaise. Pendant un certain temps, on n'entendit plus que le murmure ponctué d'éclairs du photocopieur, dont l'odeur d'encre avait envahi la pièce.

– Eh bien ? Que s'est-il passé ?

– Une vieille dame. J'étais défoncé. Je suis entré chez elle pour la dépouiller et je l'ai à moitié tuée – je l'ai ligotée avec le câble de sa lampe de chevet et je lui ai explosé les deux jambes à coups de fer à repasser.

Caffery sourit lentement. Une vague de froid se faufila sous son crâne.

– Et vous allez me dire que vous regrettez ? Que vous avez changé, retenu la leçon ? Que vous êtes maintenant un membre productif de notre société ? Qu'il serait de bon ton d'entamer une gentille petite discussion sur la réhabilitation ?

Tig esquissa un rictus agressif.

– Ouais. J'aurais dû m'en douter. Ça se voit dans vos yeux. Vous ne croyez pas que les gens puissent changer. Le pardon est sûrement un mot qui vous arrache la bouche.

Caffery tenta d'imaginer l'effet que cela pouvait faire d'attacher une vieille dame avec du fil électrique, puis de lui broyer les jambes avec un fer à repasser. Il tenta de s'imaginer ce que

Penderecki avait infligé à Ewan. L'effet que cela pouvait faire de violer un garçon de neuf ans. A quel niveau de hurlements s'arrêtait-on dans ces cas-là ? Penderecki, n'ayant jamais été condamné pour l'enlèvement d'Ewan, avait eu sa chance de rédemption : il aurait pu faire ce qu'il voulait de sa vie. Sauf qu'il était mort, seul et fauché, sans famille ni amis, avec pour toute compagnie les catalogues de sous-vêtements pour gosses qu'il entassait dans son logement social. Et c'était encore un million de fois mieux que ce qu'il aurait mérité.

Tig se leva, récupéra son énorme trousseau de clés sur le bureau. Arrivé à la porte, il se retourna.

– Ça y est, c'est bon ?

Caffery ferma sa serviette en cuir d'un geste sec et le rejoignit à la porte. Il se planta face à lui et le regarda droit dans les yeux.

– Une dernière chose, fit-il à mi-voix. Si vous m'aviez privé de mes jambes, vous savez ce que je voudrais ?

– Non. Vous voudriez quoi ?

Caffery esquissa un sourire qui lui laissa un goût de sang sur les gencives.

– Vous le faire payer, dit-il. Je voudrais vous priver des vôtres.

20

Tig ne semblait pas d'humeur à reparler de ce qu'il avait dit. *Je ne suis pas gay.* Lorsqu'il était descendu au sous-sol retrouver Flea, qui attendait sans bruit le départ de Caffery dans la cuisine obscure, il avait les joues marbrées de rouge et un éclat dur au fond des yeux. Elle essaya bien de lui demander comment les choses s'étaient passées – et ce qu'ils s'étaient dit – mais il se contenta de secouer la tête et resta muet jusqu'à la fin de leur trajet vers le domicile du restaurateur. Ce ne fut qu'une fois devant la maison de celui-ci, pendant qu'ils attendaient qu'on vienne leur ouvrir, qu'il daigna bougonner :

– Faut croire qu'ils n'ont pas changé de modèle depuis quinze ans. Celui-là avait carrément l'air de sortir d'un feuilleton des années soixante-dix.

Flea ne répondit pas. Elle avait les yeux rivés sur le judas de la porte d'entrée. A plusieurs reprises, en voiture, elle avait failli dire à Tig : « Ecoute, laissons tomber. On va rentrer et faire comme si je ne t'avais rien demandé. » Elle ressentait un début de tournis et avait l'impression qu'un élastique épais lui comprimait la boîte crânienne, un peu comme quand elle descendait trop profond. Si son intuition était juste, cette maison d'aspect inoffensif recelait peut-être la clé du calvaire subi par le jeune Mallows.

– Ohé, tu es là ?

Elle sursauta.

– Pardon ?

– Je te parlais de ce flic. Jack Caffery. Il m'a sorti un joli petit numéro de facho. Hargneux. Je ne vois pas d'autre mot.

– Il n'est pas si méchant.

Tig la détailla de la tête aux pieds, ce qui la mit mal à l'aise, avant d'esquisser un sourire crispé.

– Tu vois ? Tu t'es trahie. Tu en pinces pour lui.

Flea allait répliquer, lorsqu'un verrou cliqueta à l'intérieur. Elle redressa les épaules et lissa son jean par réflexe. Elle regretta de ne pas avoir eu le temps de s'examiner dans une glace – elle devait être mortellement pâle.

La porte s'ouvrit sur un petit homme sec, à l'air cultivé et légèrement anxieux. Ses cheveux ras grisonnaient et sa peau était noire comme la suie. Il portait une tenue décontractée – un pantalon de toile légère et une chemise à carreaux vert pâle, aux manches retroussées. Ses avant-bras nus luisaient, remarqua Flea, comme s'il les avait tartinés d'huile.

– Monsieur Mabuza, dit Tig. Merci de me recevoir. Je vous bouscule un peu, je m'en rends compte.

Mabuza se força à sourire et prit délicatement la main qu'il lui tendait.

– Ce n'est rien, mon vieil ami.

Il salua ensuite Flea de la tête.

– Gift Mabuza, dit-il. Et vous êtes ?

– C'est Flea. Ma... ma compagne. J'espère que ça ne vous pose pas de problème.

Sa compagne ? D'où est-ce qu'il sortait ça ? se demanda-t-elle. Le regard insistant de Mabuza la poussa à ôter ses lunettes noires et à lui tendre la main. Une fraction de seconde, elle crut voir une ombre effleurer son visage, mais il prit sa main et la serra mollement. Lorsqu'il la lâcha, Flea eut l'impression déplaisante qu'une espèce de pellicule un peu acide lui collait aux doigts.

– Veuillez entrer, dit-il.

L'homme s'exprimait avec une sorte de componction, et elle décela dans son débit légèrement haché un accent quasi imperceptible, comme par moments chez Kaiser. Son langage était presque trop parfait pour être honnête.

— Entrez, entrez.

Sitôt le seuil franchi, elle se sentit comme aspirée – à croire que la pénombre ambiante cherchait à pomper son énergie. L'air sentait la tristesse et l'huile de cuisson refroidie depuis des mois. Mabuza les laissa seuls dans le salon pour aller préparer du café, et les yeux de Flea mirent un certain temps à s'adapter à l'éclairage, mais quand ce fut fait elle s'aperçut que l'intérieur était décoré à la mode d'une auberge anglaise : des têtes de chevaux en cuivre sur les murs, un tapis violine et un canapé à fleurs moelleux, garni de housses d'accoudoir et d'épais coussins brodés. Il y avait aussi des abat-jour à motifs, une pendule bas de gamme en forme de carrosse sur le téléviseur, ainsi que deux épagneuls jumeaux en faïence de chaque côté du manteau de la cheminée, qui encadraient un crucifix de bois planté sur un petit socle. Sans attendre d'y avoir été invitée, elle se dirigea vers la cheminée pour examiner la croix, qui pour une raison indéfinissable avait attiré son attention.

— Ça vous plaît ?

Flea sursauta. Mabuza l'avait rejointe, un plateau entre les mains. Ses yeux vifs firent l'aller et retour entre le crucifix et elle.

— Joli bois, qu'en pensez-vous ?

— Oui, répondit-elle en se forçant à rester de marbre. Très joli.

— Je devrai m'absenter dans vingt minutes.

Il déposa son plateau et se pencha en avant pour remplir de café les tasses en porcelaine ornées de boutons de rose. Flea se réfugia sur le canapé, et Mabuza plaça une tasse devant elle. Tig s'assit dans un fauteuil en cuir, mit les mains sur les accoudoirs et renversa la tête en arrière.

— Ma femme et moi sommes attendus à une assemblée de notre Eglise, ajouta le restaurateur. Je regrette, mes amis, mais nous n'avons pas la nuit devant nous.

– Bien sûr, fit Tig en se redressant. On ne va pas vous retarder.

– Et autant vous le dire tout de suite : je ne sais pas pourquoi vous êtes ici, mais j'ai bien peur que vous ne ressortiez déçu de notre entretien, mon cher. Car je n'ai jamais été aussi inquiet qu'aujourd'hui pour mon établissement. (Il joignit les mains comme pour prier et les pointa vers Tig.) Et malgré la meilleure volonté du monde, mon soutien aux œuvres associatives est appelé à se restreindre.

Flea attendit en silence que les deux hommes aient fini de parler affaires et action sociale. Tout en jouant avec sa petite cuiller, elle laissa son regard papillonner, d'abord vers le crucifix, puis sur les placards et les murs, cherchant à comprendre ce qui, dans cette pièce, la dérangeait. Elle remarqua dans un renfoncement une peinture de chat en train de se débarbouiller. Cette toile, montée sur un châssis de planches clouées, lui parut avoir quelque chose de tout à fait incongru. Elle l'observa longuement, en se demandant si la cause de son malaise était à chercher de ce côté-là. A moins que ce ne soit la baie vitrée, dont les rideaux semblaient assez lourds pour bloquer n'importe quelle lumière, dans les deux sens. Ou le papier peint – il avait été arraché jusqu'à la cimaise, révélant un apprêt ocre foncé, sans doute lavable, sur lequel on devinait d'imperceptibles reflets. Flea s'efforça de délimiter les zones un peu plus claires qui venaient peut-être d'être lessivées. Et soudain, elle eut un déclic : ce n'étaient ni les murs ni les rideaux qui la bombardaient de signaux d'alarme. C'était le tapis.

Elle baissa les yeux, le cœur battant. Un tapis poussiéreux, trop épais pour correspondre encore au goût du jour, mais qui pour le reste n'avait rien d'extraordinaire. A un détail près. Sa couleur. Violet foncé, avec des reflets roses. Comme les fibres recueillies sur la main de Mallows.

– Flea ?

La voix de Tig la fit sursauter. Elle s'aperçut que Mabuza était debout devant elle et lui présentait une assiette de biscuits.

– Excusez-moi, dit-elle, la bouche sèche. J'étais...

– Dans la lune, acheva Mabuza. C'est l'expression consacrée, non ?

Elle regarda d'abord les biscuits, puis à nouveau son visage. Etait-ce celui d'un homme qui en avait découpé un autre, ici même, dans cette pièce ?

– Je ne connais pas grand-chose au milieu associatif, ni à l'action bénévole, bredouilla-t-elle. Ce n'est pas mon rayon.

– Ne vous excusez pas. Vous prendrez bien un biscuit ? insista Mabuza, toujours aussi affable, en avançant son assiette. Ceux-ci ont été faits par ma femme. Les autres, je le crains, viennent du supermarché.

– Merci.

Elle se pencha en avant, tenant d'une main sa tasse et sa soucoupe. D'un geste hésitant – elle pensait toujours au tapis, aux lourds rideaux –, elle toucha le bord de l'assiette et appuya juste assez pour la faire basculer. Mabuza tenta en vain de corriger le tir : l'assiette lui échappa et se renversa sur le tapis dans une pluie de biscuits.

Flea reposa bruyamment sa tasse.

– Zut, je… attendez, je m'en occupe.

Sans laisser à Mabuza le temps de réagir, elle repoussa la table basse et se mit à quatre pattes sur le tapis pour remettre les biscuits dans l'assiette et épousseter les miettes.

– Quelle empotée, marmonna-t-elle en relevant la tête pour lancer aux deux hommes un sourire penaud. Je suis vraiment trop bête.

Lorsque le sol fut à peu près nettoyé, elle inspira profondément puis, tout en ramassant les deux derniers biscuits, referma sa main droite sur une touffe de fibres du tapis. Et tira. Il y eut un léger crac, mais elle se redressa sur ses talons sans cesser de sourire aux deux hommes. Elle déposa les biscuits dans l'assiette, reprit sa tasse et se rassit sur le canapé en dissimulant sous son bras gauche la poignée de fibres qu'elle tenait au creux de la main droite.

Ils l'observaient sans piper mot. Prête à dire n'importe quoi pour briser le silence, elle posa alors, sans réfléchir, une question qui l'étonna elle-même.

– D'où venez-vous, monsieur Mabuza ?

Elle se força à soutenir en souriant le regard du restaurateur et ajouta le plus calmement possible :

– Tig vous le dira, j'ai toujours tendance à me mêler de ce qui ne me regarde pas. Excusez-moi.

– Inutile de vous excuser, rétorqua Mabuza en inclinant la tête avec un sourire poli. Les excuses n'ont pas leur place dans cette maison. Je viens d'Afrique du Sud – merci de me l'avoir demandé.

– D'Afrique du Sud ?

– Vous connaissez ?

Une image assaillit Flea. Une image d'eau noire et glaciale, d'où montaient des cris humains résonnant dans l'air du désert.

– Non. Pas vraiment.

– Je sais ce que vous pensez.

Mabuza avait les pupilles nimbées d'un halo jaunâtre, comme un hépatique.

– Ah bon ? Et qu'est-ce que je pense ?

Mabuza éclata de rire.

– Vous pensez : c'est un Noir. Vous vous dites que tous les Sud-Africains que vous connaissez sont des Blancs, et cependant je suis face à vous, en chair et en os et aussi noir qu'on puisse l'être.

– Effectivement, répondit-elle sans ciller. C'est tout à fait ça.

– Je fais partie des Noirs sud-africains les mieux lotis, croyez-moi.

Son regard fixe commençait à la troubler. A croire qu'il l'avait vue arracher un morceau de tapis et cherchait à lui faire peur pour qu'elle avoue. Il se mit à parler lentement, sans la quitter des yeux, comme s'il tenait à ce que chacun de ses mots reste gravé en elle. Au départ, Flea eut du mal à capter leur sens, assourdie qu'elle était par les martèlements de son propre pouls, mais elle se rendit compte peu à peu qu'il lui racontait son histoire – sa naissance à Johannesburg, la façon dont les patrons blancs de sa compagnie pétrolière avaient voulu se tailler une image d'entreprise respectueuse des principes de la nouvelle Afrique du Sud en appliquant strictement les quotas ; raison pour laquelle ils avaient choisi un Noir depuis longtemps affecté à la conduite d'un chariot élévateur et lui avaient fait gravir artificiellement tous les échelons de la hiérarchie, jusqu'à le nommer P-DG de la compagnie et l'installer au Cap. Gift Mabuza n'avait pas pris une seule décision au cours de ses trois années de présidence. Il passait ses journées dans un beau bureau lambrissé de chêne, à l'ombre de la Montagne de la Table, à jouer au poker sur Internet et à signer des chèques, jusqu'au jour où le pot aux roses avait été dénoncé par la presse. Après avoir encaissé ses indemnités de licenciement, il était parti au Royaume-Uni et, fort de son expérience, il avait ouvert la Douve.

– Et maintenant, ma nouvelle amie – Flea –, dites-moi ce que vous savez de mon pays.

– Pas grand-chose.

– Ce qui m'inquiète en ce moment, voyez-vous, c'est l'image que s'en font les policiers d'Angleterre.

– Je vous demande pardon ?

– Mon restaurant est au centre d'une terrible affaire, vous en avez sûrement entendu parler aux informations. La police interroge mon personnel et nous empêche de rouvrir. Moi-même, à ce qu'il paraît, je n'ai plus le droit de mettre les pieds là-bas. J'ignore totalement, mon amie, quel monstre inhumain a pu enfouir cette horreur devant ma porte, mais je connais assez la vie pour savoir qu'on cherche à me souiller. Que je suis victime d'une tentative de sabotage, affirma-t-il en écartant les mains. Vous voyez la couleur de ma peau. Vous entendez ma voix. Je suis africain, Flea, et l'Africain restera toujours un lépreux.

Flea renifla et palpa le haut de son jean, feignant de chercher un mouchoir. Elle mit sa main droite dans une des poches de devant et, d'une chiquenaude, y fit tomber sa touffe de fibres. Elle reposa ensuite sa main sur sa cuisse, toujours sous le regard de Mabuza.

– Vous comprenez, poursuivit-il sans cesser de fixer sa main, je ne suis pas le bienvenu dans cette société. C'est pourquoi quelqu'un… oui, *quelqu'un* a décidé de prendre un risque aussi effroyable pour me discréditer. Sauf que, ajouta-t-il brusquement, avec un sourire inattendu qui révéla des dents blanches interrompues par l'absence d'une incisive côté droit, mes ennemis ont commis une erreur. C'est l'ironie de la chose. Personne ne pourra me montrer du doigt. Je ne suis pas un sauvage.

– Monsieur Mabuza, observa-t-elle posément, vous parlez par énigmes.

– Par énigmes ? Loin de là. Ce que j'essaie de vous dire, c'est que je n'ai jamais eu maille à partir avec la police. Par contre, je ne sais pas du tout ce que vos policiers peuvent penser du Sud-Africain noir que je suis. Et vous ? ajouta-t-il en cherchant son regard. Vous le savez peut-être ?

Il a deviné, pensa Flea. *Bordel de merde, il sait qui je suis.*

– Non. Je n'en ai aucune idée.

Un silence s'ensuivit. A côté d'elle, figé dans son fauteuil, Tig se racla nerveusement la gorge. Elle s'apprêtait à lui parler quand la pendule-carrosse sonna. Tig se leva comme un ressort.

– On ferait mieux d'y aller, dit-il en tendant la main à Flea. Viens. On y va. Allez.

Elle se mit debout à son tour, les jambes cotonneuses, et reposa sa tasse d'un geste si brutal que la cuiller tomba de la soucoupe.

– Pouvez-vous m'indiquer les toilettes, monsieur Mabuza ? J'aurais besoin de papier pour me moucher.

Il y eut une seconde de flottement. Ce n'était pas un mauvais tour de son imagination, elle en aurait mis sa main au feu. Le regard du restaurateur dériva vers Tig, revint sur elle, chercha à nouveau Tig. Puis il sourit, plein de grâce, en tendant la main vers la porte.

– Bien sûr. Par ici, je vous prie.

Les toilettes se trouvaient au premier étage. Flea gravit lentement les marches de l'escalier pendant que les deux hommes l'attendaient dans l'entrée. Pendant sa montée, elle dépassa quatre ou cinq niches creusées dans le mur, qui contenaient chacune un crucifix. Certains étaient petits, d'autres imposants, mais tous semblaient neufs et étrangement épargnés par la poussière ambiante. Les panneaux de boiserie qui recouvraient le bas du mur jusqu'à hauteur de taille la mirent également mal à l'aise, au point qu'elle finit par croiser les bras sur sa poitrine pour éviter de les toucher. Elle eut l'étrange sensation qu'ils avaient une fonction de dissimulation, que des ombres rampantes la talonnaient.

Elle atteignit le palier mal éclairé, où flottait une odeur vaguement médicinale, toujours poursuivie par la sensation que quelqu'un – ou quelque chose – l'épiait. Une porte se dressait face à l'escalier, exactement là où Mabuza lui avait dit qu'elle serait. Elle l'ouvrit, actionna l'interrupteur, et un flot de lumière éclaboussa l'émail jaune primevère, la boîte de mouchoirs en papier posée sur la cuvette des W-C, et son reflet qui la scrutait depuis le miroir du lavabo. Une main toujours serrée sur la poignée, elle contempla un instant ses yeux cernés, ses cheveux qui lui encadraient le front en boucles sèches. Puis elle se hissa sur la pointe des pieds pour surveiller, dans le miroir, la surface lisse des boiseries derrière ses jambes. Il n'y avait rien. Qu'est-ce qui lui avait pris ?

Comme elle s'interrogeait sur la conduite à tenir, un bruit étouffé venu de la droite l'incita à ressortir des toilettes. De l'autre côté du palier, à quelques pas, elle découvrit avec fascination une porte entrebâillée qu'elle n'avait pas remarquée en arrivant car elle donnait sur une pièce éteinte. Le bruit provenait de là : une sorte de reniflement, comme si quelqu'un pleurait derrière cette porte.

Elle referma celle des toilettes avec une certaine force, de manière à être entendue d'en bas. Les deux hommes discutaient à mi-voix au pied de l'escalier, en confidence. Ayant constaté que leur ton ne changeait pas, elle s'avança sur le palier. Le plancher massif ne grinçait pas ; quelques enjambées lui suffirent pour atteindre la porte entrouverte. Les hommes parlaient toujours. Elle n'avait plus qu'à tendre le cou pour voir l'intérieur de la pièce.

C'était une chambre étrange, mal éclairée par deux lampes d'angle à pied, qui rappelait une cabane du Far West avec son plancher brut, ses rideaux à carreaux et sa courtepointe fleurie. Une valise était posée à même le sol. A quelques pas de là, une femme blanche se tenait à genoux au centre de la pièce, face au lit. Un peu plus jeune que Mabuza, elle était blonde et absolument énorme – ses chairs débordaient de sa robe blanche. Sa poitrine tressautait au rythme de ses étranges hoquets, dont Flea devina qu'ils n'avaient aucun lien avec la tristesse.

La femme posa les mains à plat au sol et, lorsqu'elle se pencha en avant pour regarder sous le lit, ses bras monstrueux formèrent des plis. Depuis le seuil, Flea vit des larmes rouler de ses yeux plissés et comprit ce qu'il y avait de si particulier dans ses sanglots. Cette femme pleurait de terreur, épouvantée par ce qu'elle s'attendait à découvrir sous le lit.

Elle étira son cou adipeux pour inspecter les moindres recoins d'ombre puis, n'ayant apparemment rien trouvé, ramena le poids de son corps sur ses talons et se retourna, avec une extrême lenteur, jusqu'à faire face à la porte. Ses joues ruisselaient de larmes, mais elle resta muette, ne parut même pas surprise de voir qu'on l'épiait. Elle se contenta de soutenir le regard de Flea comme si la présence de celle-ci relevait de l'évidence.

Sans un mot, Flea s'enfuit vers l'escalier, s'attendant à être rattrapée par des cris. Oubliant l'alibi des toilettes – elle aurait dû prendre le temps de rouvrir puis refermer la porte, de faire couler un robinet ou de tirer la chasse d'eau –, elle dévala les marches aussi vite que ses jambes le lui permettaient. En bas, les deux hommes s'interrompirent et levèrent la tête. Flea passa entre eux sans s'arrêter ni tendre la main à Mabuza.

– Ravie de vous avoir rencontré, lança-t-elle au restaurateur en ignorant Tig, qui lui emboîtait le pas. Vraiment. Je connais le chemin.

Elle continua sur sa lancée une fois dehors, en ligne droite, les bras croisés sur la poitrine. Elle se sentait profondément soulagée d'être enfin délivrée des mauvaises ondes de cette maison. Ce qu'elle en avait vu lui suffisait. Le lendemain matin, à la première heure, elle irait trouver Jack Caffery.

– Hé !

Elle avait descendu la moitié de la rue quand Tig lui saisit l'épaule et la força à se retourner.

– Quelle mouche t'a piquée, bordel ?

– Il sait qui je suis, Tig, dit-elle en chassant une mèche de son visage. Tu n'as pas compris ? Tu n'as pas vu comment il me regardait ? C'était dingue.

– Le seul truc dingue, c'est que tu l'aies forcé à parler de l'enquête. Ça, c'était dingue.

– Je ne l'ai pas forcé. C'est lui qui a abordé le sujet. En plus, sa baraque est franchement louche.

– Flea. Flea...

Il l'entraîna vers le bout de la rue, jusqu'à ce que le portail des Mabuza ait entièrement disparu. Il était presque sept heures du soir mais le ciel restait bleu, et les hommes d'affaires qui abondaient dans le quartier commençaient à rentrer chez eux en Audi ou en Mercedes. Certains leur jetaient au passage de brefs coups d'œil. Après avoir parqué sa voiture, l'un d'eux revint se planter devant son portail, une paire de lunettes de soleil à la main, pour les observer.

– Allons, dit Tig. Tu nous fais un coup de parano, ou quoi ? Tu flippais déjà quand on est arrivés. Même si tu n'as rien dit, j'ai bien senti que tu n'étais pas dans ton assiette. Tu te fais des idées.

– Je n'ai pas inventé la façon dont il me fixait. Quand il m'a posé sa question sur la police.

– Flea, écoute, je ne prétends pas bien le connaître, ce serait exagéré, mais je le connais quand même assez pour pouvoir affirmer que ce mec n'a rien de louche. Et que n'est pas un faux cul.

– Ah oui ? Tu en es sûr ?

– Oui, répondit-il en rebroussant chemin vers la Focus de Flea. Sûr et certain.

Elle resta quelques secondes immobile à le suivre des yeux, déboussolée. L'homme du portail se désintéressa d'eux et enclencha la fermeture automatique de son garage. Ne sachant que faire d'autre, elle finit par se mettre en marche à son tour et sortit ses clés de voiture. Elle ouvrit la portière passager à Tig avant de se glisser derrière le volant avec un gros soupir.

En attachant sa ceinture, elle retrouva au bout de ses doigts la sensation de gras laissée par la main de Mabuza.

– Encore une chose, dit-elle. Ce n'est sûrement pas à l'église qu'ils vont ce soir – en tout cas pas au sens où on l'entend généralement.

– Oh, arrête. Qu'est-ce que tu racontes encore ?

Elle se retourna vers la maison – une maison d'apparence tout à fait ordinaire. Elle repensa à l'impression qu'elle avait eue de voir des ombres naines glisser sur les boiseries. Elle repensa à la femme en train de regarder sous le lit, à la peur inscrite sur ses traits. Elle repensa aux crucifix. Et là, en un éclair, elle comprit ce qui l'avait troublée.

Elle jeta à son ami un regard fiévreux.

– Je te dis seulement, Tig, que ces gens-là ne sont pas chrétiens.

21

Aux alentours de vingt heures, quand Caffery regagna son bureau, l'équipe du HOLMES avait déjà plié bagage après avoir rempli son rapport d'activités quotidien. Ne restait plus sur place qu'un de ses membres, qui souhaitait effectuer des heures supplémentaires ; Caffery le chargea donc de rendre visite aux rares associations de leur liste qui proposaient des séances du soir. Il se retrouva ensuite seul dans les locaux déserts.

Savourant le silence, il commença par s'éparpiller quelque peu en feignant de croire qu'il faisait œuvre utile : il lut ses messages, parcourut les CV des nouveaux membres de son équipe, puis lança sans conviction – et sans succès – une recherche sur le réseau informatique des renseignements généraux en utilisant deux mots clés issus de la déposition de la serveuse : *fleuve* et *juvénile.* Lorsqu'il tapa *exhibition,* l'écran se remplit à une telle vitesse que la barre de défilement se réduisit à l'épaisseur d'une tête de clou. Rien qu'à Bristol, près de mille bonshommes aimaient se tripoter le zob devant les filles à la faveur de la nuit. Il ne se sentait pas le courage de s'attaquer à une telle liste.

Il alla à la fenêtre et souleva une lamelle du store, envahi par une étrange vague de découragement. La boucherie halal d'en face était déjà fermée, et le restaurant de plats à emporter voisin n'avait pas encore ouvert. Il consulta sa montre. Vingt heures trente. Encore tôt, mais le soleil serait bientôt couché. Et les filles de City Road devaient déjà être en place pour qui savait où les chercher. Il referma ses doigts sur la lamelle et la serra de plus en plus fort, jusqu'à sentir les larmes lui monter aux yeux. Puis il sortit son téléphone portable et composa le numéro du pépiniériste donné par Flea – un vieil ami de sa mère, qui travaillait à domicile.

Il laissa passer plusieurs sonneries. Alors qu'il allait raccrocher, en se disant qu'il aurait mieux fait d'appeler plus tôt, le pépiniériste répondit enfin et déclara, sans se presser, que le Remembrance, en effet, n'était plus très demandé par les temps qui couraient, mais qu'il pouvait lui en commander quelques bulbes si Caffery n'était pas à deux ou trois jours près et s'il consentait à venir les chercher à Bishop Sutton, parce que lui-même ne livrait plus. Et puisqu'il l'avait au bout du fil, comment allait ce petit ange de Flea Marley ? N'était-ce pas une tragédie pour une pauvre fille comme elle, qui n'avait pas encore trente ans, d'avoir vécu une telle épreuve ?

Caffery tapota son bureau du bout de l'index, gêné de ne rien savoir d'une histoire apparemment connue de tous.

– Je crois… il me semble qu'à tout prendre elle s'en tire plutôt bien, répondit-il. Et je ne manquerai pas de lui dire que vous avez demandé de ses nouvelles.

Ils abordèrent ensuite les détails pratiques de la transaction, les modalités de paiement. Caffery ne paraissait pas être de la région – se plaisait-il dans l'Ouest ? Caffery répondit calmement aux questions du pépiniériste, mais lorsqu'il referma le téléphone ses sourcils étaient froncés et son index frappait toujours la table. Un mot surtout lui était resté en mémoire. L'homme avait parlé d'une tragédie vécue par Flea Marley. Quelle sorte de tragédie ? De fil en aiguille, il se demanda si elle avait un petit ami pour l'aider à passer le cap… et s'empressa de mettre le holà. C'est normal d'être curieux, mon vieux, c'est ce qui t'a permis de devenir enquêteur. Ça et l'alcool. Mais restes-en là. Tu risquerais de faire trop de dégâts.

Il s'approcha de la carte régionale fixée au mur, posa son pouce sur Bishop Sutton, et réussit en écartant les doigts au maximum à mettre son auriculaire sur Shepton Mallet. Il avait d'abord cru que les déplacements du Marcheur étaient aléatoires. Mais depuis qu'il avait vu son stock de cidre dissimulé sous la haie, Caffery était enclin à penser que ses étapes quotidiennes correspondaient à un itinéraire planifié. Il s'était donc efforcé de recouper les rares informations disponibles dans la banque de données avec ce qu'il avait vu la veille au soir près de Vobster, et un modèle commençait à se dessiner. Une sorte d'éventail à demi ouvert, ou de part de gâteau, dont Shepton Mallet marquait la pointe et dont le sommet en arc de cercle reliait quasiment Congresbury à Keynsham, tandis qu'un des côtés suivait le tracé d'une nationale, l'A37. Après avoir observé ce modèle un certain temps, Caffery reprit sa veste sur le dossier de son fauteuil et en sortit ses clés de voiture.

Le Marcheur bougeait tous les jours, du matin au soir. Pour le retrouver, il fallait donc bouger aussi. Ou lire dans ses pensées. Gardant à l'esprit son éventail, Caffery roula jusqu'à l'A37, une route autrefois utilisée par les chevaliers du Temple, l'une des plus anciennes de Grande-Bretagne. Il contourna Farrington Gurney et traversa Ston Easton, où la route s'enfonçait entre deux murailles suintantes parsemées de mousse humide, ce qui lui donna l'impression de rouler au fond d'un canal asséché. A la sortie du hameau, il ralentit. En l'absence de tout autre véhicule, il poursuivit son chemin à très petite allure, sous un dôme de branchages que ses phares illuminaient. Il abaissa sa vitre et, un coude sur la portière, fouilla des yeux la nuit noire en quête de la lueur d'un feu.

Il finit par dépasser un petit chemin sur sa droite. Après avoir continué sur une centaine de mètres, quelque chose le poussa à faire brusquement demi-tour. Il rangea sa voiture sur le bas-côté, les quatre pneus dans l'herbe pour éviter d'avoir à allumer ses feux de détresse. Il mit pied à terre et enjamba la clôture d'un champ. La campagne était drapée de ténèbres opaques, tout juste rompues çà et là par la masse grise d'un arbre ou d'une butte. Saisi par le froid, il enfila sa veste et, les mains sous les aisselles, attendit que l'obscurité lui ait recouvert la tête et la nuque. Tous les sens en éveil, il guettait un crépitement de brindille ou une odeur de fumée.

Le Marcheur avait tranché le nez d'un homme à l'aide d'un cutter. Ça s'était passé au fond de son garage, à Shepton Mallet, et il avait immobilisé sa victime, un certain Craig Evans, en la ligotant sur une chaise avec du scotch de déménageur blanc et rouge estampillé « Attention – Fragile ». Quand Evans avait enfin cessé de vomir du sang, le Marcheur lui avait enfoncé ses pouces – ce détail, plus que tout le reste, avait frappé Caffery – dans les yeux. Il avait appuyé de toutes ses forces, jusqu'à ce que les globes giclent de leurs orbites. Puis, il l'avait entravé sur une planche à repasser adossée à un mur et lui avait cloué les paumes sur les parpaings. Il l'avait crucifié.

Les policiers savaient tout cela parce qu'il avait filmé la scène en vidéo de manière à pouvoir se la repasser ensuite, pour son plaisir. Ils savaient qu'il avait placé les yeux d'Evans, avec leurs filaments sanguinolents, sur une étagère, qu'il lui avait démoli les rotules à coups de pied-de-biche, et qu'il lui avait coupé le sexe ; il était rentré dans sa maison et avait tranquillement rangé les morceaux – le nez, les yeux, la bite – dans une boîte de biscuits Cadbury Selection. Quand les enquêteurs avaient mis la main dessus, la putréfaction était tellement avancée que le couvercle s'était ouvert tout seul.

Caffery inspira profondément, malgré le froid qui lui mordait les narines. Il continua d'écouter le silence, suivit des yeux le fantôme gris d'une chouette qui glissait à travers le ciel. N'entendant toujours rien, il repartit vers sa voiture, remonta dedans et resta assis à observer les nuages effilochés qui défilaient derrière l'entrelacs de frondaisons, masquant parfois la lune.

La douleur sourde revenait à la charge dans ses membres. Il comprit que ce n'était pas une affaire de tension mais de fatigue, et que sa fatigue était directement liée à sa conversation avec le pépiniériste. *N'est-ce pas une tragédie pour cette pauvre fille ?*

Il mit un certain temps à se remémorer ce qu'il avait éprouvé en entendant ces mots : le sentiment d'être en dehors du coup. D'être l'intrus, le béotien. Peut-être essaierait-il de poser quelques questions à droite et à gauche sur ce qu'elle avait pu vivre. Discrètement, pour ne pas passer pour un con. Ce fut alors que la voix du Marcheur résonna sous son crâne : *Il suffit de se dire que c'est une activité à laquelle d'autres gens s'adonnent dans une autre vie pour que le manque disparaisse.* Il a raison, songea-t-il, mieux vaut laisser tomber. Tu l'aurais fait dans le temps, tu aurais exploré toutes les pistes possibles pour connaître la vérité, la percer à jour, découvrir son secret. Mais plus maintenant. Ton monde a changé.

Caffery démarra et reprit la route. Dix heures passées : il arriverait sur City Road vers onze heures, c'est-à-dire au moment où Keelie sortait sur le trottoir. A peine eut-il baissé sa vitre qu'une odeur âcre de terre et de gaz d'échappement s'engouffra dans l'habitacle. Malgré tous ses efforts, il ne se souvenait ni des traits de Keelie ni de la couleur de ses cheveux. Il se rappela en revanche qu'elle avait l'élégance de ne jamais croiser son regard pendant qu'il la baisait. Ce qui, supposa-t-il, n'était pas rien.

22

9 mai

Le lendemain, Mossy est vautré sur le canapé. Un pied dans le vide et un pouce sous la lèvre inférieure, il fixe la grille par où il s'attend à voir entrer Jonah.

Sauf que la nuit succède au jour et le jour à la nuit sans que rien se passe, ni que personne arrive. Il se dit que le soleil doit être bloqué dans le ciel vu qu'à chaque fois qu'il rouvre les yeux il y a de la lumière derrière la plaque de la fenêtre. A d'autres moments, il aurait plutôt l'impression de foncer vers l'avenir à bord d'une machine à voyager dans le temps parce que, juste après s'être réveillé avec la certitude absolue que c'est le matin, il voit les doigts rougis du crépuscule se faufiler dans les interstices, révélant la poussière de cette piaule crasseuse qui est devenue sa chambre de torture.

Ils carburent au café sucré et à la soupe en sachet, et Racho lui cale parfois en douce un petit fixe. Il tient sa came de « Tonton », qui n'est apparemment jamais bien loin de la grille. Tonton doit crécher pas loin, pense Mossy, parce que chaque fois que Racho veut lui parler, il n'a qu'à taper trois coups à la grille. Au bout d'un moment, un rai de lumière se dessine au fond du corridor et une silhouette emplit le passage, avec un bruit de clés et un courant d'air froid. Sans avoir jamais réussi à le voir nettement, Mossy est sûr qu'il porte un truc sur la gueule parce que sa tête n'a pas l'air de coller avec son corps : trop sombre, trop grosse.

Mossy passe des heures à scruter cette grille, à tenter de la franchir par la pensée. Elle donne sur un couloir dont il devine les murs – le papier qui les tapissait a été à moitié arraché et pendouille par endroits. Quelque part, un robinet fuit. La plupart du temps, on n'y voit que dalle parce qu'il n'est pas éclairé, mais Mossy a pu se faire une bonne idée de sa longueur en voyant les autres l'emprunter : Racho ou Tonton. Il lui arrive aussi de capter des voix bizarres, électroniques et complètement hachées, mais toujours par rafales, sans qu'il sache trop s'il a rêvé ou non.

Racho représente tout pour Mossy : son geôlier, oui, mais plus encore son point d'ancrage et celui par qui le soulagement peut arriver sous forme d'une seringue. Il est là en permanence, petite boule de chaleur lovée contre son torse : il mange comme un animal, avec ses mains sèches. Et comme un animal trouvant du réconfort dans la présence de l'autre, Mossy sent par moments sa peur s'estomper. Un peu comme si c'était à lui de protéger Racho, qui l'a pourtant amené ici et se prépare à lui couper les mains. Même si l'envie de chialer est toujours là, il y a un truc chez ce mec qui donne à Mossy l'impression d'être un homme. Il se sent plus fort quand Racho est avec lui : il ne le voit pas comme un bourreau mais comme une victime, peut-être parce que cet homme-enfant venu d'Afrique est lui aussi manipulé.

Racho roule pour Tonton, et ses tâches sont variées : on lui demande quelquefois de prendre du sang à des gens, quelquefois de dealer de la poudre, quelquefois aussi de michetonner. Rien de bien étonnant pour Mossy : Racho est petit, tout petit, et ils savent l'un et l'autre qu'il y a des amateurs. Notamment un gros lard qui a l'habitude de l'attendre dans sa caisse pourrie devant une supérette, et du coup Racho sort certains jours déguisé en môme, avec une petite casquette et un blazer d'écolier.

– Pour le gros, dit-il. Lui aimer ça.

Mossy ne devrait rien avoir à secouer de ce que fait Racho à l'extérieur. Il ne comprend pas pourquoi ça l'énerve tellement d'imaginer ce gros salopard en train de l'enfiler, mais au milieu de toute cette horreur il s'est pris d'affection pour le petit Black. Il n'en parle pas, évidemment, mais c'est la vie qui veut ça : à la base, Racho et lui sont pareils. Tous les deux viennent du trou du cul du monde. Leur corps est leur unique monnaie d'échange, et il n'y a pas à discuter quand un ami doit faire le trottoir.

D'ailleurs, c'est peut-être encore pire pour Racho parce qu'il n'est pas en règle. Mossy a l'impression qu'il n'est pas le seul sans-papiers à vivre ici : il lui arrive d'apercevoir des ombres derrière la deuxième grille, celle qui ressemble à une cage, et d'entendre des bruits bizarres, comme si quelqu'un se déplaçait de l'autre côté. Lorsqu'il se retrouve seul dans le noir complet, Mossy se dit souvent qu'une créature étrange cohabite avec eux. Et quelquefois, quand il arrive à dormir dans ce trou à rats, il se réveille en sursaut, persuadé qu'une forme vient de traverser la pièce sans bruit pour regagner la cage après s'être faufilée par la fenêtre condamnée.

Si un poids plume comme moi n'arrive pas à passer là-dessous, qui pourrait le faire ? A moins, songe-t-il en pleine nuit, après une interminable journée de solitude, à moins que ce ne soit pas quelqu'un, mais quelque chose. Quelque chose d'inhumain.

Mais cette perspective le glace tellement qu'il préfère tourner le dos à la fenêtre autant que possible et éviter d'y penser.

23

16 mai

Katherine Oscar portait une chemise blanche et un jodhpur d'homme de couleur beige dont le bas disparaissait dans ses bottes d'équitation ; sa queue de cheval un peu lâche était censée suggérer qu'elle avait à peine pris le temps de se coiffer. Incarner Mme Oscar était tout un art pour cette femme, qui se donnait un mal fou pour dissuader quiconque de l'accuser d'être collet monté. Ou snob, c'était au choix. En ce jeudi matin, de très bonne heure, elle avait pris position dans la cour gravillonnée du cottage des Marley, les poings sur les hanches et le visage crispé. Les premiers rayons du soleil illuminaient les mèches folles qui voletaient autour de son front, et elle avait renversé la tête en arrière pour scruter les fenêtres du premier étage. Sûrement en se demandant pourquoi personne ne venait lui ouvrir.

Flea, tout juste sortie de sa douche et emmitouflée dans une serviette, l'épiait sans bouger de la fenêtre de la salle de bains. Aussi loin que remontaient ses souvenirs, vivre dans cette maison avait toujours comporté une nuisance : Katherine Oscar et les siens. La haute façade du manoir surplombait le terrain des Marley, qui de ce fait avaient toujours eu le sentiment d'être sous surveillance : il suffisait aux enfants Oscar de se pencher à la fenêtre de leur chambre pour voir les enfants Marley jouer dans leur jardin, lequel avait d'ailleurs jadis appartenu au manoir. Les Oscar disposaient quant à eux d'un autre jardin, à l'opposé, un parc de plusieurs hectares avec piscine, écurie et parterres, mais jamais ils n'avaient pu se faire à l'idée que leur souveraineté ne s'exerçait plus sur celui des Marley, et ils se permettaient souvent d'entrer sans y être invités chez leurs voisins, comme si leur richesse suffisait à leur en donner le droit.

Le pire était leur fils cadet, Toby, un gosse courtaud aux yeux rapprochés, coiffé au bol. L'incident avait eu lieu un après-midi d'automne, quand Flea, en regardant par la fenêtre, l'avait surpris en train de pisser allègrement sur son mur. Elle avait aussitôt ouvert la vitre pour le chasser, mais Toby avait fait la sourde oreille et, après avoir tranquillement remonté sa braguette, était reparti sur la route du manoir en se grattant la tête d'un air pensif. Flea s'était précipitée chez ses voisins mais avait trouvé porte close. Elle avait dû sonner à trois reprises avant d'obtenir satisfaction.

– Cet endroit est une vraie caverne, il nous faudrait une deuxième sonnette !

Katherine Oscar n'était jamais en retard d'un bon mot pour souligner le gigantisme de sa maison, mais son sourire s'était délité quand Flea lui avait expliqué ce qui venait de se produire. Elle s'était avancée sur le perron et avait étudié intensément la route, comme s'il lui paraissait inconcevable que la chair de sa chair ait pu se comporter aussi mal. Puis elle s'était repliée dans le vestibule.

– Vous savez, avait-elle dit en fermant les yeux, j'ai le sang qui se fige rien qu'en pensant qu'un de mes enfants a pu s'aventurer sur cette route. Merci de m'avoir prévenue.

Sentant qu'elle allait refermer, Flea avait glissé un pied dans l'embrasure.

– Ce n'est pas la route qui me préoccupe, Katherine. J'aimerais savoir si vous allez lui en parler.

Katherine Oscar avait rosi.

– Je vous demande pardon ?

– Vous allez en parler à votre fils ?

– Bien sûr. Pour qui me prenez-vous ?

Je te prends pour une merde, avait pensé Flea en détaillant ses cheveux blonds, son chemisier griffé et ses boucles d'oreilles. Et même, tu sais quoi, Katherine ? Je ne peux pas te sacquer. Je ne peux pas sacquer ta façon de me prendre de haut, ta vénération pour le fric et le pouvoir, ton quatre-quatre qui coupe les virages en forçant tout le monde à s'arrêter. Et avec lequel tu as bloqué la route l'autre jour pour discuter avec ton jardinier, sans remarquer les trois voitures obligées d'attendre que tu aies fini de causer fertilisants et plates-bandes. Je ne peux pas sacquer la fumée de tes cheminées, les vingt sacs d'ordures que tu produis chaque semaine, ta façon de parler aux personnes qui viennent travailler pour vous au manoir. La seule vue d'un criminel t'arracherait des cris d'orfraie, et pourtant ton mari est un porc en costume trois pièces qui passe sa vie à plumer des gens sur son ordinateur. C'est même le plus grand criminel que j'aie jamais rencontré.

Elle aurait aimé le dire. Elle aurait aimé clouer Katherine Oscar contre le mur et lui balancer tout ça à la figure. Mais, bien entendu, elle n'en avait rien fait. Elle avait appris à se battre, à frapper vite et fort, mais aussi à se contenir.

– Bien sûr, avait-elle répété avec un hochement de tête. Je vous laisse lui parler, dans ce cas. Et tâchez de faire ça bien, parce que, s'il recommence, je le fais coffrer. Compris ?

Après cet incident, les Oscar l'avaient laissée en paix. Oh, elle avait encore droit de temps en temps à un regard noir des garçons derrière la vitre fumée du quatre-quatre qui les emmenait à l'école, et à des rires jaillis des fenêtres, mais ça ne la gênait pas. Moins elle les voyait, mieux elle se portait. Pendant toute une période, les seuls bruits en provenance du manoir furent les piétinements des chevaux dans leurs box les soirs d'été. Mais elle aurait eu tort de s'imaginer que les choses en resteraient là, Katherine Oscar étant tout bonnement incapable de renoncer à ses projets d'extension. Environ six mois plus tard, elle avait recommencé à laisser des messages sur le répondeur de Flea, en affirmant que son mari et elle étaient toujours aussi désireux de racheter son jardin, malgré leurs divergences, et qu'ils allaient solliciter le conseil municipal, l'English Heritage[1], l'association des riverains et le National Trust[2] en vue d'obtenir sa réintégration dans leur domaine. Elle déposait à présent deux ou trois mots par mois dans sa boîte aux lettres et passait la voir chaque semaine, « pour faire un petit coucou et voir si vous auriez changé d'avis ». Et surtout pour maintenir la pression.

Ce matin-là, tandis que la sonnette résonnait à nouveau dans le cottage, Flea n'eut aucune peine à deviner que Katherine était là pour la relancer sur son dernier courrier en date : *Vous avez lu le bulletin ? Vous avez eu le temps de réfléchir à mon offre ? A la chute de l'immobilier ?* Aussi resta-t-elle parfaitement immobile, sachant qu'elle ne pouvait être vue, jusqu'à ce que Katherine en ait assez : avec un petit coup de tête impatient, censé exprimer qu'elle ne comprendrait jamais les Marley, ni ce qui les poussait à dilapider leur argent pour aller plonger dans les endroits les plus absurdement reculés de la planète, au lieu de s'offrir enfin un véhicule décent pour remplacer ces immondes guimbardes qui faisaient honte au voisinage –, elle pivota sur ses talons et repartit à pas secs sur l'allée. Même le crissement de ses bottes était particulier – à croire que ses semelles écrasaient le gravier plus violemment que les autres.

Flea attendit que le bruit de ses pas ait cessé ; quand elle eut la certitude d'être seule, elle revint face à l'armoire à pharmacie de la salle de bains et examina son contenu : quelques brosses à dents de rechange, une paire de ciseaux à ongles, son diaphragme soigneusement rangé dans sa boîte – elle ne s'en était plus servie depuis des années et ferait aussi bien de le jeter –, une crème hydratante, son épilateur. Elle avait oublié ce qu'elle cherchait – sa tête était chaude et encore pleine de tout ce qui s'était passé la veille, comme si elle couvait une infection.

1. Organisme visant à protéger et promouvoir le patrimoine historique de l'Angleterre.

2. Organisme voué à la préservation des côtes, des campagnes et des édifices.

Au fond d'une étagère, derrière les vitamines qu'elle prenait pour renforcer son système immunitaire et combattre les virus et autres bactéries au contact desquels son métier la mettait presque en permanence, elle aperçut une vieille boîte de pastilles Kwells de Thom, qui avait toujours été malade en voyage. Il y avait de fortes chances pour qu'elle ait la nausée ce soir. Kaiser l'avait avertie que le principe actif de l'ibogaïne était susceptible d'entraîner des symptômes comparables à ceux du mal de mer. Elle sortit la boîte – vraisemblablement périmée depuis des années, mais c'était mieux que rien – et la déposa au bord du lavabo. Puis elle referma l'armoire et, après avoir fini de s'essuyer, elle enfila un pantalon ample et un tee-shirt et recouvrit ses cheveux mouillés d'une vieille casquette. Elle récupéra ses clés et sauta dans sa voiture. Les mains crispées sur le volant, elle regarda saillir les veines bleues et froides de ses bras. Elle allait bientôt introduire un poison dans son sang, afin d'entrer en communication avec les morts. Pour avoir une chance d'y réussir, il fallait qu'elle soit en état de paix intérieure – tant pis pour les reproches que lui avait faits le divisionnaire lorsqu'elle avait tenté de se mêler d'une enquête. L'équation était simple : tout ce qu'elle avait vu et ressenti la veille au soir devait être assimilé, liquidé avant la prise d'ibogaïne.

A la sortie de l'allée, elle fit exprès patiner les roues de sa vieille Ford sur le gravier et passa en trombe devant le manoir en envoyant deux coups de klaxon. Pour bien faire savoir à Katherine Oscar qu'elle était là.

C'étaient surtout les traces de poussière qui l'avaient frappée. Mme Mabuza – à supposer que l'énorme dame aperçue dans la chambre fût bien Mme Mabuza – était peut-être douée pour la pâtisserie, mais c'était une piètre ménagère. Malgré leur propreté impeccable, les nombreux crucifix accrochés aux murs de sa maison étaient tous entourés d'une trace de poussière bien visible. Et ils présentaient cet aspect parce qu'ils étaient neufs, pas parce qu'ils venaient d'être astiqués. Ils avaient été mis là pour la galerie, Flea l'aurait juré. Pour donner aux visiteurs l'illusion d'un foyer chrétien.

Personne ne répondit lorsqu'elle frappa à la porte du bureau du commissaire adjoint, aussi se permit-elle de l'entrouvrir. Caffery se tenait debout à la fenêtre, en chemise ; les mains au fond des poches de son pantalon et les jambes légèrement écartées, il semblait absorbé dans la contemplation d'un objet extérieur. Vu de dos, il donnait l'impression de n'être pas rentré chez lui de la nuit. Si l'idée n'avait pas eu quelque chose d'absurde, Flea aurait même pensé qu'il l'avait passée à son bureau. Ou dans sa voiture. Elle se demanda s'il disposait déjà d'un vrai logement, ou s'il occupait une des chambres du centre d'entraînement attenant au QG en attendant d'avoir trouvé une location.

Puis, tandis que son regard s'attardait sur les cheveux ras qui lui bordaient la nuque, elle l'imagina au lit. Il dormait, un bras hors des draps. Son profil enfoui dans l'oreiller révélait les muscles légèrement saillants d'une épaule bronzée. Elle s'éclaircit la gorge pour chasser cette image.

– Bonjour.

Il fit volte-face, le regard vide, au bord de la colère. Elle crut un instant qu'il ne la reconnaissait pas. Puis son visage s'éclaira. Il inspira et sourit.

– Oh, bonjour. Excusez-moi. J'étais à des années-lumière, dit-il, tirant une chaise et l'invitant à s'asseoir. Vous m'avez surpris en train de rêvasser.

Flea ôta sa casquette, se passa une main dans les cheveux et s'assit.

– A quoi ?

Caffery posa une fesse sur le bureau et la dévisagea les mains croisées sur la poitrine, l'une jouant avec un trombone. Elle s'efforça de ne pas trop y penser mais son cerveau avait d'ores et déjà enregistré un afflux de données le concernant – par exemple le fait qu'il n'avait pas les yeux bruns, comme elle l'avait cru jusque-là, mais bleus, avec de longs cils très noirs. Aussi noirs que ses cheveux.

– Je ne vous attendais pas, dit-il. Je n'avais pas prévu de solliciter votre brigade aujourd'hui. Vous devez savoir quelque chose que j'ignore.

Flea détourna les yeux et feignit d'examiner le minuscule bureau, avec ses murs ternes et sa carte murale aux couleurs passées.

– Flea ? Vous avez une idée en tête ?

– C'est exact, répondit-elle prudemment. Mais je veux que vous me promettiez que ce que je vais vous dire ne sortira pas de cette pièce.

Il haussa un sourcil.

– D'accord, fit-il avec un demi-sourire. Allez-y.

– Bon. Je vais être franche. J'ai fait une bêtise.

– Ah.

– J'ai vu Gift Mabuza. Le propriétaire de la Douve.

Caffery lâcha un rire incrédule.

– Sérieusement. Je suis passée chez lui hier soir.

– Il est à l'étranger. Il ne rentre que cet après-midi.

– Il a avancé son retour. Peut-être en apprenant que vous le cherchiez.

Caffery changea d'expression et laissa retomber ses bras.

– Vous ne plaisantez pas. Vous êtes vraiment allée le trouver.

– Sans lui dire que j'étais flic.

– Et vous lui avez dit quoi ?

– Rien. J'y suis allée avec un ami commun.

Caffery jeta son trombone dans la corbeille à papier.

– Ce n'est pas très malin, si je puis me permettre. C'est même totalement idiot.

– Je sais, admit-elle en secouant la tête. Mais il n'ira nulle part, j'en suis sûre. Il vous attend. Et... puisqu'on en est au chapitre de mes conneries, j'ai aussi ça à vous montrer.

Ignorant le regard noir de Caffery, elle sortit de sa pochette banane un petit sachet transparent plein de fibres, qu'elle plaça au centre de sa paume.

– J'ai recueilli ça chez lui, dit-elle en lui tendant le sachet.

Il le prit.

— Qu'est-ce que c'est ?

— Vous m'avez parlé hier de fibres de moquette sous les ongles de Mallows. Je me suis dit que... enfin, j'ai pensé que ça pourrait peut-être vous aider.

Caffery tourna et retourna le sachet entre ses mains. Il se dirigea vers un placard, en sortit une pochette pour pièces à conviction et glissa le sachet à l'intérieur. Il déboucha un stylo, parut hésiter sur la formulation, changea d'avis, griffonna quelques mots sur un Post-it et le colla sur la pochette.

— Je n'ai commis aucune effraction, dit-elle. Il m'a ouvert sa porte.

— Vous connaissez forcément l'article dix-neuf. Il y a consentement et consentement. Vous ne lui avez pas dit qui vous étiez, et vous avez profité de la rencontre pour obtenir des informations, récita-t-il d'une voix monocorde. Il ne nous reste plus qu'à prier pour que son avocat n'ait pas les yeux en face des trous ou qu'il oublie de vérifier ; sans quoi il aura beau jeu d'invoquer un SC injustifié.

Flea contracta les mâchoires et se retint à grand-peine de partir en courant. SC signifiait « sous couverture », et Caffery avait vraisemblablement raison : la défense ne se gênerait pas pour les épingler là-dessus. Mais elle refusait de s'avouer vaincue aussi facilement et se força à redresser les épaules. C'était avant tout une question physique. Une posture adéquate l'aiderait à se sentir plus forte.

— Et mes fibres ? demanda-t-elle. Est-ce qu'elles ressemblent aux autres ?

Elle crut qu'il n'avait pas entendu. Il fixait intensément sa pochette, comme si son contenu avait un message à lui transmettre.

— Est-ce que ce sont les mêmes ? interrogea Flea.

— Hier, vous m'avez répété plusieurs fois : « Il est africain. » Où vouliez-vous en venir ?

— Vous tenez vraiment à le savoir ?

— J'y tiens.

— D'accord. Je peux ? fit-elle en montrant l'ordinateur.

– C'est une brouette. A croire que la police de l'Avon et du Somerset vit encore à l'époque du bas débit. Quand le réseau est encombré, les pages peuvent mettre cinq bonnes minutes à s'afficher.

Elle s'installa sur le fauteuil, se rapprocha d'un coup de talons et déplaça la souris. Dès que l'écran se fut allumé, elle activa la connexion, lança une recherche – Caffery avait dit vrai, le chargement prenait un temps fou – et finit par obtenir la page souhaitée.

– Là, dit-elle en montrant une photo.

Caffery vint se placer à côté d'elle et se pencha légèrement vers l'écran. Peut-être n'était-il pas rentré chez lui, mais il avait pris une douche. De près, il sentait le savon.

– Eh bien ? Qu'est-ce que c'est ?

Flea avait en tête une affaire dont il se souvenait certainement : la découverte quelques années plus tôt du tronc décapité d'un petit garçon flottant dans la Tamise. Il avait été surnommé « Adam » en l'absence totale d'indice permettant de l'identifier, hormis un short orange, le contenu de ses viscères, et le fait que son assassin avait procédé à une ablation méticuleuse de sa première vertèbre cervicale.

– Quand vous étiez à Londres, demanda-t-elle prudemment, vous vous êtes occupé d'Adam ?

– Adam ?

– Le petit garçon repêché dans la Tamise. Le torse.

– Ah, oui. Deux de mes collègues ont travaillé dessus. Mais pourquoi est-ce que... ?

Il s'interrompit un instant, chercha son regard.

– Bon sang... Je vois ce que vous voulez dire.

Elle s'abstint de répondre. La piste d'« Adam » avait fini par mener les enquêteurs de la Met en Afrique, où leurs pires soupçons s'étaient confirmés : de la couleur de son short à la vertèbre excisée – l'atlas, qu'un certain nombre de cultes africains considéraient comme le centre du corps –, tout convergeait dans une seule et même direction.

– Le muti, murmura Caffery. C'est ça ? Vous pensez à un sacrifice muti ?

– Oui, répondit-elle.

Un silence s'abattit sur la pièce. Le muti : une forme de magie noire, de sorcellerie. Une médecine occulte africaine, pouvant aller jusqu'au meurtre et au dépeçage rituels d'un être humain. Et qui d'après certains signes semblait avoir pris pied en Grande-Bretagne au cours de la dernière décennie.

– C'est un livre qui m'a mise sur la voie, ajouta-t-elle à mi-voix. Un livre sur la sorcellerie africaine et le chamanisme. Il contenait notamment une photo de mains coupées – un type de Johannesburg s'est fait coffrer pour ça. Il les avait prélevées sur un cadavre pour les revendre à un commerçant local.

– Qui comptait en faire quoi ?

– Se servir de leur pouvoir pour améliorer son chiffre. On les enterre, ou on les camoufle dans un mur, et la clientèle se bouscule au portillon. Et si j'ai bien compris le bouquin, l'emplacement idéal se situe... à l'entrée.

Le regard de Caffery se fit légèrement distant, comme s'il était plongé dans ses pensées, avant de revenir sur l'écran. La photo montrait un présentoir de verre renfermant un objet brunâtre, ayant l'aspect et les dimensions approximatives d'un sac de couchage froissé.

– Et ça ?

– Ça ? Ma foi, je ne sais pas trop pourquoi je vous le montre, mais disons que ça m'a permis de comprendre jusqu'où certaines personnes sont prêtes à aller.

Caffery se pencha sur l'écran pour étudier les plis obscènes, les bords jaunis et craquelés.

– Qu'est-ce que c'est ?

– A votre avis ?

– Je n'en sais rien, mais...

Tous deux sentirent une ombre envahir la pièce, comme si un nuage passait devant le soleil.

– Il me semble... Ne me demandez pas pourquoi, mais il me semble que c'est une peau humaine.

24

10 mai

En se réveillant, Mossy découvre Racho accroupi par terre à quelques pas. Au début, il est largué. La piaule est inondée d'une lumière blanc-bleu complètement dingue qui souligne d'une ombre les plus petits objets et transforme en étincelles la poussière, les brins de tabac et les poils qui traînent sur la moquette. Racho a enfilé une espèce de robe longue à carreaux rouges, noirs et blancs, ornée de symboles qui font penser à un masque africain. Il porte aussi une perruque à base de longues tresses noires ponctuées de coquillages blancs. Après être resté un moment tapi comme un lion prêt à bondir, le voilà qui se met à bouger, qui se contorsionne. Il y a dans ses mouvements une férocité qui incite Mossy à s'asseoir sur le canapé, parce que ça va de plus en plus vite et que ce n'est franchement pas normal : Racho marche autant sur les mains que sur les pieds, on dirait presque une tarentule blessée. Les coquillages de sa perruque s'entrechoquent.

Racho montre les dents en sifflant comme un serpent, et là, Mossy sent que c'est du chiqué : il assiste à un numéro. Il pige d'un seul coup que l'autre fait ça pour la caméra, dont le point rouge brille discrètement dans le couloir. La grille est ouverte, et c'est de là que vient la lumière, d'un mini-projecteur monté au-dessus de l'objectif.

Mossy n'est pas débile. Il sait très bien que c'est Tonton qui tient la caméra et n'a aucune envie d'attirer l'attention, alors il repose le front sur le canapé comme s'il dormait encore et mate la suite du coin de l'œil.

Racho cesse de s'agiter et sort une pochette en toile des replis de sa robe. Mossy l'a déjà vu poser cette pochette par terre. Il lui a expliqué qu'elle contenait ses « os divinatoires » mais n'a jamais voulu les lui montrer. Ce coup-ci, il les répand sur la moquette violette, s'accroupit et promène ses mains juste au-dessus en grommelant.

Mossy les voit, éparpillés sur la moquette crade, et il n'y a pas que des os, loin de là : des coquillages, deux cartes à jouer, et même un morceau de lard jauni qu'il a dû récupérer chez un boucher. Il regarde en silence Racho montrer les cartes du doigt en murmurant des trucs dans une langue qu'il n'a jamais entendue, mais qui sent l'Afrique à plein nez.

Son numéro dure un bon moment. A la fin, Racho sort de la piaule. Le verrou est remis quelques secondes, et ça chuchote de l'autre côté de la grille. Le projecteur s'éteint, puis Mossy entend le bruit d'une porte qui s'ouvre et se referme à l'autre bout du couloir. Racho revient dans la piaule, en refermant la grille derrière lui. Il s'assied près de Mossy.

— Toi regarder moi ?

Mossy le dévisage, une main sur le front.

— Ouais. Je t'ai vu faire. C'était quoi, ce délire ?

— Moi jeter les os.

— Hein ?

— Moi jeter les os. Moi sangoma.

— Sango… quoi ?

— Sangoma. Devin, guide, docteur. Les os guider moi. Moi lire avenir, démasquer voleurs. Eux dire beaucoup de choses vraies, la santé, la malchance.

Mossy lâche un rire rauque.

— Tu te prends pour un putain de sorcier-guérisseur ?

— Pas pareil, mais presque.

Mossy s'esclaffe de plus belle.

– Mon cul ! T'es pas plus sorcier que moi, mec ! J'ai jamais vu un acteur aussi nul.

– Moi sangoma.

– Sûrement pas.

Racho le fixe longuement. Ses yeux sont tristes. Puis il s'éloigne vers la grille. Regarde entre les barreaux, écoute. Apparemment rassuré sur le fait que personne ne les surveille, il retire sa robe et la laisse tomber par terre. Dessous, il ne porte qu'un slip kangourou à l'ancienne, dont le coton rêche fait ressortir la noirceur luisante de son corps gracile. Il revient vers le canapé et monte dessus près de Mossy. Passe une main derrière l'oreille et la nuque de Mossy et attire son visage contre le sien, comme s'il voulait l'embrasser. Sauf qu'il ne l'embrasse pas. Ses lèvres brûlantes et gercées se plaquent contre l'oreille de Mossy et il souffle :

– Toi pas dire à Tonton, toi pas dire lui.

– Pour qui tu me prends, mec ?

– Moi et mon frère. En Afrique, nous passeurs. Nous voler chef de bande et venir ici.

– Passeurs ?

– Nous faire contrebande. Toi comprendre ?

– Je suis pas con, putain. Et c'était quoi, votre trafic ?

– Nous passer peaux. Passer frontières. Peaux du Natal, du Mozambique, nous vendre en Tanzanie.

Mossy s'écarte, baisse le menton pour voir ses traits.

– Des peaux de quoi ?

– De gens.

– Des peaux humaines, tu veux dire ?

– Oui, répond Racho comme s'il n'y avait rien de plus normal. Nous faire ça, mon frère et moi. Passer peaux de gens. C'est bonne médecine, très puissante.

Mossy sent une montée de bile lui envahir la bouche. Son estomac se soulève, ce qui l'oblige à déglutir et à renverser la tête en arrière. Il a entendu parler de gens qui vendaient leurs reins – un pote à lui se targue même d'avoir laissé un des siens en Inde pour se payer le billet de retour, et personne n'a rien trouvé à y redire. Mais ce type d'embrouille était censé se passer dans un autre monde.

– Putain, lâche-t-il, brûlant et transi. Putain de merde ! C'est pour ça que tu m'as pris du sang ? C'est pour ça que… oh, non… c'est pour ça que tu veux mes mains ?

Il éjecte Racho du canapé. Il tremble.

– C'était pas juste pour que l'autre connard puisse mater ? Tu veux vendre mes mains ?

Racho s'accroupit sur le sol face à lui, l'œil luisant.

– Pas moi. Tonton. L'argent être pour Tonton. Moi obligé. Moi sans-papiers, tu sais ? Tonton dire ça tout le temps, lui appeler flics si moi pas obéir.

Mossy ferme les yeux, ravale encore plusieurs fois sa salive, essaie de se ressaisir. Il a toujours cru vivre dans un monde qui lui permettait de comprendre les coups les plus tordus que les gens pouvaient se faire les uns aux autres. Il croyait savoir jusqu'où ses semblables étaient capables d'aller. Mais là, d'un seul coup, il s'aperçoit qu'il était à côté de la plaque. Et il découvre un univers dont il ignorait tout, un univers d'horreur et de désespoir encore plus absolus que dans ses pires cauchemars.

25

16 mai

La pendule du grand-père indiquait midi pile et, à l'arrière du cottage, le soleil brillait à la verticale des peupliers, concentrant leurs ombres sur le gravier. Le printemps était là. La glycine empiétait sur les fenêtres, et ses longues lianes semblaient chercher à ouvrir les vitres. Les Marley avaient toujours jardiné en famille, mais depuis l'accident Flea n'en avait plus ni le temps ni l'envie ; et comme ses moyens ne lui permettaient pas de s'offrir les services d'un professionnel, la végétation des terrasses proliférait chaque été jusqu'à se transformer en jungle grouillante d'insectes. Deux ans seulement, et on ne pouvait plus guère descendre au fond de la vallée qu'à coups de machette. Il y avait tout en bas un lac artificiel dont une des pointes avait autrefois été enjambée par un édifice en tuf censé imiter le pont des Soupirs, mais l'usure du mortier avait provoqué un affaissement général de la structure l'hiver précédent, et seul le sommet de l'arche demeurait visible. La seule solution raisonnable aurait consisté à revendre le jardin aux Oscar, mais c'était tout bonnement inconcevable. Flea ne supporterait jamais de voir leurs enfants dévaler ces pelouses sur lesquelles Thom et elle avaient grandi.

– Tout fout le camp, maman, grommela-t-elle, plantée devant la fenêtre de la cuisine.

Elle voyait la batterie de panneaux solaires que son père avait installés à l'extérieur du garage. Ils étaient tombés en panne des mois plus tôt sans qu'elle puisse les faire réparer et, pour couronner le tout, ils commençaient à être envahis d'herbes et de mousse. Vus de loin, ils ressemblaient à une pelouse supplémentaire.

Elle retira ses pâtes du feu, les versa dans un égouttoir et, plissant les yeux à cause de la vapeur, déposa celui-ci sur le plan de travail, à côté du petit coffre-fort paternel. Kaiser l'avait prévenue qu'elle risquait d'avoir faim, que son voyage durerait vraisemblablement plus de douze heures et qu'elle aurait besoin de sucres lents et de vitamines au moment de la descente. Cuisiner sous l'empire de la drogue – comme d'ailleurs toute autre activité requérant un minimum de concentration – lui serait certainement impossible. Rien de tel qu'une bonne platée de nouilles – le plat favori de sa mère. Elle allait les conserver dans une boîte en plastique et n'aurait plus qu'à les passer au micro-ondes. Elle éplucha la peau des tomates cœur de bœuf qu'elle venait d'ébouillanter, en se passant les doigts sous l'eau du robinet de l'évier chaque fois que leur chaleur devenait intolérable. Au moment de jeter les lambeaux de peau à la poubelle, elle s'interrompit un bref instant, un pied sur la pédale, pour observer l'amas fripé au creux de sa paume, le jus rouge qui lui dégoulinait entre les doigts. L'image de la dépouille humaine montrée ce matin à Caffery lui revint à l'esprit. Elle fit glisser les peaux de tomate dans la poubelle, s'essuya les mains à l'aide d'un torchon, et pensa à autre chose.

– Flea ?

Elle fit volte-face. Thom se tenait sur le seuil, les jambes étrangement désalignées, un peu comme un poulain qui vient de naître et cherche encore son équilibre.

– Excuse-moi, dit-il. La porte était ouverte.

– Oh… Ce n'est pas grave.

Elle s'avança, tendit la main pour lui toucher le visage. Son petit frère. Pauvre, pauvre Thom.

– Je suis contente de te voir.

Il sourit. Il avait conservé la peau fragile et pâle de son enfance, et les cernes de ses yeux bleus d'animal craintif étaient particulièrement prononcés ce jour-là.

– Tiens. Assieds-toi, dit-elle en lui présentant une chaise.

Il s'assit, posa gauchement les mains sur les genoux.

– Je mets de l'eau à chauffer. Pour le thé.

– Qu'est-ce que tu fais ? demanda-t-il en indiquant les ingrédients étalés sur le plan de travail – l'huile d'olive, l'ail, le bocal de pâtes.

Elle retira la lourde poêle du feu et répandit les copeaux d'ail et d'oignon sur ses tomates. Elle plaça la poêle dans l'évier et fit couler de l'eau dessus.

– Flea ?

– Oui ? Quoi ?

– Qu'est-ce que tu fais ?

– A ton avis ?

– A manger. Mais tu as l'air bizarre.

Elle s'interrompit, immobile devant l'évier, une main sur la hanche et l'autre sur le robinet, et observa les cercles de graisse jaune qui évoluaient à la surface de l'eau. Des corneilles criaillaient dans les cèdres à la lisière du jardin. Elle revit leur mère la fixer entre les arbres, murmurant : *Nous sommes allés ailleurs.*

– Flea ? Qu'est-ce qu'il y a ? Tu me fais peur.

Elle se retourna.

– Thom, je sais que tu n'aimes pas parler de ça.

– De quoi ?

– De... tu sais bien, de ce qui s'est passé. De l'accident.

Ils se regardèrent en silence. Les joues de Thom rougirent. Le reste de son visage était toujours livide.

– L'accident, répéta-t-elle plus doucement. Un jour, il faudra bien qu'on en parle. De tes souvenirs.

Dans un premier temps, il se borna à la dévisager. Puis il commença à tapoter la table du bout des doigts. Un petit fredonnement lui monta dans la gorge. Thom portait en lui une cicatrice à laquelle personne ne devait toucher, des images auxquelles il ne supportait pas de penser. Une culpabilité qui l'accompagnait partout. Il recula sa chaise en la faisant crisser et se leva. Il alla se planter devant le fourneau, dos à Flea, baissa les yeux sur la poêlée de tomates. Il la secoua vaguement, déplaça deux ou trois objets sur le plan de travail, ramassa une cuiller, une spatule, comme s'il obéissait à une intention précise. Ses cheveux blonds étaient tellement fins qu'ils laissaient voir son cuir chevelu, le hâle de sa nuque vulnérable.

— Tu sais quoi ? dit-il d'un ton badin. Ça ne va pas fort au boulot. Je n'arrive pas à m'y faire.

— Thom, j'aimerais qu'on...

— Je dirais même que ça commence à nous affecter, Mandy et moi.

— S'il te plaît, écoute-moi.

— Pour être franc, je me sens piégé. Piégé comme je ne l'ai jamais été. Tout ça à cause de mon travail.

Flea ferma la bouche. Elle connaissait l'aptitude des êtres humains au déni mais persistait à espérer, dans un recoin de son esprit, que Thom parlerait un jour de l'accident s'il y était obligé. Il aurait déjà dû comprendre et surmonter la culpabilité qui le dévorait. Mais non : il continuait à faire la sourde oreille, comme s'il n'avait pas entendu un seul mot de ce qu'elle venait de dire. Elle s'assit à la table en soupirant.

— Je n'en peux plus, dit-il en titillant une tomate. Je suis coincé.

— Ah bon ? Je ne m'en serais pas doutée.

Thom joua encore un instant avec sa spatule sans mot dire, sous l'œil attentif de sa sœur, puis il la reposa sur une feuille d'essuie-tout et s'éclaircit la gorge.

— Heureusement, je crois que j'ai un nouveau truc en vue.

— Quel nouveau truc ?

— Des types que je connais. Ils importent des lustres de la République tchèque. Des lustres magnifiques, beaucoup mieux que ce qu'on voit chez les antiquaires d'ici.

Sentant venir la migraine, Flea se pinça l'arête du nez entre le pouce et l'index. Depuis Boesmansgat, Thom était incapable de s'accrocher à un emploi. Il avait travaillé dans des agences de voyages et dans la vente d'espaces publicitaires de magazine, il avait fait du démarchage téléphonique à sept livres de l'heure pour une plate-forme d'appels. Durant ses périodes de chômage, il grignotait son futur pactole d'assurance-vie par des emprunts successifs pour se lancer dans des affaires foireuses. En deux ans, pas moins de six projets avaient ainsi vu le jour. De l'importation de gélules amincissantes venues des Etats-Unis à la vente de pixels sur Internet, en passant par l'achat d'un terrain dont il s'était aperçu ensuite qu'il était inconstructible. Ils avaient tous capoté, le laissant quasiment sur la paille.

— Thom, on en a déjà parlé. Tu étais censé garder ton travail. Tu ne peux pas continuer à prendre autant de risques.

— Il n'y a aucun risque, c'est du billard. J'ai juste besoin d'un alibi.

— D'un alibi ? répéta Flea en laissant retomber sa main. Quel genre d'alibi ?

Il lâcha la poêle et revint s'asseoir en face d'elle, coudes sur la table. Elle lut dans ses yeux qu'il avait déjà chassé l'accident de ses pensées. Une faculté d'oubli hallucinante.

— C'est une affaire en or, mais je n'en ai pas parlé à Mandy, et…

— Parce qu'elle réagirait exactement comme moi.

— Non, parce que je préfère lui faire la surprise. Mais j'ai besoin de ton aide, ajouta-t-il d'un air anxieux. Il y a un peu d'eau dans le gaz.

— Comment ça ?

— J'ai eu plusieurs rendez-vous avec ces types, et Mandy commence à me soupçonner d'avoir une liaison.

Flea haussa un sourcil.

— Je sais, reprit-il d'une voix empreinte d'excitation. Je sais. Elle m'a même suivi. C'est génial, non ?

— Génial ?

— Je l'ai vue me filer sur la route. Tu sais ce que ça veut dire ?

— Non. Non, pas du tout.

— Ça veut dire qu'elle m'aime. Elle est jalouse, Flea ! Elle m'aime vraiment, pour de bon.

Flea secoua la tête. Elle considéra la peau lisse, presque diaphane, qui recouvrait la pomme d'Adam de son frère. Mandy était sa première véritable compagne après toute une série de filles avec lesquelles il avait cru vivre une histoire sérieuse – des filles dont il tombait ridiculement, puérilement amoureux avant d'être tout à coup anéanti par leur indifférence. Jusqu'à Mandy. Et, comme les enfants, il prenait la possessivité de Mandy pour une preuve d'amour authentique.

– Elle croit que je ne l'ai pas repérée, mais si. Le problème, c'est que le rendez-vous décisif approche, et là, ça passe ou ça casse. Si je n'y vais pas, je peux faire une croix sur ma part du gâteau.

– Et tu me demandes de lui mentir ?

– Si je dis à Mandy que je suis ici, elle me croira.

– Ici ? Non. Elle viendra vérifier.

– Peut-être. Mais elle n'osera jamais se présenter à ta porte, parce qu'elle est persuadée que je ne me doute de rien. Je pourrais prendre ta Focus – je suis assuré, ne t'inquiète pas – et laisser ma voiture devant chez toi. Comme ça, qu'elle me file ou qu'elle se contente de passer devant chez toi, je serai couvert.

– Et tu veux faire ça quand ?

– Demain soir.

Vendredi. Deux jours avant la reprise du service. Kaiser lui avait garanti que l'ibogaïne aurait déserté son organisme d'ici là.

Flea se leva, prit la poêle et versa les tomates dans la boîte de plastique translucide où attendaient déjà les pâtes. Après avoir ajouté des olives et quelques rondelles de saucisse, elle laissa le tout à découvert pour évacuer l'humidité et se mit en devoir de nettoyer le plan de travail et les plaques de cuisson, sous le regard insistant de son frère.

– Alors ? Tu veux bien ?

Elle recouvrit la boîte et la mit dans le réfrigérateur. Elle éprouvait une colère sourde, disproportionnée.

– Tu connais la réponse, Thom, dit-elle en claquant la porte du frigo. Tu sais très bien que je serais prête à faire n'importe quelle connerie pour toi.

26

Après le départ de Flea, le silence retomba sur le commissariat. Caffery, assis à son bureau, médita sur le sens du mot « muti » et se demanda pourquoi il n'y avait pas pensé plus tôt. Il prit le temps de relire plus attentivement le texte de la page web. La peau affichée sur l'écran, comprit-il alors, provenait non pas d'un, mais de deux êtres humains – deux adolescents. Ils ne s'étaient pas connus de leur vivant, mais la mort les avait inextricablement associés en joignant leurs dépouilles à Dar es-Salaam dans un présentoir unique, lors d'une exposition sur la contrebande. Ces peaux avaient été saisies sur des trafiquants dont le négoce consistait à écorcher des gens en Tanzanie, puis à exporter les peaux, tantôt vers le Nigeria, tantôt vers l'Afrique du Sud, en échange de sommes colossales.

Il étudia l'image avec une conscience pénible de sa propre peau, de ses limites et de son inadéquation. Muti. Le mot lui-même semblait vibrer d'une résonance maléfique. Le propriétaire de la Douve, Gift Mabuza, était rentré sans prévenir la police. Il était africain, et dans certains pays d'Afrique la superstition préconisait d'enterrer des mains devant chez soi pour favoriser le commerce. Une équation élémentaire.

Caffery médita quelques minutes sur Mabuza, en tâchant d'imaginer quelle sorte d'homme il pouvait être. Après avoir envisagé un temps de débarquer chez lui séance tenante, il se rendit compte que ce serait une erreur : il n'aurait pas de mandat sous la main s'il se révélait nécessaire de l'arrêter. Mieux valait se renseigner à son sujet, attendre les conclusions de Chepstow sur les fibres et préparer un éventuel coup de filet. Il avait appelé l'agent des services de l'immigration associé à l'opération Atrium pour lui demander des informations sur le statut de Mabuza. Il avait aussi joint son divisionnaire et obtenu le feu vert pour l'instauration d'une surveillance directe de vingt-quatre heures, histoire de s'assurer que l'oiseau ne s'envolerait pas du nid. A peine eut-il reposé le combiné du téléphone fixe que son portable professionnel se mit à sonner dans sa poche. Il l'ouvrit d'un geste sec.

– Commissaire adjoint Caffery, brigade criminelle, j'écoute ?

Après un bref silence, une voix excessivement polie, empreinte d'un très léger accent, déclara :

– Je suis Gift Mabuza.

Caffery se raidit. Son pouls se mit à résonner dans l'écouteur.

– Je vois, répondit-il calmement. Que puis-je pour vous ?

– Un de vos subordonnés m'a joint sur mon lieu de vacances. Je suis rentré dès que j'ai su qu'il y avait eu un problème à mon restaurant.

Caffery hésita.

– Effectivement, il y a eu un problème.

– Je souhaiterais pouvoir venir en discuter avec vous.

– Vous souhaiteriez... D'accord. Parfait. Au contraire. Voyons... (Caffery réfléchit à toute allure. Mieux valait avoir les résultats du labo avant d'interroger Mabuza.) Que diriez-vous de... demain ?

– Entendu, très bien. J'aimerais aller au fond des choses. Merci infiniment, monsieur Caffery, ajouta Mabuza après une pause. Merci et à demain.

Il raccrocha, et Caffery attendit un certain temps avant de ranger son portable. Du bout de l'index, il fit tourner sur lui-même le petit sachet de fibres posé sur son bureau, sans cesser de penser à Gift Mabuza. Son attitude suggérait-elle qu'il avait quelque chose à cacher ? Il revit l'entrée de Flea dans son bureau, ses ongles qui n'avaient cessé de tripoter la glissière de sa pochette banane pendant qu'elle parlait, les membres longs qu'on devinait sous son treillis. Il soupira. Si elle avait eu le profil classique d'un officier de soutien, il l'aurait certainement envoyée paître avec un grand éclat de rire. Un sacrifice muti ? N'était-il pas en train de se laisser influencer par une théorie qui ne lui serait jamais venue spontanément à l'esprit ?

Techniquement, il aurait dû signaler la visite de Flea au domicile de Mabuza dans son rapport officiel. En précisant qu'il lui avait verbalement reproché d'avoir enfreint la loi de 2000 sur la réglementation des pouvoirs d'investigation. Il aurait dû, mais il n'en fit rien. Il referma la page web toujours affichée sur l'écran de son ordinateur, cala le combiné de sa ligne fixe au creux de son épaule et composa un autre numéro. Celui de Marilyn Kryotos, la collègue qui avait installé le système d'investigation informatisée du HOLMES au siège londonien de son ancienne brigade. Elle travaillait désormais à Scotland Yard, pour une équipe spécialisée dans les questions de sorcellerie et de violences rituelles. Cette équipe avait été créée en réaction aux affaires Victoria Climbié[1] et Adam. Adam, selon le rapport d'autopsie, pouvait avoir entre quatre et sept ans lorsqu'il avait été coupé en morceaux. Tous les signes laissaient croire qu'il était encore en vie à ce moment-là. Personne n'avait été condamné.

Il y eut un clic à la troisième sonnerie.

– Constable Kryotos, j'écoute.

Caffery hésita. Cette voix calme et familière le renvoyait au quotidien chaotique de la Met, au tourbillon permanent des enquêtes londoniennes. Marilyn Kryotos, à l'époque, avait constitué son seul et unique point d'ancrage. Avec elle, il

1. Enfant martyre ivoirienne morte en 2000 en Angleterre, à l'âge de huit ans, à la suite d'innombrables sévices infligés par le couple qui en avait la garde et la considérait comme possédée par le démon.

n'était jamais question ni de vanité ni de démagogie. Il sourit malgré lui.

– Salut, Marilyn. Devine qui c'est. Un revenant.

Bref silence, suivi d'un petit rire sarcastique.

– Ce n'est pas si vieux, Jack. A peine deux mois.

Le sourire de Caffery s'estompa.

– Quoi, tu n'es pas contente de m'entendre ? Tu m'as inscrit sur ta liste noire ?

Elle s'abstint de répondre.

– Je sais ce que tu penses, soupira-t-il.

– Ah bon ?

– Ouais. Comme tout le monde. Que je suis un salaud.

– C'est le cas ?

– Marilyn, tu n'as jamais quitté personne ?

– Bien sûr que si. Il y a des lustres. Avant les gosses.

– Alors, tu vois.

– Ce n'est pas le fait que tu l'aies quittée. Je veux dire, elle est frappée, Jack. Jolie, mais frappée. Elle est encore passée dans le journal la semaine dernière – il semblerait qu'elle ait coulé un tas de médicaments, d'emballages usagés, de restes de maquillage et je ne sais quoi d'autre dans un bloc d'acrylique en décrétant que c'était une œuvre d'art. Moi, j'ai toujours eu du mal avec elle, tu le sais bien. Ce n'est donc pas le fait que tu l'aies quittée, c'est le motif. Je veux dire, Jack, qu'est-ce que c'est que ces arguments à la con ? Les circonstances m'ont empêchée de t'en parler jusqu'ici, mais il se trouve que tu n'es plus mon supérieur, et…

– Et tu peux donc me faire part de ton point de vue ?

– Tu ne rajeunis pas, Jack. Désolée d'avoir à te le rappeler, mais tu vas sur tes quarante balais, non ?

– Je ne veux pas de gosses, Marilyn. Ni maintenant ni plus tard.

– Tout le monde devrait en avoir, Jack. Tout le monde. Même les cataclysmes ambulants dans ton genre. C'est le seul moyen de devenir un être humain à part entière. Fais-moi confiance là-dessus. En plus, Jack, je ne te l'ai jamais dit, mais je suis sûre que tu ferais…

— Changeons de sujet, ça commence vraiment à…

— Non. Ecoute-moi. Que ça te plaise ou non, Jack, tu ferais un père génial. D'accord ? Voilà, ajouta-t-elle en soufflant bruyamment comme s'il venait de lui arracher des mots qu'elle aurait préféré taire. C'est dit.

Assis dans son bureau exigu, dont l'unique fenêtre ornée d'une plante moribonde donnait sur une boucherie halal, Caffery fit passer le combiné d'une oreille à l'autre. Le reflet de son visage était visible sur l'écran de l'ordinateur, superposé à une brève liste de résultats de recherche, mais il n'avait aucune envie de soutenir son propre regard. Il fit pivoter son fauteuil jusqu'à faire face au mur.

— Marilyn… fit-il d'une voix lasse. Je saigne comme un bœuf. Tu as fini ?

— Je crois que oui.

— On pourrait avoir une discussion professionnelle ?

— Je crois que oui.

Il eut un rire bref.

— O reine de ma conscience… Ne m'abandonne jamais, Marilyn, déclama-t-il en plantant l'ongle de son pouce dans l'accoudoir en skaï. Ecoute, je ne suis pas ici depuis cinq minutes que je bute déjà sur une affaire que je ne sais plus par quel bout prendre. Quel que soit l'angle d'attaque, je retombe toujours sur le même mot. Sorcellerie. D'où mon appel.

— Envoie.

— Des mains. Deux mains tranchées, qu'on a retrouvées enfouies sous – ou juste devant – l'entrée d'un restaurant. D'après une source extérieure, ce serait de la sorcellerie. Africaine.

— Ma foi, ta source a raison.

— Et qu'est-ce que ça t'inspire ?

— L'Afrique a quelque chose à voir là-dedans ?

— Peut-être. Le propriétaire du restau est africain. Mais les mains sont blanches.

— Il y a des gens, dans certaines régions de l'Afrique, qui attribuent à la chair blanche un pouvoir encore supérieur. Un résidu de la pensée coloniale. L'homme blanc gagne plus d'argent, l'homme blanc est plus puissant, sa chair permet donc une meilleure médecine. Un meilleur muti.

– C'est-à-dire une meilleure sorcellerie ?

– Non. Il s'agit bien d'une médecine. Tout le monde confond muti et sorcellerie. Et pour compliquer encore les choses, le nom varie d'une tribu à l'autre. Il y a un mot qu'on retrouve souvent associé au muti dans la presse, c'est ndoki. Et même si ndoki signifie réellement « sorcellerie », ce terme sert aussi à désigner le muti un peu plus au nord, du côté de l'Afrique de l'Ouest. C'est-à-dire la région sur laquelle notre équipe planche en ce moment.

– Ça te plaît, n'est-ce pas, Marilyn ? Je le sens à ta voix. Tu aimes ce boulot.

Elle rit.

– Je découvre le vaste monde, Jack. Je ne me contente plus de ficher les pervers de Londres Sud. Et tu sais quoi ?

– Quoi ?

– Plus je me plonge là-dedans, plus je me dis que ce n'est pas si dingue que ça. On n'est pas tellement loin de la médecine chinoise, que personne ne penserait à comparer au vaudou. Tout le monde est parti du principe qu'Adam avait été assassiné pour que certaines parties de son corps servent à fabriquer des produits médicinaux muti. Au point que ce terme a fini par devenir indissociable de l'affaire. Mais il s'agit selon nous de magie noire, pas de médecine.

– La différence est subtile.

– Subtile, mais quand même. Le muti n'a pas systématiquement recours aux organes humains. La plupart du temps, notre principal souci serait plutôt de faire appliquer les lois de protection des espèces menacées.

– Comment ça ?

– Le muti utilise en général des organes d'animaux. Chaque espèce possède des pouvoirs spécifiques. Prends les babouins. Je ne savais même pas ce qu'était un babouin, Jack, avant de m'atteler à ce travail, tu te rends compte ? Maintenant, je sais. Personne n'aime les babouins en Afrique. Ils sont un peu comme nos renards, rusés et nuisibles, et personne n'y réfléchit à deux fois avant d'en liquider un. Surtout avec l'essor que connaît le football là-bas ces temps-ci : les mains de babouins se vendent au grand jour. Elles sont censées aider les gardiens à stopper les tirs adverses.

Caffery fit à nouveau pivoter son fauteuil, ouvrit la base de données « Guardian » et effectua une recherche fondée sur l'expression clé « espèces menacées ». Il laissa l'ordinateur faire son choix parmi les millions d'entrées disponibles.

– Marilyn, dit-il en s'approchant de l'écran, tu aurais de la doc à m'envoyer ?

– Je suis en train de te préparer ça. Il s'agit d'une note d'information qu'on commence tout juste à diffuser. Nottingham l'a déjà reçue, et Manchester aussi : le phénomène a tendance à se répandre dans le pays. Plutôt que de passer par le canal habituel, je t'envoie un coursier aujourd'hui même. Tu trouveras une bibliographie, une liste d'universitaires et autres spécialistes à contacter en cas de besoin, ce genre d'infos. Mais, à la base, ce sont surtout des extraits et des communiqués de presse. Et… Jack ?

– Quoi ?

– Vas-y avec des pincettes, d'accord ? A Londres, ces temps-ci, le sujet est carrément brûlant. La presse de droite – je n'ai pas besoin de te faire un dessin – en a fait son cheval de bataille, comme si tous les Africains, toutes les Eglises noires, tous les pasteurs pentecôtistes pratiquaient des violences rituelles, des exorcismes et tout le bazar. En fait, les affaires récentes de ce genre se comptent sur les doigts de la main, et deux ou trois seulement n'ont pas été élucidées, mais, comme il s'agissait d'enfants, les médias ont immédiatement tiré la sonnette d'alarme.

Caffery hocha la tête. La tension était tellement palpable dans les grandes villes du pays que la moindre étincelle risquait de mettre le feu aux poudres. Devant lui, sur l'écran, les résultats commençaient à s'amonceler : il y en avait déjà cinq.

– Marilyn, je compte sur toi pour m'envoyer ça dès que possible et saluer tout le monde de ma part. D'accord ?

– Ouais. Ce sera vite fait. Ce n'est pas comme si tu avais une famille à saluer.

– Marilyn, ça me fait toujours autant de bien de te parler. Merci de ton soutien.

Après avoir raccroché, il revint à son écran. La recherche était terminée, et il vit aussitôt laquelle des dix entrées de la liste l'intéressait. Le compte rendu des faits était sommaire, et même réduit au strict minimum parce que l'affaire n'avait jamais été jugée, mais elle avait suffisamment alerté l'agent des renseignements généraux chargé d'en rendre compte pour que celui-ci enrichisse sa fiche d'un grand nombre de pièces jointes. Caffery les fit défiler. Tout avait commencé neuf mois plus tôt par un contrôle automobile près du pont suspendu de Clifton. Après avoir intercepté un véhicule dont les feux stop étaient en panne, un agent de la circulation avait découvert, en se penchant sur la portière du conducteur, une tête de vautour en putréfaction accrochée au rétroviseur.

Caffery ouvrit la photographie jointe : une espèce de tête de poulet hypertrophiée, difforme et grisonnante, dont le cou étroit était soigneusement entouré d'un ruban rouge. Un billet de la loterie nationale était coincé dans le bec. A grands frais, la police avait envoyé cette tête à des fins d'expertise au zoo de Bristol, dont la réponse était revenue sous la forme d'une série de clichés accompagnée d'une note qu'on imaginait sarcastique. Le « vautour » était un faux. Les photos de dissection jointes montraient comment, en écartant la peau, les vétérinaires avaient mis à nu ce qui ressemblait à un crâne d'agneau – dont le museau avait été plus ou moins raboté pour lui donner l'aspect d'un bec – enrobé de viande de poulet. Les rires gras n'avaient pas dû manquer, mais l'essentiel là-dedans était que le conducteur lui-même ait cru avoir affaire à un vautour. Il avait refusé de dire d'où il le tenait et pourquoi il se l'était procuré. Il s'était contenté d'affirmer que cette tête était déjà là quand il avait acheté la voiture et qu'il ne s'était pas donné la peine de la décrocher, mais l'agent, qui avait vu la veille au soir une émission sur la sorcellerie, avait tout de suite compris qu'il avait sous les yeux un fétiche de magie noire.

Caffery fit défiler la page jusqu'à trouver le nom du conducteur. Kwanele Dlamini. Il ferma à demi les yeux et le relut, un début de sourire au coin des lèvres. Dlamini. Le nom lui évoquait un chef zoulou. Un nom africain, en tout cas.

Il se leva et prit sa veste. Le moment lui paraissait propice à une petite visite.

27

Thom tenait à laisser à Flea un pense-bête écrit concernant l'emprunt de sa voiture. Lui-même ayant une fâcheuse tendance à oublier ses rendez-vous, il semblait persuadé qu'il en irait de même pour elle, aussi s'installa-t-il à la table de la cuisine pour tracer, d'une main laborieuse, quelques mots sur un Post-it. Flea attendit debout devant l'évier, les bras croisés, en observant ses cernes noirs comme des hématomes et le frôlement oblique de ses cils sombres sur sa peau blême. Bien qu'il ait repris quelques couleurs, son teint d'autrefois semblait perdu à tout jamais. Et si quelqu'un lui avait demandé à cet instant depuis quand elle n'avait pas vu son frère, elle aurait répondu, en toute franchise : depuis le jour de l'accident, il y a deux ans.

Certes, elle était toujours restée en contact avec Thom ; à vrai dire, elle n'avait quitté son chevet ni pendant son hospitalisation à Danielskuil, où on lui avait annoncé qu'il risquait de mourir, ni pendant leur épouvantable voyage de retour via Le Cap, avec cette hôtesse de l'air qui avait refusé de donner à son frère un comprimé de paracétamol de peur que sa compagnie ne soit attaquée en justice, ni pendant les huit semaines de tractations judiciaires autour de la mort de leurs parents. Mais ce n'était plus qu'un Thom physique, un corps, une coquille vide, car son frère n'existait plus. Il n'y avait plus rien au fond de ses yeux. Voilà pourquoi elle aurait affirmé sans hésiter qu'elle l'avait vu pour la dernière fois ce jour-là, à Boesmansgat, lorsqu'il avait soudain émergé de l'eau froide, hurlant et vomissant.

Sous lui béait un gouffre noir, large de cent cinquante mètres et profond de trois cents. L'antre d'un monstre endormi. Une tombe, aussi. Aux trois plongeurs que Boesmansgat avait engloutis dans le courant de la dernière décennie venaient de s'ajouter David et Jill Marley. Leur père avait été le premier à piquer vers les ténèbres, à la verticale. Maman l'avait suivi. Thom s'était démené comme un beau diable pour les rattraper ; il avait même réussi, quelques secondes, à se saisir de la cheville droite de leur mère, avant d'être contraint de lâcher prise. A croire qu'ils s'étaient jetés la tête la première dans le vide obscur, déterminés à atteindre le fond coûte que coûte. Ce qui relevait de l'impossible, puisque le fond se trouvait cent cinquante mètres au-dessous de leur objectif et qu'ils savaient l'un comme l'autre qu'outrepasser leur plan de plongée ne fût-ce que de dix mètres équivalait à un suicide.

Ils avaient préparé leur descente avec une précision scientifique : s'il y avait une chose que David et Jill Marley savaient mieux que personne, c'était que l'eau méritait leur respect. Boesmansgat représentait pour eux le point culminant d'une vie de passion pour la plongée extrême. Une passion née bien avant l'arrivée des enfants, tellement ancienne que Flea ignorait son origine. Seule certitude, leur père en était l'initiateur. Maman avait suivi, au point de devenir à son tour une enthousiaste, mais c'était papa le plus accro, papa l'obsédé des abysses, papa qui, dans le silence de son bureau, rêvait aux profondeurs.

Il avait plongé dans Boesmansgat avec une caméra vidéo fixée sur son casque. Sans doute avait-il filmé sa propre mort. Mais les enquêteurs sud-africains n'avaient jamais retrouvé ni corps ni caméra. Obligés de s'en tenir aux souvenirs fragmentaires de Thom, ils avaient conclu que la mort des Marley était due soit à une narcose consécutive à un mauvais dosage d'oxygène, soit à un malaise hyperoxique. Les services médico-légaux britanniques, qui avaient reçu l'aval du ministère de l'Intérieur pour mener une enquête malgré l'absence de cadavres, avaient écarté la narcose – une désorientation euphorique induite par l'hydrogène en cas d'excès de pression. Le « trimix », mélange d'oxygène, d'hélium et d'azote, utilisé par les Marley ce jour-là étant spécifiquement conçu pour combattre la narcose, le médecin légiste avait émis l'hypothèse que David Marley s'était mis pour une raison quelconque à respirer trop vite et trop fort, ce qui avait bloqué les récepteurs de dioxyde de carbone de sa nuque et provoqué une perte de connaissance. En le voyant chuter, Jill avait tenté de le retenir – cela au moins était une certitude – et peut-être avait-elle à son tour forcé sa respiration, déclenchant automatiquement un afflux supplémentaire d'oxygène. Du coup, elle était morte exactement comme son mari : d'hyperoxie, c'est-à-dire d'un excès d'oxygène.

Ce médecin légiste avait eu l'amabilité d'ajouter dans son rapport que Thom, le fils du couple Marley, avait fait le bon choix en s'abstenant d'aller les chercher. Si douloureuse fût-elle, c'était la règle technique numéro un de la plongée profonde, et il l'avait respectée. Un geste digne d'éloge, dont Thom aurait dû être fier. Mais qui, bien entendu, le détruisait à petit feu. Il avait laissé ses parents mourir.

Flea ne savait pas de quoi elle-même se sentait le plus coupable. De ne pas avoir été aux côtés de Thom dans l'eau de Boesmansgat au moment du drame, ou du soulagement qu'elle avait ressenti au plus profond d'elle-même en apprenant que son frère ferait partie du voyage à Danielskuil. C'était toujours elle que leur père encourageait, qu'il poussait à aller de l'avant – « Tu vois cet arbre là-bas, le gros ? Je parie que tu es capable d'y grimper, Flea ! » Elle s'était toute sa vie appliquée à lui complaire, sans songer à dire non – elle devinait, confusément, qu'un refus lui vaudrait d'être regardée comme une personne différente. Faible. Pas une vraie Marley. Puis Thom était arrivé, un petit garçon timide qui n'avait marché qu'à l'approche de ses deux ans, et l'attention de David Marley s'était progressivement déplacée sur lui. Le message paternel était clair : *Ne montrez jamais de peur. La lâcheté n'a pas sa place dans cette famille.* Il s'était gravé en eux comme un réflexe, et c'était pour obéir à ce réflexe que Thom, tant d'années plus tard, avait accepté de suivre ses parents dans l'œil froid et fixe de Boesmansgat.

Après leur disparition, il avait mis près de six heures à rejoindre la surface, en respectant tous les paliers de décompression pour permettre aux gaz concentrés dans son organisme de se dilater, car l'hélium se logeait non pas dans les tissus mous comme l'hydrogène, mais dans les cavités osseuses, ce qui ralentissait le processus. Son masque était plein de larmes et une bulle d'hélium s'était formée dans son oreille interne, lui donnant le tournis. Un plongeur de la police venu le rejoindre à la suite du déclenchement de l'alerte avait dû l'accrocher à la ligne-guide à l'aide d'un mousqueton et attendre avec lui, parce que ses doigts avaient perdu toute leur sensibilité et qu'il ne savait plus où était la surface. Les dix derniers mètres furent les pires, les plus dangereux et les plus éprouvants car chaque palier durait plus d'une heure et que, même en voyant la surface et les rayons diffractés du soleil proche, Thom devait encore attendre, attendre dans le froid, hanté par son échec et par l'idée de ce qui devait être en train de se passer au même moment trois cents mètres plus bas.

On pensait – mais personne n'était sûr de grand-chose – qu'il n'existait au fond du gouffre aucune ouverture assez large pour laisser passer un corps humain ; leurs parents avaient donc dû se poser, inertes, quelque part sur le fond. Se fondant sur le témoignage de Thom, les enquêteurs avaient défini un périmètre d'échouage approximatif et envoyé un engin téléguidé, un petit submersible équipé d'une caméra, afin d'explorer une partie du fond de Boesmansgat. Sans le moindre succès. Il ne servait à rien d'attendre que les corps réapparaissent. Au stade de la putréfaction, où la plupart des cadavres tendaient à remonter à la surface, ceux des Marley resteraient à jamais dans la vase : les gaz de décomposition seraient soumis à une pression trop forte pour pouvoir se dilater et, de toute façon, leur équipement de plongée les maintiendrait cloués au fond jusqu'à ce qu'ils aient fini de pourrir et qu'il ne reste plus d'eux qu'un petit tas d'ossements. Les enquêteurs avaient épuisé leurs ressources. Rien d'autre ne pouvait être fait pour retrouver les Marley.

D'autres corps, à travers le monde, erraient en suspension dans un silence éternel, parfois soulevés et ballottés par les courants ou les poissons : des plongeurs ayant trouvé la mort dans des eaux tellement hostiles qu'il aurait fallu que d'autres meurent à leur tour pour les ramener. Flea avait eu droit à des sermons de la police sud-africaine, de son psy et de Kaiser, pour l'inciter à reconnaître en Boesmansgat le lieu du dernier repos de sa mère et de son père. Elle avait d'ailleurs fini par se faire à cette idée. Mais sans jamais cesser de penser à eux.

Flea les imaginait parfois sous la forme de deux armures désincarnées et sans yeux, flottant sur leur axe, qu'elle tournait et retournait dans sa tête pendant des heures, en s'efforçant de les situer, de visualiser leur position. D'après Thom, leur père était parti le premier, et elle s'en serait doutée même s'il n'avait rien dit. Ses méditations dans son bureau, associées aux longues heures qu'il passait en compagnie de Kaiser, lui auraient de toute façon soufflé cette image : papa partant le premier. Et son esprit avait fini par se fixer sur une représentation de son père gisant à plat ventre, les bras enfouis dans la vase jusqu'aux épaules, comme embrassant le fond du gouffre, alors qu'elle voyait toujours maman sur le dos, les bras et le visage tendus vers la surface, peut-être dans l'espoir que quelqu'un s'apercevrait de leur erreur et les ramènerait à l'air libre.

Mais ce jour-là, debout devant l'évier, tandis que le soleil de midi soulignait la poussière et les moindres détails de la cuisine, Flea pensait plutôt à la manière dont ils avaient coulé. Se pouvait-il qu'ils soient allés ailleurs, hors de la partie du gouffre explorée par le robot ? Etait-ce le message que sa mère avait voulu lui transmettre ?

A la table, Thom écrivait toujours, lentement. Elle se vit lui lançant : *Suppose que ton souvenir de l'accident soit inexact ? On devrait peut-être s'asseoir et reprendre tout ça point par point, non ?*

Mais non. A quoi bon risquer de le déstabiliser pour une image aussi incertaine ? Pour une hallucination ? Flea ouvrit le robinet et laissa l'évier s'emplir dans un tourbillon de bulles savonneuses que le soleil irisait. Elle étudia une nouvelle fois les veines grisâtres qui striaient la face interne de ses bras. L'ibogaïne allait lui ouvrir la tête et y verser un flot de lumière, et peut-être réussirait-elle dès ce soir à comprendre ce qui lui avait toujours échappé. Elle ne dirait rien à Thom, mais une chose était sûre : elle demanderait à sa mère de quel côté du gouffre ils avaient atterri.

28

Le dernier domicile connu de Kwanele Dlamini était à Nailsea : un pavillon en brique non mitoyen de faux style XVIIIe, dans l'enceinte d'un lotissement des années quatre-vingt-dix. Les maisons se ressemblaient toutes, avec leurs trois chambres, leur bout de gazon, leur garage attenant et leur boîte aux lettres à l'américaine. Celle de Dlamini, bâtie au fond d'une allée, jouissait d'une vue imprenable sur la tour de contrôle de l'aéroport de Backwell Hill. Ce ne fut pas lui qui répondit au coup de sonnette de Caffery, mais une femme blonde en jean taille basse à ceinturon, dont le tee-shirt rose était barré d'un PORNO STAR scintillant.

– Envolé depuis belle lurette, déclara-t-elle lorsqu'il s'enquit de Dlamini. Il est reparti comme il était venu, et je ne m'attends plus à avoir de ses nouvelles. Ne me demandez pas de le relancer : j'ai essayé, croyez-moi.

Elle l'invita tout de même à entrer. Elle semblait en manque de compagnie, et Caffery comprit, au coup d'œil qu'elle glissa à la dérobée entre les pans de sa veste pour s'assurer qu'il n'avait pas de ventre et à la manière dont elle le précéda dans le couloir en roulant soigneusement des hanches, que la balle était dans son camp.

Ils gagnèrent le séjour, au fond de la maison, où deux fillettes blondes vêtues d'un jogging rose identique, aux cheveux maintenus par une grosse fleur de soie rose, regardaient vautrées par terre *Bratz* sur un téléviseur plasma. Le mot « Barbie » était floqué en grosses lettres sur le pantalon de ces gamines, qui, d'après Caffery, n'avaient pas plus de six ou sept ans.

— Hé, fit la femme en touchant d'un pied bronzé dans une chaussette de tennis rose le pied d'une des fillettes, mettez-la un peu en sourdine, d'accord ? On va s'installer à côté et je ne veux pas qu'on nous dérange.

Personne ne répondit, mais la plus grande s'empara de la télécommande et baissa le volume de quelques crans. La femme blonde mena Caffery de l'autre côté d'une double porte vitrée, et ils passèrent dans une verrière envahie de plantes grasses donnant sur un jardin clos, et au centre de laquelle trônait une balancelle rose et lavande.

— Elles sont mignonnes, dit-il.

— Ouais.

La blonde délogea le doberman assis sur un canapé en rotin. Le chien s'en alla vers le seuil du séjour en faisant tinter ses griffes sur le carrelage. Elle se pencha en avant pour arranger les coussins et souffla pour éliminer les poils.

— Il importait des trucs, il a tout fait pour que ça marche, et quand son affaire a foiré on aurait cru que c'était la fin du monde.

Après avoir remis les coussins en place, elle s'effaça pour permettre à Caffery de s'asseoir sur le canapé.

— Je ne saurais pas vous dire où il est, ajouta-t-elle. J'ai fait ce que j'ai pu pour lui remettre la main dessus, mais il s'est volatilisé. Il est reparti au pays.

— Cette maison est à lui ?

Elle ricana.

— Oh, s'il vous plaît. Par pitié. Elle appartenait à mon ex, avant Kwanele, mais maintenant elle est à moi, et à mes filles. Et pour longtemps, j'espère.

— Les filles ne sont pas de lui ?

— Vous rigolez ? Vous trouvez qu'elles lui ressemblent ?

— Aucune idée. Je ne l'ai jamais vu.

– Eh bien, il est noir, lâcha-t-elle avec condescendance. Très noir. D'Afrique du Sud.

Elle s'assit de l'autre côté d'une table basse en verre et croisa joliment les jambes. Sa longue queue de cheval blonde se lova sur son épaule. Elle devait laisser pas mal d'argent dans les cabines de bronzage.

– Qu'est-ce que vous voulez savoir de lui ? Moi, franchement, ça ne me dérange pas de le charger. Je veux bien vous raconter tout ce que vous voudrez.

Caffery ôta sa veste, la déposa sur le bras du canapé et s'assit en retroussant ses manches. Il crevait de chaud. On n'était qu'au mois de mai, mais cette verrière absorbait le soleil comme une éponge.

– Comment vous appelez-vous ?

– Rochelle, dit-elle en lui tendant une main manucurée. Rochelle Adams.

Caffery la serra.

– Ce qui m'intéresse, Rochelle, c'est surtout l'aspect religieux. J'aimerais en savoir un peu plus sur les croyances de Kwanele.

– C'était pas son truc. Il allait pas à la messe, si c'est le sens de votre question.

– Il y avait peut-être autre chose ? Des croyances de son pays d'origine ?

– Ah, ça, fit-elle en glissant un ongle entre ses mèches vaporeuses pour se gratter le cuir chevelu, les yeux mi-clos. Ouais... c'est vrai que ça n'a rien arrangé. Il m'aimait, vous comprenez, et il adorait les petites, mais il n'a jamais vraiment renoncé à toutes ces conneries.

Elle laissa retomber sa main et regarda Caffery comme si elle venait d'avoir un déclic.

– C'est le vautour, pas vrai ? C'est pour ça que vous êtes là. Je ne pouvais pas blairer ce truc – ça puait comme s'il y avait un mort dans sa bagnole. Je n'ai jamais voulu qu'il y fasse monter les filles, pas avec cette saloperie qui pendouillait en vous regardant fixement.

– Qu'est-ce qu'il faisait là ? Vous savez ce que ce vautour signifiait pour lui ?

– C'était pour la loterie, tiens. Le vautour, eh bien, ça voit loin. L'idée de Kwanele, c'était de s'approprier la vision du vautour. De voir l'avenir, les numéros gagnants, ce genre-là. Et le pire, c'est que deux semaines après avoir ramené cette merde, il joue et il gagne. Comme il l'avait prédit, presque un bâton, et moi, du coup, je n'ai plus eu qu'à la boucler. Et le voilà qui me sort : « C'est génial, je vais en faire une soupe, on la boira et ça nous donnera encore plus de pouvoir. » Et moi : « Pas question, Kwanele, tu peux toujours courir. » Bref, il a fini par laisser tomber la soupe, mais il a refusé de décrocher la tête de sa bagnole. Jusqu'au jour où vos collègues ont découvert, après le lui avoir confisqué, que ce truc n'avait rien à voir avec un vautour, et là, franchement, j'en ai pissé de rire. Vous vous imaginez le tableau ?

– C'était sa seule superstition ?

– Seigneur, non ! Avec lui, c'était la totale. Il y a eu aussi le morceau de queue de dauphin relié à une chaînette qu'il portait autour du cou. Mais celui-là était petit, dit-elle en écartant le pouce et l'index de deux ou trois centimètres, ce qui provoqua une collision de bracelets sur son avant-bras doré. Il disait que c'était pour la sociabilité, et quand je lui ai demandé pourquoi un dauphin – parce que j'adore les dauphins –, il a commencé à m'expliquer que les dauphins nagent en bande et que grâce à sa breloque il serait toujours sûr de nager en bande, et moi je suis devenue verte, parce que j'adore les dauphins, vous comprenez, ajouta-t-elle en inclinant la tête d'un petit air canaille, et je lui ai dit : « C'est ton fétiche ou moi, Kwanele. » On entend un tas d'histoires sur la façon dont les Noirs sont réprimés en Afrique du Sud et tout ça, mais quand on tombe sur un numéro comme Kwanele, franchement, on ne peut pas s'empêcher de penser : Ouais, moi aussi je te réprimerais bien, mon coco, avec toutes les conneries qui te sortent de la bouche. Les *dauphins* ! Qu'est-ce qu'ils lui ont fait, putain ?

Elle se leva, s'approcha du muret qui bordait la verrière et prit dessus un pot de terre cuite orné de motifs géométriques peints, de la taille d'un gros pamplemousse. Ce pot de terre était coiffé d'un petit couvercle, qu'elle souleva.

– Et voilà ce que monsieur nous a ramené en novembre après s'être mis en tête qu'il avait un démon aux fesses.

Elle revint vers Caffery et lui présenta le pot au creux de sa main ouverte. Il regarda dedans. L'intérieur était sombre et taché.

– Un sortilège, d'après lui. De protection. Il disait que c'était facile pour les nanas, qu'elles n'avaient qu'à coucher avec le Tokoloshe pour s'en débarrasser, mais que pour un homme, eh bien, c'était beaucoup plus compliqué.

– De se débarrasser de quoi ?

– Du To-ko-lo-she. Ne me demandez pas comment ça s'écrit, c'est de l'africain.

– Le Tokoloshe ? Qu'est-ce que c'est ?

– Le nom du démon qu'il était persuadé d'avoir aux trousses. Il chiait dans son froc chaque fois qu'il en parlait. Il se disait prêt à tout pour que ça cesse, ajouta-t-elle en remettant le couvercle. J'ai gardé ce truc parce que j'aime bien le pot. Joli, non ? fit-elle en le soulevant d'un air admiratif. C'est fou ce que je peux aimer tous ces trucs ethniques, moi.

– Je peux voir ?

La blonde lui tendit le pot. Caffery le soupesa. Il était lourd et étrangement chaud, comme s'il avait emmagasiné la chaleur du soleil printanier. Il le rouvrit.

– C'est quoi, ces taches ?

– Du sang. C'est ça qu'un homme doit offrir au Tokoloshe pour l'éloigner. Un bol de sang.

Caffery leva la tête.

– Du sang ?

– Oh, c'est juste du sang de poulet ou ce genre-là. Ça s'est mis à schlinguer grave dès le deuxième jour, et j'ai obligé Kwanele à le sortir dans le jardin, sauf que le lendemain matin on a retrouvé le pot renversé. Tout le sang s'était barré, et on s'est dit qu'une bestiole avait dû s'y intéresser pendant la nuit. Ou alors c'était notre chien, dit-elle en se tournant vers le doberman qui sursauta aussitôt, affalé dans une flaque de soleil. Evidemment, Kwanele m'a raconté que c'était du sang humain, pour me foutre la trouille, mais bon, franchement, vous iriez trouver ça où, vous, du sang humain ? Au même endroit que son vautour à la con ?

– Il vous a dit que c'était du sang humain ?

Elle ricana.

– Ouais, mais bon. Kwanele, lui, il y croyait à fond. Il a payé ce pot les yeux de la tête. Il m'a même dit qu'il était sûr de son contenu parce qu'il avait vu une vidéo du type en train de se faire saigner.

– Il a vu une vidéo ?

– Evidemment que non. C'était encore du blabla, tu parles. Et même s'il avait vu des images, ce serait un snuff movie, pas vrai ? Et moi, je ne crois pas à ces trucs.

Elle se frotta pensivement l'arête du nez.

– Et vous, au fait ? Vous êtes flic. Vous en avez déjà vu, des snuff movies ?

– Non, répondit Caffery à mi-voix. Pas de ce genre-là.

Elle sourit. Ses lèvres restèrent collées une fraction de seconde par son rouge à lèvres avant de découvrir une dentition parfaite.

– Ouais, dit-elle, c'est sûr que vous devez en voir de belles, dans votre métier.

Après s'être arrangé pour que le laboratoire de Portishead charge quelqu'un de venir chercher le pot, Caffery passa encore une demi-heure à questionner Rochelle. Elle eut beau se montrer polie et très coopérative, il n'était pas idiot. Il savait parfaitement ce qui se passait dans la tête de la jeune femme. Il le devinait à la façon dont elle avait ramené les pieds sous elle sur le canapé, aux cercles minuscules que ses faux ongles traçaient sur sa clavicule quand elle lui répondait. Il décida de laisser en suspens la question de savoir s'il essaierait ou non de se glisser dans son lit. Soit il tenterait sa chance le moment venu, soit non. Et en fin de compte, alors que leur entretien s'achevait, il arriva à la conclusion qu'il l'appréciait un peu plus maintenant que tout à l'heure et qu'elle ne méritait pas le bordel qu'il ne manquerait pas de semer dans sa vie en couchant avec elle. Aussi préféra-t-il renoncer à cette perspective. Au bout d'une demi-heure, donc, Caffery se leva et la remercia. Alors qu'ils avaient presque atteint la porte d'entrée, il la sentit froissée par son absence d'initiative. Elle le vit hésiter et crut sans doute que le moment était venu.

– Oui ? fit-elle, une main sur le radiateur de l'entrée, en fléchissant un genou pour arrondir sa hanche. Vous avez oublié quelque chose ?

Il observa son cou, ses bras et leurs bracelets de pacotille, puis à nouveau son visage.

– Au cas où vous vous poseriez la question, je vous trouve très jolie.

Elle rougit. Il ne s'attendait pas à la voir rougir.

– Oui ?

– Oui.

– Bon, me voilà bien avancée.

Elle ramena une mèche derrière son oreille et baissa les yeux, attendant une réponse qui ne vint pas. Elle finit par sourire.

– Vous… vous restez prendre un café ?

Elle tourna légèrement son genou vers le radiateur, ouvrant la jambe.

– Ou une bière, fit-elle. J'en ai quelques-unes au frigo.

Il regarda sa cuisse moulée dans le jean. Puis sa main manucurée sur le radiateur. Elle lui avait expliqué tout à l'heure qu'elle était manucure et posait énormément de faux ongles. Elle avait ajouté qu'il n'existait rien de plus sexy pour une femme qui voulait plaire à un homme que de jolis faux ongles.

– Merci, répondit-il en sortant ses clés, mais je vais devoir m'abstenir. N'y voyez pas une occasion manquée.

– Non ?

– Surtout pas. Dites-vous plutôt que vous l'avez échappé belle.

29

Flea n'avait aucune idée de la façon dont se déroulerait son trip à l'ibogaïne. Qu'adviendrait-il si l'envie la prenait de quitter la maison de Kaiser, à pied ou – pire – en voiture ? Mieux valait qu'elle soit enfermée à double tour ; aussi décidèrent-ils que le vieil ami de son père la surveillerait en restant non pas à son chevet – elle comptait s'installer sur le canapé de son séjour – mais à portée de voix, dans la cuisine ou le bureau. Il avait relevé la bâche qui faisait office de porte afin de pouvoir l'entendre et branché trois radiateurs d'appoint autour du canapé pour tenir le froid à distance, et elle l'entendait maintenant circuler de pièce en pièce dans ses mules criardes.

Ce fut comme si elle mâchonnait des bâtons de réglisse – l'ibogaïne était une racine amère, fibreuse, dure à mâcher et provoquant des haut-le-cœur. Ensuite, elle s'assit sur le canapé pour attendre. Elle attendit longtemps, en sirotant des gorgées d'eau et en se passant la langue sur les dents pour déloger l'espèce de duvet qui s'y était collé.

Derrière la vitre sale, le pré à l'abandon, envahi de pissenlits et de liseron, était noyé de soleil. Même en plein jour, on n'y voyait pas grand-chose, à part la cime des arbres de ce pays de spectres néolithiques, d'églises médiévales et de grottes légendaires. L'immense terrain de Kaiser était tellement truffé de puisards et de cratères issus des anciennes mines romaines à ciel ouvert que leur mère ne leur avait jamais permis d'y jouer. Elle avait trop peur qu'ils ne se tuent en dégringolant dans une entrée de galerie et reprochait à Kaiser de ne pas les avoir fait boucher. Le destin avait fait preuve d'une ironie cruelle, songea Flea, en voulant que ce soit elle qui meure au fond d'une grotte.

Avec un soupir, elle ramena les pieds sous elle et disposa un vieil édredon poussiéreux sur ses jambes. Elle garda un moment les yeux clos et s'efforça de se concentrer sur la position des corps dans Boesmansgat. Elle s'imagina la façon dont son père avait pu entamer, tête la première, son piqué fatidique. Un rapide exercice de calcul mental lui avait permis de conclure que, lestés comme ils l'étaient, ses parents avaient dû descendre à une vitesse moyenne de vingt mètres par minute. Et, comme cent cinquante mètres les séparaient du fond du gouffre quand ils avaient décroché, leur glissade dans les abysses s'était vraisemblablement prolongée sur huit longues minutes. Pour ce qui était du moment précis de leur mort, toutes les hypothèses demeuraient permises.

Soudain, tandis qu'elle réfléchissait à ces huit minutes, Flea prit conscience d'un phénomène qui lui avait toujours échappé : le temps était visible. On ne le remarquait pas d'ordinaire, mais il lui apparaissait désormais évident que le temps était divisé en portions visibles si on savait le regarder, et qu'il en avait toujours été ainsi, depuis le tout premier instant. Certains blocs de temps étaient gros et d'autres petits, et chacun d'eux se caractérisait par une couleur correspondant à sa durée : les plus brefs, qui équivalaient à la fraction de seconde qu'on mettait à esquiver une balle ou un coup de poing, étaient petits et rouge cerise, de simples copeaux de temps. Ceux dont la durée était suffisamment longue pour permettre à quelqu'un de reprendre son souffle après avoir avalé de travers, ou bien de courir après un ballon puis de le ramasser, ou encore de perdre le contrôle de son véhicule et d'avoir un accident, ressemblaient à des oranges à jus légèrement bouffies. Le sommeil mobilisait quant à lui de gros cubes jaune pâle, des blocs de huit heures qui avaient tendance à se fissurer et à éclater quand on se réveillait avant l'heure, ce qui expliquait que tout aille ensuite de travers pendant la journée.

Les paupières toujours fermées, elle contempla ses blocs de temps et l'avenir qui l'attendait : une ribambelle de petites formes s'étirant à perte de vue, en file indienne. Une pulsation lointaine était audible, derrière les formes. *Oua oua oua.* Très discrète au début, mais de plus en plus nette. *Oua oua oua.* Elle tourna brusquement la tête, car c'était un bruit honni de tous les plongeurs, souvent annonciateur d'un début d'intoxication, et pourtant celui-là semblait venir de l'extérieur, monter du pré malgré la fenêtre close. *Oua oua oua. Oua oua oua.* Elle rouvrit les yeux, s'attendant à voir entrer le son, mais constata à la place que la pièce s'était modifiée au point de devenir méconnaissable.

Une fissure était apparue dans le mur d'en face. Flea la regarda, fascinée, grandir et grossir dans un flamboiement argenté, et crut que la pièce entière allait se désagréger. Un craquement monta du centre de la terre et, juste à temps, elle comprit ce qui se passait. Elle tendit les bras en l'air au moment où le plafond basculait brusquement sur le côté. Un fracas assourdissant lui noya les tympans. Une clarté violente, insoutenable, la submergea. Persuadée que rien ne pourrait la ramener si elle se laissait emporter, elle se raccrocha éperdument au canapé.

Quand le vacarme fut retombé, elle ramena lentement les bras et se risqua à tourner la tête. Plus rien n'était comme avant. Tout avait changé, même l'air : il était argenté, vibratile. Des colonnes verticales de lumière blanche hachuraient l'ombre en révélant des tourbillons de particules. Saisie de froid et de terreur, elle comprit où elle était. Chez les fous et les morts. Dans Boesmansgat.

Elle voulut se recroqueviller dans le canapé mais l'eau la souleva, la retourna, et avant d'avoir réalisé ce qui lui arrivait elle se retrouva debout, en train de battre vigoureusement des jambes. Elle effectua un tour complet sur elle-même en pagayant de la main gauche pour tenter de prendre des points de repère. Elle ne savait pas du tout où était la surface. Les barres de lumière étaient à nouveau là, mais tellement acérées qu'on aurait dit des stalactites. Elle n'osait pas passer entre elles, de peur de se blesser. Elle se mit à l'horizontale et entreprit de les contourner à la nage, lentement, dans une eau délicieusement limpide, sans bulles, qui caressait sa combinaison. Cristalline. Elle savait à présent ce que signifiait ce mot. Cristalline.

Elle nageait depuis un certain temps, sans but, ravie de savoir enfin ce qu'éprouvaient les poissons, lorsqu'un rayonnement venu de sa droite attira soudain son attention. Elle cessa d'avancer et se tourna de ce côté-là. C'était l'entrée d'une grotte, illuminée, et après un temps d'hésitation elle se remit à nager dans sa direction. Quand elle ne fut plus qu'à une dizaine de mètres, elle distingua des personnages à l'intérieur de la grotte, dans une lumière de crèche d'église. Trois visages nimbés de jaune : son père, Thom et Kaiser. La grotte était une chambre : elle vit deux lits, une chaise avec une valise posée dessus, une gravure représentant une orchidée sur le mur juste au-dessus de la tête de papa, des rideaux poussiéreux occultant une fenêtre. Elle reconnut l'hôtel de Danielskuil où ils avaient dormi la veille de l'accident.

— Papa ? articula-t-elle avec peine. Papa ?

La pulsation revint, plus forte, *oua oua oua*, et, comme dans un film redémarrant après une pause, les personnages de la chambre se mirent en mouvement. Ils se penchaient les uns vers les autres, parlaient à mi-voix, vérifiaient leur équipement de plongée, et Flea comprit, à la douleur qui commençait à lui envahir les pieds, qu'il ne s'agissait pas d'une hallucination mais d'un souvenir, qu'elle aussi s'était trouvée dans cette chambre et qu'elle aussi avait sa place dans le tableau, quelque part dans un coin, à l'écart de l'action principale mais néanmoins présente, puisqu'elle avait passé cette soirée-là assise sur un lit, les pieds bandés, à regarder les trois hommes fourbir leur matériel.

Kaiser et son père s'éloignèrent légèrement de Thom, qui aurait néanmoins pu les entendre s'il avait été un peu moins concentré sur les filtres de leurs recycleurs. Et sur un ton qui se voulait léger, ils échangèrent quelques phrases à voix basse. En aparté. Flea s'aperçut qu'elle était capable de lire sur leurs lèvres et ne perdit pas une miette de leur conversation.

– *C'est bizarre, non ?* demanda son père en cherchant le regard de Kaiser.

– *Quoi donc ?*

– *Tu sais bien. D'être revenu. En Afrique.*

– *Nous sommes en Afrique du Sud. Pas au Nigeria. Ça ne s'est pas passé ici.*

Flea comprenait tout, comme si sa mémoire, remise à neuf, lui restituait la scène en haute définition. Chaque pixel scintillait de mille feux et l'image était redevenue quasiment fixe, sans aucune turbulence, aucun mouvement de vase.

– *Quand même, ça doit te faire drôle après toutes ces années. Tu crois que tu pourrais revenir vivre ici ?*

– *Non,* lâcha Kaiser, le visage brièvement vieilli et empreint de tristesse. *Tu connais la réponse. Tu sais bien qu'ils ont voulu marquer le coup, faire de moi un exemple.*

Les deux hommes se remirent à la tâche, inspectant masques et bouteilles, dans un silence complice. Papa vérifia les sangles de son gilet de stabilisation et, une fois satisfait, le reposa. Dès qu'il eut à nouveau les mains libres, il jeta un regard par-dessus son épaule pour s'assurer que Thom n'écoutait pas puis se pencha vers Kaiser.

– *Ecoute,* murmura-t-il. *C'est important.*

Kaiser parut surpris.

– *Quoi, David ? Qu'est-ce qu'il y a ?*

Son père se pencha encore un peu plus en avant. La moitié de sa bouche fut avalée par l'ombre et Flea ne réussit à saisir que des mots isolés : *là-bas... promesse... vérifier... expérience...*

Elle le fixait toujours, le cœur battant, et allait s'approcher à la nage pour le prier de répéter ce qu'il venait de dire quand quelque chose, à la périphérie de son champ de vision, l'en dissuada. Au bord de la nausée, elle tourna très lentement la tête.

Une longue langue de sable s'étirait dans la pénombre sur sa droite. Peu à peu, à mesure que ses pupilles se dilataient, des formes apparurent. D'abord les doigts en éventail d'une main squelettique tendue dans l'onde glaciale, sortie d'une manche en néoprène. Puis une seconde main, entre les phalanges de laquelle se faufilaient des rais de lumière effilés. Le pouls de Flea s'accéléra encore. Une autre forme se détacha des ombres près de la première : la silhouette affreusement raide d'un plongeur plié en deux, à la tête enfouie dans la vase. Le mot INSPIRATION était peint au pochoir sur une de ses bouteilles. Deux cadavres, à moins de dix mètres, presque à sa portée. La gorge nouée, Flea nagea vers eux sans les quitter des yeux, certaine d'avoir retrouvé son père et sa mère.

Elle voulut dire non, mais aucun son ne vint. Elle rejeta les bras en arrière, prise de panique, au bord des larmes. Papa et maman, dans leur tombe. Mais, avant qu'elle ait pu pleurer, un bruit s'éleva. Le vacarme assourdissant d'une rafale de vent dans un défilé montagneux, suivi d'un remous et d'un soudain afflux de lumière, comme si une porte venait de s'ouvrir, et alors, en un rien de temps, les corps disparurent et le silence revint.

Flea rouvrit les yeux et, sans bouger, s'efforça d'enregistrer ce qu'elle voyait. Un rideau en contre-jour, des vitres sales, une cafetière sur la table basse, des placards fermés à clé. Les masques de Kaiser, ses masques de famille, avec lesquels il l'avait quelquefois laissée jouer enfant, semblaient la toiser à très grande distance. Un moteur d'avion bourdonnait quelque part dans le ciel. Elle avait de la lumière plein les yeux. Elle prit conscience de sa stupidité : elle n'était pas au fond de Boesmansgat mais sur un canapé, dans le salon de Kaiser.

Elle entendait, quelque part, une mouche voler et Kaiser pianoter sur les touches de son ordinateur. Mais, dès qu'elle voulut changer de position, la nausée revint, et elle faillit vomir malgré les pastilles Kwells. Elle se redressa très progressivement, attendit que son malaise soit dissipé en tâchant de garder la cafetière en point de mire. Quand elle fut sûre que sa tête ne tournait plus, elle referma les yeux. Instantanément, des couleurs envahirent son champ de vision, flottant comme des bulles d'huile à la surface de l'eau, enflèrent jusqu'à emplir son cerveau et boucher ses narines. Elle crut que son crâne allait exploser sous leur énorme pression.

Elle réussit à lever une main, l'approcha péniblement de son visage dans l'espoir de chasser ces couleurs, et fit entendre un petit bruit de gorge, un bruit suppliant, pour que cela cesse. Et alors qu'elle n'en pouvait plus, les couleurs éclatèrent, comme des bulles, sans rien laisser derrière elles. A part des ténèbres froides, limpides. Flea mit quelques secondes à comprendre qu'elle était de retour dans l'eau glacée de Boesmansgat.

– Maman... ânonna-t-elle, la langue pâteuse. Maman ?

Elle agita les bras, impatiente de découvrir le visage, les yeux de sa mère derrière son masque.

– Maman ?

Sans crier gare, une tête surgit à quelques centimètres d'elle. Une tête de mort en cagoule de plongée, auréolée de cheveux blonds et aussi d'une matière blanchâtre et diaphane – un tee-shirt blanc, gonflé d'eau comme un nuage. Stupéfaite, Flea recula.

– *Oh, Flea...* dit la voix. *C'est toi, Flea ? Mon bébé... où es-tu ?*

– Maman !

Flea tendit avidement la main, l'ouvrit puis la referma dans le vide obscur, cherchant celle de sa mère.

– Je suis là, maman. Par ici. Maman, s'il te plaît, il y a si longtemps que j'essaie de... Oh, maman, tu me manques, tu me manques tellement !

Malgré elle, et malgré l'eau qui l'obligeait à bouger en permanence pour ne pas partir en arrière, Flea se sentit fondre en larmes. Mais pas dans les profondeurs liquides du gouffre : à l'air libre, sur le canapé de Kaiser. Ses joues se mouillèrent.

La vase tourbillonnait autour du visage atrocement ravagé. Prise d'une nouvelle nausée, Flea rejeta la tête en arrière. L'image se stabilisa petit à petit.

– Flea. Ne pleure pas.

La voix était étrange, différente. Douce, grave, presque monocorde.

– Ne pleure pas, ma petite Flea.

– Qu'est-ce que tu essayais de me faire comprendre, maman ? Quand tu m'as dit : « Nous sommes allés ailleurs » ?

La main osseuse pointa le fond.

– Regarde en bas, mon cœur. Tu vois ?

Bouleversée, Flea suivit des yeux la direction montrée par sa mère, sans interrompre ses mouvements. Alors seulement elle s'aperçut qu'elles n'étaient pas au fond du gouffre, mais sur un petit replat en pente douce. Et que le fond proprement dit était visible, baigné d'un halo irréel, à plus de vingt mètres.

– Vous n'êtes pas descendus jusqu'en bas. C'est pour ça qu'on ne vous a jamais retrouvés.

– C'est vrai. Et maintenant, écoute-moi, Flea. Ils ne nous ont pas retrouvés à l'époque, mais cette fois ils vont réussir. Ils vont nous retrouver, et...

– Cette fois ?

Flea tendit les mains vers la vase. Elle ne voyait plus sa mère et commençait à paniquer.

– C'est important, Flea, très important. *Il ne faut pas nous remonter à la surface.* Tu m'entends ?

– Maman ? Maman ? s'écria Flea, un sanglot dans la gorge. Maman ? Reviens. S'il te plaît...

– Empêche-les de nous remonter, quoi qu'il arrive. Laissez-nous tranquilles. Laissez-nous ici.

– Ne pars pas, maman. Maman !

Mais la vase étouffait tout, même sa voix. Flea en avait plein la bouche ; un torrent de boue lui fit perdre l'équilibre, et sa nausée redoubla. Prise de vertige – c'était cent fois pire que ce qu'elle avait connu de la narcose ou de l'intoxication au CO_2 –, elle dut rouvrir les yeux et s'agripper au canapé.

Au-dessus d'elle, l'ampoule jaunâtre du plafonnier tournait follement, comme une centrifugeuse, et la lumière du jour venue de la fenêtre entrait et ressortait à toute allure de son champ de vision. Un bruit étrange, une sorte de plainte suraiguë s'échappait de sa bouche. Elle tenta de se rasseoir et comprit aussitôt qu'elle allait vomir.

– Oh là là, bredouilla-t-elle. Oh là là...

Elle eut tout juste le temps d'attraper la bassine laissée par Kaiser et resta penchée dessus, pleurant et vomissant à la fois, jusqu'à ce que ce soit fini et qu'elle ait réintégré son corps prostré, relié à cette bassine par un filet de salive, tandis que la voix de sa mère, quelque part derrière elle, se perdait dans un long tunnel : *Quoi qu'il arrive... laissez-nous...*

30

– La seule chose que Jack Caffery ne m'ait pas encore dite, c'est pourquoi il veut me voir. Je ne suis ni médium ni voyant. Je n'ai aucun pouvoir magique, rien de divin. Mais je doute que ce soit un problème de police qui vous amène.

– Ce n'est pas un problème de police. C'est personnel.

– Et de quoi s'agit-il ?

Caffery se massa l'arête du nez. Il venait de vivre une journée surréaliste. Que des gens soient capables de payer pour rapporter du sang humain chez eux dépassait son entendement. Mais entre le pot en terre cuite en cours d'analyse au QG et la mise sous surveillance de Mabuza, force lui avait été d'admettre qu'il n'avait plus rien à faire au bureau. Il avait donc commencé par rentrer chez lui pour essayer de dormir mais n'avait pu se défaire de la pénible sensation que quelqu'un l'observait, que les ombres qui cernaient sa maison étaient d'une teneur anormale ; aussi avait-il fini par reprendre sa voiture pour se mettre en quête du Marcheur. Il ne s'attendait ni à le localiser aussi vite ni à ce que le Marcheur soit aussi prompt à essayer de lui tirer les vers du nez.

– Jack Caffery ?

Il portait à nouveau ses pantoufles en peau de mouton. Après avoir garni de chiffons l'intérieur de ses chaussures de marche, il les glissa dans un sac en plastique et les enfouit au fond d'un étroit fossé longeant la haie.

– Je vous ai posé une question, Jack Caffery, insista-t-il en s'essuyant les mains. Quel est votre problème ?

Caffery contemplait le feu, les croûtes blanc et rouge qui rongeaient la base de certaines bûches comme des plaies sèches.

– Quelqu'un que j'ai perdu, finit-il par répondre. Qu'on m'a pris. Pour toujours.

– Votre fille ?

– Non, non. Pas ma fille. Je n'ai pas d'enfants. Je n'en aurai jamais.

– Votre femme ?

– Non, nous sommes séparés. Depuis deux mois. Je l'ai quittée.

– Alors qui ?

– Mon frère. Ça remonte à... très longtemps.

– A votre enfance ?

– Oui. Ça s'est passé à Londres. On ne l'a... enfin, vous savez ce que c'est.

Il appuya légèrement du bout des doigts sous sa mâchoire inférieure, ayant appris bien des années plus tôt à retenir ses larmes de cette façon.

– On ne l'a jamais retrouvé, reprit-il. Tout le monde savait par qui il avait été enlevé, mais les flics, eux, n'ont jamais rien trouvé de concret.

Il déglutit, écarta la main de sa gorge et approcha son pouce de la lumière du feu.

– Le jour de sa disparition, je me suis cassé l'ongle du pouce. Il aurait dû repousser, mais non – personne n'a jamais été fichu d'expliquer ça, ni les médecins ni personne. Pendant des années, j'ai regardé mon pouce en me disant que cet ongle recommencerait à pousser le jour où je retrouverais mon frère. Et regardez.

Il tendit le bras avec un sourire triste. Le Marcheur se leva et s'approcha de lui pour examiner son pouce.

– Je ne vois rien.

– Ça fait presque quatre ans. D'un seul coup, après toutes ces années, il s'est remis à pousser. La cicatrice a disparu. Et mes certitudes avec. Mes certitudes concernant l'endroit où ça s'est passé. Envolées, comme pour me faire comprendre que la réponse n'était pas à Londres, mais ailleurs.

– Ici ?

– Je n'en sais rien. En province. Peut-être ici, peut-être ailleurs.

Il baissa le bras et se mit à fixer les lumières de Bristol en pensant à l'est, au Norfolk.

– Il s'est passé quelque chose, dit le Marcheur. Il y a quatre ans, un événement a dû se produire.

– Peut-être, fit Caffery avec un haussement d'épaules. Je crois que je suis passé tout près de mon frère, c'est tout.

– Quelqu'un est mort. Si vous voulez mon avis, c'est ça qui s'est passé. A l'époque où le fil s'est rompu, je pense que quelqu'un est mort.

Caffery hocha la tête.

– Oui. Effectivement, quelqu'un est mort.

– Qui ?

– Le coupable. Penderecki. Ivan Penderecki. Il est mort. Un suicide. Au cas où vous vous poseriez la question.

– Je ne me la posais pas, fit le Marcheur en tisonnant son feu.

Pendant quelques minutes, Caffery tourna et retourna dans sa tête cette idée neuve : c'était peut-être la mort de Penderecki qui avait coupé le cordon. Il ne s'était jamais posé la question en ces termes. Le Marcheur finit par rompre le silence pour lui demander, d'une voix complètement différente :

– Comment est-ce qu'il s'appelait ?

Caffery fut déstabilisé. Personne, depuis des années, ne lui posait plus cette question. Les autres se contentaient toujours de dire « il » ou « ton frère », comme s'ils craignaient de réveiller une douleur intolérable en prononçant son prénom.

– Il s'appelait… Ewan.

– Ewan, répéta le Marcheur. Ewan.

On aurait cru, à la douceur de son ton, qu'il s'adressait à un enfant, et Caffery en eut la gorge nouée. Il dut à nouveau se toucher la base de la mâchoire en attendant que l'émotion reflue. Il déboucha une bonbonne de cidre, but quelques gorgées et releva jusqu'aux oreilles le col de sa parka. Le regard perdu dans les étoiles, il se laissa entraîner par son imagination, non pas vers Ewan, mais vers Flea au pied du quai, tenant au creux de sa paume une main coupée et levant sur lui un regard qui semblait dire : « Ne vous inquiétez pas, je peux me charger de ça. Allez plutôt vous asseoir, occupez-vous un peu de vous. » Pour une raison inexplicable, Caffery eut envie de s'appuyer sur ce regard.

Il tira de sa poche un petit sachet marron. Les bulbes de crocus qu'il contenait étaient de petits oignons granuleux, enrobés d'une peau brune et sèche qui se détachait dès qu'on l'effleurait. Pendant que le Marcheur enfilait ses chaussettes, il lui tendit le sachet posé au centre de sa main ouverte. La lueur des flammes fit rougeoyer les bulbes à l'intérieur du papier brun.

Le Marcheur s'interrompit. Il observa longuement le sachet. Puis, sans un mot, il se leva et le prit. Il en sortit un bulbe, l'approcha de la lumière, le retourna entre ses doigts noirs.

– Le Remembrance, murmura-t-il avec une sorte de vénération. Quand il fleurit, c'est du pur bleu de Delft. Avec juste une petite touche orangée au centre, comme un germe d'œuf. Ou une étoile.

Il replaça le bulbe dans le sachet et explora quelques instants le contenu de celui-ci du bout de l'index, un peu comme un enfant qui, un samedi matin, s'arrête au coin de la rue pour compter ses bonbons. Puis il replia avec soin le haut du sachet, le glissa dans la poche intérieure de son manteau infect et, comme s'il ne s'était rien passé, retourna fourgonner les braises.

Ils restèrent plusieurs minutes sans parler. Caffery but encore du cidre et regarda le Marcheur s'adonner à son rituel du soir : ôter ses hardes puis les plier, les mettre à plat sous son duvet pour éviter qu'elles ne prennent l'humidité. Il dormait dans des vêtements spécialement conçus pour le sommeil. Malgré leur état de crasse avancé, on sentait bien que c'était du high-tech, un produit pour amateurs de sports extrêmes. Caffery remarqua un logo de la marque O_3 déjà aperçu sur la combinaison de Flea. Une fois ses préparatifs terminés, le Marcheur remit son manteau et alimenta une dernière fois son feu pour la nuit.

Caffery comprit que son temps était presque écoulé. Il s'éclaircit la gorge.

– Bon, je vous ai donné ce que vous vouliez. A vous, maintenant. C'est votre tour. Vous devez me raconter ce qui s'est passé. Avec Craig Evans.

– Le moment venu. Le moment venu.

– Vous vous êtes engagé.

Le Marcheur ricana.

– Le moment venu, vous dis-je. J'ai besoin de penser à vous d'abord, répondit-il en jetant une branche dans les flammes, avant de se frotter les mains. Dites-moi, vous voyez quoi quand vous regardez ces filles en face ? Ces prostituées dont vous ne vous lassez pas ?

Caffery fronça les sourcils. Il sortit sa blague à tabac et se roula une cigarette avant de répondre.

– Je ne les regarde pas, répondit-il en l'allumant. J'essaie de ne pas les voir. Je veux dire… on ne sait jamais, je ne tiens pas à voir mon reflet.

– Evidemment. Parce que quand vous avez votre reflet sous les yeux, vous savez ce que vous voyez ?

– Non.

– La mort.

– La mort ?

– Oui. La mort. Oh, vous avez encore le choix. Mais jusqu'ici, vous avez fait le même que moi.

– Que vous ? Mes choix n'ont strictement rien à voir avec les vôtres.

Le Marcheur sourit en jetant une dernière branche au feu.

– Oh, que si. Et jusqu'à preuve du contraire, vous avez choisi la mort. Oui. Voilà ce que vous cherchez. Vous cherchez la mort.

Caffery aurait voulu riposter, mais les paroles du Marcheur l'avaient privé de sa voix. Il resta bouche bée.

Le Marcheur éclata de rire.

– Je sais. Ça fait un choc, n'est-ce pas, de se retourner pour la première fois et de s'apercevoir qu'on est au milieu du pont ? Ça fait un choc de se rendre compte qu'on a déjà quitté la vie. Et que la mort est la seule chose qu'on espère vraiment.

– Non. C'est faux. Je ne suis pas comme vous.

– Si. Vous êtes Jack Caffery, policier. Et vous êtes exactement comme moi. La seule différence, c'est que j'ai les yeux ouverts.

Le Marcheur écarquilla les paupières avec ses doigts, révélant les contours sanguinolents de ses orbites. Il devint soudain monstrueux à la lueur des flammes : une bête de cauchemar, une chimère universelle.

– Vous voyez ? Je ne me voile pas la face, moi. Je sais que je cherche à mourir. Alors que vous, conclut-il dans un nouvel éclat de rire, vous ne vous en rendez même pas compte !

31

17 mai

Un jour, à Londres Sud-Est, alors que Caffery vivait depuis peu avec Rebecca dans la petite maison de ses parents, celle-ci lui avait pris le visage entre ses mains au terme d'une dispute particulièrement houleuse et avait murmuré d'une voix tendre et soudain exempte de colère : « Avec toi, Jack, on a plus souvent l'impression de côtoyer un mourant qu'un vivant. »

Quatre années durant, il avait remisé ces mots dans un coin de sa mémoire, en s'efforçant de ne pas les oublier mais encore plus d'éviter d'y penser, de sorte qu'ils avaient fini par devenir comme une réminiscence de parfum, ou une mélodie à demi perdue. Jusqu'à ce que, bien sûr, le Marcheur les remette brutalement à l'ordre du jour.

Ses propos avaient créé une brèche. Ouvert une voie nouvelle et douloureuse dans les profondeurs de son âme. D'une certaine manière, mais sans pouvoir s'expliquer pourquoi, il s'attendait depuis le début à ce que le Marcheur montre du doigt Keelie et les autres filles de City Road en affirmant qu'elles avaient quelque chose à voir avec la mort, avec son désir de mort. Et aussi à ce qu'il s'en prenne à son métier en disant : « Quant à ça, c'est encore pire : il n'y a rien qui parle mieux de votre mort. »

Le lendemain matin, assis avec une tasse de café et un sandwich dans son bureau de Kingswood, Caffery s'interrogeait encore sur la dimension mortifère de son métier lorsqu'il ouvrit la grosse enveloppe orangée que Marilyn lui avait fait parvenir la veille au soir par coursier. Elle avait griffonné quelques mots pour lui sur une feuille de bloc-notes à en-tête de la Met : « Appelle-moi si tu veux des CONSEILS. Bisous, M. K. »

– Merci, Marilyn, murmura-t-il avec un sourire en coin.

Il roula la feuille en boule pour la jeter à la corbeille, puis se ravisa. Il la défroissa, sortit un rouleau de scotch et la placarda sur le mur pour que Marilyn puisse enfin faire ce dont elle avait toujours rêvé : exercer sur lui une surveillance de tous les instants. Il revint ensuite à l'enveloppe et la vida de son contenu. Il trouva dedans tout ce qu'il pouvait souhaiter : des extraits photocopiés de thèses sur les rites africains ; un dossier de presse sur l'affaire Adam, l'enfant-tronc de la Tamise ; les coordonnées d'un certain nombre d'universitaires, tant au Royaume-Uni qu'à l'étranger. L'un d'eux, remarqua Caffery, résidait près de Bristol. Il trouva également un CD dont la pochette transparente rose était étiquetée « Swalcliffe.pdf » : un fichier au format Adobe Acrobat. Il inséra le disque dans le lecteur de son ordinateur.

Marilyn avait sûrement écrit ce texte elle-même, pensa-t-il en voyant apparaître à l'écran le blason de la Metropolitan Police. Programmatrice du HOLMES à l'époque où ils s'étaient connus, elle avait toujours raffolé des ordinateurs. Son exposé se présentait sous la forme d'une conférence, avec une trame principale enrichie de plusieurs gros fichiers annexes accessibles par des liens hypertextes ; et ce matin-là, pendant que le soleil montait dans le ciel, que Kingswood revenait progressivement à la vie autour de lui et que des gens entraient et sortaient des commerces de l'autre côté de sa fenêtre, Caffery ne put que bénir en silence l'obsession informatique de Marilyn Kryotos. En deux heures, il en apprit davantage que tout ce qu'il avait pu lire jusque-là sur un continent qui, à ses yeux, restait auréolé de mystère.

Le muti, comme elle le lui avait laissé entendre au téléphone, recouvrait une réalité beaucoup plus vaste qu'il ne l'imaginait. Tout commençait sur le sol où les guérisseurs « jetaient les os » et autres objets sacrés, haricots ou cailloux, à l'intérieur d'un cercle tracé au préalable pour identifier les besoins de leur patient. De cette divination initiale dépendaient les remèdes prescrits, et la liste de ceux-ci était sidérante : cela allait de la fourrure de galago pour les bébés pleurnichards au bouillon de cloporte, très efficace en cas d'infidélité conjugale, en passant par des spécialités à base de pangolin, de poisson-hérisson et de griffe d'oryctérope. Tous les organes de tous les animaux, ou presque, semblaient avoir leur place dans le muti.

Caffery tenta de lire la liste jusqu'à la fin, mais les mots se brouillèrent au bout d'une vingtaine de paragraphes, et il préféra revenir au texte principal. A peine eut-il actionné la barre de défilement qu'un territoire nettement plus sombre s'offrit à lui, celui des organes humains. La photo d'un crâne posé sur une table d'autopsie à côté d'un double décimètre venait d'apparaître à l'écran. Il lut attentivement le texte qui l'accompagnait, en se donnant le temps de l'assimiler. La plupart des organes humains recyclés dans le muti étaient volés sur des cadavres, mais l'efficacité du muti des morts était moindre : le remède s'avérait toujours beaucoup plus puissant lorsqu'on le prélevait sur une victime vivante, en particulier si elle avait crié fort ; et de tous les vivants, ceux qui fournissaient les meilleurs remèdes étaient de loin les enfants. Question de pureté.

Caffery se détourna de l'écran, soudain très abattu. Il versa dans son café une cuillerée de sucre et regarda l'îlot blanc sombrer inexorablement. Il se souvenait d'avoir entendu dire que six hommes avaient été accusés de viol sur un bébé de neuf mois en Afrique du Sud, persuadés qu'un rapport sexuel de ce type les guérirait du sida. L'idée souleva en lui un tel dégoût qu'il dut repousser sa tasse.

La partie suivante de l'exposé de Marilyn définissait la différence entre le sacrifice humain, qui visait à apaiser une divinité par l'immolation d'une victime, et le sacrifice muti, dont le but était de prélever un maximum d'organes exploitables dans le cadre de la médecine traditionnelle. *Le cerveau renforce les connaissances du patient. Les seins et les parties génitales de l'un et l'autre sexe stimulent la virilité. Un nez ou une paupière peuvent servir à empoisonner un ennemi.* La photo suivante montrait un petit morceau de chair sur une serviette. Ce ne fut qu'en lisant la légende que Caffery comprit ce dont il s'agissait. *Un pénis favorise les gains sur les champs de courses.*

– Bon Dieu, murmura-t-il en changeant de position sur son fauteuil.

Un whisky aurait été davantage le bienvenu que ce café. Sauf que, s'il se laissait aller à en boire un, il enchaînerait inévitablement sur son petit frère, et sa journée serait foutue. Il poursuivit donc son survol du texte en quête d'un passage sur l'utilisation du sang humain. N'ayant rien trouvé, il repensa à sa visite chez Rochelle et décida de faire à nouveau appel au moteur de recherche.

Il commença par se tromper d'orthographe en écrivant « tockalosh », et le moteur revint bredouille. Après deux nouvelles tentatives infructueuses, il tapa « tokoloshe » dans le champ de recherche et, cette fois, le disque dur se mit à ronronner : il avait trouvé une occurrence. Caffery cliqua dessus, et à peine eut-il lu les premières lignes qu'il éprouva le besoin de se lever pour aller baisser le store, soudain très mal à l'aise à l'idée qu'on puisse le voir de la rue.

Le Tokoloshe, selon le fichier Acrobat, était un lutin. Tant qu'il restait livré à lui-même il ne constituait qu'une nuisance, mais dès lors qu'il tombait sous l'influence d'un sorcier il devenait un authentique danger, une créature effrayante et vénérée. Comme l'avait dit Rochelle, certains s'imaginaient pouvoir l'amadouer avec un bol de sang humain, mais il existait d'autres façons de s'en prémunir : un chat, ou une image de chat se nettoyant le museau, suffisait à le tenir à distance ; on pouvait aussi se tartiner la peau d'un onguent à base de graisse de Tokoloshe, en vente chez les sorciers. Marilyn avait scanné un article relatant l'arrestation en Afrique du Sud de deux hommes pendant une attaque à main armée. La police avait retrouvé dans leur voiture un crâne humain contenant un morceau de viande. Les braqueurs avaient récupéré ce crâne en pillant une tombe et la viande était destinée à nourrir le Tokoloshe qui, selon eux, assurait leur protection.

Caffery cliqua sur l'illustration suivante, et un dessin grossier apparut à l'écran : une sorte de gnome à la langue pendante, la bite fièrement tendue vers le spectateur. La pénombre occasionnée par le store l'obligea à se pencher en avant pour lire la légende, et il fut parcouru d'un frisson : « Le phallus du Tokoloshe symbolise sa dangerosité virile. Les femmes rehaussent leur lit à l'aide de briques pour rester hors d'atteinte. Ce démon aquatique élit traditionnellement domicile sur la berge d'un cours d'eau. »

Ce démon aquatique élit traditionnellement domicile sur la berge d'un cours d'eau... Les tempes de Caffery se mirent à bourdonner. Il repensa à la serveuse du Poste, à la silhouette juvénile qu'elle avait vue s'exhiber sur le ponton. Et puis, inexplicablement, il repensa à l'ombre fugace devinée dans l'impasse, aux lèvres rouges de Keelie, à l'impression qu'il avait eue d'un pied rebondissant sur le capot de sa voiture. Il se leva, reprit sa veste sur le dossier de son fauteuil. Le Tokoloshe le narguait depuis l'écran, hilare. Il éteignit l'ordinateur sans prendre le temps de refermer le fichier.

— Saloperie, grommela-t-il. Va te faire foutre.

Il était temps de retourner voir Rochelle. Et de lui poser quelques questions supplémentaires.

Elle était ravie de le revoir. Il le sentit sur-le-champ. Avec son haut rose à zip et capuche et ses cheveux retenus par un bandeau blanc, elle semblait prête pour partir à la gym malgré son maquillage impeccable. Elle mit les mains derrière le dos et se laissa aller contre le mur pour que ses seins pigeonnent.

— Coucou, dit-elle. Vous avez changé d'avis pour la bière ?

— Je peux entrer ?

Elle inclina la tête et s'effaça. Il traversa la cuisine, arriva dans le séjour. Les deux petites filles regardaient *Top Model*, exactement dans la même position que la veille. Elles avaient changé de tenue, sans quoi Caffery aurait pu croire qu'elles avaient passé la nuit là. Il passa dans la verrière après les avoir enjambées.

— Je vous sers quelque chose à boire ? proposa Rochelle, qui l'avait suivi, en se penchant à nouveau pour retaper les coussins. Je me suis acheté un mixeur. Les filles et moi, on s'est fait un jus de fraise et de pêche ce matin.

— Non, merci. Je viens de prendre un café.

Il plongea une main dans sa serviette et en sortit une chemise plastifiée. Le doberman, allongé sur le carrelage, le lorgnait avec détachement.

— Je ne serai pas long.

Il trouva la photo. Prise à la chambre de commerce, elle montrait Mabuza un verre de vin rouge à la main, en grande conversation avec un conseiller. Il était en veste et pantalon, mais ses cheveux grisonnants disparaissaient presque entièrement sous un vaste *mokorotlo* traditionnel. Caffery la retira de la pochette et la tendit à Rochelle.

— Cet homme. Sa tête vous dit quelque chose ?

Elle jeta un coup d'œil au cliché.

— Ouais, fit-elle en regardant à nouveau Caffery. C'est Gift, un pote de Kwanele.

Il ferma les yeux une fraction de seconde.

— Quoi ? Qu'est-ce que j'ai dit ?

— Rien, lâcha-t-il en récupérant la photo.

Comment avait-il pu être assez stupide pour ne pas lui poser cette question la veille ? Il rangea sa pochette, s'assit sur le canapé et balaya la pièce du regard, les bibelots, les petits vases et les photos des filles. Il y avait aussi une photo de chat – de chaton, plutôt – en train de se nettoyer le museau dans une flaque de soleil.

— Rochelle… vous m'avez parlé d'un démon dont Kwanele avait peur, vous vous rappelez ?

– Je ne risque pas de l'oublier, celui-là. Son Tokoloshe. Il n'avait que ce mot-là à la bouche.

– C'est ça, fit-il en observant ses traits. Le Tokoloshe. Et qu'est-ce qu'il en disait ?

– Ma foi, pas grand-chose. Il s'est jamais vraiment appesanti là-dessus avec moi. C'était plutôt à Teesh qu'il parlait de ça, ajouta-t-elle en se retournant vers la porte du salon. Hé, Letitia !

– Quoi ?

– Ramène-toi une seconde, ma puce.

Peu après, une des fillettes apparut à regret sur le seuil, menton baissé.

– Quoi ?

– Dis bonjour à M. Caffery.

– 'Jour.

– J'ai souvent l'impression qu'elles étaient plus attachées à lui que moi. Pas vrai, chérie ? Tu l'aimais bien, Kwanele ?

– Ouais.

– Il t'a payé une console, hein ?

– Ouais. Il était cool.

– Dis-moi, trésor. Tu te souviens du Tokoloshe ? J'aimerais que tu le décrives à M. Caffery.

Par-dessus son épaule, Letitia se mit à regarder avec intérêt la plinthe qui longeait le mur derrière elle.

– C'est riquiqui. Ça vit dans l'eau. C'est noir.

– Parle plus fort.

– C'est riquiqui, j'ai dit. Noir. Tout déformé. Ça vit dans les rivières et c'est toujours à poil.

– Comment tu sais tout ça, Letitia ? interrogea Caffery d'une voix douce. C'est Kwanele qui te l'a dit ?

– Ben ouais... répondit la gamine en étirant les syllabes comme si elle ne comprenait pas que Caffery puisse ignorer une telle évidence. Il en parlait tout le temps.

– Et il te disait quoi ?

– Oh, plein de trucs. Que ça mange les gens. Et puis aussi, je l'ai vu une fois.

– Teesh, avertit Rochelle, M. Caffery est de la police. Tu dois lui dire la vérité. Pas ce que Kwanele t'a dit de dire.

Letitia dévisagea sa mère, puis Caffery.

– Je l'ai vu, répéta-t-elle. Un truc de ouf. Mais maman veut jamais me croire.

– Oh, ça recommence.

Caffery leva une main pour calmer le jeu.

– Letitia… où est-ce que tu l'as vu ?

– Au bord du fleuve. Là où Kwanele avait son entrepôt.

– Et quelqu'un d'autre l'a vu ?

– Ben non, juste lui et moi. Il m'avait emmenée là-bas pour faire un… comment on dit déjà, m'man ?

– Un inventaire.

– Un inventaire. Il faisait nuit, et quand on est ressortis de son entrepôt il y a eu du bruit dans un buisson, comme un oiseau ou ce genre-là, et c'est là qu'on l'a vu, plus ou moins accroupi. Et tout trempé. C'est pour ça qu'on s'est dit qu'il devait sortir du fleuve.

Caffery repensa à la fois au lutin du rapport de Marilyn et à l'apparition nocturne sur le ponton de la Douve.

– D'accord. Et tu dis que Kwanele l'a vu aussi ?

– Ouais. Et il a eu une de ces trouilles ! Il a fait comme ça…

Une main sur le cœur, elle se mit à respirer vite et fort, simulant une hyperventilation. Caffery avait beau être assis en plein soleil, la pantomime de cette petite fille lui fit froid dans le dos.

– Et ensuite, reprit-elle, il m'a mis une main devant les yeux, il m'a fait monter dans sa voiture et il a démarré à toute vitesse. Et pendant tout le trajet il a pas arrêté de trembler, de pleurnicher, de dire des trucs en africain, et de répéter qu'il allait faire ce qu'il fallait. Plutôt flippant, non ?

– Mais il a su tout de suite que c'était un Tokoloshe ?

– Oh, ça ouais. Même qu'il a dit : « Heureusement que mon ami connaît quelqu'un qui va pouvoir arranger ça. »

Caffery se pencha en avant.

– C'est-à-dire ?

– Ben, quelqu'un pour le débarrasser du Tokoloshe, répondit-elle avec un haussement d'épaules. Histoire qu'il arrête de venir l'embêter à son boulot, tout ça.

– Il a dit qui était ce quelqu'un ?

– Ah non, ça, il me l'a jamais dit.

Caffery se tourna vers Rochelle.

– C'est à ce moment-là qu'il a acheté le pot ? Celui que mes collègues sont venus chercher hier ?

– Ouais. Tout est parti de là.

Caffery s'accouda au bras du canapé et réfléchit brièvement, une main sous le menton. Quelqu'un était venu à la rescousse de Kwanele Dlamini. Cet ami dont il avait parlé... ce ne pouvait être que Mabuza.

– Letitia, reprit-il au bout d'un moment, tu es sûre d'avoir vu le Tokoloshe ?

– Ben ouais, tiens. Je viens de vous le dire, non ?

– Teesh, siffla Rochelle. Souviens-toi. La vé-ri-té.

– Mais puisque je te dis que c'est la vérité !

– C'est ce que Kwanele t'a dit de dire.

– Non, riposta la petite fille, les joues en feu, en affrontant le regard de sa mère. C'est pas ce qu'il m'a dit de dire. C'est ce qui s'est passé. Je dis la vérité. Pourquoi tu me crois jamais, putain ?

Avant que Rochelle ait pu réagir, l'enfant tourna les talons, les poings serrés, et se replia dans le séjour. Elle glissa quelques mots à sa sœur, qui se leva à son tour en foudroyant leur mère du regard. Une cavalcade résonna dans l'escalier, suivie d'un claquement de porte.

Rochelle, au désespoir, chercha le regard de Caffery.

– Vous avez des enfants, monsieur Caffery ?

Il lui fit signe que non. Une phrase de Letitia n'en finissait plus de résonner entre ses tempes. *Même qu'il a dit : « Heureusement que mon ami connaît quelqu'un qui va pouvoir arranger ça. »* Elle lui ouvrait des perspectives nouvelles.

– Alors, poursuivit la jeune femme, si je peux me permettre un conseil : abstenez-vous. N'y pensez même pas.

Une douceur toute printanière régnait à l'extérieur du pavillon de Rochelle, agrémentée d'une brise qui faisait parfois imperceptiblement frissonner les pelouses et les arbustes ornementaux du lotissement. Mais Caffery, assis dans sa voiture avec les deux mains sur le volant, aurait aussi bien pu être en plein mois de janvier. Il ne remarqua ni les arbres en fleur, ni la hauteur du soleil dans le ciel, ni la discrète augmentation de la température. Sa tête était pleine de cercles. D'anneaux.

Les criminels étaient comme des éponges. Presque toutes les crapules qu'il avait agrafées au cours de sa carrière disposaient d'une petite cour. Ce qui, à la réflexion, ne les différenciait pas foncièrement des autres groupes sociaux. Chaque cercle criminel se caractérisait par une structure, une taille et une configuration différentes, mais tous avaient un point commun : la présence d'un chef. Dans certains cas, l'organisation était tellement nébuleuse que l'intéressé n'avait même pas conscience de son rôle de patron. Mais dans la plupart des cercles, le type aux manettes savait très bien ce qu'il faisait.

Quelque part dans la région de Bristol, certaines personnes connaissaient un peu trop bien le continent africain. Peut-être s'agissait-il de sujets britanniques, peut-être d'étrangers. Seule certitude, ces personnes étaient au fait des rituels, des croyances de l'Afrique ; elles savaient à quel point la superstition pouvait être chevillée au cœur des hommes ; et surtout, elles savaient que la peur pouvait rapporter gros. Repérer de riches Africains vivant dans le pays n'avait pas dû être difficile. Pas plus que de recruter quelqu'un, probablement un pauvre bougre qui n'avait jamais eu droit à une vie normale, pour qu'il surgisse au moment adéquat devant la bonne personne, enduit de graisse et équipé d'une espèce de godemiché grotesque. Sans en rajouter : une brève apparition. Une ombre. Juste de quoi persuader une personne superstitieuse qu'elle avait un démon aux trousses. Après quoi le cerveau de la bande se chargeait du harponnage en fournissant au pigeon des produits susceptibles de repousser le Tokoloshe, de le tenir à distance. Du sang humain. Avec en guise de preuve d'authenticité une vidéo, réelle ou habilement truquée.

Mabuza. Caffery ne le connaissait pas mais se rappelait sa voix, égale et mesurée, un peu trop polie pour être honnête. Il sortit son téléphone professionnel et composa un numéro. Il allait demander à Interpol de retrouver la trace de Dlamini, puis aux hommes qui surveillaient Mabuza de se présenter à la porte de celui-ci. Ils solliciteraient, respectueusement, l'autorisation de perquisitionner son domicile. Après quoi ils lui proposeraient, tout aussi respectueusement, de les accompagner au commissariat. Caffery allait en effet devoir l'interroger un peu plus tôt que prévu.

En attendant qu'Interpol décroche, il laissa son regard errer sur les toits de Nailsea. Une créature étrange, mi-homme mi-bête, occupait ses pensées : une ombre naine, trapue, filant sur les trottoirs à hauteur de genoux, associée à des visions de sorcellerie africaine, de rituels clandestins accomplis derrière des portes closes. Quelqu'un tirait les ficelles, c'était certain. Et pourtant, il dut cligner des yeux pour s'assurer qu'il n'y avait rien d'autre que du ciel et des tuiles dans son champ de vision, parce que d'un seul coup, assis dans sa voiture en plein soleil, il n'était plus tout à fait sûr de sa capacité à chasser de son esprit l'image du Tokoloshe.

32

Sur le canapé de Kaiser, dix-huit heures après le début de son trip à l'ibogaïne, Flea revint à elle puis se rappela progressivement qui elle était et ce qu'elle faisait là. On aurait dit qu'elle débarquait d'une autre planète et qu'une part d'elle-même luttait encore pour réintégrer son corps. Elle se rassit avec une infinie prudence, et les rais de lumière qui filtraient de la fenêtre l'obligèrent à plisser les yeux. Au bout d'un certain temps, elle replia les jambes et, avec d'infinies précautions, ôta ses chaussettes.

Son problème de pieds, apparu quelques jours après l'accident, s'était tellement aggravé qu'elle n'osait plus se déchausser devant personne.

Ils étaient veineux et déformés, bizarrement recroquevillés comme des mains de singe ou de lémurien, ou comme celle qu'elle avait repêchée dans le port de Bristol. Elle se risqua à pincer la membrane qui reliait désormais le gros orteil à son voisin et crut brièvement voir celle-ci se liquéfier et disparaître, rendant à ses phalanges leur liberté, leur autonomie d'autrefois. Elle s'obligea à rester immobile, attendant que les effets de la drogue se dissipent. Sa vision s'améliora petit à petit, et ses pieds redevinrent palmés. La vie était imprévisible. Les événements inattendus étaient toujours ceux qui vous poursuivaient le plus longtemps.

Elle remit ses chaussettes et allait se rallonger sur le canapé quand quelque chose l'en dissuada. On l'observait. Dans le cadre de la porte, sous le rouleau de bâche, se tenait une silhouette immobile.

Elle eut un instant l'impression que son cœur, ses poumons avaient cessé de fonctionner, car elle contemplait une créature morte, une créature dont la place aurait dû être sous terre et qui pourtant la regardait depuis le seuil. Une créature qui flottait dans ses vêtements comme sa mère au fond de Boesmansgat. Et dont la face animale n'était plus qu'un amas d'os.

— *Maman* ? souffla-t-elle.

— Voyons, fit la chose morte. Phoebe ?

Sa voix ne ressemblait absolument pas à celle de sa mère. C'était celle de Kaiser.

Elle hésita une seconde avant de murmurer :

— Kaiser ?

La créature bougea, tourna la tête, et le visage souriant de Kaiser s'en détacha, suivi de son corps. Il ne resta bientôt plus que lui, vêtu d'une chemise blanche qu'elle ne connaissait pas. Il semblait épuisé.

— Phoebe ? fit-il en s'avançant dans la pièce. Comment te sens-tu ?

Elle secoua la tête, incapable de le quitter des yeux.

— Ça va ?

— Oui. Enfin… ce n'est pas fini. La drogue… elle est encore là.

Elle s'humecta les lèvres, essaya de ne plus penser au masque d'os, avant d'ajouter :

— Est-ce que tu… ? A l'instant… j'ai cru…

— Oui ?

Il fit un pas supplémentaire. Elle avait oublié à quel point il était grand. A quel point sa tête était lourde.

— Rien, soupira-t-elle en ramenant ses pieds sur le canapé. C'est la drogue.

Il lui donna le verre d'eau qu'il tenait à la main. Lorsqu'il s'assit à côté d'elle, le canapé grinça. Flea évitait son regard. Elle faillit dire : « Ils ne sont pas au fond. » Mais elle s'abstint.

Elle se contenta de boire un peu d'eau en le surveillant du coin de l'œil, hantée par le crâne animal.

– J'ai vomi, finit-elle par dire. Tu m'avais prévenue.

– C'est classique.

Elle baissa les yeux sur la bassine posée au sol.

– Tu l'as nettoyée. Je ne t'ai même pas entendu entrer.

Elle cilla à plusieurs reprises. Tout lui semblait familier et étrange à la fois. Le contour des objets était flou, brun et mobile, comme s'ils grouillaient de fourmis.

– Tu as encore soif ?

– J'ai mal à la tête, articula-t-elle d'une voix atone, perturbée par sa chemise. Mal à la tête. Kaiser, est-ce que tu... tu te souviens de mes pieds ?

– Non.

– A Boesmansgat. Si je n'ai pas plongé, c'est parce que...

– Parce que tu t'es blessée en marchant sur du verre. Oui. Ça, je m'en souviens.

– Sauf que... sauf que... ce n'est pas ça qui s'est passé. Pas ça du tout.

Il pouffa.

– Moi, en tout cas, je les ai vus en sang. Je t'ai aidée pour les pansements. J'ai même retiré un éclat de verre qui s'était fiché entre tes orteils. Il ne me semble pas que ce soit le fruit de ton imagination.

– Non. C'est arrivé, mais ce n'était pas un accident. Loin de là, ajouta-t-elle en se massant les tempes pour chasser la douleur. Ce verre, je suis allée le chercher. J'ai récupéré une bouteille vide au bar de l'hôtel et je l'ai cassée dans le parking. Ensuite, j'ai marché dessus.

Kaiser resta muet. Pas un crâne animal. Kaiser.

– Tu sais que Thom n'est pas tout à fait... normal ? ajouta-t-elle.

– Pas normal ?

– Non. Même si personne n'en a jamais vraiment parlé, on a toujours su qu'il avait un petit problème. Mais ce n'est pas bien grave, tu sais. Du moment qu'on lui donne des instructions, il sait les suivre. Ce qu'il y a, c'est qu'il manque de souplesse. Il a du mal à réfléchir dans l'urgence, expliqua-t-elle en enfonçant encore un peu plus ses doigts dans ses tempes. Il n'aurait jamais dû descendre avec eux. Jamais. Pas sans soutien, pas à une telle profondeur. Si je l'ai laissé y aller, c'est parce que…

Elle secoua violemment la tête, comme pour se débarrasser de cette culpabilité qui était une seconde peau.

– Parce que j'avais peur, Kaiser. Je crevais de peur. Tu ne sais pas comment était papa. Il était… On n'avait jamais le droit de flancher en sa présence. Le moindre signe de peur ou de faiblesse le… l'aurait anéanti. Je ne voulais pas descendre dans ce gouffre et c'est pour ça que j'ai piétiné du verre.

C'était la première fois qu'elle mettait en mots sa faute, ce geste décisif dont elle s'était condamnée à payer le prix jusqu'à la fin de ses jours : en retournant perpétuellement chercher des corps inconnus au fond de l'eau parce qu'elle n'avait pas été capable d'en ressortir les deux êtres qu'elle aimait par-dessus tout et dont elle avait causé la noyade. Cela lui procura une sensation étrange. Un peu comme si elle attendait un verdict.

Elle se plia en deux et attendit, les mains sur le ventre. Il y eut un long silence. Kaiser finit par le rompre, d'une voix douce :

– C'est incroyable ce que tu peux ressembler à ton père.

Elle lui décocha un regard oblique.

– Moi ?

– Oui, fit-il avec un sourire triste. Oh, oui. Tu lui ressembles comme deux gouttes d'eau.

– Pourquoi ?

Il lui mit en riant un bras autour des épaules.

– Ça, je ne peux pas te le dire. Tu trouveras la réponse à cette question au bout d'un long, d'un très long chemin. Et c'est un chemin que tu es la seule à pouvoir prendre, ajouta-t-il avec un sourire de regret.

33

– A quand remonte votre dernier contact avec M. Dlamini ?

– Dlamini ?

– Oui. Kwanele Dlamini. Votre ami, n'est-ce pas ? Vous vous souvenez de lui ?

Mabuza et Caffery se faisaient face sous l'œil d'un autre policier, assis les bras croisés en bout de table. Une assiette de biscuits et du café étaient posés entre eux. Des gobelets en polystyrène, pas des tasses en porcelaine, car ils se trouvaient dans une salle de garde à vue : Mabuza avait beau ne pas être en état d'arrestation et donner des signes évidents de bonne volonté, puisqu'il avait pris sa journée et s'était présenté ponctuellement à l'heure convenue, avec son costume impeccable et ses lunettes sans monture, cette salle était l'endroit idéal s'il s'avérait nécessaire de l'appréhender. Et ce fut justement le polystyrène qui trahit Mabuza. La seule mention du nom de Dlamini lui fit baisser les yeux et planter dedans ses ongles, qui y laissèrent une série de petites traces en demi-lune.

– Monsieur Mabuza ? Je vous ai demandé à quand remontait votre dernier contact avec Kwanele Dlamini.

Mabuza s'humecta les lèvres. Il garda la tête basse et ses yeux errèrent sur la table.

– Dlamini ? Cela fait… longtemps. Très longtemps.

– Longtemps ? Désolé, aidez-moi un peu. Ça veut dire quoi, longtemps ? Une semaine ? Un mois ? Un an ?

– Six mois.

– Et pourquoi ne l'avez-vous pas revu ?

– Il est reparti. Au pays.

– En Afrique du Sud ?

– C'est exact. Nous avons perdu le contact.

– J'avais cru comprendre que c'était un ami proche.

– Non. Pas proche. Une simple connaissance.

– Il ne vous a pas laissé d'adresse ?

– Non.

– Le problème, dit Caffery en penchant la tête pour essayer de croiser le regard de son vis-à-vis, c'est que je ne voudrais pas me tromper de lièvre et mettre toute la pression sur vous. Ça m'aiderait bien d'avoir son adresse.

Mabuza secoua la tête.

– Ou des noms de parents. Il est de Johannesburg ?

– Oui. Mais c'est tout ce que je sais. Je l'ai connu ici. On ne parlait pas du pays.

Caffery mit un bras sur le dossier de sa chaise et observa le haut du crâne de Mabuza. Il n'y avait pas que l'amitié entre les deux hommes qui le poussait à insister dans cette voie : en tout début de matinée, après que le Sud-Africain eut signé le consentement autorisant les policiers à fouiller son domicile, ceux-ci avaient découvert en moins de deux heures plusieurs éléments à propos desquels Caffery tenait à l'entendre. Il baissa les yeux sur la liasse de documents posée devant lui. Elle contenait aussi un courrier du labo encore plus intéressant que tout ce que ses collègues avaient rapporté de chez Mabuza.

– Vous avez eu l'obligeance de nous laisser perquisitionner chez vous, finit-il par dire, rompant un silence de près d'une minute. Nous y avons trouvé deux ou trois petites choses qui nous ont bien plu.

– Je n'ai rien à cacher, grommela Mabuza.

– Par exemple, nous avons prélevé des fibres de tapis. Dans votre salon.

Caffery s'exprimait lentement, pour laisser à chaque mot le temps d'atteindre sa cible. Il avait demandé à ses hommes de recueillir un échantillon de ces fibres de façon légale, car le résultat de l'analyse de celles qu'avait apportées Flea était attendu tout à l'heure. « Et démerdez-vous pour que sa femme vous voie faire, si vous voyez ce que je veux dire », avait-il précisé.

– Les fibres, reprit-il, vous connaissez ? Tout ce qu'on arrive à leur faire dire dans les laboratoires de la police scientifique ? Par exemple, il suffit qu'une personne s'asseye ou marche sur un tapis, même très peu de temps, pour que des fibres de ce tapis soient transférées sur elle. Vous saviez ça ?

– Où voulez-vous en venir ? Vous me posez une question ?

Caffery fit semblant de tenir compte de sa remarque.

– Vous avez raison. Je reconnais que c'est un peu à côté de la plaque. Surtout avec la lenteur des labos par les temps qui courent. Figurez-vous que j'ai dû remplir une demande de traitement prioritaire pour ces fibres – et encore, je n'aurai pas le résultat avant la fin d'après-midi. (Il jeta un coup d'œil à sa montre et secoua la tête.) Enfin, heureusement pour moi qu'ils ont été un peu plus rapides sur le reste.

– Je vous demande pardon ?

Caffery déplaça plusieurs feuillets du bout de l'index, en fronçant les sourcils comme s'il avait un puzzle sous les yeux.

– On a récupéré un pot chez Dlamini. Un pot en terre cuite. Vous êtes au courant ?

– Un pot ? Quel genre de pot ?

– A peu près... grand comme ça. Avec un couvercle. Bon, le pot en soi n'a pas un intérêt fou, mais ce qui a fait tilt, par contre, c'est ce que le labo a trouvé dedans.

Mabuza avait ouvert la bouche pour répliquer ; il la referma, leva un instant les yeux sur Caffery, les baissa à nouveau sur l'éventail de documents. Cela ne dura qu'une seconde ou deux, mais un changement s'était produit. Caffery eut envie de sourire.

– Eh oui, fit-il en fixant son vis-à-vis. Ils ont trouvé du sang. Du sang humain. Et depuis ce matin, l'identité de son propriétaire est établie. Vous voulez que je vous dise de qui il s'agit, ou vous le savez déjà ?

Mabuza ravala sa salive, le front perlé de sueur.

– Non, lâcha-t-il d'une voix blanche. Je n'en ai aucune idée.

– Ian Mallows, dit Caffery en tapotant le compte rendu d'analyse. Vous connaissez son nom, bien sûr, puisque c'est le petit zonard dont les mains ont fini sous votre restaurant. C'est écrit là, noir sur blanc. Et si vous voulez mon avis, conclut-il sans cesser de sourire, la coïncidence est un peu grosse.

Mabuza sortit un mouchoir et se tamponna le front en jetant une série de coups d'œil vers la porte. Caffery connaissait ces signes : il s'apprêtait à cesser toute coopération. Le responsable des gardes à vue leur avait conseillé d'attendre ce moment pour entamer leur tir de barrage. Il faudrait alors lui poser toutes les questions susceptibles de faire mouche pour que l'interrogatoire ait une chance de déboucher sur une arrestation.

– Monsieur Mabuza, dit Caffery, quelle est votre position sur la consommation de substances illicites ? Si par exemple un de vos employés venait vous confier qu'il avait un problème d'héroïne, que diriez-vous ?

Mabuza tressaillit. Il ne s'attendait pas à un tel virage.

– Comment ça ? Si un de mes employés se droguait ?

– Oui. Comment réagiriez-vous ?

– C'est le diable, monsieur. La drogue. C'est le diable.

– Est-ce la raison pour laquelle vous faites don de vingt mille livres par an à des associations d'aide aux toxicomanes ? Ou votre motivation est-elle purement fiscale ? interrogea Caffery en brandissant un autre document. Votre feuille d'impôts, monsieur Mabuza. Nous l'avons trouvée chez vous.

Mabuza baissa son mouchoir.

– Vous avez épluché mes comptes ?

– Vous nous avez donné la permission de fouiller la maison.

– Je ne vous ai pas donné la permission de faire ça.

– Vous soutenez une vingtaine d'associations, martela Caffery en se penchant au-dessus de la table. Et vos dons sont loin d'être négligeables. Ian Mallows fréquentait plusieurs de ces associations. Il était héroïnomane. Vous saviez ça ?

– Je donne mon argent à qui je veux. En quoi cela vous regarde-t-il ?

– Vous n'êtes pas en contact avec ces associations parce qu'elles représentent un bon vivier de victimes ? Un vivier de gens particulièrement vulnérables ? Dont personne ne remarquerait la disparition ?

Mabuza rempocha son mouchoir et se leva. Même s'il était petit et mince, la férocité inscrite sur ses traits le rendit momentanément imposant.

– Je n'ai rien fait à ce garçon. J'ignore comment ses mains ont atterri devant mon restaurant et je ne lui ai rien fait, dit-il en enfilant sèchement sa veste. Je m'en vais.

– Allons, s'il vous plaît. Rasseyez-vous. Je préférerais ne pas avoir à passer à la vitesse supérieure. Nous sommes tous déjà remontés à bloc.

Mabuza lissa rageusement ses manches froissées.

– Vous venez de m'insulter. Je n'ai plus rien à faire ici.

Caffery mit les paumes à plat sur la table et annonça, d'une voix extrêmement douce :

– Si vous essayez de partir, je vais devoir vous arrêter.

Mabuza s'arrêta net, la veste à demi boutonnée. Le second policier était debout, prêt à intervenir.

– Je vous demande pardon ? Qu'est-ce que vous dites ?

– Je dis que je serai obligé de vous arrêter. Un restaurateur local, qui plus est dirigeant d'une association de parents d'élèves, si je ne m'abuse ? Les pisse-copie du coin vont se ruer dessus.

Mabuza avait le regard fixe. Ses lèvres bleuissaient à vue d'œil, comme si son sang avait cessé de circuler.

– Ou alors vous vous rasseyez, vous continuez à faire preuve de coopération, et on reprend tranquillement le fil de notre discussion. Tout ça pourra rester entre nous.

Il y eut un long silence : Mabuza réfléchissait. Le collègue de Caffery attendait derrière lui, la tête légèrement penchée. Puis le restaurateur se laissa retomber sur sa chaise et maintint les yeux rivés sur la table, comme s'il était incapable de regarder autre chose. Quand il reprit enfin la parole, sa voix était maîtrisée.

– Vous êtes au courant pour mon fils ?

Caffery écarta les mains et décida de jouer franc-jeu.

– Votre fils ? Non. Non, pas du tout. Pourquoi ? Votre fils a un problème ? Il est toxicomane ?

– Etait. Mon fils était toxicomane. Il s'en est sorti, merci bien. Quand nous nous sommes installés dans ce pays, ça a été dur pour lui. Très dur. Le racisme, ici, n'a rien à voir avec ce que nous pensions trouver. Par rapport à ce que nous avions entendu dire en Afrique du Sud. Il vient de là où on l'attend le moins – des Antillais, des Jamaïcains, des gosses de Sainte-Lucie ou de Trinité que mon fils côtoie à l'école et qui lui ressemblent. C'est un brave garçon, mon fils, très discret. Certains ont eu tendance à en déduire qu'ils pourraient l'influencer. Et ils y ont réussi, pendant un temps. Mais quelqu'un lui est venu en aide. Dans le milieu associatif. Sans lui, mon fils serait mort.

Caffery resta coi. Son moral était en berne. Certes, l'histoire du fils avait un petit côté excessif et surjoué, mais l'expression de ce type, son attitude, lui indiquaient d'ores et déjà que la piste des associations ne les mènerait nulle part. Sa feuille d'impôts était une coïncidence.

Il se leva, alla à la fenêtre, écarta les lamelles du store. C'était le milieu de l'après-midi et des vagues d'écoliers déferlaient sur les trottoirs, se bousculant, jouant des coudes et riant aux éclats. Quand l'équipe de recherche était revenue avec les papiers de Mabuza, Caffery avait aussitôt chargé deux de ses hommes de refaire la tournée de la vingtaine d'associations citées sur sa feuille d'impôts. Ils étaient déjà en route. Mais c'était apparemment une idée foireuse, un gâchis de main-d'œuvre, et sans doute valait-il mieux se concentrer sur les fibres. Un membre de la section administrative lui avait promis de venir frapper à la porte de la salle de garde à vue dès l'arrivée des conclusions du labo. Oui, peut-être était-ce la solution : attendre de pouvoir coincer Mabuza sur les fibres. Les fax tombaient souvent vers seize heures. D'ici une demi-heure.

Au moment où Caffery allait se retourner vers la table, le visage du Marcheur fit irruption dans son esprit. *Vous cherchez la mort, Jack Caffery. Vous cherchez la mort.* Il lâcha le store et se massa les paupières pour dissiper l'image. Il pivota ensuite sur lui-même et regarda le restaurateur prostré sur sa chaise ; celui-ci s'était remis à tripoter son gobelet. Ce type flippe, songea Caffery, mais il ne se rend pas compte que ça n'a aucune espèce d'importance. Peu importe ce qui nous arrive ou ce qu'on fait de notre vie : nous mourons tous. Je suis en train de mourir et toi aussi, Mabuza. Tu vas mourir, et tout ce que tu as pu faire mourra avec toi.

34

10 mai

C'est une antichambre de l'horreur, un monde de pratiques indescriptibles, innommables. Un monde où les corps de petits garçons disparus finissent par réapparaître sur un terrain vague voisin de leur village, dépiautés et vidés de leurs organes. Un rein rapporte deux cents livres, un cœur quatre cents. Ta cervelle ou ta queue, dans les quatre mille.

– Plus pour enfant ou homme blanc, précise Racho. Homme blanc très malin. Lui réussir mieux que nous en affaires.

Mossy a mis longtemps à admettre qu'il avait basculé dans ce monde-là. Mais petit à petit il s'en construit une carte mentale. D'abord, il y a cet appartement. On dirait le QG de la bande. Mossy n'a pas d'idée précise de sa localisation. Tout ce dont il se souvient, c'est d'être descendu de bagnole et d'avoir passé une porte, puis une autre et encore une autre. Il ne sait même pas s'il est encore à Bristol. Deuxièmement, il a fini par piger qu'il y a quelque part dans le coin une clientèle prête à acheter à Tonton ce qu'il prélève sur ses victimes. Des gens venus d'Afrique, d'après Racho, qui vivent ici mais qui n'ont pas renoncé aux croyances de leur pays d'origine. Et troisièmement, il y a les vidéos. C'est Tonton qui tient la caméra, qui filme la douleur. Et c'est ce que

Mossy a le plus de mal à se sortir du crâne : Racho lui a expliqué que ces images ne sont pas réservées à son usage personnel.

Bon, c'est vrai, Tonton adore mater les gens qui dégustent. Mais ça ne s'arrête pas là. Les vidéos seraient surtout un argument de vente, un gage de qualité pour le client, la preuve que les organes ont bien été prélevés sur une victime vivante parce que – et Mossy se fige jusqu'à l'os à chaque fois qu'il y pense – *plus ça crie fort, mieux le remède marche.*

– Ton sang, avoue Racho un soir, lui revendre un peu. Et nous garder le reste. Au frigo.

– Mais c'est dégueulasse, s'emporte Mossy, la voix pâteuse. Dégueulasse. A quoi ça peut servir, du sang humain ? Vous êtes des putains de vampires !

– Nous garder. Contre les démons.

– Les démons ?

Racho acquiesce. Dans la pénombre, le blanc de ses yeux a des reflets roses.

– Tonton envoyer un démon. Faire peur aux gens.

Il redescend du canapé et va s'accroupir devant la grille basse. Il passe un bras entre les barreaux et en ramène un sac à provisions qui attend là depuis des heures – Mossy l'a vaguement aperçu. Il s'accroupit et le vide. Mossy voit sortir une perruque, une paire de bottes, et un machin tout en longueur, lisse et luisant. Mossy croit d'abord que c'est un membre artificiel – un bras, ou ce genre-là. Mais quand Racho le soulève, il comprend. C'est en bois. Le bout a été sculpté pour imiter une queue en érection.

– C'est quoi, cette merde ? demande-t-il en se redressant sur un coude. T'approche pas de moi avec ça !

– Non, non, murmure Racho en orientant l'objet vers la lumière. Toi pas compris. Ça faire peur aux gens. Eux croire que c'est démon. Et acheter sang.

Mossy s'humecte les lèvres en regardant les bottes, la perruque.

– Ah bon ? Et il te demande de mettre ça ? Tu t'attaches ce truc à la ceinture et tu sors faire ton numéro ? C'est ça, votre plan ?

Mais Racho évite son regard.

– Non, lâche-t-il. Pas moi.

– Pas toi. Qui, alors ?

Encore une fois, Racho hésite. Mossy sent à son regard vague qu'il est ailleurs. Il finit cependant par répondre d'une voix triste, un peu rêveuse :

– Mon frère.

– Ton frère ? répète Mossy en s'asseyant. Tu m'en as jamais rien dit, de ton frère. Alors quoi ? Il est là, lui aussi ?

– Toi regarder moi, dit Racho en passant une main devant son corps. Moi petit. Mon frère, lui encore plus petit.

En le voyant jeter un coup d'œil à la grille basse, Mossy sent ses poils se hérisser. Il a l'impression qu'une gueule va jaillir de l'ombre pour se coller entre les barreaux.

– Mais lui mal fait. Ici et ici, explique Racho en se touchant le visage, puis le dos. Lui mal fait. Lui ressembler babouin.

Mossy veut répliquer, mais la boule qui vient de se former dans sa gorge empêche les mots de sortir. Le mot « babouin » soulève en lui une tempête de frissons. Il repense à la sensation qu'il a souvent eue de ne pas être seul ici – comme si la pièce était parfois traversée, la nuit, par quelqu'un qui entrait et sortait.

– Et… il est là, ton frangin ? réussit-il à dire en montrant la cage. Là-dedans ? C'est là qu'il crèche ?

Racho hoche la tête. Mossy contemple un moment la cage avant de se tourner vers la fenêtre condamnée, là où la plaque est tordue. La brèche n'est pas assez large pour laisser passer un adulte. Mais un gosse, si. Ou quelqu'un de la taille d'un gosse.

Mossy s'éclaircit la gorge, tente de se raccrocher à la réalité.

– C'est pas pareil ici, tu sais. On est en Angleterre. Y a des règles. Ça fonctionne pas comme chez vous.

– Moi savoir.

– Essaie de comprendre. Ce que tu fais, ces trucs que vous faites, ça va pas plaire aux gens d'ici. Mais alors pas du tout.

– Moi savoir, soupire Racho d'une voix tellement résignée, tellement abattue que Mossy en pleurerait presque. Et moi savoir que moi bientôt devoir courir. Courir jusqu'à la fin du monde.

35

17 mai

Le soleil traversait lentement la vallée. De retour chez elle, Flea s'était assise face à la fenêtre ouverte envahie de glycine. Emmitouflée dans la vieille veste de jardin de sa mère, elle étudiait le glissement des ombres sur les pelouses. Bien que le poison fût toujours présent dans son organisme – elle le sentait au fond de sa gorge, et aussi aux vibrations qui agitaient parfois le monde à la périphérie de son champ de vision –, son corps semblait allégé, presque purifié, comme si l'ibogaïne l'avait débarrassée de strates inutiles, ce qui lui permettait également d'avoir les idées plus claires et plus fluides.

Elle repensait régulièrement à un moment de son voyage hallucinatoire : le dialogue entre son père et Kaiser, à l'hôtel.

– C'est bizarre d'être revenu, non ?

– Nous sommes en Afrique du Sud. Pas au Nigeria. Ça ne s'est pas passé ici.

Il s'agissait, elle le savait, d'un souvenir. Pas d'une hallucination, mais d'une image réelle que la drogue l'avait aidée à exhumer des profondeurs de sa mémoire. Ce souvenir en avait suscité un autre : les paroles étranges prononcées par son père le jour où il leur avait présenté Kaiser, et elle se demandait à présent s'il n'avait pas été plus impliqué qu'il ne voulait bien le dire dans l'incident du Nigeria.

Tout cela remontait à des années : Thom et elle étaient enfants, et la maison de Kaiser n'avait pas encore été défigurée par ses travaux et bricolages incessants, par son obstination à forer comme un termite le flanc de sa colline. Aussi ne comprit-elle pas vraiment pourquoi elle repensa d'un seul coup à ces quelques phrases échangées par ses parents dans la Cortina familiale, le jour où ils s'y étaient rendus pour la toute première fois. Cela se passait en été, dans les années quatre-vingt. David Marley conduisait ; il portait une veste en velours et un foulard gitan autour du cou.

– Tu ne trouves pas que c'est une insulte faite à la science ? Ce qu'il a subi en Afrique ? Les accuser d'immoralité, lui et son équipe ! Franchement, depuis quand la moralité a-t-elle son couvert à la table de la science ?

Toute la scène lui revint avec une netteté éclatante. Flea était assise sur la banquette arrière à côté de Thom – tous deux en short et sandalettes. Elle était en train de regarder par la vitre la vallée qui basculait dans le néant juste derrière chez Kaiser. Elle se rappelait la maison, elle se rappelait même le corsage à pois roses de sa mère. En revanche, elle n'avait aucun souvenir d'avoir jamais entendu quiconque évoquer précisément ce qui était arrivé à Kaiser en Afrique. Comme si ses parents n'osaient pas en parler de vive voix.

– Tu ne crois pas que la communauté internationale devrait sanctionner la fac qui l'a viré ? avait insisté son père.

– Franchement non, avait répondu Jill Marley. Si tu veux mon avis, ce qu'il a fait est bel et bien immoral. Scandaleux. Inhumain.

– Inhumain ? avait répété David Marley en freinant brutalement devant la maison avant de couper le moteur de la Cortina. Comment est-ce que tu peux dire ça ? Comment est-ce que toi, tu peux dire ça ? Il y a des moments où je me demande si tu n'es pas pire que les autres !

– Voyons, chéri, avait répondu Jill en haussant les épaules. Je suis sûre que tu n'en penses pas un mot.

Typique de sa mère, ce petit haussement d'épaules, gracieux et nonchalant. Le scénario était immuable : papa s'emportait et maman désamorçait la bombe, lui coupant l'herbe sous le pied grâce à ce petit geste de repli, cet infime haussement d'épaules.

Des pneus crissèrent sur le gravier. Ramenée au présent, Flea sursauta. Une voiture venait de stopper devant son cottage. Elle réussit à se lever et se dirigea vers une fenêtre côté façade, l'esprit au ralenti, les membres lourds. Lorsqu'elle souleva un pan de rideau râpeux, Thom émergeait d'une vieille voiture noire. Elle mit un certain temps à réagir, surprise de constater qu'elle avait totalement oublié leur rendez-vous. Comme il le lui avait prédit.

Il referma la portière et contourna la maison, en s'arrêtant à un moment donné pour embrasser le décor du regard. L'espace d'une poignée de secondes, elle fut dans la tête de son frère et vit le jardin par ses yeux : les peupliers et le lac avec son pont des Soupirs, les pelouses en terrasses qui descendaient vers les prés. La déshérence.

Elle alla ouvrir la porte du fond. Il faisait plus doux dehors qu'à l'intérieur. Le soleil étincelait sur le toit noir de l'auto.

– Salut.

– Salut.

Il était sapé comme l'as de pique – un costume élimé, une cravate terne, des chaussures aux bouts rayés. Elle le revit dans son hallucination, assis dans la chambre d'hôtel au milieu du matériel ; plus ou moins séparé de Kaiser et de son père, qui s'étaient éloignés pour échanger des messes basses. Thom. L'éternel exclu.

Elle récupéra les clés de sa Focus derrière la porte, toujours un peu déconnectée de son propre corps. Comme si c'était une main étrangère qui les décrochait du clou, puis les tendait à son frère.

– Le plein est fait, dit-elle.

Elle ne put aller plus loin : ses yeux s'embuèrent.

– Flea ?

Secouant la tête, elle posa une main sur l'avant-bras de Thom et se concentra dessus jusqu'à ce que ses larmes aient battu en retraite.

– Sois prudent, dit-elle d'une toute petite voix. Je t'en supplie, sois prudent.

Il l'enlaça ; et même si son frère était un gringalet, elle eut brièvement la sensation d'être protégée. Il émanait de lui un parfum de savon ridiculement floral, du style géranium. Les senteurs viriles n'avaient jamais été son fort.

– Ne t'en fais pas pour moi. Je suis un grand garçon.

Non, eut-elle envie de répondre, *tu seras toujours mon petit frère.* Mais elle se retint. Elle réussit à sourire et à hocher la tête, et lorsqu'il fut reparti elle s'attarda longtemps sur le seuil, à suivre des yeux la descente du soleil vespéral sur les terrasses et à se dire que leurs vies auraient été radicalement différentes sans ce maudit gouffre perdu au fin fond d'un désert, à des milliers de kilomètres.

A un moment donné de son séjour en salle de garde à vue, la nervosité de Mabuza croisa une émotion plus profonde. Si Caffery avait dû décrire cet instant, il aurait dit que c'était le seul où il avait senti son client en proie à une peur réelle. Peut-être avait-il quelque raison d'avoir peur au vu de la gravité des faits, mais il n'atteignit ce niveau de stress que quand le Tokoloshe fit son entrée dans la conversation.

– Vous saviez que Dlamini s'intéressait au muti ? interrogea Caffery. A la sorcellerie ? Qu'il recourait à des sortilèges pour éloigner les mauvais esprits ?

Mabuza ne cilla pas, mais c'était sans importance : il le vit déglutir. Sa pomme d'Adam grise et dure monta d'un cran puis redescendit laborieusement. Caffery n'eut pas besoin de baisser les yeux pour savoir que ses doigts étreignaient à nouveau le polystyrène. Il venait de toucher un point sensible.

– Non, répondit le restaurateur. Il n'en parlait pas plus que n'importe quel autre Sud-Africain.

– Vous auriez une idée de l'endroit où il a pu se procurer une tête de vautour ? Parce que c'est totalement interdit, ce genre de chose. Les vautours sont sur la liste des espèces menacées.

– Aucune idée, monsieur. Vraiment aucune.

Ses yeux firent un rapide aller et retour entre Caffery et la porte.

– Excusez-moi. Ma question vous rend nerveux ?

Mabuza se mordilla la lèvre inférieure.

– Vous ne savez pas de quoi vous parlez, monsieur. Vous ne vous rendez pas compte.

– Ah bon ?

– Vous parlez d'une réalité spécifiquement africaine. De quelque chose qui n'appartient qu'à l'Afrique, dit-il en relevant une manche de chemise pour se pincer l'avant-bras. C'est là. Dans notre chair. Pas dans la vôtre, ajouta-t-il en désignant Caffery et son collègue d'un coup de menton. Pas dans la vôtre. Alors, ne vous mêlez pas de ça. Surtout ne vous en mêlez pas.

– Cette graisse que vous avez sur les bras... ?

Mabuza tiqua. Il regarda ses avant-bras comme s'il venait de remarquer leur existence puis les fit disparaître sous la table.

– Pas la peine de l'essuyer, je sais ce que c'est. Vous mettez ça contre le Tokoloshe, n'est-ce pas ? Pour le tenir à distance ?

A cet instant, le restaurateur se raidit. En le voyant écarquiller les yeux, les policiers crurent qu'il allait à nouveau se lever comme un ressort. Mais il piqua du nez en grommelant un chapelet de mots dans une langue que Caffery n'identifia pas. Un voile de sueur lui recouvrait le front.

Caffery l'observa en silence, conscient d'être face à une forme de terreur et d'angoisse qu'il ne comprendrait jamais. Lorsqu'il avait demandé au chef de l'équipe de perquisition si la femme de Mabuza l'avait bien vu prélever les fibres, celui-ci lui avait répondu : « Elle m'a vu dans la mesure où elle avait encore les yeux en face des trous. Mais si vous voulez tout savoir, elle était littéralement morte de trouille. » Et son mari aussi, à présent, avait peur. Une peur authentique. Une chose était sûre, Mabuza croyait dur comme fer à la réalité de ce qu'il avait dû voir sur le ponton de son restaurant.

— Bon, dit Caffery. Je vais vous dire ce que je pense. Je pense que vous avez été témoin d'un phénomène inexplicable. Du coup, vous avez versé une certaine somme d'argent – une grosse somme – à quelqu'un pour qu'il vous en préserve. Vous croyez avoir vu un démon, un Tokoloshe, c'est ça ? Vous croyez que sa présence menace votre entreprise, et vous êtes prêt à tout.

— Je vous en prie, restez en dehors de ça, répondit Mabuza en tirant sur le col de sa chemise trempée de sueur. S'il vous plaît, ne vous en mêlez pas.

Caffery gratifia le bord de la table d'un petit coup de stylo.

— Vous connaissez la superstition selon laquelle une paire de mains enfouies sous l'entrée d'un commerce permet d'attirer la clientèle ? Et de contrer le pouvoir maléfique d'un Tokoloshe ?

Mabuza redressa la tête, hagard. Ses yeux débordaient de larmes. Des larmes de terreur.

— Je vous demande d'arrêter ça tout de suite.

— Je n'ai pas l'ombre d'un doute sur le fait que vous savez précisément comment ces mains ont atterri sous votre restaurant, dit Caffery en souriant. Je ne sais pas encore par quel bout je vais m'y prendre mais, croyez-moi, je vous coincerai. Vous savez très bien que vous avez fait quelque chose de mal. Il n'y a rien de pire que de sacrifier un autre être humain à la préservation de ses intérêts personnels. Je dirais donc que vous avez tout intérêt à me donner l'identité de la personne que vous avez payée.

— Je n'ai payé personne. J'ignore comment ces mains sont arrivées sous mon établissement.

— C'est forcément quelqu'un qui en sait long sur les coutumes africaines, ou qui côtoie des gens bien informés. Peut-être un sans-papiers qui négocie ses pouvoirs contre de l'argent ou une protection quelconque. A moins que ce ne soit une relation de travail ? Un de vos employés ?

— Non. Pardonnez-moi, mais vous m'avez déjà posé cette question tellement de fois… La réponse est non. Si vous cherchez à savoir comment ces mains ont atterri là, vous vous trompez de personne.

Caffery, perplexe, donna un nouveau coup de stylo à la table. La peur inscrite sur les traits du restaurateur lui donnait presque envie de le croire.

– Vraiment ? Et à qui devrais-je m'adresser ?

Mabuza s'essuya les yeux.

– Aux intellectuels.

– Aux intellectuels ? C'est-à-dire ?

– Les gens de l'université. Je suis victime d'un complot. J'ai des ennemis. Ils cherchent à me souiller.

– Auriez-vous l'amabilité de me donner des noms ? Il me faudrait un peu de grain à moudre.

– Vous savez, monsieur… fit Mabuza en sortant son mouchoir d'une main tremblante pour s'éponger le front. Je n'ai jamais été très courageux. Et ce que vous avez découvert sous le perron de mon établissement… Ce n'est pas une bonne nouvelle pour moi. Pas bonne du tout, répéta-t-il en regardant Caffery de ses yeux embués. Comment ces mains ont-elles pu arriver là, monsieur ? Cela veut-il dire que mon restaurant va fermer ?

On frappa à la porte. Caffery se leva et ouvrit. Un agent administratif attendait sur le seuil, avec à la main une feuille de papier pliée en deux dont il devina sur-le-champ la provenance. Le fax du labo. Il prit le document et revint s'asseoir, le posa bien en vue sur la table. Attendit quelques secondes avant de parler.

– Veuillez m'excuser, dit-il à Mabuza en reprenant la feuille. Ça vient du labo. Le rapport d'analyse des fibres.

Il recula sur sa chaise, déplia lentement la feuille et, certain de toucher au but, chercha des yeux le résultat qui l'intéressait.

– Comme je vous le disais tout à l'heure, nous avons procédé ce matin à…

– Qu'y a-t-il ?

Caffery venait de trouver. Négatif. Aucune correspondance. Les fibres retrouvées sous les ongles de Mallows ne provenaient pas du tapis de Mabuza. Il reposa la feuille et adressa à son collègue un sourire amer. On ne pouvait pas gagner à tous les coups.

– Alors ? insista Mabuza.

Il ne pleurait plus. Son expression était tendue.

Caffery se passa une main dans les cheveux. Il se leva et, d'un coup de pied, repoussa sa chaise contre la table.

Dehors, le crépuscule tombait. Ses hommes n'avaient certainement pas eu le temps de boucler leur tournée des associations : il faudrait donc attendre le lendemain matin. Et c'était bien dommage, car, en l'absence de résultat positif sur les fibres, il ne leur restait pratiquement pas d'autre piste valable.

– Rien, soupira-t-il. Rien du tout.

36

Empêche-les de nous remonter...

La journée s'achevait et l'ombre du plafonnier atteignait presque le mur du bureau paternel quand Flea, enfin levée, tira le vieux fauteuil en cuir face à son ordinateur portable. Après avoir démarré celui-ci en enfilant un cardigan, elle inscrivit « Boesmansgat » dans le champ du moteur de recherche.

Après l'accident, elle avait commencé par passer sa vie sur Internet. Une fois l'enquête classée, elle avait développé une forme d'addiction aux forums de discussion de plongeurs, qui regorgeaient de théories sur ce qui avait pu mal tourner au cours de cette plongée-là. L'énigme intriguait tous les spécialistes, amateurs ou professionnels : ses implications leur paraissaient à la fois effrayantes et excitantes. Qu'ils écrivent de Tasmanie, des Bermudes, des Hébrides ou d'ailleurs, sous un pseudo parfois accompagné d'une devise du style « Un bon plongeur ne se fait jamais prier pour descendre », ils apportaient leur contribution au débat en fonction de leur fuseau horaire et de leur expérience personnelle. Flea passait parfois la nuit à lire en silence leurs commentaires, dans l'espoir qu'ils parleraient de ses parents autrement que d'un point de vue purement technique, contente chaque fois que quelqu'un appelait sa mère « Jill » et son père « David » au lieu d'écrire « les Marley », cherchant dans les innombrables pages qui parlaient d'eux une mention de ce qu'ils avaient été avant de devenir les victimes du plus célèbre accident de plongée souterraine de l'histoire.

Elle se connecta d'emblée sur DiveNet, l'un des plus importants sites de plongée internationaux, et fit défiler la liste des forums jusqu'à en retrouver un consacré au trimix – ses parents avaient utilisé du trimix pour descendre à moins cent cinquante mètres, un choix controversé qui n'en finissait pas d'alimenter les discussions. Il y était souvent question de Boesmansgat. Peut-être aurait-elle la chance de tomber sur un intervenant qui connaissait la topographie du gouffre et l'existence du replat qu'elle avait vu pendant son trip.

A peine eut-elle rejoint le forum qu'elle constata une activité inhabituelle. Cinquante nouvelles contributions avaient été postées ces dernières trente-six heures – alors que la moyenne habituelle n'excédait pas les cinq ou six par jour. Quelqu'un devait récolter la moisson de félicitations d'usage après avoir réussi une plongée particulièrement délicate. Flea ne voulait pas envisager l'autre explication possible : que quelqu'un ait pu perdre la vie de la même façon que ses parents.

A mesure que les messages défilaient sous ses yeux, la chair de poule l'envahit. Elle cliqua sur l'un d'eux, et son cœur fit un bond dès qu'il apparut à l'écran. Elle le lut, le relut pour vérifier qu'il ne s'agissait pas d'une erreur, repoussa sa souris et fixa le texte d'un œil incrédule, sans vraiment le voir. Elle ne sentait plus rien. C'était impossible. Impossible.

Elle mit un temps infini à se rendre compte que le téléphone sonnait. Elle décrocha mécaniquement.

– Allô, fit une voix féminine. Allô ?

Flea se pencha en avant et cliqua sur le message suivant. Au bout du fil, la femme parlait toujours, mais Flea n'entendait pas. Scotchée à l'écran, elle lisait message sur message. Son cœur cognait si fort qu'elle en avait la migraine.

– Hé, Flea ? Tu es là ? C'est Mandy. Flea ?

Lentement, Flea porta le combiné à son oreille sans quitter l'écran des yeux.

– Mandy ? souffla-t-elle. Oui. Je suis là.

– Tu as l'air bizarre.

– Non, je…

– Essoufflée.

– Non.

– Ah. Je peux parler à ton frère ?

– Mon frère ?

– Oui, Flea. Ton frère. Thom. Tu te souviens ?

Tout lui revint d'un coup. Thom, sa voiture. L'alibi.

– Flea ? Il est là ?

– Euh, oui. Bien sûr qu'il… euh, qu'il est là.

– Tu me le passes ?

– Non. Il… il est dans le jardin.

– Il a éteint son portable.

– Oh… Ah bon ?

– Oui.

Et Mandy ajouta, après une pause :

– Tu es sûre que ça va, ma belle ?

– Ça va très bien.

– On ne dirait pas.

– Si, si.

– Alors appelle-le-moi, d'accord ?

– Non.

Mandy, estomaquée, inspira bruyamment.

– Non ? Tu viens de dire non ?

– Je ne peux pas. Il est… il est tout en bas, répondit Flea en se retournant vers les rideaux fermés. Au bord du lac.

– Au bord du lac ?

– C'est le genévrier. Il… il est en train de le tailler. Je… je lui dirai de te rappeler quand il remontera.

Et avant que Mandy ait pu répliquer, Flea reposa le combiné sur sa base et se rencogna dans son fauteuil en fixant sans ciller les mots qui lui brûlaient la rétine.

– Maman ? chuchota-t-elle en se redressant lentement pour reprendre la souris. Maman ?

Ben Crabbick et Andy Pearl n'avaient pas encore trente ans, mais ils plongeaient depuis l'enfance. Ces deux Australiens de la côte Ouest, passionnés de plongée extrême sans être pour autant des têtes brûlées, avaient exploré quasiment toutes les grottes immergées connues du globe et totalisaient à eux deux cinq cents heures de trimix. Un jour, dans la tristement célèbre John's Pocket, en Floride, Crabbick s'était retrouvé coincé à cause de ses bouteilles dans une étroite cavité à seulement quinze mètres de la surface. Pearl avait été obligé de lui faire partager son mélange pendant vingt minutes tout en se démenant pour le dégager. Ils avaient tellement paniqué qu'à leur retour à l'air libre, il leur restait moins de cinq bars en réserve. Mais cette expérience n'était rien, écrivait Pearl sur le forum de DiveNet, par rapport à ce qu'ils venaient de subir à Boesmansgat.

Pearl s'était connecté au réseau depuis Danielskuil, la ville la plus proche du gouffre. Il était indemne, avait une bière à portée de main et, sitôt que la pression était un peu retombée, il avait entrepris de raconter son histoire à un public avide, qui le bombardait de questions.

« Crabbick et moi, on était fans de Boesmansgat depuis des années, avait-il écrit. C'est à croire que ce trou émet des phéromones et que tous les potes qui y ont laissé leur peau essaient de nous attirer dedans. » Il ne voyait pas d'autre explication au fait que des plongeurs continuent à s'aventurer dans un entonnoir aussi vertigineux.

Pearl et Crabbick avaient trouvé des sponsors en Australie de l'Ouest pour soutenir leur défi. Tandis que les bouteilles de Pearl portaient le logo de la marque de montres de plongée Suunto, les bras et le dos de la combinaison de Crabbick étaient zébrés d'éclairs bleu et blanc – les couleurs d'un fournisseur d'accès australien à Internet. Chaque minute passée à moins trois cents mètres allongeait de plusieurs heures la durée de remontée : ils avaient donc décidé de ne rester que vingt secondes au fond, juste le temps de se photographier mutuellement, avec leurs logos bien visibles. Pearl eut la sagesse de respecter leur plan de plongée. Crabbick, le moins expérimenté des deux, ne fut pas aussi lucide.

A moins deux cent cinquante mètres, Pearl sentit qu'il y avait un problème du côté de Crabbick. Celui-ci se plaignait d'entendre un « oua oua » dans son casque – un son qui, pour Pearl, trahissait la présence dans le mélange de son coéquipier d'un résidu d'azote : il éprouvait sûrement les premiers symptômes d'une narcose. Son cœur se serra. Il n'était pas question pour lui de laisser Crabbick remonter seul en état de narcose, même si cela signait l'échec de leur projet. Une brève bouffée de haine l'assaillit. Mais il savait ce qu'il avait à faire.

– Hé, dit-il dans son micro. On remonte.

– Non.

– Si. On laisse tomber.

Dans une obscurité aussi totale, Pearl dut s'appliquer à maintenir sa torche braquée vers le buste de Crabbick pour ne pas l'aveugler. Il se livra à un rapide calcul : le premier plongeur de soutien devait être en train de les attendre au palier des cent mètres. L'être humain le plus proche se trouvait donc cent cinquante mètres au-dessus d'eux, c'est-à-dire à près d'une heure de nage en respectant les paliers de décompression. Pearl décida de faciliter leur retour en mousquetonnant Crabbick à la ligne-guide. La perspective de renoncer lui était douloureuse, mais il se sentait assez costaud pour remonter son ami. A condition de s'y coller tout de suite.

– On annule tout, Ben.

– Non. On va au bout. Ce serait trop con.

Sa voix était pâteuse – encore un signe de narcose. Pas de doute : son mélange déconnait.

– Désolé, Ben, mais il n'y a pas à discuter.

Pearl se tournait déjà vers la surface quand une main lui enserra puissamment le poignet. Il redressa sa torche et découvrit le visage masqué de Crabbick à quelques centimètres du sien. Ses pupilles étaient dilatées. Il secouait la tête. Il ne parlait pas, mais regardait fixement son ami, comme s'il ne le reconnaissait pas. Sur DiveNet, Pearl racontait qu'il avait eu l'impression de faire face à un possédé. Il écrivait aussi que si quelqu'un lui expliquait qu'un démon aquatique hantait les profondeurs de Boesmansgat, avide de posséder le premier plongeur venu, il serait prêt à le croire du seul fait de ce qu'il avait vu à ce moment-là dans les yeux de Crabbick.

— Ben... Ecoute-moi. Ici Andy. Tu te souviens ? Je suis Andy et je te dis qu'on va remonter. Tu réponds toujours oui.

Il le secoua au ralenti ; l'effort lui donna le tournis et fit siffler ses oreilles.

— Tu dis toujours oui quand je te demande de remonter.

Mais cette fois, au lieu de parler, Crabbick se dégagea de son étreinte et piqua vers le fond. Tout cela eut lieu en un clin d'œil : la seconde suivante, il avait disparu dans les ténèbres, laissant Pearl seul avec l'image d'une paire de palmes sortant du faisceau de sa torche.

— Ben ? Ben, putain ! Arrête. Arrête !

Pearl conserva sa position une vingtaine de secondes : son cœur s'emballait, ses tempes sifflaient de plus en plus fort, et toutes les règles qu'il avait apprises se bousculaient dans son esprit. Ne jamais descendre au-delà de ses propres limites pour porter secours à un autre plongeur, même pour lui sauver la vie. C'était gravé dans le marbre. Tu t'épuiseras, tu oublieras de surveiller ton matériel, et il y a d'énormes chances pour que ça fasse deux morts au lieu d'un seul. Laisse courir. Pearl savait tout cela, mais Crabbick était son meilleur pote. Ils se connaissaient depuis le lycée, et on ne lâchait pas un ami comme ça. Sa respiration était de plus en plus difficile. Son sang épaissi forçait son chemin dans ses artères. L'idée se fit jour en lui que si Crabbick était encore conscient après avoir touché le fond, il y aurait sans doute moyen de le persuader que le contrat était rempli et qu'il fallait remonter.

Pearl aurait peut-être été capable de descendre au fond de Boesmansgat, puis de supporter les douze heures d'effort nécessaires pour rejoindre la surface en portant son coéquipier. Sauf que, quand il toucha le sol, Crabbick n'était nulle part. Il s'accorda trente secondes de recherche, pas un dixième de plus, ce qui était loin de suffire. Le fond de la grotte était un indescriptible mélange de ténèbres et de solitude, et le seul impact de ses palmes sur la vase lui donna le tournis pendant dix bonnes secondes. La nausée finit par s'estomper, mais Pearl était toujours désorienté. Le faisceau de sa torche glissa sur un paysage désertique et spectral de longues dunes alluviales. Son ami demeurait introuvable.

Le cœur de plus en plus fatigué, il tira sur sa ligne-guide pour signaler qu'il remontait.

Ce fut, écrivait-il sur Internet, le pire moment de sa vie.

37

– Le plus dur a été de le faire tenir tranquille.

Le Marcheur était assis, les genoux relevés, et serrait entre ses doigts noirs un mug de cidre chaud. La lueur des flammes dansait sur ses traits, projetait des ombres dans les arbres derrière lui.

– J'ai d'abord essayé de le ficeler sur une chaise, mais ça ne marchait pas. Je l'ai vu tout de suite.

– Et alors ? Qu'avez-vous fait ?

– Du scotch.

– Ah, oui, le scotch. J'ai lu ça dans le dossier. Du scotch de déménageur, hein ? fit Caffery en s'allongeant sur le côté, en appui sur un coude. Marqué « Attention – Fragile ». Les médias en ont fait leurs choux gras. Ils adorent.

Le Marcheur émit un grognement.

– Je ne l'ai pas choisi. J'ai pris ce que j'avais sous la main.

– Bref, vous l'avez collé à sa chaise.

– Mais ça n'a pas marché non plus, je n'arrivais pas à travailler. C'est alors que je me suis souvenu qu'il y avait une planche à repasser dans le garage, adossée au mur. J'ai démonté les pieds et je l'ai scotché dessus. Il a encore fallu que je l'assomme, évidemment.

– Et là, ça a marché ?

Le Marcheur sourit.

– Oh, oui. Impeccable. J'ai redressé la planche et tout a été comme sur des roulettes.

Caffery était tombé plus ou moins par hasard sur le bivouac du Marcheur. Après avoir chargé un constable de Broadbury de rester pour la nuit au domicile de Mabuza – en expliquant à celui-ci qu'il s'agissait d'assurer sa protection rapprochée – il avait mis directement le cap sur City Road pour ramasser une fille.

Ça n'avait pas été long, et il s'était senti encore plus mal en repartant. Les mots du Marcheur le hantaient : *Vous cherchez la mort.* Il s'interrogea sur leur sens en repartant vers sa maison sous un ciel crépusculaire où luisaient déjà quelques étoiles, tandis que Bristol se dissolvait dans son rétroviseur en un halo orangé.

Il ne se mit pas consciemment à la recherche de son bivouac mais, n'ayant aucune envie de se retrouver entre quatre murs avec pour seule compagnie les programmes télévisés de deuxième partie de soirée et l'ombre massive des arbres, il continua de rouler vers l'est, presque jusqu'au Wiltshire. Il emprunta un itinéraire qu'il ne connaissait pas et se trouvait quelque part au sud de Bath, sur l'A36, lorsqu'il aperçut un petit feu entre les arbres à une centaine de mètres de la nationale. Il se gara, descendit de voiture et s'avança lentement dans le champ. A cette heure-ci, en général, le Marcheur dormait, mais pas ce soir-là. Ce soir-là, il était parfaitement réveillé, assis au beau milieu de ce champ, et semblait admirer par-dessus les flammes les reflets de la lune dans le lac de Farleigh Park, au pied de la colline. Caffery eut d'abord l'impression de le déranger. Le Marcheur leva une main pour saluer sa présence, mais sans le regarder. Il se gratta la tête d'un air perplexe et fit mine de scruter la route derrière son visiteur, là où se trouvait la voiture. Ce n'est qu'une fois que Caffery lui eut remis un second sachet de bulbes de crocus, tout en réitérant sa demande, que le Marcheur daigna réagir. Il rallongea d'un litre de cidre le breuvage mis à chauffer dans sa bouilloire, et lorsqu'ils furent enfin tous deux bien installés, avec un mug fumant et une cigarette allumée, il parla.

– Dès que j'ai commencé à lui inciser le nez, il m'a mordu, dit-il en approchant son poing serré des flammes. Je ne sais pas comment il a fait son coup, mais il a réussi à décoller sa tête de la planche, et clac. Il m'a chopé là, au poignet, comme un requin. J'ai bien cru que c'était cuit.

Allongé par terre, sa cigarette entre les dents, Caffery ferma les yeux et s'efforça de visualiser la scène : Craig Evans pissant le sang, scotché sur une planche à repasser. Il savait à quoi ressemblait son visage avant les faits pour l'avoir vu en photo mais parvint néanmoins, en pressant les paupières, à y substituer celui qui le poursuivait dans ses fantasmes : le visage d'Ivan Penderecki.

– Je l'ai frappé à la tempe, et il est quasiment retombé dans les pommes. Il a desserré les mâchoires ; à ce moment-là je l'ai pris par les cheveux et je lui ai scotché la tête à la planche. On ne voyait plus que sa figure, ses mains et... ses couilles, sa bite. Ça, je m'en étais déjà occupé. Je n'avais eu qu'à ouvrir sa braguette et tout était venu. Ça pendouillait depuis le début, un peu comme un pense-bête.

– Et après ? interrogea Caffery, toujours focalisé sur les traits de Penderecki. Qu'est-ce qui s'est passé ?

– J'ai fini de lui trancher le nez.

– C'était comment ?

– Vous avez déjà découpé un poulet pour le déjeuner du dimanche ? Je faisais ça régulièrement, avant Evans. Vous voyez ce qui se passe quand on sépare la cuisse du pilon ? Quand on l'arrache ? C'était quelque chose dans ce goût-là.

Caffery avait les mains qui tremblaient. Serrant les mâchoires à s'en craqueler l'émail des dents, il se repassa toute la scène : Penderecki en train de hurler, les cartilages grinçant et lâchant à mesure que s'enfonçait sa lame.

– Les yeux, ça a été plus facile que je ne pensais. Je ne me serais jamais cru capable d'enfoncer comme ça mes pouces dans les orbites de quelqu'un, mais je l'ai fait. Il est reparti dans le cirage.

– Et vous avez attendu ?

– J'ai attendu qu'il se réveille. Il essayait de gigoter, de se débattre, mais il n'y arrivait plus. Il vomissait, aussi. Toutes les dix minutes à peu près, il vomissait.

Et le Marcheur ajouta en souriant, après un silence :

– Mais je ne vous ai pas encore raconté le meilleur.

– Non ?

– Oh non.

En l'entendant glousser, Caffery résista à l'envie de rouvrir les yeux. Peut-être parce qu'il craignait de se retrouver face à un gnome ricanant.

– Non. Le meilleur, c'est quand je lui ai coupé la queue. Ça m'a procuré plus de plaisir que tout le reste.

– De plaisir ?

– Oui, Jack Caffery, policier. Du plaisir. Parce que c'est bien de ça qu'on parle. Du plaisir que j'y ai pris. Je ne vais pas me lamenter sur ce que j'ai fait. Jamais, au grand jamais je n'exprimerai de remords, quelles que soient vos attentes. Je suis ici pour vous dire que de ma vie je n'ai jamais éprouvé plus de plaisir que quand j'ai châtré ce type. Je lui ai pris les roustons à pleine main. J'ai tiré dessus pour les écarter au maximum. Et j'ai coupé – ma lame s'est enfoncée comme dans du beurre. Puis la peau a cédé d'un seul coup, comme un élastique, et je me suis retrouvé avec ses couilles au creux de la paume.

Caffery déglutit.

– Et ensuite ? demanda-t-il en s'efforçant de maîtriser sa voix. Qu'est-ce qui s'est passé ?

– Ensuite, il y a eu son pénis. J'ai mis du temps. Il n'arrêtait pas de tourner de l'œil, et je devais attendre chaque fois qu'il revienne à lui.

– C'était comment ?

– Un peu comme quand on coupe un steak. Pas difficile. J'ai incliné la planche en arrière et je lui ai mis une plaque de bois sur les cuisses pour bénéficier d'un appui stable. Ça valait mieux. Je me suis servi d'un couteau-scie. Le bois buvait son sang.

Ils restèrent longtemps sans parler. On n'entendait aucun son, hormis la rumeur lointaine de l'autoroute. Caffery s'efforçait de bouger le moins possible. Sur l'écran de ses paupières closes, Penderecki était toujours collé à la planche à repasser ; seuls son visage et son bas-ventre restaient visibles, la planche et le sol baignaient dans le sang. Il aurait fait ça dans une des pièces du fond du pavillon familial, côté voie ferrée, parce que c'était là qu'Ewan avait été vu pour la dernière fois. Pour que Penderecki ait sous les yeux sa propre maison, ses propres lampes allumées, et cette tranchée où Ewan et lui avaient tant aimé jouer. Caffery supposa que lui aussi aurait filmé la scène en vidéo, comme le Marcheur.

– Pourquoi l'avoir crucifié ?

– Pourquoi je l'ai crucifié ? répéta son vis-à-vis avec un rire qui sonnait creux. Ça, monsieur le policier, c'est entre lui et moi.

– C'est un geste étrange.

– Oui. Tout comme il est étrange pour un homme de violer une petite fille de huit ans. De la violer quatre fois en trois heures, et de la tuer après.

Caffery souleva les paupières. Le Marcheur était toujours assis dans la même position, serrant son mug de cidre, les yeux rivés sur l'horizon. Un goût métallique lui envahit la bouche lorsqu'il se demanda si l'homme qui lui faisait face était capable de voir la mort de son unique enfant sans fermer les yeux. Lui-même n'avait jamais cessé de voir celle d'Ewan. Pourquoi serait-ce différent pour le Marcheur ?

– Et ensuite ? demanda-t-il quand il eut la certitude que sa voix ne le trahirait pas.

– Ensuite, j'ai appelé les pompiers.

– Sur l'enregistrement, votre voix est calme. D'après le procureur, vous leur avez parlé comme si de rien n'était.

– C'est exact.

– Alors qu'on entendait Evans hurler derrière vous.

– Oui. Il hurlait. Et vous savez ce qu'il hurlait ? Ça ne s'entend pas sur la bande et il n'en a pas été question au procès, mais… vous savez ce qu'il criait ?

Caffery hésita. Il referma les yeux et se laissa sombrer au plus profond de lui-même en sentant une tension envahir la région de sa poitrine où, il le savait, certaines vérités restaient enfouies.

– Je n'en sais rien, mais je dirais…

– Oui ? Vous diriez ?

– Je dirais qu'il réclamait sa mère.

Dans l'obscurité, le Marcheur poussa un long soupir.

– Vous avez raison. Il appelait sa mère.

38

La nuit était tombée. Toujours assise dans le bureau, les yeux rivés à son écran, Flea ne se donna pas la peine d'allumer une lampe ou d'aller fermer la fenêtre. La discussion électronique se prolongea plusieurs heures, ponctuée de bips d'alerte saluant l'arrivée de chaque nouveau message. Andy Pearl tentait d'expliquer ce qu'il avait ressenti en atteignant le premier palier de décompression puis en griffonnant un message frénétique sur une ardoise au plongeur de soutien, lequel n'avait pas d'émetteur, pour lui annoncer que c'était fini pour Crabbick – ce qui lui avait valu de voir l'autre secouer vivement la tête et tendre une main gantée vers la surface. Non, Crabbick n'était pas mort au fond de la grotte. Il était bien vivant et s'accrochait à la ligne-guide plusieurs mètres au-dessus d'eux, dans l'eau noire.

Il avait vaincu la narcose. Sans qu'on sache comment – personne n'aurait pu expliquer quelle alchimie lui avait permis d'accomplir un tel prodige –, il avait réussi à toucher le fond, à y rester quelques secondes, puis à remonter. Il était néanmoins en piteux état, et quand ils atteignirent enfin la surface, dix heures plus tard, l'équipe de soutien dut le sortir de l'eau. Il était tout pâle, racontait Andy Pearl. Un certain nombre de petits vaisseaux sanguins avaient éclaté dans le blanc de ses yeux et au pourtour de ses narines, et il soufflait comme un type tentant de regonfler un vieux matelas pneumatique, mais il était conscient. Vivant. Il avait même pu prononcer quelques mots avant d'être embarqué à l'hôpital par les secouristes. Et c'étaient justement ces quelques mots adressés à Pearl qui avaient fait bondir le cœur de Flea. Sur son brancard, Crabbick avait pris la main de son camarade et murmuré d'une voix pâteuse :

– Les Marley... Je les ai vus échoués sur un replat, près du fond.

Une main sur le front, elle essaya de reconstituer les sensations de Crabbick. L'écho de son souffle dans le recycleur, et soudain, dans le faisceau solitaire de sa torche, une main à l'état de squelette surgie des volutes de vase. Son père et sa mère, accrochés à la paroi de Boesmansgat. En son for intérieur, elle s'en rendit brusquement compte, une petite lueur d'espoir n'avait jamais cessé de briller : l'espoir illogique qu'ils avaient survécu à l'accident, que Thom, les unités de soutien et l'ibogaïne s'étaient tous fourvoyés et que ses parents étaient aujourd'hui en lieu sûr après avoir réussi à s'extraire de Boesmansgat par une autre voie.

Elle aurait voulu écrire à Pearl, lui poser ses propres questions : *Crabbick est-il sûr d'avoir vu les Marley ? Il a pris des photos ? As-tu une idée de leurs coordonnées ? Et surtout, pourrais-tu me dire à quelle distance du fond ça s'est passé ? Cinq mètres ? Dix mètres ?*

Mais Pearl serait incapable de lui donner ces précisions. Il suffisait de voir comment il répondait aux autres. Crabbick était hospitalisé et ne pouvait encore rien dire. *Laissons-lui le temps de souffler,* écrivait-il sur le forum chaque fois que quelqu'un essayait de lui soutirer des détails. *Laissons-lui le temps de reprendre un peu de poil de la bête – au moins de sortir de l'hosto – et on verra tout ça après, OK ?*

Flea fit défiler le flux de messages en sens inverse pour déterminer à quand remontait l'incident. La première mention de la découverte de ses parents datait du jeudi très tôt. La nouvelle circulait donc depuis trente-six heures sans qu'elle en sache rien. Ce qui ne l'avait pas empêchée d'entendre sa mère l'avertir. *Cette fois, ils vont nous retrouver.*

Elle avait froid et se frictionna les bras. C'était impossible, non ? Exhumer des souvenirs ou des idées qu'elle n'avait jamais vraiment réussi à exprimer, soit. Mais communiquer avec les morts ? N'était-il pas plus vraisemblable qu'elle se soit connectée sur ce site au cours des dernières trente-six heures mais qu'elle l'ait oublié sous l'effet de l'ibogaïne ? Elle tenta de remonter le temps : Kaiser s'était servi de l'ordinateur pendant son trip, elle avait entendu le bruit de ses doigts sur le clavier. Peut-être s'était-il absenté et peut-être avait-elle quitté le canapé à ce moment-là, mue par la seule force de son instinct, pour s'asseoir à sa place et se mettre à surfer sur DiveNet ? Qu'as-tu à me dire là-dessus, Kaiser ? se demanda-t-elle en regardant la lune émerger de la ligne de peupliers. Si je te disais que j'ai parlé avec les morts, quelle serait ta réaction ?

Elle sortit son portable et l'appela. A cette heure-ci, en général, il n'était pas couché : il bricolait dans l'une ou l'autre de ses extensions et, souvent, n'entendait pas le téléphone. Elle lui laissa le temps de regagner le corps principal de la maison, mais finit par raccrocher au bout d'une trentaine de sonneries, n'ayant toujours pas obtenu de réponse. Décidée à aller le relancer chez lui, elle se leva et récupéra les clés de la voiture de son frère derrière la porte. Une phrase lui revint en mémoire pendant qu'elle enfilait son blouson.

Ils s'imaginent qu'ils vont pouvoir parler aux morts parce qu'ils s'injectent un peu de merde dans le bras.

Tig, pensa-t-elle. Et toi ? Qu'est-ce que tout ça t'inspirerait ? Elle composa son numéro en s'habillant, et il répondit après six sonneries, hors d'haleine. Elle l'imagina au côté de sa mère immobile au milieu de sa chambre, coincée entre ses rêves, son scanner et son bouquet de chaînes gratuites.

– Allô, ahana-t-il. Ouais, qu'est-ce qu'il y a ?

– Tig, dit-elle en fermant son blouson. Il s'est passé un truc bizarre.

Elle l'entendit renifler.

– Je suis content que tu m'appelles, répondit-il sèchement. Je suis content parce que tu as tenu parole. Ça fait toujours plaisir.

Flea hésita, désemparée. Avait-elle promis de l'appeler ? La mémoire lui revint tout à coup. Lorsqu'ils s'étaient quittés après leur visite à Mabuza, les derniers mots de Tig avaient été : « Surtout, rappelle-moi. » Et elle avait répondu : « Oui, promis. »

Elle l'entendit se déplacer ; un discret tintement métallique lui suggéra qu'il avait dû passer dans la cuisine.

– J'ai attendu, reprit-il. Et ça y est, tu me rappelles enfin. Ça fait du bien, comme je te disais, c'est une preuve de respect.

– Excuse-moi, dit-elle, abattue.

– Comment va ton connard de petit ami ? Il est reparti tirer sa crampe ?

– Quoi ?

Tig éclata de rire.

– Il aime les filles faciles, si tu vois ce que je veux dire.

– Non, je ne vois pas.

– Tu devrais lui demander s'il s'habitue à la région. Ou lui proposer tes services de guide touristique, tiens : emmène-le donc faire un tour sur City Road.

– Tig, s'il te plaît. Je t'appelle parce que j'ai besoin de toi, vraiment besoin. Je suis désolée de ne pas m'être manifestée plus tôt mais je t'en prie, parle-moi normalement. Pas en code. Ou alors, on en reste là pour aujourd'hui et on se rappelle plus tard. Il va falloir que je sorte.

Il ricana.

– D'accord, finit-il par dire d'un ton léger. Restons-en là.

Et avant qu'elle ait pu réagir, il raccrocha.

Elle resta un moment à fixer l'écran de son portable, incrédule. Merde, merde et merde. Elle sélectionna le numéro de Tig et s'arrêta dans le couloir, en blouson, pour composer un sms laborieux. La sonnerie du téléphone fixe l'interrompit au beau milieu de sa tâche. Elle sursauta, rempocha ses clés et revint dans le bureau pour décrocher.

– Kaiser ?

– Non, c'est Mandy. Qu'est-ce qui se passe ?

– Mandy…

– Oui. Mandy. Ecoute, Flea, j'ai essayé de le joindre toute la soirée, et soit il a éteint son portable, soit il refuse mes appels. Il faut que je lui parle.

Flea se gratta le cuir chevelu.

– Une seconde.

Elle reposa le combiné et sortit dans le couloir. Il faisait nuit noire ; elle n'avait pas réalisé qu'il était aussi tard.

– Thom ? lança-t-elle aux ténèbres. Thom ? Tu es là ?

Elle attendit, compta mentalement jusqu'à cinquante, puis revint vers le téléphone.

– Mandy ? Il ne répond pas. Il doit être dans la remise. Je lui dirai de…

– Dans la remise ? Il est presque onze heures, on n'y voit rien là-dedans. Qu'est-ce qu'il fiche ?

– Je ne sais pas. Je lui dirai de te rappeler quand il…

– Tu m'as déjà dit ça tout à l'heure. Pourquoi est-ce qu'il me ment ?

– Il ne te ment pas.

– Tu es sûre ? Parce que s'il me ment, je le tuerai.

Et elle ajouta, avant que Flea ait eu le temps d'ouvrir la bouche :

– Je ne plaisante pas. S'il me ment, je le tuerai.

Flea se redressa, tourna les yeux vers le jardin drapé de nuit où Thom et elle avaient joué toute leur enfance.

– Tu sais quoi, Mandy ? lâcha-t-elle froidement. Va te faire foutre. Il t'appellera quand il sera prêt.

Et elle raccrocha fiévreusement. Elle ressortit les clés de sa poche et se dirigeait vers la porte lorsqu'un faisceau de phares venu de l'avant balaya le salon. Elle se précipita à la fenêtre d'une pièce latérale, souleva un coin de rideau, et vit sa Focus s'engager sur l'allée menant à l'arrière du cottage. Thom. Enfin.

Elle rebroussa chemin vers la porte du fond et l'ouvrit, soudain très fatiguée. Elle avait tant de choses à lui dire qu'elle ne savait pas par où commencer.

Elle ne se rendit pas immédiatement compte qu'il y avait un problème, malgré la vitesse à laquelle la voiture déboulait de l'allée. Malgré la gerbe de gravier que celle-ci souleva en pilant, puis en reculant brutalement dans l'ombre d'un gros genévrier. Elle pensait toujours à ce qu'elle venait d'apprendre sur Internet. Ce ne fut qu'une fois qu'il l'eut contournée pour entrer, quand elle le vit se débarrasser de son manteau et filer dans la salle de bains, qu'elle comprit qu'il pleurait. Elle le suivit jusqu'au seuil et le regarda offrir son visage au jet du robinet en respirant vite et fort, parcouru de tremblements. La rumeur d'un second véhicule s'amplifia derrière eux en même temps qu'une autre paire de phares illuminait le côté de la maison.

– C'est un flic, lâcha Thom en se redressant pour prendre une serviette sur l'étagère. Un flic. Il me suit depuis l'A36.

Le mouvement de phares cessa : Flea comprit que le deuxième véhicule venait de s'immobiliser devant la porte du fond.

– Un flic ? murmura-t-elle, abasourdie. Mais... qu'est-ce qu'il te veut ?

– Oh, merde, fit Thom en pressant la serviette contre ses yeux.

– Thom ? Thom, qu'est-ce que... ?

Une idée terrible lui traversa l'esprit. Elle tira sur la serviette, le força à se découvrir. Son frère avait les traits boursouflés, les yeux injectés. L'haleine chargée.

– Bon Dieu, Thom !

Il voulut se détourner, honteux ; elle lui prit le poignet pour l'obliger à lui faire face.

– Thom ? Qu'est-ce qui t'a pris ? Tu empestes l'alcool. Tu es débile, ou quoi ?

– Je suis désolé. Désolé, répéta-t-il en secouant la tête. C'est juste que tout a foiré, et... si tu savais comme ça a foiré...

Derrière eux, la sonnette retentit. Une silhouette sombre se découpait de l'autre côté de la porte, brouillée et déformée par le vitrail. Flea la regarda d'un œil vide.

– Je t'en supplie, va lui parler, dit Thom, toujours aussi agité. Pitié, Flea, débarrasse-moi de lui. Je ne te demanderai plus jamais rien. Je te le jure. S'il te plaît ! insista-t-il d'une voix vibrante de terreur, en lui étreignant le bras. Débrouille-toi pour qu'il s'en aille. Vite !

Dans le bureau, le téléphone s'était remis à sonner. Mandy, sans doute. Dehors, le policier frappa, sonna encore. Flea ferma les yeux et compta jusqu'à vingt pour retrouver un semblant de calme. Elle inspira profondément, ramena une mèche derrière son oreille.

– Ça va aller, dit-elle. Monte à l'étage.

Il s'était remis à pleurer.

– Je suis navré. Vraiment navré.

Elle le poussa sans peine vers l'escalier – elle avait toujours été beaucoup plus forte que lui.

– Va dans la chambre du fond. Fais semblant de dormir.

La sonnette tinta de plus belle et le policier plaqua une main sur le vitrail, cherchant à discerner l'intérieur. Elle attendit que Thom ait fini de gravir l'escalier, tête basse, en traînant ses vieilles semelles boueuses. Le cœur serré, elle alla à la porte et l'ouvrit.

C'était un jeunot de la brigade de la circulation d'Almondsbury, basée dans les mêmes locaux que l'unité de Flea. Elle le reconnut sur-le-champ – elle lui avait deux ou trois fois adressé la parole devant le distributeur en venant prendre une barre chocolatée. Un type trapu, affligé d'une calvitie naissante qui lui faisait un V en haut du front. Son nom était Prody, ou quelque chose dans ce goût-là, mais tout le monde l'appelait « le taré de l'autoroute » parce qu'il s'éclatait à courser les amateurs de gymkhana de la M5. Elle sentit à sa façon de respirer qu'il prenait sur lui pour rester calme.

– Dites donc, lança-t-il de but en blanc, j'aurais préféré m'abstenir, mais le temps qu'on m'annonce que c'était vous au central, la procédure était déjà trop engagée pour que je puisse lâcher l'affaire, surtout que… vous ne vous êtes pas arrêtée, ajouta-t-il en la fixant d'un œil incrédule. Pourquoi vous n'avez pas obtempéré ?

Flea resta de marbre, cherchant à comprendre. La lumière du perron se reflétait sur le pare-brise de sa Ford Focus gris métallisé visible derrière l'agent, garée en travers près des buissons. La voiture de patrouille de Prody, dont la portière était restée grande ouverte, faisait face à la fenêtre du salon. Flea se demanda s'il l'avait vue parler à Thom.

– Je… j'étais pressée.

– Pressée ?

– Oui. Enfin, bref, le truc classique… commença-t-elle en indiquant la porte entrouverte de la salle de bains, restée éclairée. Vraiment, j'avais un besoin urgent de… vous voyez ce que je veux dire. Ce n'est pas une excuse, mais…

– C'était vous, alors ? Qui conduisiez ? demanda-t-il en s'essuyant le front. Je n'y voyais pas grand-chose de derrière, mais j'aurais eu tendance à croire que c'était quelqu'un d'autre, à voir la façon dont vous preniez les virages. Et vous ne m'avez pas vu ? On aurait pu se tuer tous les deux.

Il l'étudia quelques secondes en silence, le visage secoué de tics de colère. Flea tenta de garder une contenance en s'imaginant qu'un voile tombait derrière ses yeux. En s'imaginant qu'elle serait capable de percer un trou dans le front de ce crétin rien qu'en vrillant son regard sur la pointe du V.

– Je regrette, enchaîna-t-il, mais on va devoir aller au bout de la procédure.

– La procédure ? Mais je suis…

– C'est que le truc est déjà sur les rails, vous comprenez. Les copains ont déjà votre numéro de plaque, ils savent que vous avez commis une infraction. Ils attendent la suite, et si j'annule le P-V après tout ce que je leur ai raconté par radio, ça leur paraîtra foutrement suspect, croyez-moi.

Flea soupira. Ça n'en finira donc jamais, songea-t-elle en levant les yeux vers les étoiles. Elle s'effaça pour laisser passer Prody.

– Et merde, grommela-t-elle en rouvrant son blouson. Allez-y, entrez.

39

Immobile dans sa petite cuisine encombrée d'objets familiers, Flea fit de son mieux pour se rassurer. Son esprit débordait de questions. Pourquoi cet abruti de Kaiser ne répondait-il pas au téléphone ? *Kaiser,* pensa-t-elle, *il faut que je te parle.*

La bouilloire sifflait ; elle remplit la théière en se demandant à quel point son frère avait pu faire sortir Prody de ses gonds. Ce mec était l'archétype du flic borné qui, dès lors qu'il décidait « d'aller au bout de la procédure », ne savait plus s'arrêter. S'il était vraiment énervé, il risquait de la faire souffler dans le ballon. Or elle avait pris de l'ibogaïne. Cette foutue racine risquait de lui valoir un contrôle positif. N'importe quoi, se dit-elle en secouant la tête. L'éthylomètre mesurait uniquement le taux d'alcoolémie. Sauf que la chimie n'était pas son fort. Et si l'ibogaïne déclenchait malgré tout une réaction ?

Une fois la théière pleine, elle sortit des tasses et des soucoupes, des cuillers et une boîte de gâteaux. Lorsqu'elle plaça quelques biscuits au gingembre sur une des assiettes en porcelaine de sa mère, ses doigts tremblaient. Et les biscuits ne cessèrent de voyager à travers l'assiette pendant son trajet vers le salon.

– Vraiment, vous ne m'avez pas vu ?

Prody semblait s'être un peu calmé. Il respirait moins vite, et son visage éclairé par une lampe de table placée à hauteur de son coude avait repris un aspect normal.

– Je veux dire, quand même, mon gyro tournait depuis le rond-point de Beckington, et vous n'avez rien vu ?

Flea déposa son plateau, s'assit dans le fauteuil face à lui et se massa les tempes. Pendant quelques secondes, on n'entendit que le tic-tac de la pendule sur la cheminée.

– Vous savez, répondit-elle enfin en baissant les mains, je crois que je vais avancer mon rendez-vous semestriel chez le psy. Je veux dire, on finira tous par devenir dingues. Vous êtes suivis aussi, à la circulation ?

– Non, mais je comprends que vous en ayez besoin, vous autres. On m'a raconté comment c'était en Thaïlande – tous ces cadavres, tous ces pauvres gens que vous n'aviez aucune chance de retrouver...

Il enfourna un biscuit. Quand il se pencha en avant pour en prendre un deuxième, son gilet fluorescent couina.

– J'imagine que le pire, c'est les gosses, hein ? C'est à se demander comment font les parents pour tenir le coup.

– Oui. C'est vrai.

– Il y en avait beaucoup en Thaïlande, pas vrai ? Beaucoup de petiots ?

– Pas mal.

– Et les blessés – les enfants –, ça a dû être terrible. Pour les parents, je veux dire. De les voir comme ça.

– Oui. C'est sûr.

Flea resta un moment silencieuse, puis :

– Vous savez qu'on vient de retrouver une paire de mains dans le port, je suppose ?

– Des mains ? Non. Y a plus grand-chose qui filtre, par les temps qui courent.

– Eh bien, il a encore fallu que ça tombe sur moi. Elles étaient enterrées sous le perron d'un de ces restaus du quai. Et je ne sais pas pourquoi, mais ça m'a marquée – encore plus que mes autres missions. On pourrait croire qu'avec tout ce que j'ai vu, la Thaïlande et le reste, les gosses...

– Ouais, les gosses.

– On pourrait croire que c'est moins dur de ramener un morceau de corps qu'un corps entier. N'est-ce pas ?

– Oui.

– D'où la question que je me pose : pourquoi ai-je craqué cette fois-ci, à cause de ces mains ? C'est peut-être l'accumulation, peut-être que le vase déborde. Peut-être que ça n'a rien à voir avec ces mains mais que je paie l'addition de ces dernières années. Tout ce que je sais, c'est que... la pression monte là-dedans, dit-elle en se touchant le front. Et dans ces moments-là, je ne peux même plus me regarder dans la glace.

Elle l'observa à la dérobée, guettant un signe d'attendrissement, et crut voir ses traits se relâcher.

– Pour tout vous dire, ajouta-t-elle, je crois que vous devriez m'arrêter. Me coffrer pour la nuit. Ça me ferait du bien.

– Je connais ce sentiment-là, sergent. On aimerait tous avoir une chance de décompresser un bon coup.

Il sourit. Flea lui rendit son sourire, soulagée. Elle avait trouvé la faille. Elle s'apprêtait à lui présenter à nouveau l'assiette de biscuits quand il changea de position sur le canapé pour sortir de sa poche son carnet à souches et un éthylomètre. Flea s'interrompit au beau milieu de son geste, penchée en avant.

– Je vais vous dire ce qu'on va faire, dit-il en se tapotant la tempe du bout de son stylo. Je n'ai pas signalé d'excès de vitesse au central, mais les gars savent que je vous soupçonnais d'être bourrée.

Il s'éclaircit la gorge en observant les carafes de la vitrine, qui étincelaient dans la lumière comme des boules de Noël.

– Donc, reprit-il, on va juste prendre une petite mesure et ce sera réglé, OK ? Je veux dire, vous n'avez pas l'air bourrée, et vous ne sentez pas l'alcool.

– Normal : je ne suis pas bourrée.

– Il faudrait juste... éliminer cette possibilité.

Un peu gêné, il alluma son éthylomètre, attendit que la procédure de contrôle automatique soit terminée, et ajusta l'embout.

— Quoi, vous allez me faire souffler là-dedans ?

— Il faut bien que quelqu'un souffle.

— Nous ne sommes pas en salle de garde à vue. Il n'y a personne pour nous filmer.

Il sourit à nouveau, comme s'il ne comprenait pas l'allusion.

— Simple confirmation. Mon service se termine dans dix minutes.

Flea soutint son regard.

— Annuler le P-V vous poserait peut-être des problèmes, dit-elle, mais rien ne vous empêche de souffler vous-même dans ce ballon. Personne n'en saura rien.

Prody feignit de ne pas l'entendre.

— Je vous prie de bien vouloir me fournir un échantillon de votre haleine à des fins de contrôle d'alcoolémie, en vertu des pouvoirs qui me sont conférés par la...

— C'est bon, coupa-t-elle en se levant pour lui arracher l'appareil des mains. Je connais la chanson.

Il ouvrit la bouche pour protester, les yeux toujours rivés sur son éthylomètre, mais elle resta plantée devant lui et souffla dans l'embout sans s'interrompre pendant cinq ou six secondes, jusqu'à ce que l'appareil ait émis un petit clic suivi de deux bips. Elle l'écarta de ses lèvres et jeta un coup d'œil à l'écran LCD : ANALYSE EN COURS.

— Voilà, dit-elle en le rendant à Prody.

Elle se rassit et le regarda scruter son écran, furieuse. Au bout de quelques secondes, un nouveau bip se fit entendre. L'expression de Prody demeura inchangée. Il se pencha au-dessus de la table basse et lui montra le résultat. ZÉRO, annonçait l'écran.

Flea esquissa un petit sourire. Elle lui aurait bien balancé une remarque du genre : « Te voilà bien avancé, petit merdeux », mais elle préféra s'abstenir. Mieux valait garder son sang-froid avec les flics de la circulation, les tarés de l'autoroute. Elle attendit qu'il ait fini de griffonner sur son carnet, puis se leva et alla lui ouvrir la porte, en laissant poliment le bras tendu pour l'inviter à sortir.

Dix minutes avaient passé, et les muscles de Caffery étaient tellement noués qu'ils commençaient à être douloureux. Il rouvrit les yeux et se rassit avec raideur. Il dut se frotter les paupières. La lune avait glissé dans le ciel, mais le Marcheur était toujours assis à la même place, sur son tapis de mousse, et contemplait le feu d'un œil vague comme s'il avait oublié la présence de son visiteur.

Caffery s'éclaircit la gorge.

– Je me demandais... Vous m'avez dit que je cherchais la mort, vous vous souvenez ?

N'ayant pas obtenu de réponse, il se leva péniblement. Il était fourbu, transi jusqu'aux os. Ses yeux tombèrent sur le Marcheur, qui ne semblait pas l'avoir entendu. Il sortit ses clés de sa poche et les agita brièvement. Le Marcheur s'essuya les paupières comme pour chasser des larmes mais garda un air lointain. On aurait dit qu'il livrait une bataille ailleurs, dans un autre univers.

– Qu'est-ce que ça voulait dire ? insista Caffery d'une voix sourde en se plantant devant lui. Je n'arrive plus à me sortir ça de la tête, que je cherche la mort. Qu'est-ce que ça signifie ? Vous avez ajouté que vous étiez pareil, que vous aussi, vous cherchiez la mort.

Le Marcheur ne répondit pas. Il restait assis là, son mug entre les paumes ; dans ses yeux sombres et sagaces se réfléchissaient les flammes moribondes.

Caffery se baissa, posa son propre mug près du feu, et se redressa. Il venait de pivoter sur lui-même et pointait sa clé sur sa voiture quand une main lui saisit la cheville. Il se retourna, surpris, et vit le Marcheur couché par terre comme un serpent, la tête levée vers lui ; les tendons de son cou saillaient violemment, soulignés d'ombres, et un éclat lunaire brillait dans ses prunelles.

– La mort et moi, on est comme cul et chemise, souffla-t-il. Je la connais par cœur.

– Quoi ?

– Ça ne saute pas aux yeux ? Vous ne voyez pas qu'on est intimes, elle et moi ?

Caffery sentit les ongles noirs du vagabond s'enfoncer dans sa chair ; il tenta en vain de libérer sa cheville prise en étau.

– Hé. Lâchez-moi.

Le Marcheur serra plus fort.

– Je vois la mort où que j'aille. Je l'attire comme un aimant. Je la fais venir. Je l'ai encore vue tout à l'heure, là-bas, dit-il en indiquant la route. Je la regardais dans le blanc des yeux avant votre arrivée. On était nez à nez. Et, si je ne m'abuse, elle me tiendra toujours compagnie.

Caffery réussit à se dégager et, pantelant, étudia le visage du vagabond, sa tignasse hirsute, les reflets du ciel nocturne dans ses prunelles.

– Qu'est-ce que c'est que ces conneries ?

Le Marcheur renversa la tête en arrière et s'esclaffa comme s'il n'avait jamais rien entendu d'aussi drôle. Il se mit d'abord à genoux puis se leva, riant de plus belle.

– Bonne nuit, dit-il en levant une main. Bonne nuit, policier. Faites de beaux rêves.

Et il tourna le dos, sortit son duvet d'une housse étanche et reprit ses préparatifs. Après l'avoir regardé faire un moment, Caffery traversa le champ en sens inverse à pas lents.

Il y avait de la lumière chez les Oscar, à une des fenêtres d'où Katherine aimait épier les Marley. Flea s'en aperçut à la seconde où elle ouvrait la porte pour congédier le constable Prody. Elle remarqua aussi une forme, qui pouvait aussi bien être un rideau de travers qu'une silhouette aux aguets. Elle réfléchit à ce que Katherine avait pu voir de là-haut : l'arrivée de Thom en voiture, peut-être, et Prody frappant à la porte. Elle envisagea une seconde cette possibilité puis, parce qu'elle était fermement décidée à ne plus se laisser empoisonner la vie par ses voisins, elle la chassa de ses pensées et se força à sourire à son collègue de la circulation.

– Au revoir, dit-elle d'un ton uni. Bonne nuit.

Elle lui tenait toujours la porte ; Prody sortit comme à regret. Il s'avança d'un pas sur le gravier et leva la tête vers les étoiles. Puis il embrassa du regard les pelouses qui descendaient vers le lac, le rang de peupliers élagués qui bordait la propriété, les amples volées de marches. Elle savait déjà ce qu'il allait dire. Qu'elle s'était sacrément bien débrouillée, à vingt-neuf ans et avec son salaire de sergent, pour se retrouver propriétaire d'un terrain pareil. Aussi la surprit-il en lâchant :

– Je n'étais pas au courant pour les mains. Je l'avoue. Mais j'ai entendu parler de l'autre affaire.

– Quelle affaire ?

– Le braquage du monospace. L'année dernière.

– Oh. Ça.

– Ouais. Ça. Et bon, ça vaut ce que ça vaut, mais j'ai trouvé qu'ils avaient été durs avec vous. Je veux dire, vous cherchiez juste à donner un coup de main.

– Vous aimez bien les ragots, pas vrai ? A la circulation ?

Il rejeta un peu la tête en arrière et se grattouilla le menton.

– Vous voulez savoir ce qu'on en disait, à la circulation ? A la circulation, on disait que vous étiez bien partie pour devenir inspectrice.

Elle posa sur lui un regard froid.

– Et pourquoi ça ?

– Parce que les types de la Crim, dans le coin, ont des putains d'œillères et qu'ils auraient grand besoin de gens capables de sortir des sentiers battus. De raisonner de façon transversale, quoi. Des gens comme vous, capables de s'interroger sur le modèle de la bagnole piquée et les motivations du braqueur.

Flea le fixait toujours, sans répondre. Prody mit quelques secondes à lire sur son visage que la conversation était terminée. Il risqua un sourire timide, sortit ses clés de sa poche et se tourna à demi vers sa voiture de patrouille avant d'ajouter :

– Bon, dernière chose. Vous aviez sûrement vos raisons de refuser d'obtempérer, mais je vous conseille quand même de faire gaffe au volant, surtout sur l'A36. On a eu trois accidents corporels rien que le mois dernier – la petite fille qui est passée à travers le pare-brise, vous vous souvenez ? Pas de ceinture. Son visage a labouré le goudron sur six ou sept mètres.

Il haussa les épaules ; son regard effleura le cottage et la Focus garée devant les buissons avant de s'arrêter sur les reflets noir et argent du lac, tout en bas.

– Ouais, ajouta-t-il. Si vous voulez mon avis, heureusement qu'elle y est restée. Ses parents auraient eu du mal à la retrouver dans cet état.

Il remonta dans son auto, gratifia Flea d'une parodie de salut en portant une main à son front, et démarra.

Elle le regarda s'éloigner. Lorsque le pinceau de ses phares se fut dissous, elle se retrouva seule face à la nuit ; l'ombre d'une chouette plana devant les lumières de Bath, escamotant tour à tour les flèches d'église, l'abbaye, et les collines de l'horizon. Elle sentit une présence tiède l'envelopper petit à petit, du ventre à la tête, comme une seconde peau. Elle resta immobile, certaine, sans savoir pourquoi, que c'était sa mère qui la touchait, la consolait. Kaiser pouvait bien attendre demain. Il fallait d'abord s'occuper de Thom.

Elle laissa passer quelques minutes, en respirant lentement, jusqu'à ce que la présence ait reflué et que la nuit soit redevenue la nuit. La chouette se perdit dans les branchages. Flea fit demi-tour pour rentrer et constata, indifférente, que la lumière s'était éteinte chez les Oscar.

40

18 mai

Il était dix heures du matin, le soleil brillait, et Jack Caffery s'interrogeait sur la rédemption. La veille au soir, après le Marcheur, il était rentré chez lui et sur son lit, les yeux ouverts, il avait longuement repensé à Craig Evans – crucifié, saucissonné sur une planche à repasser – et à Penderecki, à la douleur qu'il ressentait encore en se disant que le vieux Polonais avait berné deux fois la justice – la première en n'étant pas condamné pour le meurtre d'Ewan, et la seconde en se suicidant. Caffery l'avait retrouvé pendu à son domicile, entouré de mouches, de barbituriques et de sa propre merde. L'assassin de son frère n'avait jamais eu droit au même retour de balancier que Craig Evans. Et ce matin-là, lorsqu'il traversa le parking écrasé de soleil du centre social de Mangotsfield, une phrase du Marcheur lui traversa l'esprit. *N'essayez surtout pas de me faire croire à la rédemption.*

Ces mots lui revinrent en mémoire parce qu'après avoir consacré son début de matinée à interroger des responsables associatifs, il s'apprêtait à revoir un des ultimes bénéficiaires des largesses de Mabuza : Tommy Baines, le président fondateur de l'association le Relais des Usagers. Caffery leva les yeux sur la chapelle de l'école, dont les fenêtres et les corniches sculptées projetaient des ombres aiguës. L'analyse des comptes bancaires de Mabuza avait permis de constater qu'il avait versé des dons à la totalité des dix-sept structures d'aide aux toxicomanes citées par le dealer BM comme susceptibles d'avoir reçu la visite de Mallows. Certaines recevaient chaque année de fortes sommes, certaines beaucoup moins, mais le Sud-Africain les avait toutes aidées. Et, pour une raison quelconque, l'association de Baines excitait plus qu'aucune autre la curiosité de Caffery.

Il poussa la porte d'entrée et, dès qu'il s'avança dans la fraîcheur du hall, le bruit de ses pas fut amorti par la moquette industrielle à grosses côtes bleu marine. Tommy Baines se faisait appeler « Tig ». Caffery s'en souvenait d'autant mieux que ce surnom l'avait irrité et continuait de susciter en lui, chaque fois qu'il y repensait, un sentiment difficile à cerner. Il se demanda si c'était une espèce de colère résiduelle associée au fait que Penderecki était passé entre les mailles du filet, au fait que les salauds comme Tig et lui semblaient toujours avoir droit à une deuxième chance. Juste avant de franchir le seuil du bureau, il se dit que la meilleure chose à faire, même si ça n'avait rien de très glorieux, était de compliquer la vie de Tig.

Baines leva les yeux du photocopieur en le voyant entrer.

– Encore vous ?

Il y avait aussi dans la pièce deux femmes d'un certain âge, en robe informe et marronnasse, qui allaient et venaient avec des liasses de documents. Le contraste était saisissant avec Tig, qui faisait face à Caffery dans une posture un tantinet agressive avec son débardeur à l'effigie de Duke Nukem[1], son pantalon de treillis et ses Doc Martens.

– J'ai un groupe à onze heures, et les premiers se pointent toujours en avance. Vous avez intérêt à faire court.

Caffery partit d'un petit rire ; c'était précisément la réaction qu'il attendait de Tommy Baines.

– J'aimerais vous parler, dit-il. Dans un endroit tranquille.

1. Célèbre justicier de jeu vidéo.

Après avoir jeté par-dessus son épaule un coup d'œil aux deux vieilles dames, Tig écrasa du pouce le bouton stop du photocopieur.

– On n'a qu'à se mettre dans la grande salle. Y a encore personne.

Caffery se laissa conduire devant un tableau d'affichage tapissé d'annonces pour des cours de gymnastique ou d'initiation culinaire pour enfants. Les tarifs de location de la salle étaient également disponibles. Tig lui fit face en croisant les bras à la façon d'un videur, et les veines bleues de ses biceps saillirent comme s'il venait de soulever de la fonte. Mais Caffery était plus grand et décida d'en tirer parti. Les mains dans les poches de son pantalon, il se planta juste devant lui en faisant le nécessaire pour que Tig se rende bien compte qu'il était obligé de baisser la tête pour le regarder en face.

– Mabuza, lâcha-t-il. Gift Mabuza.

Sans préambule. Mieux valait envoyer la sauce et observer sa réaction.

Tig fronça les sourcils et prit un air surpris, mais Caffery sentit qu'il ne l'était pas. Pas le moins du monde.

– Mabuza ? Ouais, bien sûr, je le connais. Et alors ?

– Vous le connaissez comment ?

– Il fait partie de nos donateurs.

– Il vous a payé.

Tig ne réagit pas sur-le-champ. Il dévisagea longuement Caffery, comme pour s'assurer qu'il n'avait pas rêvé. Posture agressive classique, songea Caffery, mais vas-y, prends ton temps si ça peut te faire du bien.

– Il a fait un don ponctuel à l'assoce. Point barre.

– Et d'après vous, il a fait ça pourquoi ?

– Il donne à tout le monde.

Tig se détourna vers le panneau et fit mine d'y mettre de l'ordre en retirant certaines annonces et en en déplaçant d'autres. Là encore, c'était du classique. Fais-moi bien sentir à quel point ce que je te dis t'indiffère.

– Si c'est en rapport avec la photo que vous m'avez laissée, vous voyez des connexions là où il n'y en a pas.

– Vraiment ?

– Ouais.

Tig froissa les annonces périmées et les jeta dans une corbeille d'un geste nonchalant, histoire de bien montrer à Caffery qu'il n'était pas intimidé.

– Le fils de Mabuza a été junkie. Vous saviez ça ? Il a remonté la pente grâce à un type dans mon genre. Dans notre milieu, ça suffit à lever toute ambiguïté sur le motif de ses dons. C'est sa manière de dire merci.

– Mais pas à vous. Ce n'est pas vous qui avez aidé son fils à décrocher, si ?

– Non. Mais il a décidé d'en faire profiter tout le monde.

– Donc il a d'autres gens à remercier. Vous savez qui ?

Tig secoua la tête.

– Non. Non, là-dessus, vraiment, je ne peux pas vous aider. Impossible. Ce n'est pas moi qui irai dire des trucs dans son dos.

– Pourquoi ?

– Il n'y a rien à dire. Même si j'étais d'accord, il n'y aurait rien à dire. Que dalle, compléta-t-il en pivotant sur lui-même pour fixer Caffery dans le blanc des yeux.

– Et si je montais la barre d'un cran ? Si je vous disais qu'il a peut-être trempé dans un meurtre ? Les mutilations dont on a parlé l'autre jour, vous vous souvenez ? Ian Mallows, même pas vingt ans. Qu'est-ce que vous répondriez ?

Le mot « meurtre » fit son petit effet. Tig cilla plusieurs fois et déglutit.

– Vous savez, dit-il, je me rends compte que cette conversation est terminée.

– Je ne crois pas, non. Vous avez encore des choses à me dire.

Tig fit à nouveau face au tableau et y enfonça rageusement deux punaises, en maintenant ses pouces dessus, comme s'il craignait de les voir tomber. Caffery sentit que son coup avait porté. La rougeur qui venait d'envahir le front de l'animateur contamina le sommet de son crâne rasé avant de redescendre vers sa nuque, où un réseau de veinules disparaissait sous son tee-shirt. Certaines personnes réagissaient physiquement à des mots comme « meurtre ». Ils leur permettaient de prendre tout à coup conscience de la gravité d'une situation.

– Je disais donc, insista Caffery, qu'à mon avis vous avez encore des choses à me dire.

Il attendit, mais Tig resta muet. Il s'était remis à planter des punaises dans le tableau, éperdument, comme si sa vie en dépendait.

– Eh bien ? Rien d'autre ? Même si je vous rappelais comment on lui a tranché les deux mains ? Vivant ?

Face au silence obstiné de Tig, Caffery fit un pas en avant, sortit de sa poche intérieure une carte de visite et la punaisa au tableau.

– Voilà, dit-il en tapotant le bristol. Au cas où la mémoire vous reviendrait.

Il étudia le profil de Tig puis s'éloigna en faisant tourner ses clés autour de son index.

Il avait atteint le seuil lorsque l'animateur parla, d'une voix si basse que Caffery crut d'abord avoir rêvé. Il fit demi-tour. Tig lui tournait toujours le dos mais ne plantait plus de punaises. Il se tenait tête basse, une main sur la hanche et l'autre en appui sur le haut du tableau, comme un coureur qui récupère après un sprint. Ou un boxeur qui vient de jeter l'éponge.

– Vous dites ?

Caffery revint sur ses pas en faisant couiner ses semelles sur le parquet flottant.

– ADERTI, répéta Tig, visiblement honteux d'avoir vendu la mèche. C'est le nom de la clinique.

– La clinique ? Quelle clinique ?

– Il leur donne de l'argent. Mais c'est la seule structure dont il ne parle jamais, et je ne sais pas pourquoi.

– ADERTI ? Où est-ce ?

– Aucune idée, je sais juste que ça s'appelle l'ADERTI. Mais c'est pas moi qui vous en ai parlé, dit-il en relevant la tête. Ça vient pas de moi. On est d'accord ?

Malgré le sale état dans lequel se trouvait ce mec, et malgré le coup de pouce qu'il venait de lui donner à son corps défendant, Caffery ne parvint pas à éprouver la moindre sympathie pour lui. Il reprit sa carte au tableau et la rempocha en déclarant :

– Vous ne m'avez jamais adressé la parole. Je ne suis jamais venu vous trouver. Je n'ai jamais mis les pieds ici. Ah, et...

– Et ?

– Et je ne vous ai jamais remercié, ajouta Caffery en jetant un coup d'œil à la porte pour vérifier que personne ne les regardait. On est d'accord ? Ça non plus, ça n'a jamais eu lieu.

Il trouva l'adresse de l'ADERTI dans l'annuaire et s'y rendit aussitôt en voiture ; la structure faisait partie d'une polyclinique construite au cœur d'un parc arboré près de Glastonbury, à une quinzaine de kilomètres de Bristol, avec façade en verre fumé et bassin ornemental dont l'eau gargouillait discrètement sur un lit de galets blancs. Les spécialistes de toutes sortes de médecines alternatives y consultaient – des aromathérapeutes, des acupuncteurs, des chiropracteurs. L'ADERTI occupait un bâtiment inondé de soleil, niché derrière un rideau de bambous et accessible par deux allées en teck qui ceinturaient le bassin. Le hall d'accueil lui fit penser à l'entrée d'une thalasso de luxe avec les deux filles en kimono gaufré crème qui souriaient derrière le comptoir.

L'ADERTI avait ouvert ses portes dix mois auparavant et sa directrice, Tay Peters, une Malaisienne d'une quarantaine d'années au charme décontracté, vêtue d'un ensemble de lin crème et de luxueuses sandales, le reçut dans son bureau avec chaleur et courtoisie. Après avoir rempli deux verres de jus de fruits, elle en poussa un vers lui.

– De l'açaï. Ça vient du Brésil. Deux fois plus d'antioxydants que la myrtille.

Caffery replia un doigt sur le bord de son verre, l'inclina imperceptiblement pour observer le liquide, et le mit de côté.

– Merci, dit-il en sortant un dossier de sa serviette. Et merci de m'avoir reçu aussi vite.

Elle leva son verre en souriant.

– Vous êtes le bienvenu.

Il sortit son calepin et desserra son nœud de cravate pour se mettre à l'aise. Il n'avait pas réellement besoin de prendre des notes, c'était plutôt un accessoire, une façon de se donner du temps pour réfléchir.

– J'aimerais avoir quelques informations sur votre financement.

Elle reposa son verre.

– Notre financement ?

– J'ai l'air de tourner autour du pot, n'est-ce pas ? Mais croyez-moi, je sais où je vais. Vous avez ouvert il y a... quoi ? Dix mois ? En partant de rien ?

– Oui. Mon mari m'a fourni un petit pécule de départ, mais tout le reste est mon œuvre – le plan de développement, le résumé opérationnel, le mailing, les entretiens, les présentations, etc. C'est moi qui ai tout fait, seule.

– Et vos investisseurs ?

– Tous privés, aucune subvention publique. Certains sont des capital-risqueurs, mais j'ai aussi mes anges gardiens, vous savez, des investisseurs privés, et même quelques généreux philanthropes qui nous versent des dons. Des philanthropes sensibles à la nature de notre activité.

– Vous aidez des toxicomanes à décrocher ?

– Oui, mais notre démarche est particulière.

Elle sortit d'un tiroir un dépliant en papier écru, sur lequel le mot ADERTI était estampé en grosses lettres gris clair. Elle l'ouvrit et tapota de son index manucuré la photo d'une racine noueuse, surmontée de deux ou trois feuilles, et dont les circonvolutions n'étaient pas sans rappeler celles du rotin.

– Nous n'utilisons que des produits naturels. Ceci est une racine de *Tabernanthe iboga*. Nous en extrayons un alcaloïde appelé ibogaïne. Cette substance psychoactive, qui avait à l'origine une fonction rituelle chez les Bwitis, au Cameroun, permet d'inhiber le désir d'héroïne ou de crack, d'aider le consommateur à cerner ses motivations profondes et, surtout, d'atténuer le syndrome de manque.

Ibogaïne, songea Caffery en étudiant la photo. Ibogaïne.

– Le syndrome de manque est ce qui pousse la grande majorité de nos clients à venir nous trouver. Les deux autres effets de l'ibogaïne constituent en quelque sorte des avantages collatéraux – une heureuse coïncidence, si vous préférez. Tout ça est parfaitement légal. Je vous en prie, ajouta-t-elle en lui tendant son dépliant. Gardez-le.

Caffery le prit.

– Je l'enverrai à la commission de sécurité, dit-il en le glissant dans sa poche. Je crois qu'ils tiennent une liste des associations. J'ai un nom à vous soumettre, madame. Il pourrait s'agir d'un de vos philanthropes.

Elle haussa les épaules.

– Je n'ai rien à cacher. Tous mes donateurs sont des personnes de la plus haute qualité.

– Gift Mabuza. Ce nom vous est-il familier ?

– Oui.

– Pouvez-vous me parler de lui ?

– Il donne beaucoup aux associations. Il est connu dans le métier, si on peut parler de métier.

– A vous aussi ? Il vous donne beaucoup ?

Elle sourit.

– Non. Rien du tout.

– Je vous demande pardon ?

– Il ne fait pas partie de nos donateurs. Pour tout dire, il ne nous a jamais contactés, et nous non plus.

– Mais vous le connaissez ?

Elle pouffa. Elle avait les dents les plus blanches et les plus parfaitement alignées qu'il lui ait jamais été donné de voir.

– Le monde est petit, mais pas à ce point. Je n'ai jamais rencontré M. Mabuza. Je le connais de réputation mais je ne l'ai jamais vu personnellement.

– Et vous n'avez jamais eu professionnellement affaire à lui ?

– Jamais.

— Vous en êtes sûre ?

Elle se leva, ouvrit un placard et en sortit un classeur brun sur la couverture duquel figurait le nom d'un cabinet d'expertise comptable.

— Tenez, dit-elle en posant sur la table un document relié. Les coordonnées de mes investisseurs.

Caffery feuilleta le document en se grattant le front.

— ADERTI... C'est un acronyme ?

— « Association de désintoxication et de réhabilitation par le *Tabernanthe iboga* ».

— Vous êtes les seuls à porter ce nom ?

— J'espère bien. C'est une marque déposée.

— Pas de filiales ?

— Il n'y a que nous. Pourquoi ?

Face à cette femme calme et élégante, il se sentait à peu près aussi incongru qu'un Columbo dans son vieil imper fripé. Il plaça devant elle le portrait de Mallows. Elle sortit une paire de lunettes de lecture d'un mince étui ivoire et les percha au bout de son nez. Caffery avait gardé son pouce sur un coin de la photo ; elle fronça les sourcils et la fit doucement pivoter vers elle en posant son index sur le coin opposé.

— Ça vous dit quelque chose ?

Après avoir contemplé en silence le visage de Mallows, elle se dirigea vers la porte.

— Chloë, lança-t-elle à l'une des réceptionnistes. S'il te plaît ?

Il y eut un grincement de chaise ; la plus grande des deux filles, dont les cheveux noirs étaient réunis en une impeccable queue de cheval, ne tarda pas à apparaître sur le seuil. Tay lui tendit la photo.

— Je pensais à la semaine dernière, le jour où on attendait cette livraison. Tu te souviens ?

La fille observa l'image en se mordillant le pouce. Elle la tint à bout de bras et inclina la tête.

— Ça se pourrait. Mouais. Il n'est resté que quelques secondes, dit-elle en regardant Caffery, mais ça pourrait être lui. Pourquoi ? Qu'est-ce qu'il a fait ?

Caffery les rejoignit sur le pas de la porte. De gros rayons de soleil zébraient le hall d'accueil.

– Racontez-moi ce qui s'est passé.

– Pas grand-chose, en fait, dit la réceptionniste. Il est entré, il a demandé combien coûtait la cure. Si je m'en souviens, c'est seulement parce que, pour être franche, il n'avait pas du tout le profil. Et sûrement pas les moyens non plus : on n'a rien à voir avec les centres d'accueil d'urgence pour zonards.

– Combien coûte la cure ?

– Ça dépend. Avec le suivi médical complet, ça peut monter jusqu'à mille sept cents livres. Alors que les types dans son genre, s'ils sont assez futés pour trouver les mots, arrivent en général à se faire prescrire un traitement de substitution par leur généraliste. En tout cas, je lui ai donné nos tarifs, il m'a dit : « OK, à plus », et puis c'est tout, il est reparti.

– Il était seul ?

– Oui. Enfin, il est entré seul, mais il y avait, euh, son copain qui l'attendait dehors.

– Son copain ?

– Oui. Il a dû lui dire le prix en ressortant, parce que l'autre a tout de suite appelé quelqu'un sur son portable.

La fille indiqua, de l'autre côté de la façade vitrée, un banc taillé dans un tronc d'arbre verni.

– Ils étaient là. Et une fois que l'autre a raccroché ils sont restés un moment assis sans rien dire, sans se regarder. J'ai eu l'impression qu'ils étaient tellement abattus qu'ils n'osaient plus se parler. Mais bon... soupira-t-elle. C'est souvent comme ça, ici.

Caffery considéra le banc moucheté de soleil.

– C'était quel genre ? Son copain ? Vous lui avez parlé ?

– Il est resté dehors. Il n'a pas mis les pieds ici.

– Vous vous rappelez à quoi il ressemblait ?

– Pas vraiment.

– Rien ? Il était blanc ? Noir ?

– Oh, noir, répondit-elle comme si la chose allait de soi. Mais à part ça, je ne me souviens pas trop.

— Jeune ? Vieux ?

La réceptionniste réfléchit en se suçotant pensivement l'index. Vue de près, elle était beaucoup moins sophistiquée qu'il ne l'avait cru au départ : son rouge à lèvres bavait par endroits.

— Franchement, je n'en sais rien.

— Grand ?

— Il était assis.

— Comment est-ce qu'il était habillé ? Comment étaient ses cheveux ? Vous n'avez rien remarqué de particulier ? N'importe quel détail ?

— Il avait peut-être une chemise blanche. Et une veste par-dessus. Mais je n'en suis pas sûre. Je n'ai pas fait attention.

Caffery hocha la tête, à demi perdu dans ses cogitations. Si Tay était persuadée que Mabuza n'avait aucun lien avec son centre, elle se faisait des illusions. Qu'elle en ait conscience ou non, ce lien existait.

— Bon, dit-il en se palpant les poches. Il faut que je passe un coup de fil. Je sors cinq minutes.

— Je vous en prie, dit Tay en lui montrant la porte d'un geste gracieux qui fit remonter sa manche sur son bras lisse. Je mets votre jus au frigo.

Dehors, il faisait bon. La planète se réchauffait, et plus personne n'était fichu de dire quelles régions de ce pays seraient encore émergées d'ici un demi-siècle. Les arbres abondants qui tapissaient le flanc sud de la colline, en majorité des essences autochtones, à feuilles caduques, étaient probablement là depuis des décennies, mais des rangées de jeunes pousses d'origine orientale avaient également été plantées de part et d'autre de l'allée d'accès à la clinique, pour créer de l'ombre. Caffery jeta un bref regard au bâtiment par-dessus son épaule. Chloë et Tay, penchées sur un document, lui tournaient le dos. Il contourna le banc, s'assit hors de vue sur son dossier massif, et sortit sa blague à tabac. Cette histoire de coup de fil n'était qu'un prétexte. Il avait besoin de fumer. Et de réfléchir.

C'était le personnage à la chemise blanche qui l'intriguait. Il alluma sa cigarette et s'emplit les poumons, laissant le poison agresser des parties de son corps qu'il savait vulnérables. Quelqu'un s'était assis sur ce même banc à côté de Mallows le jour où celui-ci avait été vu en vie pour la dernière fois. Fichtrement intéressant. Il exhala, regarda le serpentin de fumée monter entre les aiguilles de sapin, s'insinuer entre les feuilles de ginkgo et se perdre dans le bleu du ciel.

Il perçut un mouvement parmi les arbres, à la lisière de son champ de vision, mais il tourna la tête et ne vit rien, sinon les lambeaux d'ombre qui dansaient sur un tapis de feuilles mortes datant de l'automne. Il scruta intensément les troncs en se demandant s'il avait aperçu un animal, un tremblement de branchages – à moins que tout ça ne se soit passé que dans sa tête. Cette partie du monde l'angoissait confusément. La terre qu'il avait sous les pieds avait longtemps été immergée. Glastonbury Tor avait été une île jusqu'au XVIIe siècle. Jusqu'à l'assèchement des marais du Somerset, qui avait permis à la ville de Glastonbury non seulement de se développer, mais aussi d'acquérir une solide réputation de centre de sorcellerie. C'était marrant. Dans tous les pays, dans toutes les cultures, la superstition et la magie réussissaient à se trouver des points d'ancrage. Tay lui avait parlé d'un usage rituel de l'ibogaïne en Afrique. Rituel.

Il ressortit le dépliant. Sa cigarette coincée entre les dents, il chercha un stylo dans sa poche intérieure, plaça le dépliant sur ses genoux et entoura d'un cercle appuyé la photo de la racine. La racine de *Tabernanthe iboga*. L'ibogaïne. Il n'en avait jamais entendu parler jusque-là, mais cette substance avait un lien avec le calvaire de Mallows. Un lien qui relevait peut-être de la sorcellerie.

Il rangea son stylo et le dépliant. Alors qu'il allait se baisser pour écraser son mégot contre la base du banc – plutôt que dans les aiguilles de pin, ce qui lui aurait certainement valu les foudres de Tay Peters –, quelque chose attira son regard au-dessus de la porte d'entrée. Un petit cercle de verre. Il sourit. Un sourire ironique, et soulagé.

Dieu merci, pensa-t-il en émiettant le reste de tabac au-dessus du sol. Merci pour cette brave petite caméra de surveillance.

41

Lorsque Flea se réveilla, le soleil était largement au-dessus de Solsbury Hill et teintait d'orangé la crête d'un énorme banc de nuages. L'air moite et oppressant l'enveloppait comme un étau. Elle n'avait dormi que cinq heures. La veille au soir, en montant rejoindre Thom à l'étage, elle ne l'avait trouvé nulle part. Il s'était volatilisé. Sa voiture aussi – il avait dû ressortir du cottage en catimini, desserrer le frein à main et descendre en roue libre jusqu'au pied de la colline. Sans faire de bruit pour que Prody ne l'entende pas, le petit saligaud. Elle avait passé une bonne heure à essayer de le joindre sur son portable et, le temps pour elle d'admettre qu'il ne répondrait pas, sa migraine avait tellement empiré qu'elle ne s'était pas senti le courage de repartir chez Kaiser. Tout juste avait-elle réussi à avaler deux comprimés de paracétamol et à se mettre au lit. A son réveil, cependant, le mal de crâne était toujours là, de même que la sensation déstabilisante que l'ibogaïne lui avait bel et bien permis d'entrer en communication avec les morts, comme l'avait dit Kaiser. Il fallait qu'elle le voie, qu'elle lui demande s'il croyait vraiment la chose possible.

Elle trouva un message sur son portable : ses coéquipiers ne voulaient pas la déranger un jour de congé mais tenaient tout de même à la prévenir qu'ils allaient se déployer ce jour-là près de la frontière du Wiltshire, où une célébrité avait mystérieusement disparu. Misty Kitson, l'épouse ravissante et néanmoins délaissée d'un footballeur de première division, s'était enfuie la veille, peu après quinze heures, d'un centre de désintoxication privé. Un conseiller technique de la police avait défini les paramètres de recherche en analysant la carte d'état-major du secteur à l'aide du logiciel Blue8, lequel avait aussitôt attiré son attention sur la présence, à moins de deux kilomètres de la clinique, d'une vaste pièce d'eau artificielle. Il n'en avait pas fallu davantage pour que la brigade de recherche subaquatique soit mobilisée. Cette affaire se présentait comme la plus médiatique que l'équipe ait jamais eu à traiter, mais Flea se fichait éperdument des vedettes disparues. Ses hommes n'avaient qu'à s'en occuper. Elle avait une question clé à poser à Kaiser. Après avoir effacé le message, elle prit une douche, s'habilla en hâte, monta dans sa voiture et, dès neuf heures et demie, partit vers les collines de Mendip.

Mais le sort n'était apparemment pas décidé à la laisser s'en tirer à si bon compte. Elle avait parcouru une bonne moitié de son trajet sur la M5 quand son téléphone se mit à sonner sur la planche de bord. Elle reconnut le numéro de portable de la brigade et envisagea d'abord de ne pas répondre. Puis, pestant à mi-voix, elle enfonça la touche d'appel. Un des constables de son équipe était au bout de la ligne.

— Qu'est-ce que vous me voulez ? Je suis au repos, merde ! Je vous l'ai dit, non ?

Le constable s'éclaircit la gorge.

— Je sais, sergent, mais je crois vraiment que vous devriez faire un saut ici. C'est important.

— Pas question. Ce n'est pas parce qu'elle est connue que ça la rend plus importante que les autres. Vous pouvez très bien vous débrouiller sans moi.

— Ce n'est pas ça, sergent.

— Pas ça ? C'est quoi, alors ?

Il hésita.

— C'est Dundas.

— Quoi, Dundas ?

Dundas était censé superviser l'équipe ce jour-là. Jamais il ne lui avait fait faux bond.

– Désolé, sergent. Il refuse de nous parler. Je crois que vous feriez mieux de venir, c'est tout.

Et c'est ainsi que, dans un chapelet de jurons, elle fit demi-tour et reprit la M5 en sens inverse, puis la M4, pour rejoindre le site de recherche. La police de l'Avon et du Somerset avait pris l'enquête en main parce que la clinique en question, Farleigh Wood Hall, se trouvait en pleine campagne, à quelques kilomètres à l'ouest des bois touffus qui marquaient la frontière du Wiltshire. Quand Flea passa au ralenti devant le portail du centre, les abords du vieil édifice pseudo-gothique grouillaient déjà de journalistes. La direction avait fait appel à une agence de gardes du corps pour les tenir en respect – des types à lunettes noires équipés d'oreillettes qui les toisaient à travers la grille.

Flea se gara au bord de la route, le long d'une haie, enfila une paire de baskets sans prendre le temps de nouer les lacets, traversa le champ mitoyen jusqu'à l'entrée du chemin donnant accès à la pièce d'eau, et montra sa carte au constable qui surveillait l'entrée du site.

Au pied de la colline, les berges du lac étaient envahies de matériel et de véhicules au centre desquels trônait la camionnette de la brigade. Il n'y avait personne à l'eau, mais la position centrale de la bouée orange lui indiqua que Dundas avait opté pour une fouille concentrique, comme elle-même l'aurait fait pour un site de ce type : le lac était de forme quasi circulaire et assez petit pour être exploré par un plongeur unique, et son calme apparent laissait présager une certaine visibilité, malgré les roseaux. Mais – et cette conviction s'imposa naturellement à Flea – le corps de Misty Kitson n'était pas dedans. Aucun doute là-dessus. Misty Kitson pouvait être retrouvée n'importe où – ronflant sur un canapé-lit dans un garni de Chelsea, ou s'embarquant à Heathrow pour les Caraïbes – mais sûrement pas au fond de cette mare.

Elle contourna la barrière et descendit sur le chemin tout en cherchant Dundas du regard. Un de ses hommes discutait avec un type en civil. Elle reconnut un commissaire du district E. Un divisionnaire, qui avait fait le déplacement non pas parce qu'il risquait d'être plus compliqué de retrouver Misty Kitson que toute autre personne signalée disparue, mais parce que les médias allaient leur tomber dessus et exigeraient d'avoir l'avis d'un ponte. Le constable la vit approcher. Il s'interrompit au milieu d'une phrase mais, au lieu de venir à la rencontre de Flea, lui indiqua silencieusement le pré bosselé qui tapissait le flanc de la colline d'en face, couronnée d'un boqueteau.

Sa silhouette était à peine visible entre les arbres du sommet, mais elle repéra instantanément son bonnet rouge. Dundas s'éloignait du lac d'une démarche étrangement triste. Après une brève hésitation, Flea se lança à l'assaut de la pente.

– Rich ! lança-t-elle en se rapprochant. Rich ?

Elle le vit s'arrêter, puis se retourner pour lui faire face. Elle ralentit l'allure, effarée par l'expression de ses traits.

– Bon sang, haleta-t-elle en terminant son ascension. Rich ? Qu'est-ce qui se passe ?

Il inspira profondément, secoua la tête.

– Qu'est-ce qui se passe ?

Il avait une mine épouvantable ; au moment où elle tendait le bras vers lui, il s'assit sur l'herbe avec un bruit sourd, comme s'il se sentait mal.

Elle s'accroupit et le prit par les épaules.

– Oh, Rich. Qu'est-ce qu'il y a, merde ?

– C'est Jonah, réussit-il à répondre. Je viens d'avoir un coup de fil de Faith.

– Bon Dieu !

Elle lui tapota le dos. Dundas avait depuis longtemps une sérieuse épine dans le pied : son bon à rien de fils. Jonah s'attirait constamment des ennuis et avait toujours été doué pour en faire profiter ses parents. Tout le monde en avait jusque-là, y compris Dundas, qui avait fini par refuser de se mêler de ses histoires et de payer ses cautions. Il avait appris à devenir imperméable aux problèmes de son fils. Mais là, c'était différent.

— Qu'est-ce qu'il a encore fait ?

— C'est tout le problème. Il n'y a pas d'« encore ». Ça n'a rien à voir avec les autres fois. Il a disparu, bégaya Dundas en levant sur elle ses yeux rougis, luisants de terreur.

— Disparu ? Comment ça ?

— Faith avait organisé une petite réunion familiale chez elle hier soir. Jonah devait venir, mais ils ne l'ont pas vu.

Flea se mit à genoux et, embarrassée, se massa les cuisses. Elle n'avait aucune envie d'enfoncer Dundas en lui assenant ce genre de discours, mais les toxicomanes, surtout ceux qui tapinaient pour se payer leurs doses, n'étaient pas les personnes les plus fiables de la planète. Elle chercha du regard, tout là-bas, sa Focus qui étincelait au soleil. Il fallait qu'elle voie Kaiser.

— Je sais ce que tu penses, reprit-il. Tu te dis que les mecs comme lui passent leur temps à poser des lapins. Et tu as raison. Jonah est une loque, un petit connard qui ne mériterait même pas de servir de paillasson à Faith, et c'est vrai, il nous a fait quelques sales coups. Mais pour ce qui est des réunions de famille il a toujours, toujours tenu ses promesses.

Flea cessa de se masser les cuisses. Elle avait en Dundas une confiance absolue. Jamais elle n'avait rencontré quelqu'un d'aussi intègre. S'il affirmait que son fils était fiable, c'était la vérité.

— D'accord. Dis-moi ce qui s'est passé.

— Il devait de l'argent à Faith. Rien de nouveau, cette idiote ne sait pas lui dire non et il passe son temps à la taper, mais là, il avait promis de tout lui rembourser aujourd'hui. Il disait avoir trouvé un travail spécial, qui lui permettrait d'éponger ses dettes.

— Quel travail ?

— A mon avis, il ne s'agissait pas d'un plan cul.

Dundas déglutit. En vieux routier de la police, il connaissait bien l'argot de la prostitution, même s'il avait mis des années à se résoudre à l'employer pour son propre fils.

– Il doit près de huit cents livres à Faith, et il faudrait vraiment une passe spectaculaire pour rapporter une somme pareille à Knowle West. Sans compter qu'il lui aurait donné un coup de fil pour la prévenir en cas de retard. Il avait son portable. Elle a essayé de le joindre toute la matinée, mais ça ne répond pas. Il l'aurait sûrement appelée si... s'il en avait eu la possibilité.

Ils restèrent un moment à contempler le ciel et le pré qui dévalait jusqu'au lac, niché comme une pièce d'argent dans les hautes herbes. A moins de deux mètres sur leur droite, un cercle noirâtre marquait l'emplacement d'un feu de camp qui, à l'odeur, devait être tout récent. Flea ne vit ni bouteille vide ni déchets ; des gamins, peut-être, ou un type en cavale. Il y avait dans la région un vagabond, un ex-taulard surnommé le Marcheur, et elle pensa à tous ceux qui pouvaient disparaître du jour au lendemain sans que personne s'en aperçoive. Des âmes perdues. Elle se retourna vers Dundas et l'étreignit.

– Ne t'en fais pas. Ça va aller.

– Non. Je ne crois pas. Je ne crois pas que ça puisse aller.

Elle se remit debout et baissa les yeux sur son large visage fripé, sur les marbrures écarlates de son cou brûlé par le soleil. Elle avait beau savoir que son père était irremplaçable, et que les substituts paternels n'existaient pas, elle éprouva tout à coup une telle bouffée de tendresse pour Dundas qu'elle dut résister à l'envie de l'étreindre à nouveau.

– Rich ? On va mettre le paquet.

– Oui, fit-il en tressaillant imperceptiblement. Oui. Merci.

42

11 mai

Plus Mossy en apprend sur le frangin de Racho, plus il flippe. Il n'a jamais vu ce petit fumier, mais il sait bien qu'il est là. Il a aperçu son ombre déglinguée sur les murs. Il a senti son odeur, et il l'a entendu. Mais il y a pire : avec tout ce que Racho lui a raconté sur son frère et sur les trucs qu'il fait, Mossy a pigé que sa difformité ne s'arrête pas à son corps de babouin : elle lui a aussi attaqué le cerveau.

Selon lui, Racho a pile la bonne attitude par rapport au business foireux dans lequel ils sont embarqués : c'est vrai qu'il y a de la thune à se faire dans les organes humains. Mossy a mis longtemps à l'admettre, mais il comprend maintenant que Racho n'a rien d'autre pour survivre. Son frère, par contre, débloque à fond les manettes. Ce taré-là – et il lui suffit d'y penser pour sentir un vent glacial lui balayer la cervelle – croit à mort au muti. Mossy n'a jamais osé demander à Racho s'il avait déjà vu son frangin boire du sang humain, ou grignoter un peu de ces peaux qu'ils trafiquaient ensemble, mais il y a des chances.

Parce que ce connard-là s'imagine que le muti peut faire plus que le guérir. Plus que lui redresser la colonne et arranger ses mains de babouin. Il compte dessus pour influencer son entourage. A force de sortir de l'appart pour aller foutre la trouille aux gens, le frangin est tombé amoureux. Il n'a jamais couché avec la fille et ne l'a vue que de loin, mais il a eu le coup de foudre. C'est une pute de City Road, qui s'appelle Keelie. Mossy est bien placé pour savoir que de tous les gens dont on n'a pas intérêt à tomber amoureux, les putes sont les pires, mais le petit frère de Racho s'est apparemment mis dans le crâne que le muti marchera pour ça aussi. Pour que sa chérie arrête de faire des passes.

Racho n'en parle pas beaucoup. Il essaie de faire comme si de rien n'était, jusqu'au moment où tout bascule.

Ça doit être le troisième ou le quatrième jour, Mossy est sûr d'être là depuis au moins trois jours, et ça démarre par des cris. Il se redresse sur son canapé et scrute les ténèbres. Le bruit semble venir de l'autre côté de la grille, ou peut-être de la cage, et la longueur de l'écho renforce l'impression qu'il a d'être dans un labyrinthe de pièces. Il entend le fracas d'un objet lancé contre un mur, encore des cris, puis le silence. Mossy attend une éternité. Et au moment où il va se rallonger sur le canapé, ça se bouscule dans le couloir, il y a de l'adrénaline et de la violence dans l'air, Tonton et peut-être quelqu'un d'autre. La grille s'ouvre, et Racho est poussé dans la pièce. Mossy attend que Tonton ait disparu et que le couloir soit éteint pour chuchoter :

– Qu'est-ce que c'est ? Qu'est-ce qu'il y a ?

Après un silence, Racho s'approche furtivement. Il se blottit sur le canapé usé jusqu'à la corde en nouant les bras autour des genoux, et lève sur Mossy un regard épouvanté.

– Quoi ?

Racho secoue la tête et se détourne vers l'entrée de la cage. Ça y est, le cauchemar recommence.

– Ton frère, souffle Mossy. C'est ton frère ?

Racho acquiesce tristement et s'essuie le nez d'un revers de main.

– Ben quoi ? Qu'est-ce qu'il a fait, ce connard ?

Mossy déglutit avec peine.

– Alors ?

Racho porte une main à sa bouche et se touche deux ou trois fois les lèvres avec son pouce. Mossy croit d'abord qu'il fait ça pour s'empêcher de chialer, mais finit par deviner que c'est un signe. Racho remet ça, et il pige.

– Il a bu ?

Racho hoche la tête.

– Il est bourré ? Et Tonton l'a chopé ?

Racho grimace et se frotte les bras. Son expression donne la chair de poule à Mossy.

– Il a bu quoi ?

Racho n'arrive toujours pas à répondre. Ce qu'il y a de sûr, c'est que son frère a merdé grave. Entre la tronche de Racho et le boucan de tout à l'heure, Mossy se doute que Tonton a surpris ce putain d'avorton en train de boire un truc qu'il n'aurait jamais dû boire. Il s'efforce d'organiser ses idées, et la vérité lui gicle d'un seul coup à la gueule comme un serpent jailli de ses propres entrailles.

– Merde... lâche-t-il d'une voix blanche. Tu déconnes, putain. Tu déconnes.

Il se lève lentement, dans un brouillard, incapable de rester ici à attendre Jonah une seule seconde de plus. Tout ça est vraiment trop tordu pour lui. Il se précipite à la grille et la secoue.

– Hé ! lance-t-il vers l'ampoule nue de l'étroit couloir. Laissez-moi sortir !

Silence. Les coups, les cris ont cessé. Il secoue la grille un peu plus fort, et le vacarme résonne de pièce en pièce. Il hurle :

– Hé ! Venez m'ouvrir ! J'en ai ma claque, espèce de taré !

– Non, souffle Racho depuis le canapé. Arrête. Toi mettre lui en colère.

Mais Mossy s'en fout. Il tente d'arracher la grille de ses gonds et sa voix est de plus en plus stridente.

– Je veux me barrer ! Viens m'ouvrir, connard ! Je me casse !

Mossy tremble parce qu'il refuse de faire chambre commune avec un animal. Et le frère de Racho en est un pour faire ce qu'il a fait. Boire son sang. Ce petit monstre à la con est allé se servir dans le frigo et il a bu son sang ; Mossy se sent prêt à courir tous les risques pour retrouver la lumière du soleil.

– Sortez-moi de là, bordel de merde ! hurle-t-il en se jetant contre la grille. Je veux sortir !

Au bout d'un temps infini, un bruit s'élève au fond du couloir éteint.

Mossy ne réagit pas immédiatement, mais ses cris s'étranglent dans sa gorge quand il aperçoit le rai de lumière. On entend un bruit de clous arrachés à un panneau de bois. Il reste pétrifié en voyant surgir une tête qui semble sortie du mur, et d'un seul coup voilà Tonton qui s'avance vers lui. Il porte une chemise bleue et un pantalon clair. Mossy ne l'a jamais vu d'aussi près. Il a aussi des gants noirs, mais c'est surtout en comprenant pourquoi sa tête lui a toujours paru énorme qu'il panique. Son visage est recouvert d'une cagoule SM en latex.

Mossy lâche la grille et recule à travers la piaule. Racho s'est recroquevillé dans un coin.

– Quoi ? lui lance Mossy. Pourquoi tu te planques ? Qu'est-ce qu'il veut, ce... ?

Mais le verrou cliquette, la grille s'ouvre et, avant que Mossy ait pu réagir, Tonton s'avance dans la pièce. Les événements s'enchaînent à une telle cadence qu'il ne se rappellera pas grand-chose. Il ne se rappellera ni si Racho y a participé ni comment ça s'est passé – juste qu'il a voulu s'enfuir vers la salle de bains et s'est retrouvé à l'horizontale sur le canapé, le souffle coupé, avec un mec à cheval sur lui. Et c'est un peu comme s'il s'était fait cueillir par un taureau parce que Tonton est rapide, costaud, et tellement énervé qu'il ne serait pas surpris de le voir démolir un mur à poings nus.

Mossy voudrait se débattre, mais ses poumons sont à plat. Il est sur le dos et tente de respirer, tente de voir, tente de hurler. Quelqu'un l'attache – il ne sait pas qui c'est parce qu'on lui a collé un truc devant les yeux, mais ce doit être Tonton, vu sa force. Un poids énorme s'abat à nouveau sur sa poitrine et le prive d'air. Il sent ses poumons se toucher et se dit qu'il vient de passer, en quelques secondes, de la vie à l'agonie.

Les râles étranglés qui montent de sa gorge se mêlent au souffle de Tonton : grave et rauque sous la cagoule, un souffle de cheval. Quelqu'un lui saisit le bras et il essaie de se dégager, en vain. Il éprouve une sensation familière au pli du coude – une piqûre. Il veut se débattre mais l'aiguille est déjà dedans et aussitôt, encore plus vite qu'un flash de poudre, un halo d'argent l'éblouit, une longue vague d'énergie lui traverse le corps, des voix intérieures s'élèvent, et tout s'arrête. Sa tête retombe et il se laisse aller, le bras agité de petits soubresauts, pendant que le reste du liquide se faufile dans sa veine racornie.

Le silence retombe : Tonton et Racho guettent sa réaction, peut-être. Puis, avec un grognement, Tonton descend du canapé. Mossy n'essaie pas de se redresser. Il s'en balance. Il reste sur le dos et son bras pend mollement dans le vide, ses doigts frôlent le sol, ses yeux errent au plafond. Il voit là-haut des cités, des montagnes. Des étoiles et des nuages. Il vole, il plane, et plus rien n'a d'importance. Tant pis si quelque part, dans un coin de la pièce, Tonton vient de brancher un gros outil dans la prise murale. Tant pis si le moteur de l'outil se met à mugir. Seule compte cette sensation d'envol. La sensation qu'il pourra toucher les étoiles s'il le veut assez fort.

43

18 mai

– C'est pour l'assurance, expliqua Tay, accroupie derrière le comptoir de la réception, en promenant ses ongles peints sur une rangée de boîtiers de DVD minutieusement étiquetés. Ces caméras me donnent droit à une importante réduction de prime. Et, à vrai dire, nous recevons parfois ici des personnes en état de profonde détresse, alors on ne sait jamais.

– Ouais, reprit Chloë. On ne sait jamais.

Caffery était resté à quelques pas pour éviter que Tay ne le foudroie du regard en détectant son odeur de tabac.

– Tay ? fit-il en la voyant poser deux boîtiers sur le comptoir. Vous m'avez dit tout à l'heure que l'ibogaïne était aussi utilisée dans le cadre d'un rituel.

– Les Bwitis, répondit-elle en remontant ses lunettes vers le haut de son nez. Ils s'en servent pour communiquer avec leurs ancêtres.

– Un rituel chamanique ?

Elle lui décocha un regard perplexe.

– Le chaman est une sorte de sorcier-guérisseur, expliqua-t-il.

– L'anthropologie n'est pas mon fort. Seul l'aspect biochimique m'intéresse.

— Savez-vous si l'ibogaïne est employée dans d'autres formes de magie africaine ? A des fins médicales, peut-être ?

Elle secoua la tête et se redressa en plaçant trois nouveaux DVD au sommet de la pile. Puis elle prit un sachet en papier brun sous le comptoir et le posa à côté des disques.

— Ce n'est pas du tout mon rayon, monsieur Caffery. Mais nous avons reçu ici il y a quelque temps un universitaire que notre démarche intéressait. Lui saurait sûrement vous répondre. J'ai accepté de lui ouvrir nos portes – question d'image –, mais je ne me suis pas mêlée de son travail parce que c'était au tout début, pendant que je définissais notre protocole thérapeutique.

— Il était là en observateur, ajouta Chloë d'un air important. Vous savez, pour ses recherches.

— Et qu'est-ce qu'il en a fait ?

— Il a dit qu'il essaierait de les publier. C'est ce qu'ils font, non ? Les universitaires ? fit Tay en se faufilant entre Chloë et l'ordinateur.

Elle accéda à une banque de données et, quelques clics plus tard, l'imprimante cachée sous le comptoir se mit à ronronner. Une feuille de papier lui tomba dans la main.

— Nous avons noté son adresse personnelle parce qu'il ne met pratiquement jamais les pieds à la faculté, reprit-elle en tendant la feuille à Caffery avec un sourire. C'est un monsieur très obligeant, il sera certainement intarissable sur l'ibogaïne et les rituels.

Caffery prit la feuille et lut le nom à mi-voix :

— Kaiser Nduka.

Un prénom à consonance allemande accolé à un patronyme africain. Il avait déjà vu ça quelque part – sur la liste des consultants de Marilyn. Elle avait même surligné ses coordonnées parce qu'il vivait dans la région.

— Merci, dit-il en glissant les DVD dans le sachet. J'emporte ça au service multimédia du QG, et je ferai peut-être un saut ensuite chez ce M. Nduka.

— Passez-lui le bonjour, dit Chloë en agitant les doigts.

– Oui, renchérit Tay, ouvrant la porte à Caffery avec un sourire détendu et imperceptiblement méprisant. Surtout ne manquez pas de lui transmettre nos salutations.

Il crut un instant qu'elle allait tordre le nez à cause de son odeur de cigarette, mais non.

Misty Kitson était peut-être une junkie comme Jonah, mais elle avait sur lui le double avantage d'être jolie et célèbre. Ce qui changeait tout. Flea et Dundas savaient l'un et l'autre que, malgré son père policier, Jonah restait avant tout un michetonneur, et que sa disparition atterrirait en bas de la pile. Aussi contactèrent-ils le divisionnaire de Trinity Road, le commissariat le plus proche du domicile de Faith, pour le persuader de lancer un avis de recherche. Mais, ayant senti une sorte de retenue dans sa voix lorsqu'il lui assura que le dossier recevrait un traitement prioritaire, Flea jugea indispensable d'appeler à la rescousse quelqu'un qu'elle connaissait personnellement.

Caffery. Par une étrange prémonition, elle le sentait capable de mouiller sa chemise pour un paumé comme Jonah. Peut-être même était-il le seul qui ne lâcherait pas prise avant de l'avoir retrouvé. Mais il n'était pas au commissariat de Kingswood, et on lui donna au standard un numéro de portable qu'elle appela sans succès. Non sans peine, elle réussit ensuite à joindre un collègue ayant entendu dire que Caffery était parti au QG pour remettre au service multimédia des disques d'images filmées par une caméra de surveillance : elle avait donc une chance de le trouver là-bas. Portishead se trouvant sur le trajet qu'elle allait devoir emprunter pour aller voir Kaiser, elle regagna sa voiture garée au bord de la route juste après avoir réorganisé son équipe en désignant un nouveau superviseur.

Elle venait d'insérer sa clé dans le contact lorsqu'un homme courtaud, au regard intense, frappa à sa portière et se pencha vers elle. Flea mit le contact et baissa sa vitre.

– Vous êtes le sergent Marley ?

— Que puis-je pour vous ?

— Je suis le conseiller technique.

C'était donc ce type qui avait défini les paramètres de recherche et sollicité l'intervention de son équipe. Elle ne l'avait jamais rencontré. Elle vit à ses galons qu'il était constable.

— Ouais, bon, répondit-elle froidement en attachant sa ceinture. Je ne suis pas en service. Voyez plutôt quelqu'un de l'équipe.

— Je voudrais bien, mais c'est justement votre équipe qui pose problème. J'ai même cru qu'ils allaient stopper les recherches.

— On a eu un petit problème d'effectifs, mais un autre superviseur vient d'être nommé et il a la situation bien en main. Ils ont perdu au maximum une heure, OK ?

Au moment où elle appuyait sur le bouton du lève-vitre, le conseiller bloqua celle-ci en posant sa main sur la fente.

— J'aimerais bien que quelqu'un plonge dans ce lac tout de suite. Ce serait sympa si vous accélériez un peu le mouvement. D'ailleurs, vous pourriez peut-être envisager de reporter votre journée de repos pour une affaire aussi importante.

Un tic fit trembler la paupière de Flea.

— Non. Je ne l'envisage pas. Mes gars sont parfaitement capables de faire le boulot.

Elle observa son nez bulbeux, les capillaires éclatés qui commençaient déjà à lui rosir les joues, et sentit au plus profond d'elle-même qu'elle allait déraper. A cause de son visage, de sa main plaquée sur la portière, et aussi d'un million d'autres choses.

— Vous savez quoi ? reprit-elle. Autant qu'on se dise la vérité, ça nous fera gagner du temps à tous les deux, d'accord ?

— La vérité ?

Elle aurait dû faire machine arrière mais prononça avec une espèce de jubilation les mots clairs, nets et précis qui se bousculaient dans sa gorge.

– Oui. Vous savez comme moi que vous n'allez pas la retrouver là-dedans.

– Vraiment ?

– Oui. Vraiment.

Il braqua sur elle ses yeux délavés.

– C'est marrant, dit-il, parce que votre brigade n'a pas encore fouillé ce lac. Je ne vois pas comment vous pouvez être aussi sûre qu'elle n'est pas dedans. Qu'est-ce qui vous permet d'affirmer ça ?

Mes années d'expérience ? pensa-t-elle. Ce que je sais des effets de l'eau ? Oh, et peut-être aussi une touche de prémonition, ce petit talent dont j'ignorais l'existence jusqu'à hier.

– La définition des paramètres de recherche ne fait pas partie de vos compétences, ajouta l'homme. Je veux dire, voyons les choses en face, vous n'êtes…

– Qu'une plongeuse ? Qu'une petite plongeuse de rien du tout ? C'est ce que vous alliez dire ?

– Nous disposons de profils très précis pour les personnes souffrant du problème de Kitson. Neuf fois sur dix, quand elles fuguent pendant une cure, comme c'est le cas ici, on les retrouve soit en quête de drogue dans la ville la plus proche, soit à bord du premier car venu. Mais quand elles décident de se foutre en l'air, le passage à l'acte a presque toujours lieu dans un rayon d'un kilomètre autour de la clinique.

Après quelques secondes de silence, Flea regarda sa main toujours posée sur la portière.

– Vous êtes nouveau, n'est-ce pas ? C'est la première fois que je vous vois.

– Je viens de terminer mon stage. Oui.

– Et en quoi un stage de formation aux explosifs vous a-t-il appris à retrouver des cadavres ?

– Notre formation ne se limite pas à la détection des bombes artisanales, figurez-vous.

– Je sais. A la fin du stage, on vous envoie deux jours dans le nord du pays de Galles et on vous fait potasser quelques profils. Vous savez peut-être lire une carte numérisée, mais vous n'avez pas appris à… (Elle revit Prody immobile devant son cottage la veille au soir, face à la lumière.) Vous n'avez pas appris à sortir des sentiers battus.

Le conseiller technique se redressa de toute sa hauteur. Elle aperçut brièvement les muqueuses velues et rougies de ses narines, comme s'il passait son temps à se moucher.

– Puisque c'est comme ça, fit-il avec un ricanement sarcastique, vous pourriez peut-être m'apprendre à « sortir des sentiers battus » ? Expliquez-moi donc comment vous savez qu'il n'y a personne dans ce lac.

Avec un soupir, Flea démarra.

– Parce que c'est une jolie fille, répondit-elle en desserrant le frein à main. Une fille célèbre. Et quand les jolies filles célèbres décident de se suicider, elles se débrouillent pour laisser un cadavre présentable. Ce qui exclut la noyade. Surtout dans un lac aussi minable. Pigé ?

Et sans attendre de réponse, certaine que ce type s'empresserait d'aller cafter auprès du commissaire – certaine aussi qu'elle aurait dû s'interdire ce dérapage –, elle enclencha la première et partit, abandonnant le conseiller technique fou de rage dans un brouillard de gaz brûlés.

44

Dès son arrivée au QG, Flea repéra la vieille voiture de Caffery, stationnée à la lisière du parking comme si elle cherchait obstinément à se différencier des Mondeo et des rutilantes BMW.

Elle gara sa Focus juste à côté, coupa le contact et, les deux mains sur le volant, examina ses ongles un peu pâles. L'image d'un fil tendu à la limite du point de rupture lui traversa l'esprit. Elle avait le corps vide et la tête qui tournait. Il fallait qu'elle voie Kaiser au plus vite pour éviter de craquer.

Une silhouette familière émergea de la façade de verre. Caffery marchait la veste ouverte, les mains dans les poches ; son ventre était plat et ferme sous sa chemise blanche. A la façon dont il s'arrêta avant de s'engager sur l'allée pour balayer du regard le bel ordonnancement des pelouses et des fontaines, elle le sentit désemparé. Comme s'il était soudain écartelé entre le désir de regagner sa voiture et la sensation d'avoir oublié quelque chose dans l'immeuble. Flea se demanda ce qu'elle-même faisait là. Espérait-elle réellement qu'il prendrait au sérieux la disparition de Jonah ? Il fallait soit être fou, soit avoir éprouvé dans sa chair le supplice de la perte d'un proche pour se lancer dans une recherche aussi aléatoire. Elle n'avait aucune chance d'être écoutée. Mais peut-être n'était-ce pas pour cette raison qu'elle avait choisi de s'adresser à lui.

Elle s'apprêtait à redémarrer, déterminée à aller relancer le commissaire de Trinity Road, quand Caffery l'aperçut. Il ne dit rien et son expression ne changea pas, mais elle sentit qu'il l'avait vue à la façon dont il se raidit d'un seul coup, les épaules légèrement en arrière et le visage tourné vers elle.

Elle attendit qu'il se soit avancé sur la pelouse pour retirer ses lunettes noires et descendre de voiture.

– Salut, dit-il.

Elle esquissa un sourire faible.

– Vous étiez au service multimédia ?

– Je leur ai apporté un enregistrement vidéo à analyser, mais apparemment ce genre de travail ne se fait pas du jour au lendemain. J'avais l'impression de les déranger en restant sur leur dos.

Et il ajouta, après une pause :

– Vous avez des projets pour aujourd'hui ? Moi, je pars à la campagne.

– A la campagne ?

– Le travail. Rien de plus. Je me disais que vous seriez peut-être tentée par la balade.

– Non. Enfin, je... il faut que j'aille chez un... chez quelqu'un que je dois voir.

Caffery l'observa d'un air pensif, comme si quelque chose en elle l'intriguait ou l'amusait. Le minuscule fragment de ciel qui se reflétait dans ses iris donna envie à Flea de fermer les yeux. Une sensation honnie sourdait de son bas-ventre.

– Qu'est-ce que vous faites là ? s'enquit-il. J'ai l'impression que vous êtes venue me parler.

– J'ai besoin de votre aide. Je ne vous demanderais rien si j'avais quelqu'un d'autre à qui m'adresser.

– J'écoute, dit-il avec circonspection.

– Il s'agit de Richard Dundas. Vous l'avez rencontré, il fait partie de mon équipe.

– Oui. Je me souviens.

– Son fils a disparu. Après avoir annoncé à sa mère qu'il avait trouvé un travail qui lui rapporterait gros, il est sorti, et elle ne l'a jamais revu.

– Un travail ? Quel genre de travail ?

Elle soupira.

– Il se prostitue. C'est pour ça que je m'adresse à vous. Si on se contente de signaler sa disparition au commissariat de Trinity Road, l'affaire n'a aucune chance d'être prise au sérieux. Il fait le trottoir et il se shoote. C'est une loque.

– Et ce n'est pas la première fois qu'il disparaît ?

– Si. C'est tout le problème. Je connais bien Dundas, et s'il dit qu'il lui est arrivé malheur, c'est sûrement vrai. Je suis ici parce que… parce que j'ai le sentiment que vous pourriez agir.

Caffery regardait fixement sa bouche, comme s'il voyait les mots en sortir. Il faillit répondre puis se ravisa. A la façon dont il leva les yeux vers le ciel, elle crut d'abord qu'il s'interrogeait sur le climat, ou qu'il cherchait à identifier une odeur. Son mutisme dura si longtemps que Flea finit par se demander s'il n'avait pas oublié sa présence. Pourtant, dès que son regard retomba sur elle, elle comprit que tout avait changé.

– Quoi ? souffla-t-elle. Qu'y a-t-il ?

– Je vais agir. Là, tout de suite.

Il sortit ses clés, parut à nouveau sur le point de parler puis hocha la tête, presque pour lui-même, et se remit en marche, avec un vague salut de la main. Il monta dans sa voiture, démarra et franchit le poste de contrôle pendant que Flea restait seule sous le soleil, à se demander si la solution pouvait être aussi simple, si Caffery croyait sincèrement à l'engagement qu'il venait de prendre ou s'il l'aurait oublié le temps de rejoindre la route.

45

Mossy est sur le dos et pleure à chaudes larmes. Le calme est revenu. La pièce ne tangue plus, ne palpite plus comme un cœur gigantesque, et c'est toujours ça de pris. Il tâche de respirer lentement. Il fait jour et, de l'autre côté de la fenêtre condamnée, tout près, un véhicule est en train de se garer. Les autres qui reviennent, peut-être, vu qu'il est seul depuis des heures. Toujours coincé derrière cette putain de grille, sous les regards croisés de Will Smith, qui le vise impassible avec son lance-roquette, et d'un Brad Pitt aux sourcils froncés, en cuirasse étincelante.

C'est la première fois depuis longtemps que la douleur est redescendue à un niveau lui permettant de se concentrer, de réfléchir à sa situation. Il n'a aucune idée du temps qui a pu s'écouler depuis que Tonton lui a tranché les mains. Un temps qui semble même avoir carrément glissé sur cette piaule – il a eu de la fièvre, il le sait, et quelque part pendant sa fièvre il a perdu le fil de ce qu'il était et de sa situation géographique. Il ferme les paupières et cherche à refaire son parcours en sens inverse, mais sa mémoire n'a gardé trace que des quelques heures qui se sont écoulées depuis sa descente.

C'est comme s'il avait été précipité contre un mur blanc, ou comme s'il avait dérivé dans l'espace en tourbillonnant sur lui-même sans plus savoir où étaient le haut et le bas. Il a éprouvé une souffrance qui ne ressemblait à rien de connu, pire que le manque, pire que l'abcès à la jambe qu'il s'est chopé à Noël. Il est resté longtemps à hurler sur ce canapé, les bras entre les cuisses, pressant ses plaies contre la couture intérieure de son jean comme si ça pouvait atténuer la douleur. Il n'osait pas regarder ce qu'ils lui avaient fait.

Racho, à son chevet, faisait de son mieux pour le calmer, lui préparait des fixes de ses petits doigts experts, prenait chaque fois le temps de trouver une veine à peu près bonne et enfonçait délicatement l'aiguille sous sa peau. Le lendemain seulement, après avoir gueulé tout son soûl, Mossy a trouvé le courage nécessaire. Il a attendu que Racho ait retiré la pompe pour se jeter à l'eau, en déglutissant péniblement parce qu'il avait envie de gerber. Il a regardé à l'emplacement de ses mains. Il a levé les bras. Sa tête est restée un moment paralysée, comme morte, refusant de bouger, et il s'est contenté de mater. La première pensée qui lui est venue, quand son cerveau s'est enfin remis en branle, était à la fois ridicule et absurde : il trouvait ses bras incroyablement courts. Quelqu'un avait enveloppé ses moignons d'une espèce de bandage. La charpie imbibée de sang et de fluides séchés était maintenue en place par des petits bouts de sparadrap dont les contours noircissaient. Secoué de tremblements si violents que ses dents se sont mises à claquer, il a reposé les bras sur ses cuisses et les a contemplés longtemps, stupéfait de les voir aussi courts. Il en revenait sans cesse à ça : ses bras étaient minuscules. Il ne comprenait pas comment un truc aussi évident avait pu lui échapper jusque-là, ni pourquoi il ne s'était jamais demandé si ses mains étaient grandes ou petites.

Alors seulement la vérité lui est tombée dessus, et Mossy l'a prise en pleine poire. Il a beau les avoir eues sous les yeux à chaque instant de sa putain de vie, il est infoutu de se rappeler à quoi elles ressemblaient. Et il ne les reverra plus. Ses mains, putain de bordel de merde, ses propres mains, et il ne les reverra plus. Sa tête est partie en arrière sur le canapé.

— Bande d'enculés ! glapit-il. Rendez-moi mes mains !

Des larmes roulent sur ses joues. Racho approche à quatre pattes et s'agenouille devant lui pour lui caresser le front, mais ça ne suffit pas à combler le gouffre de désespoir qui s'est ouvert dans ses entrailles.

– Mes mains… Mes mains… C'étaient mes mains, putain !

Il est sans cesse ramené à ça. *C'étaient mes mains, putain.* Ces derniers jours, même si la douleur a reflué, même si Racho sait désormais mieux s'y prendre pour changer ses pansements, Mossy éprouve toujours autant de haine contre celui qui a osé le priver d'une partie de lui-même, et continue de nourrir le secret espoir que sa situation s'arrangerait si seulement il revoyait ses mains, que ça suffirait peut-être à inverser le cours des choses. Il est plus jaloux de ses mains que de n'importe quoi d'autre. Aucun amant, aucune dose de poudre ne lui a jamais inspiré ce sentiment-là. Personne ne pourra jamais remplacer ses mains, c'est un cadeau de ses vieux, et cette idée redouble ses larmes. Que ses parents ont pu lui donner un truc aussi précieux. Ça fait des années qu'il se fout complètement d'eux, et voilà qu'il n'arrête plus d'imaginer leur chagrin s'ils apprenaient qu'on lui a pris ses mains. Ce brusque regain de tendresse filiale lui fait se demander comment il s'est démerdé pour tomber aussi bas.

Une odeur suinte de son moignon gauche. Il y a trois jours, alors qu'il essayait de se retourner sur le canapé, il a senti une plaie se rouvrir sous le pansement, avec un bruit de succion qui lui a donné envie de vomir. Un fluide épais, laiteux, n'a pas tardé à imbiber la gaze. La fièvre s'est installée en quelques heures et Mossy a basculé dans un autre monde, un monde atroce où son corps n'était plus qu'un gigantesque élancement de douleur. Plusieurs jours durant, il s'est contorsionné, en nage, sur le canapé, avec parfois de brèves périodes de lucidité, sous le regard fixe des Men in Black dont l'affiche disait tantôt « Ils défendent la Terre contre la racaille de l'univers », tantôt « Mallows est la racaille de l'univers ». Chaque fois que les murs cessaient de tourner, il s'est remis à hurler en direction de la fenêtre condamnée : *Rendez-moi mes putains de mains, bande de fumiers !*

Ses forces l'ont quitté. Son corps a jeté l'éponge et il ne lui reste plus qu'à écouter, allongé et respirant avec peine, le bâtiment qui grince autour de lui. Il trouve facile de faire comme si de rien n'était, comme s'il n'était jamais allé à ce groupe de parole, comme s'il n'avait jamais rencontré Racho, mais, en repensant à ce qu'était sa vie avant que ça parte en vrille, il sent son cœur se fendre. Maintenant que ses idées sont redevenues claires, la vérité s'impose à lui. Il n'y aura pas de retour en arrière. Il va crever ici. Il laisse les voix se faufiler dans sa tête, laisse un timide rayon de soleil éclairer son regard en comprenant que c'est la dernière fois qu'il le voit briller.

Au même instant, derrière la plaque de métal, là où le soleil brille et où les arbres sont verts, le moteur de la voiture se tait et une portière claque.

46

Gênée par l'odeur de renfermé de sa Ford, Flea roula vitre ouverte jusque chez Kaiser. Le trajet ne fut pas long. En moins d'une demi-heure, les collines de Mendip refermèrent autour d'elle leurs forêts denses et leurs ravins inattendus, ce qui lui rappela à quel point le monde pouvait être empreint de solitude. Elle remonta le chemin de la propriété au ralenti, se gara sur l'aire de gravier, éteignit son moteur et remonta sa vitre. Des nuages défilaient brièvement devant le soleil presque au zénith. La terre était sèche et la maison toujours aussi mal entretenue. Un chat assoupi à l'ombre d'une citerne cligna des paupières et leva paresseusement la tête, mais pour le reste rien ne bougeait. Le regard de Flea erra sur les fenêtres tantôt condamnées, tantôt masquées par des rideaux ; elle se revit ici enfant et se demanda si la maison de Kaiser lui avait toujours paru aussi sinistre, ou s'il s'agissait d'une impression récente.

Finalement, comme personne ne venait, elle sortit de la voiture et claqua sa portière. Le bruit résonna à travers le pré vide. Elle attendit un instant. Kaiser l'avait-il entendue ? Toujours pas de réaction ; elle retira ses lunettes noires et, après s'être arrêtée deux ou trois fois pour caresser les matous poussiéreux surgis des herbes folles et des machines rouillées pour se frotter à ses mollets, elle gravit les marches de la véranda et écarta la bâche en plastique pour jeter un coup d'œil à l'intérieur. N'ayant détecté aucun son, elle contourna la maison. La porte de la cuisine n'était pas fermée à clé, et la voiture de Kaiser, une vieille Coccinelle, était garée à sa place habituelle, mais elle ne vit trace de lui ni dans les dépendances ni dans la serre. Elle s'avança dans la cuisine.

La feuille de plastique qui recouvrait l'entrée du couloir ondulait imperceptiblement, suggérant qu'une fenêtre, quelque part, devait être ouverte. Un sandwich entamé gisait sur la table, cerné de mouches bourdonnantes, et elle remarqua trois moitiés d'avocat sur une planche à découper. Les noyaux étaient tranchés et il s'en écoulait un liquide épais comme du sang. Le chaos habituel régnait partout – les piles de *National Geographic* sur une étagère, le cochon d'Inde qui l'observait avec fascination, blotti au fond de sa cage installée sur le plan de travail. Flea décrocha son petit distributeur d'eau, alla le remplir au robinet, le glissa entre les barreaux et regarda la bestiole pincer la tétine entre ses lèvres roses pour s'abreuver goulûment. Elle prit la planche à découper et jeta dans la poubelle les avocats au cœur saignant.

Dans le salon, elle repéra une serviette en papier sur une assiette saupoudrée de miettes ; il y avait aussi, étalé au centre de la pièce sur des feuilles de journal, un moteur de tondeuse entièrement démonté. Flea alla droit à la table et déplaça la souris de l'ordinateur, mais l'écran resta noir. Puis elle s'assit sur le canapé où elle avait passé dix-huit heures allongée. Elle enfonça ses paumes dans les coussins et scruta avidement les motifs de l'étoffe, comme si elle espérait s'y revoir en flashback, quittant le canapé et s'installant devant l'ordinateur, mais seule une hallucination lui revint : les squelettes de ses parents dans le maelström de Boesmansgat. *Cette fois,* avait dit sa mère, *ils vont nous retrouver.*

Elle se laissa aller en arrière, les bras croisés. Les placards du mur d'en face où, à en croire sa mère, Kaiser stockait ses drogues, étaient toujours fermés à clé. Elle regarda le seuil sur lequel il lui était apparu la veille, en chemise blanche et le visage en ruine. Elle repensa à une photo vue dans un livre de sorcellerie, chez son père. La photo d'un chaman en tunique à perles, à la tête coiffée d'un crâne de bouc et aux yeux soulignés à la feuille d'argent. Elle se frictionna les bras et, soudain glacée, jeta un coup d'œil par-dessus son épaule, comme si un courant d'air venait d'entrer par la fenêtre à laquelle elle tournait le dos. Les masques africains de Kaiser la fixaient. Elle les connaissait par cœur et n'avait donc aucune raison de s'en formaliser. Sauf que plus rien n'était normal depuis qu'elle avait appris, en parlant avec les morts, que ses parents allaient être retrouvés.

Elle ressortit dans le couloir et, arrivée au pied de l'escalier, lança :

– Kaiser ? Tu es là ?

Pas de réponse. Elle observa le fond du couloir, les murs tachés, le papier peint en lambeaux, l'escabeau métallique et la truelle de plâtrier abandonnée au sol, sur la tranche. Malgré tous ses efforts, Kaiser n'avait jamais réussi à faire de cette maison un foyer digne de ce nom. Flea comprenait que sa mère et Thom s'y soient toujours sentis mal à l'aise, surtout avec ce courant d'air venu des profondeurs d'un couloir au bout duquel ils n'avaient jamais voulu s'aventurer.

Flea envisagea un moment de visiter les autres pièces, au cas où Kaiser serait immobilisé quelque part, victime d'une fracture ou d'une attaque, puis, dans un silence seulement rompu par le claquement d'une fenêtre mal fermée que le vent faisait osciller, elle retourna au salon.

Le voyant de veille du téléviseur était allumé, et les chiffres verts du magnétoscope défilaient. Elle les étudia d'un œil perplexe, en songeant qu'elle n'avait jamais vu Kaiser regarder une vidéocassette – ni même la télévision –, ramassa la télécommande et la pointa sur l'écran, qui s'alluma comme à regret.

Le son était coupé, mais, avant qu'elle ait pu repérer le bouton du volume sur la télécommande, une image lui sauta aux yeux. Une image aux couleurs un peu passées, comme dans les vieux films, montrant un homme allongé sur un lit. Les doigts de Flea se crispèrent instantanément sur le boîtier.

L'homme était jeune, noir, et très maigre. Sa chemise kaki était maculée de transpiration et son visage, son corps entier se convulsaient de souffrance – son torse soulevé était tendu comme un arc, ses mâchoires saillaient. Impossible de voir d'où venait la douleur, mais elle était réelle : ses joues ruisselaient de sueur. Il resta ainsi, les traits chavirés et le corps arc-bouté, pendant cinq ou six secondes. Puis un changement se produisit. Sa tension disparut. Il rouvrit les paupières comme s'il revenait à lui. Hors d'haleine, il conserva sa position quelques secondes, décollé du matelas, tandis que ses yeux roulaient en tous sens comme s'il avait du mal à croire que son calvaire était fini. Et tout à coup, dans un grand spasme, il se pelotonna comme un fœtus, les bras noués autour des genoux. L'image tremblota puis disparut.

Flea fixait l'écran, incrédule et désemparée. Elle resta immobile aussi longtemps qu'elle le put. N'y tenant plus, elle finit par s'approcher du magnétoscope, éjecta la cassette, s'en saisit et la jeta aussitôt sur la table basse, comme si elle lui brûlait les doigts. Son cœur battait la chamade. Une séance de torture. Voilà ce qu'elle venait de regarder. De torture. Que faisaient ces images chez Kaiser ?

Un bruit dans son dos la fit pivoter sur elle-même. Kaiser la regardait depuis le seuil. Il portait la même chemise blanche tachée d'herbe que la veille et tenait à la main un long sécateur.

– Kaiser ? murmura-t-elle, méfiante. Kaiser, je ne comprends pas ce que…

Au lieu de répondre, il sourit tristement. Un sourire qui semblait exprimer son regret absolu de devoir en passer par un moment pareil. Un sourire de résignation aux cruelles nécessités de la vie.

– Phoebe, lâcha-t-il enfin. Je crois qu'il est grand temps qu'on parle.

47

Le bruit de portière ranime un peu Mossy. Il cligne des yeux, réussit péniblement à tourner la tête. S'essuie les paupières avec ses bras pour améliorer sa vision et se demande pourquoi il est d'un seul coup en état d'alerte. Ce n'est pourtant pas la première fois qu'il entend une bagnole arriver. Mais celle-là a produit un son différent, un son qui semble le concerner personnellement. Peut-être que c'est la Peugeot.

Il renverse la tête en arrière pour voir derrière la grille et s'attend à ce que la lumière s'allume, à ce que Racho revienne. Et en effet, il sent que ça bouge dans le couloir, mais ce n'est pas Racho. Son pouls s'accélère, et une bouffée de terreur lui glace le sang. Il est sûr d'avoir vu une forme se déplacer en vitesse là-bas, dans le noir ; une ombre trapue, au ras du sol. Ça pourrait être une illusion d'optique, mais ça pourrait aussi être une silhouette en mouvement. Une silhouette avec des yeux.

– Hé ! C'est... c'est qui ?

Silence. Un frisson lui traverse l'échine. Il sait qui c'est. Le frangin. Celui qui a piqué son sang pour le boire. Il n'était donc pas seul. Le frangin est là depuis le début. Son cœur s'emballe de plus belle. A tous les coups, c'est l'odeur de ses moignons qui l'attire. Il va vouloir venir renifler.

Mossy sent remonter ses larmes, sa nausée. Un élancement lui vrille les tempes.

– Enculé… Essaie un peu, bâtard, et tu vas voir.

La forme paraît l'entendre. Au début, elle ressemble plus que jamais à une ombre, et Mossy s'attend à la voir grimper au mur, mais voilà qu'une espèce de tension s'empare d'elle : on dirait qu'elle l'écoute.

Mossy plante les coudes dans l'accoudoir du canapé et réussit à se mettre en position semi-assise. Il a la tête qui tourne, les dents qui claquent.

– Salopard, grogne-t-il. Viens, je t'attends.

La forme réagit aussi sec. Elle se met en boule. Dans le silence ambiant, Mossy ose à peine respirer ; il s'efforce de préparer au combat son corps meurtri. Il redresse la tête et montre les dents, prêt à mordre ce petit fumier jusqu'à l'os. Mais rien ne se passe. La forme ne s'approche pas. Quelques secondes plus tard, elle s'éclipse en silence et Mossy se retrouve à regarder dans le vide.

Il reste longtemps sans bouger, les yeux rivés sur la grille, les muscles bandés, le souffle court. Racho aurait mieux fait de se grouiller. De ne pas traîner en route, si c'est bien lui qui vient d'arriver en bagnole. Mossy lutte contre la nausée qu'il a ravivée en essayant de s'asseoir et regrette que le petit Africain ne soit pas à ses côtés, mais il finit par renoncer en sentant monter du fond de ses yeux un voile rose-rouge, aussi familier que l'intérieur d'une bouche ou d'une plaie : il retombe dans les pommes.

48

Contre son instinct, Caffery avait décidé de différer sa visite à Kaiser Nduka. Quand il s'était retrouvé face à Flea sur le parking du QG, il avait brièvement eu l'impression d'être perché en équilibre instable sur un mur, d'un côté ou de l'autre duquel le moindre souffle de vent risquait de le faire basculer : soit il décidait de l'aider, soit il s'en tenait à sa ligne habituelle, qui consistait à remplir sa mission coûte que coûte. Il ne se serait sûrement pas laissé influencer par une telle demande autrefois, ce qui en soi suffisait à prouver qu'il était retombé du côté de Flea. Il lui avait même solennellement promis d'enquêter sur la disparition d'un junkie sans doute trop occupé à s'envoyer en l'air pour se souvenir qu'il avait rendez-vous avec sa mère. Mais on ne revenait pas sur une promesse, et il lui semblait que son choix d'aider Flea ne laisserait pas le Marcheur indifférent. Pour être tout à fait sincère, il avait le pressentiment bizarre que le Marcheur l'approuverait.

C'était ce qui expliquait sa présence ici, dans l'unique chambre du minuscule appartement de Jonah Dundas. Une chambre exiguë, tout juste assez grande pour accueillir un matelas simple et une grosse caisse à claire-voie dans laquelle avaient été jetés quelques tee-shirts froissés et une paire de baskets. Le carreau supérieur de la fenêtre à cadre d'aluminium manquait à l'appel, et un sac en plastique au nom d'une supérette – l'Eezy Pocket – avait été scotché à sa place pour colmater la brèche. Il se gonflait et se dégonflait bruyamment au gré des bourrasques qui balayaient le dix-huitième étage de la tour.

Faith Dundas et son ex-mari Rich attendaient sur le seuil, cherchant à voir la pièce par les yeux de Caffery, priant pour qu'il remarque un indice qui leur avait échappé. Faith était une femme discrète, vêtue d'une jupe bleu marine unie et d'un pull-over rose, chaussée d'escarpins sans talons. Avec son chignon grisonnant, elle ne ressemblait pas du tout à une mère de junkie, à part peut-être ses yeux tellement bouffis de larmes qu'elle avait l'air de s'être pris un direct en pleine figure. C'était l'éternel dilemme des parents de drogué, pensa Caffery : soit ils mettaient leur enfant dehors à coups de pied au train et le laissaient se colleter avec le vaste monde, soit ils devenaient dingues à force d'essayer de suivre les errements d'un môme qui leur en demandait toujours trop.

– Il ne vous a pas dit où il allait hier soir ? demanda Caffery en tournant le dos à la fenêtre. Rien du tout ?

– Non, répondit Faith d'une voix assourdie par le mouchoir qu'elle tenait devant sa bouche. Il a juste dit qu'il avait trouvé du travail, un boulot spécial. J'ai beau réfléchir, je ne me rappelle rien d'autre. Je n'y ai pas fait très attention, ajouta-t-elle en recommençant à pleurer. J'avais tellement l'impression d'avoir déjà entendu tout ça que j'ai...

La suite se perdit dans un sanglot.

– Ça veut dire quoi, « spécial » ?

Elle secoua la tête, et des larmes débordèrent à nouveau de ses yeux. Caffery chercha le regard de son mari en haussant les sourcils.

Dundas s'éclaircit la voix, redressa les épaules.

– Un travail censé... je ne sais pas. Lui rapporter gros.

– C'est-à-dire ?

– Mille huit cents livres, répondit-il en jetant un coup d'œil oblique à sa femme. C'est ce qu'il a dit, en tout cas.

– Mille huit cents livres, répéta Caffery en secouant la tête. Pas loin de deux mille ? Pour quel genre de travail ?

— Aucune idée.
— C'est une sacrée somme. Vous ne trouvez pas ? Ça fait cher de la soirée.
— Je n'étais pas là, fit Dundas. Peut-être que si j'avais été là, j'aurais...
Son large visage se contracta, comme s'il allait pleurer. Il se pinça le nez et ferma les yeux.
— Excusez-moi, reprit-il. J'ai un peu de mal à vous parler de ses projets, vu que je n'étais pas là.
Caffery ramassa un tee-shirt. Le coton formait une boule compacte, et certains plis étaient collés par une espèce de croûte blanchâtre. Il le laissa retomber dans la caisse et s'essuya les mains puis considéra le matelas pathétique, les draps en nylon froissés, l'oreiller grumeleux. Il tâcha de se convaincre qu'il avait eu raison de refuser de faire un enfant à Rebecca. Qu'il ne se retrouverait jamais dans la position de Faith, réduite à pleurer l'absence de quelqu'un qui l'avait usée jusqu'à la corde.
— Il a revendu ses affaires, n'est-ce pas ?
Faith cessa de sangloter. Elle retint son souffle une fraction de seconde, puis :
— Oui. Je crois que oui.
— Des affaires que vous lui aviez achetées ?
Elle hocha la tête.
— Pour se payer ses doses ?
— Je crois... j'imagine.
Dundas se rapprocha de son ex-femme en fixant Caffery dans le blanc des yeux, avec une lueur de colère. Décidé à la protéger d'elle-même.
— Il a dit à sa mère qu'il avait trouvé un moyen de sortir de la drogue.
— Je vois.
— C'était peut-être vrai.
— Peut-être, acquiesça Caffery.
— Il lui a dit que c'était décidé. Qu'il allait régler ses dettes et que le reste financerait sa cure de désintox.
— Et je suppose qu'elle lui a avancé l'argent.
— Pas cette fois. Cette fois, elle a dit non.

Faith se tourna vers son ex-mari ; sa poitrine se soulevait régulièrement sous son pull couleur de marshmallow.

– Et voilà, soupira-t-elle. Voilà le résultat.

Dundas la prit dans ses bras, et elle enfouit son visage au creux de son épaule.

– Voilà où ça l'a mené, insista-t-elle d'une voix de plus en plus stridente. Ils vont lui faire subir le même sort qu'à ce pauvre garçon, et s'ils font ça, s'ils lui coupent les mains, j'en mourrai. Vous m'entendez ? J'en mourrai !

Dundas se raidit. Il releva la tête et chercha le regard de Caffery. Il ne prononça pas un mot, mais ses yeux en disaient plus long que des paragraphes. Que des pages entières. Chacun des deux hommes lut dans les pensées de l'autre.

– Euh... Faith ? fit Caffery. Pourquoi est-ce que vous... ? Qu'est-ce qui vous fait croire que c'est ce qui va se passer ? Ce que vous venez de dire à propos de ses mains... qu'est-ce qui vous a fait penser ça ?

– Il est venu ici, souffla-t-elle. Ici, dans cet appartement. Il passait de temps en temps. C'est Jonah qui me l'a dit.

– Qui ça ?

– Lui. Ce pauvre gosse.

– Mallows ?

Caffery se tourna vers Dundas et sentit qu'il accusait le coup. Des veines bleuâtres striaient son visage blême.

– Faith ? Tu veux dire que Jonah connaissait Mallows ?

– Ils étaient amis.

Les pensées de Caffery s'emboîtèrent lentement mais sûrement. Jonah et Mallows. Jonah et Mallows... Il alla à la fenêtre et, par-delà les gouttelettes de condensation captives du double vitrage, observa les passants réduits à des points de couleur, les pelouses brûlées et les parkings qui, soixante mètres en contrebas, semblaient appartenir à un autre monde. Il entendait à nouveau la voix de BM : *Il m'a dit que ça allait saigner. Ça me revient, maintenant que j'y pense. Il a dit : « Y a des putains de tordus dans le secteur, BM, et je me demande à qui ils s'attaqueraient s'ils avaient pas des mecs comme moi, des pauvres connards qui se laissent faire sans résister. »*

Il émanait de la tanière de Jonah un mélange de peur et de misère que Caffery trouva rapidement insoutenable. Il fit venir une collègue spécialiste des relations avec les familles pour prendre le relais auprès des Dundas, s'excusa dès qu'elle fut arrivée, redescendit les dix-huit étages en ascenseur et s'enferma dans sa voiture pour passer une rafale de coups de fil. Il appela d'abord le commissaire de Trinity Road, puis son divisionnaire, et mit moins d'une demi-heure à planifier une opération de porte-à-porte immédiate dans le quartier de Jonah, en réaffectant la moitié de l'équipe chargée jusque-là d'enquêter sur les associations. Il tenta ensuite de joindre Flea sur le poste fixe de la brigade, en se doutant qu'elle ne répondrait pas. Son suppléant eut l'amabilité de lui communiquer un numéro de portable personnel, mais Caffery tomba sur sa messagerie. Ne sachant que dire, il raccrocha.

Il resta un moment assis dans sa voiture, à observer une bande de jeunes encapuchonnés qui lui jetaient des regards assassins depuis l'entrée de la tour – ces gamins-là savaient repérer les flics de loin –, et il s'interrogea sur le pactole que Jonah s'était vanté de pouvoir gagner en une seule soirée. Mille huit cents livres. Soit un tout petit peu plus que ce que l'ADERTI facturait aux toxicos pour une cure complète. Il reprit le dépliant toujours posé sur son siège passager et considéra la racine noueuse, entourée d'un cercle au stylo à bille. Il rappela Portishead pour demander au service multimédia de lui envoyer dès que possible, sur son portable, une photo du Noir à chemise blanche extraite des images de vidéosurveillance de la clinique. Ensuite seulement, il démarra et ressortit au ralenti de la cité HLM.

Il repensait à l'ibogaïne. A l'ibogaïne et à Kaiser Nduka, qui savait sûrement tout ce qu'il y avait à savoir de ses usages rituels et religieux. Il vivait dans les collines de Mendip, c'est-à-dire pas bien loin : à une sortie d'ici sur l'autoroute M4. Pas loin du tout. Son équipe était prête à prendre le relais, il avait donc le temps de faire l'aller et retour. De toute façon, son petit doigt lui soufflait que l'universitaire avait un rôle important à jouer dans l'enquête.

La région du nord du Somerset où vivait Nduka n'était pas sans rappeler certaines campagnes françaises, avec ses vieilles bâtisses en ruine et ses chemins forestiers qui zigzaguaient à flanc de colline.

Après avoir été ralenti à plusieurs reprises par des nuées de moustiques, Caffery dut carrément stopper pour laisser passer un convoi de cavaliers d'une école d'équitation. L'entrée de la propriété fut en revanche facile à trouver grâce à la plaque de bois ovale nichée dans la haie sur laquelle étaient gravés les mots « Bel Ilot » – probable vestige de l'époque où la maison avait été construite, à en juger par son aspect. Le chemin privatif n'était pas entretenu et montait en pente raide, truffé d'ornières, entre deux talus grouillants de primevères qui laissèrent sur son pare-brise des traces de pollen. Caffery eut l'impression de s'enfoncer dans une jungle qui ne figurait sur aucune carte et, surveillant de temps à autre l'écran de son portable, il ne fut guère surpris de voir les barres de l'icône de réseau se réduire inexorablement puis être remplacées par un petit téléphone barré d'une croix.

– Et merde.

Il rangea l'appareil dans sa poche intérieure et poursuivit sa route, sans trop savoir où il allait, jusqu'à ce que la voûte d'arbres et de plantes s'entrouvre enfin devant lui. Il longea un petit pré d'herbes folles sur un chemin de plus en plus large. Il n'était plus qu'à une centaine de mètres d'une maison délabrée des années cinquante, perchée à l'extrême bord d'une vallée spectaculaire et entourée d'annexes plus ou moins en ruine. Toutes sortes d'herbes proliféraient dans les fissures du béton, des panneaux de verre – peut-être issus d'une serre démontée – s'entassaient contre le flanc du bâtiment principal, et plusieurs fenêtres du rez-de-chaussée étaient condamnées. Cette maison dégageait une saisissante impression de solitude et d'oubli, mais si le cœur de Caffery fit un bond, ce fut surtout à cause de la voiture stationnée devant l'entrée.

Une Ford Focus gris métallisé.

Dont la plaque commençait par « Y9 ». Comme celle de Flea, qu'il avait vue ce matin sur le parking du QG. Caffery aurait pu croire à un hasard – des centaines de Focus grises immatriculées en Y devaient circuler dans la région – si deux détails ne l'avaient instantanément alerté : le petit bout de néoprène qui dépassait du coffre – comme si celui-ci avait été refermé à la hâte – et le sac de police noir posé sur la plage arrière. Cela faisait beaucoup de coïncidences.

En reportant son regard sur la maison, Caffery fut assailli sans trop savoir pourquoi par une vision de gens dansant brutalement dans le noir. Kaiser était un des plus éminents spécialistes de la sorcellerie de ce pays. Il avait été en contact avec l'ADERTI. Un frisson le traversa. Qu'avait dit Mabuza ? Que des intellectuels cherchaient à l'abattre ?

Il freina encore, sortit de l'allée de gravier et parcourut les derniers mètres au point mort pour éviter d'attirer l'attention. Il effectua un demi-tour dans l'herbe haute de façon à laisser sa voiture face au chemin, puis coupa le contact. Il descendit et referma sa portière le plus discrètement possible. Cette baraque désolée ne lui disait rien qui vaille : elle lui rappelait un peu trop la maison du Norfolk où il avait cru, un jour, retrouver la trace d'Ewan.

Marchant dans l'herbe, il s'approcha à pas lents. Aucun son n'était audible, à part le cliquetis de son moteur qui refroidissait derrière lui. Un chat allongé à l'ombre d'une citerne ouvrit les yeux et le toisa avec mépris. Il atteignit le côté de la maison, se plaqua contre le mur de briques tièdes et se sentit aussitôt ridicule dans sa posture de commando. Il ôta sa veste et la suspendit à la poignée d'un vieux rouleau de jardin gangrené par la rouille, s'épongea le front d'un revers de manche et commença à compter. A dix, il mettrait le cap sur l'entrée, sonnerait à la porte, se présenterait très officiellement et annoncerait au propriétaire des lieux qu'il avait quelques questions à lui poser. Ce qui valait tout de même nettement mieux que de se battre contre des moulins à vent.

Il aurait respecté ce plan à la lettre si, à cinq, quelqu'un ne s'était mis à hurler à l'intérieur de la maison, juste derrière le mur.

49

Caffery avait suffisamment de métier pour savoir quand il valait mieux suivre la procédure plutôt que s'en écarter. En l'occurrence, il aurait eu tout intérêt à la respecter à la lettre, c'est-à-dire à alerter le central, sauf que le voyant rouge de son émetteur radio clignotait : lui aussi était hors zone. Et, comme il n'envisageait pas de redescendre en voiture dans la vallée pour se mettre en quête d'un signal, Caffery fit exactement le contraire de ce qu'il aurait dû faire. Il continua seul.

A un peu plus d'un mètre de lui, adossé à une pile de plaques de verre, il remarqua un manche en bois qui pouvait avoir appartenu à une pioche ou à une pelle. Caffery s'en empara et se replia aussitôt dans l'ombre de la maison, serrant sa nouvelle arme d'une main tremblante. Le hurlement cessa. L'oreille aux aguets, il se coula vers la fenêtre la plus proche. Il s'accroupit, passa dessous en crabe, se redressa, poursuivit sa progression jusqu'à l'angle du bâtiment, le dos contre le mur comme dans les westerns, et se risqua à jeter un coup d'œil.

Un nuage venait de masquer le soleil et la façade était à l'ombre. Le crépi grisâtre semblait criblé d'éclats d'obus. Le chat était toujours là et faisait sa toilette comme si de rien n'était. A trois ou quatre mètres, ce qui avait dû être une véranda disparaissait sous une bâche en plastique maintenue en place par des briques entassées sur l'avant-toit. Caffery s'en approcha, le souffle de plus en plus court, en brandissant son manche de pioche.

Il atteignit la véranda et souleva doucement un coin de la bâche. Il s'aperçut qu'il n'y avait pas de porte d'entrée. Une mince feuille de plastique bleue ornée d'une marque en lettres blanches barrait l'orifice, scotchée tout autour du cadre. Il se faufila sans bruit dans la véranda et appuya de l'index sur la feuille bleue. Elle s'enfonça légèrement. Il chassa une toile d'araignée de son front puis, en retenant sa respiration, fit un nouveau pas en avant. Le silence était retombé ; Caffery n'entendait plus que la petite voix intérieure qui l'exhortait à se replier : *Va-t'en, imbécile*... Il sortit le mini-couteau suisse qui lui servait de porte-clés et creva le plastique.

Il s'interrompit une fraction de seconde pour se demander à quoi il pouvait ressembler vu de l'autre côté – une ombre massive et le petit nez d'une lame transperçant la feuille bleue, avec peut-être un vague miroitement métallique. Son cœur battait de plus en plus fort, et la sueur de ses aisselles commençait à le démanger furieusement. Il compta jusqu'à dix et, comme personne ne se ruait sur lui, pratiqua une longue incision verticale dans le plastique. Il recula d'un pas, craignant d'avoir fait trop de bruit.

Il attendit une bonne minute avant de s'accroupir face à la fente. Il glissa un doigt dedans et l'écarta petit à petit pour voir plus loin dans la pénombre. Une étrange odeur de pourriture, de ciment et d'eau croupie l'enveloppa, accompagnée d'une espèce de bruissement lent, comme si de lourdes ailes battaient quelque part dans les ténèbres. Et toujours ce silence irréel.

Il se servit de son manche de pioche pour écarter le plastique au maximum, sentit une bouffée d'air froid lui caresser la peau. Après avoir passé lentement un pied dans l'interstice, il traversa la bâche d'un coup de reins, s'accroupit à l'intérieur et écouta, sans oser respirer. Dès que ses pupilles se furent habituées à l'obscurité, il comprit d'où venait le bruissement : toutes les portes donnant sur le hall d'entrée où il se trouvait maintenant avaient été remplacées par des bâches en plastique blanc fixées au-dessus du cadre, dont les pans ondulaient régulièrement au gré d'invisibles courants d'air. L'image d'une morgue lui traversa l'esprit.

Avec une infinie prudence, il écarta le côté d'une première bâche et découvrit ce qui avait dû être une buanderie. Le lave-linge installé dans un coin n'avait pas servi depuis longtemps. Des piles de livres le recouvraient, et la planche à repasser était ensevelie sous un amas de torchons sales. Caffery s'approcha de la bâche suivante et constata qu'elle donnait sur une cuisine. Il vit un reste de repas sur la table, des tas de magazines un peu partout, un cochon d'Inde qui dardait sur lui ses petits yeux opaques entre les barreaux de sa cage. Caffery s'apprêtait à écarter la bâche suivante quand, derrière lui, les hurlements reprirent.

50

Courir jusqu'à la fin du monde... Jusqu'à la fin du monde...

Sur le canapé, roulant follement des yeux sous ses paupières closes, Mossy voit les mots de Racho tracer des arabesques dans sa tête, se dédoubler en longues boucles fébriles. *Courir jusqu'à la fin du monde.*

Il est trop absorbé dans ses pensées pour remarquer le retour de l'ombre derrière la grille. Elle stoppe, l'observe pensivement de ses yeux jaunâtres, et peut-être serait-elle restée si une porte n'avait fini par s'ouvrir. L'ombre se carapate juste avant qu'un flot de lumière n'inonde le couloir. La porte se referme, avec, en fond sonore, des voix cruelles et basses.

Mossy entrouvre les yeux. Il a beau être dans le cirage, il sent qu'il y a du monde – au moins trois personnes. Il voit des ombres sur le mur, entend des murmures menaçants. Une main se lève, et ça s'agite. Il y a du bruit. Ça commence par un genre de sanglot rauque et ça se termine sur un cri tellement aigu, tellement flûté qu'on dirait une fille.

– Boucle-la, gronde quelqu'un. Ta gueule, putain.

Une masse heurte lourdement le sol, et le silence revient.

Mossy est bien réveillé, maintenant. Il s'assied, fixe la grille. De sa position, il n'y voit que dalle : le truc se passe hors de vue, trop loin pour lui dans le couloir. Mais rien qu'au son, il a deviné. La personne qui criait s'est tue parce qu'on vient de la foutre par terre, peut-être même de l'assommer. Il entend un gargouillis, suivi d'un bruit de flotte ou de vomi qui éclabousse le sol. Et à nouveau le silence.

Mossy reste où il est, les larmes aux yeux. Il prie pour que ce soit Jonah, pour que Jonah soit enfin là. Il crève d'envie de le voir même s'il n'a pas du tout l'intention de l'accueillir à bras ouverts. Il va lui gueuler dessus et étrangler ce connard pour lui faire comprendre qu'il arrive trop tard, que ça ne changera rien à sa situation, quoi qu'il arrive et quels que soient les sacrifices qu'on l'obligera à faire. Oui, il arrive beaucoup trop tard.

Caffery se faufila de l'autre côté de la bâche du salon, en tenant d'une main le manche de pioche derrière son dos pendant que l'autre, devant sa poche de chemise, était prête à brandir son porte-insigne. Même s'il paraissait calme, il s'était rarement senti aussi agressif. Il fouilla la pièce du regard : un balayage standard, à trois cent soixante degrés. Il avait débouché derrière un gros canapé installé face à un téléviseur. Sur l'écran défilaient les images neigeuses d'un jeune type en chemise kaki qui se débattait sur un lit étroit en hurlant à pleins poumons. Le vieux Noir assis sur le canapé se retourna ; son énorme visage taillé à la serpe était auréolé de boucles grisonnantes.

– Kaiser Nduka ? fit Caffery, obligé de crier pour couvrir le vacarme. Vous êtes bien Kaiser Nduka ?

– Qui êtes-vous ?

Caffery lui présenta sa carte, prêt à utiliser son manche de pioche au moindre signe de réaction. Flea n'était pas visible. Il remarqua un moteur en pièces détachées par terre et un sécateur sur la table basse. Sans quitter le sécateur des yeux, il attendit que Nduka ait fini de lire sa carte en frémissant des narines – à croire qu'il la reniflait.

– Je vois, finit par lâcher le vieil homme en se laissant aller en arrière sur le canapé. Je comprends.

Son expression était calme, presque affligée, comme s'il regrettait terriblement d'en être arrivé là.

Caffery contourna prudemment le canapé, en enjambant le moteur. A côté de la cheminée, un placard mural grand ouvert contenait plusieurs rangs de vidéocassettes, une quarantaine, toutes soigneusement étiquetées. Il ramassa la télécommande sur la table basse et coupa le son. Un silence s'abattit sur la pièce, presque aussi assourdissant que les cris. Le jeune homme de l'écran continua de se débattre sans bruit, levant et baissant les bras comme un pantin. Il a mouillé son froc, pensa Caffery. Une tache sombre s'étendait sur le drap.

— Bon, dit-il. Qu'est-ce que c'est que ça ?

Nduka haussa les épaules d'un air résigné, comme s'il avait l'habitude des interrogatoires.

— Une expérience.

— Une expérience ? répéta Caffery, les doigts serrés sur son manche de pioche. Mon cul ! Vous filmez ça pour vos clients, hein ? Ces images servent de certificat d'origine pour les produits que vous leur vendez.

Nduka porta à son front une main effilée, tendineuse.

— Je ne comprends pas.

— Vous montrez ça à vos pigeons.

— Je vous demande pardon ?

— Ces vidéos, fit Caffery en désignant du doigt les rangées de cassettes. Vous les faites voir à vos clients, pas vrai ?

— Elles sont très anciennes.

— Je m'en fous. Ce n'était pas ma question. Je vous demande si ces cassettes sont destinées à vos clients.

— Ce jeune homme était consentant. Il avait donné son accord écrit. Mais peut-être le consentement humain n'a-t-il aucune valeur pour vous. Et quand bien même votre présence m'honore, si vous tenez vraiment à m'arrêter, faites-le plutôt pour ça, dit-il en tendant la main vers la fenêtre. Pour les champignons hallucinogènes que je cultive dans ma serre, en plus du cannabis et du reste. Je vous en serais même reconnaissant, à vrai dire. L'université cesserait peut-être enfin de me harceler sur mes quotas de recherche. Oui, vous devriez m'arrêter pour ça plutôt que...

– La ferme. Bouclez-la.

Nduka le gratifia d'un sourire serein, presque affable, comme s'ils prenaient le thé ensemble par un bel après-midi d'été. Très calme, il se leva et tendit le bras vers le sécateur.

– Bas les pattes !

Caffery bondit en direction de la table basse en pointant son manche de pioche comme une épée. Il dérapa dans ses chaussures de ville mais réussit néanmoins à faire tomber le sécateur, qui heurta bruyamment le sol en tournant comme une toupie. Le vacarme tétanisa les deux hommes, aussi surpris l'un que l'autre par cette soudaine flambée de violence.

Nduka écarta les bras comme si l'idée de prendre ce sécateur ne l'avait jamais effleuré. Il inspira profondément, recula de quelques pas incertains puis s'arrêta au centre de la pièce, en s'essuyant les paumes sur sa chemise.

– Allez, ordonna Caffery. Le canapé. Retournez-y. C'est ça.

Le vieil homme tiqua, mais se rassit. Ses longues jambes repliées lui frôlaient la poitrine.

– Bien sûr, dit-il en croisant les bras. Comme vous voudrez.

– Et ne bougez plus de là, gronda Caffery en vrillant sur lui un index impérieux.

Il attendit quelques secondes, le temps de s'assurer que Nduka resterait sagement en place, puis s'approcha de la fenêtre et écarta un rideau. La Ford de Flea était là, en plein soleil.

– La voiture du sergent Marley est devant chez vous.

– La voiture de qui ?

– Du sergent Marley. Vous savez très bien de qui je parle.

– De Phoebe, vous voulez dire ?

– Qu'est-ce qu'elle fait ici ?

– Elle est venue me voir.

– A quel sujet ?

– C'est personnel.

Caffery lâcha le rideau.

– Personnel ? Qu'est-ce que c'est que cette connerie ? Vous allez me dire que Flea est une amie à vous ?

Nduka ne répondit pas. Il le fixait toujours de ses yeux intenses, presque narquois.

– Qu'est-ce que vous lui avez fait ? demanda Caffery d'une voix calme, malgré la sueur qui lui trempait le dos. Où est-elle ?

– Oh, elle... elle est occupée, fit Nduka en se massant les tempes. Oui, occupée.

Sa longue main lui masquait la moitié du visage, mais le coup d'œil furtif qu'il venait de jeter en direction du couloir n'échappa pas à Caffery.

– Le couloir ? dit-il, revenant de la fenêtre. C'est par là que je dois la chercher, hein ?

Nduka resta muet. Sa main dissimulait en partie son regard.

– C'est ça, reprit Caffery en marchant vers le seuil. Le couloir.

Il souleva la bâche et scruta les ténèbres.

– Ça mène où ?

Nduka laissa retomber sa main.

– Chez moi, dit-il. Ce n'est pas très beau, je vous l'accorde, mais c'est chez moi.

– Montrez-moi, lança Caffery en lui faisant signe de venir. Allez, bougez-vous le cul.

Le vieil homme se leva avec peine, comme si son dos le faisait souffrir, et rejoignit Caffery à pas tellement lents, tellement réglés, qu'on aurait dit des entrechats. Parvenu sur le seuil, il l'interrogea du regard.

– Vous d'abord, dit Caffery, adossé au chambranle. Pas question que je passe devant.

La mine navrée, Nduka s'enfonça dans l'obscurité sur ses longues jambes raides. Caffery lâcha la bâche et le suivit, légèrement en retrait. Il n'y voyait pas grand-chose, mais le sol du couloir semblait revêtu d'une vieille moquette constellée de taches de peinture. Des linteaux de type industriel grossièrement posés soutenaient le plafond, et quelqu'un avait commencé à arracher le papier peint avant de s'interrompre.

L'odeur rance du courant d'air donna la chair de poule à Caffery.

– Ces cassettes datent de l'époque où j'enseignais à l'université, déclara Nduka dans la pénombre.

– Foutez-moi la paix avec vos cassettes.

– Ils étaient volontaires. Tous ces jeunes gens se sont portés volontaires.

– Fermez-la, j'ai dit. Je veux savoir ce que vous avez fait d'elle.

Nduka fit halte. Il montra du doigt le fond du couloir, où une autre feuille de plastique translucide filtrait une lumière bleue, éthérée, presque une lumière d'hôpital. Les deux hommes restèrent un moment immobiles. Puis Caffery s'approcha de la bâche, les deux mains sur son manche de pioche. Il inspira un grand coup, écarta le plastique et découvrit une vaste verrière, dont les vitres poussiéreuses ne laissaient passer le soleil que par endroits. Elle était en cours de peinture et sentait la térébenthine, le solvant. Il n'y avait personne.

Il se retourna vers Nduka.

– Elle n'est pas là, bordel de merde.

- Oh, si, répondit nonchalamment le vieil homme, en indiquant une porte bleu ciel sur le flanc de la verrière. Je l'ai mise là.

Caffery estima que cette porte menait à la partie de la maison où se trouvait la cuisine. Il s'avança instinctivement vers la porte bleue puis s'arrêta net, la poitrine oppressée, tout à coup ramené sept ans plus tôt, dans le petit bungalow des marais du Kent où un psychopathe lui avait annoncé qu'il retrouverait une de ses victimes – un fou furieux, ravi de le laisser découvrir par lui-même ce qu'il avait fait subir à cette femme. Ce souvenir n'avait rien à voir avec la porte bleue, plutôt avec le calme de Nduka. Avec son calme, et peut-être aussi avec l'ambiance sinistre de cette maison à l'abandon, perdue entre ciel et arbres.

Il serra et desserra les poings, observa Nduka du coin de l'œil.

– Ouvrez-la, ordonna-t-il. Allez. Ouvrez.

– Bon, fit le vieil homme. Si vous insistez.

Il passa devant Caffery, ouvrit la porte. Elle donnait sur une petite pièce brillamment éclairée par une lampe articulée, tapissée de livres du sol au plafond. Le bureau et les énormes armoires à dossiers pleines à craquer envahissaient quasiment tout l'espace, mais Flea avait tout de même réussi à s'asseoir par terre au centre de la pièce. Elle portait un sweat-shirt noir, et ses cheveux blonds étaient ramenés en queue de cheval. Elle releva la tête et regarda Caffery, stupéfaite.

– Vous ? fit-elle en clignant des yeux. Qu'est-ce que vous faites là ?

Caffery ne daigna pas répondre. Il s'en fichait. Il se fichait éperdument d'elle. Il se le répéta en son for intérieur, les paupières closes mais néanmoins baignées de soleil. *Qu'elle vive ou qu'elle meure, tu n'en as rien à foutre.*

51

C'était bien la dernière personne qu'elle se serait attendue à trouver là : Caffery en bras de chemise, sur le seuil de la verrière de Kaiser, tenant à la main ce qui ressemblait à un manche de fourche. Alors qu'elle était absorbée dans la lecture des documents vieux de trente ans que Kaiser lui avait remis, progressivement saisie d'horreur à l'idée que son père avait pu être mêlé à ce scandale, un flot d'air et de lumière du jour avait tout à coup envahi la pièce.

– Kaiser ?

Le visage de son vieil ami resta de marbre, comme s'il s'était passé entre les deux hommes quelque chose d'épouvantable. Elle ne parvint pas davantage à déchiffrer l'expression de Caffery, mais il dardait sur elle un regard brillant, plein d'une émotion muette. Elle crut un moment qu'il allait pleurer. Puis elle sentit que ce n'était pas de la tristesse, mais de la colère, et qu'il était à deux doigts de la frapper. Un masque froid, rageur, s'installa progressivement sur ses traits, comme s'il n'avait pour elle que du mépris. Il se détourna du seuil.

Flea posa son dossier et se leva.

– Que faites-vous ici ? Comment m'avez-vous retrouvée ?

– Putain de merde, grommela-t-il. Ça me dépassera toujours, cette façon qu'ont les gens de mentir.

Elle le rejoignit sous le soleil de la verrière.

– Quoi ? Qu'est-ce que ça veut dire ?

Mais il n'écoutait pas. Il jeta son manche de pioche, qui heurta le mur, et empoigna Kaiser par le bras. Avant qu'elle ait compris ce qui se passait, il poussa le vieil homme à l'intérieur de la petite pièce. Kaiser se laissa faire sans résister et n'émit aucune objection lorsque Caffery claqua la porte, puis tourna la clé dans la serrure.

– Hé ! s'interposa Flea. Qu'est-ce qui vous prend ?

Caffery se dégagea d'un geste sec et empocha la clé.

– Taisez-vous. A moins que vous n'ayez envie de le rejoindre là-dedans.

Il repartit vers le couloir. Après un temps d'hésitation, elle lui emboîta le pas.

– Vous étiez censé chercher Jonah. Vous me l'avez promis. Qu'est-ce que vous faites ici ?

Il entra dans la cuisine sans répondre, ouvrit un placard, le vida de son contenu et s'accroupit pour regarder à l'intérieur. Elle s'arrêta sur le seuil.

– Vous cherchez quoi ?

Il l'ignora, se redressa, ouvrit la porte de l'arrière-cuisine, écarta brutalement cartons et sacs-poubelles.

– Vous cherchez quoi, putain ?

– Le corps de Mallows, lâcha-t-il en la frôlant pour revenir dans le couloir. Celui qui s'est fait trancher les mains, vous vous souvenez ?

Sidérée, elle le regarda grimper l'escalier quatre à quatre.

– Mallows ? répéta-t-elle avant de le suivre à nouveau.

Elle le retrouva sur le palier, ouvrant les portes, écartant les rideaux, fouillant les placards.

– Mais qu'est-ce qui vous fait croire qu'il est ici, bon sang ?

Caffery entra dans la salle de bains, flanqua un coup de pied dans la trappe de la baignoire, se pencha à l'intérieur du placard d'où partait la gaine d'aération.

– Votre camarade, en bas, est un peu trop proche du dernier endroit où Mallows a été vu vivant. Et apparemment, vous connaissez l'existence de sa collection d'images de torture. C'est quand même bizarre pour un flic d'active comme vous, non ?

Flea s'humecta les lèvres.

– Les cassettes ? Oui, oui, je suis au courant. Mais il s'agit…

– De torture. Celle que j'ai vue montre un homme en train de se faire torturer.

– Mais pas Mallows.

– Vous en êtes sûre ?

Caffery passa dans la chambre voisine, se fraya un chemin entre les vêtements et les livres. Il jeta un coup d'œil sous le lit et ouvrit en grand la penderie.

– Et d'après vous, dans toute cette série de cassettes, il n'y en a aucune qui montre Mallows en train de se faire amputer, ou saigner ? C'est ce que vous me dites ?

– Ce sont de vieilles images. Tout ça a été filmé dans les années quatre-vingt.

– C'est ce qu'il dit.

Flea le suivit dans la chambre et referma la porte pour ne plus sentir dans son dos la présence du rez-de-chaussée caverneux, du placard plein de cassettes, et de Kaiser enfermé dans son bureau. Elle s'assit lourdement sur le lit et se massa les tempes en repensant à une phrase de sa mère : *Si tu veux mon avis, ce qu'il a fait est bel et bien immoral. Inhumain.*

Caffery la fixait, le front perlé de sueur.

– Alors ?

– Bon sang, murmura-t-elle. Je ne sais plus. Kaiser était l'ami de mon père, et j'ai toujours plus ou moins su qu'il avait commis une faute dans le passé, mais je n'avais jamais réalisé que c'était aussi grave. Je n'ai pas encore tout compris, mais il… J'ai visionné huit de ces cassettes : elles se ressemblent toutes. Des électrodes. C'est de ça qu'il se servait. Pour ses expériences.

– Ses expériences ?

– Je sais. La science a bon dos. On devait avoir une autre approche en ce temps-là, et ça ne s'est pas passé ici, mais au Nigeria, à Ibadan – avec sans doute une notion de l'éthique assez différente de la nôtre, puisque personne n'est intervenu. Sauf à la fin. Les, euh, les cobayes que vous avez vus...

– Je n'en ai vu qu'un.

– Il y en a d'autres, beaucoup d'autres, mais ils ont tous participé de leur plein gré. J'ai eu leurs consentements écrits sous les yeux – j'étais en train de les lire quand vous êtes arrivé. La plupart étaient des étudiants, de futurs chercheurs. Les autres ont été recrutés dans la rue, moyennant finance.

Un souvenir assaillit Flea. Les terreurs nocturnes de son frère. Combien de fois avait-il rêvé de Kaiser traquant des êtres humains dans les rues enténébrées d'une ville africaine ? Elle frissonna. Peut-être Thom avait-il toujours su, ou pressenti, la vérité. Ce qu'elle venait de dire à Caffery n'en restait pas moins vrai. Ces images avaient une raison d'être – sordide, certes, mais peut-être pas autant qu'il le pensait. Le plus terrible pour Flea étant sans doute qu'elles lui disaient de son père quelque chose qu'elle ne voulait même pas envisager.

– Vous comprenez ce que je veux dire ? dit-elle. Tout ça n'a rien à voir avec Mallows.

Caffery soupira ; il semblait ne pas avoir dormi depuis des semaines.

– Je devrais au minimum faire un rapport sur ce type et demander un mandat de perquisition.

– Techniquement, oui. Oui, vous devriez.

– Sauf que je ne pourrai pas l'épingler ici, en Grande-Bretagne. A moins qu'il n'ait été fonctionnaire au Nigeria à l'époque des faits. Et je suppose que ce n'était pas le cas ?

– Non.

– Dans ce cas, ça concerne...

– Interpol. Je sais. J'y ai déjà réfléchi.

Caffery la regarda encore un instant puis desserra sa cravate, la fit passer au-dessus de sa tête et la fourra dans sa poche de chemise.

– Venez, dit-il. On s'occupera de ça en temps utile. Dans l'immédiat, j'ai encore des questions à poser à ce vieux salaud.

– L'attention seconde. Le « chemin du cœur ». Un repli de notre conscience, une crevasse où nous tombons parfois – le lieu de la lumière.

Kaiser parlait à mi-voix, en se laissant entraîner par Caffery dans le couloir. Son pantalon trop large avait tendance à glisser sur sa carcasse dégingandée. Flea les suivait à distance et aurait préféré qu'il se taise. Elle ne tenait pas à entendre ce qu'il risquait de dire sur son père.

– Les Eglises chrétiennes, continua-t-il, ont toujours fait comme si tout cela n'existait pas. Mais d'autres religions ne sont pas aussi frileuses – je parle de religions anciennes, nées de la passion et de l'intelligence, qui cherchaient à comprendre la Terre et le mouvement des saisons, et non pas de celles qui se sont imposées par la politique et l'impérialisme.

– Que faisiez-vous dans cette clinique ? interrogea Caffery en le poussant dans le salon.

Kaiser s'assit dans le canapé et poursuivit sur sa lancée, comme s'il n'avait pas entendu :

– Ces religions anciennes ont bien compris qu'il existe en nous un lieu auquel nous accédons rarement, celui de la conscience du corps lumineux. Un lieu qu'il est très, très difficile d'atteindre. Et d'étudier.

Flea se campa devant lui, dos au placard ouvert. Un placard dont elle avait cru toute sa vie qu'il contenait des drogues.

– Kaiser… Réponds à la question.

– Ce lieu existe en chacun de nous. Chacun de nous peut le découvrir, mais très peu y parviennent. A part, bien sûr, au moment du décès. Nos circuits neuronaux sont programmés pour se désactiver quelques secondes avant notre mort, ce qui nous permet pendant un bref instant d'accéder à ce lieu de lumière, ce lieu qui me fascine.

Caffery ramassa le sécateur et alla le poser en lieu sûr à l'autre bout de la pièce. Puis il croisa les bras et s'adossa au rebord d'une fenêtre. Il tenait à la main une pile de formulaires : les consentements abandonnés par Flea sur le sol du bureau.

– Je vous ai demandé ce que vous faisiez à la clinique. Pourriez-vous répondre à cette question ?

– Euh... oui, mais je dois d'abord vous expliquer pourquoi j'ai été amené à utiliser la douleur pour approcher la mort au plus près. D'autres croient à l'existence d'une voie alternative, accessible grâce à certains hallucinogènes. Le père de Phoebe, par exemple...

– Kaiser ! Réponds à la question !

Il se tourna vers elle, stupéfait.

– Quelle question ?

– La mienne, intervint Caffery en quittant la fenêtre.

Il souleva une des chaises de la table à manger poussiéreuse, revint s'asseoir dessus face au canapé et ajouta :

– Ma question était : quels sont vos liens avec l'ADERTI ?

– L'ADERTI ?

– La clinique de Glastonbury. C'est le dernier endroit où Ian Mallows a été vu vivant.

– Ian Mallows ?

– Ne faites pas semblant de ne pas savoir qui c'est.

Kaiser cilla et chercha le regard de Flea, perplexe. Elle ne se détourna pas. Elle avait toujours considéré cet homme comme un de ses rares amis, et voilà que tout était sens dessus dessous.

– Il ne ment pas, dit-elle en s'efforçant de maîtriser sa voix. Je le saurais. Il n'est au courant de rien.

Caffery soupira. Il jeta les consentements sur la table basse et, s'étant redressé sur sa chaise, joignit les mains derrière sa nuque et s'étira comme à la fin d'une longue journée de travail. Mais ce n'était qu'un numéro. Flea le vit trembler, comme si l'adrénaline de tout à l'heure saturait toujours son organisme.

– On m'a dit que vous vouliez observer leurs travaux, dit-il.

– Ma foi, oui, rétorqua Kaiser en sortant un mouchoir de sa poche pour s'essuyer le front. Dans le cadre de mon dernier projet de recherche. Les résultats seront publiés dans le *British Journal of Psychology* de septembre. Sur l'utilité de l'ibogaïne dans le sevrage des opiacés.

– Parlez-moi de ça, insista Caffery. Parlez-moi de l'ibogaïne.

Debout derrière lui, Flea lança à Kaiser un regard impérieux. Elle ne voulait surtout pas que son collègue découvre qu'elle en avait consommé. Kaiser indiqua un rayonnage chargé de livres.

– Vous permettez ? J'ai de la documentation.

– Allez-y.

Le vieil homme se leva avec raideur, sélectionna plusieurs ouvrages et les déposa devant Caffery. Il percha au bout de son nez une paire de lunettes à moitié cassée et se rassit. Il se mit à feuilleter ses livres et montra à Caffery toute une série de photos de danses tribales, de fétiches et de masques.

– L'ibogaïne nous vient des Bwitis. Elle permet de déloger certains souvenirs.

Flea vint s'asseoir sur le bras du canapé, prête à interrompre Kaiser s'il en disait trop.

– On s'en sert aussi dans la magie noire ? demanda Caffery. Dans la sorcellerie africaine ?

– La sorcellerie africaine ? répéta Kaiser en observant Caffery au ras de ses lunettes. Je me demande lequel de ces deux mots trahit le plus d'ignorance et de mépris. Comment peut-on décrire sous le nom de « sorcellerie » une pratique culturelle aussi profondément ancrée et se contenter d'une étiquette géographique aussi imprécise au lieu de citer le nom d'une tribu ou, à tout le moins, d'un pays ? Même si la notion de pays est elle-même une construction coloniale, ça vaut toujours mieux que de mettre des croyances aussi diverses dans le même panier « africain ». Dites-moi, vous vous souvenez de ce pauvre enfant dont le torse a été repêché dans la Tamise ?

– J'ai entendu parler de cette affaire, oui.

– La façon dont l'enquête a été menée par la police est encore une preuve de la sidérante incompréhension des Occidentaux vis-à-vis du continent africain. L'enfant avait toujours ses parties génitales, si mes souvenirs sont bons ?

– En effet.

– Dans ce cas, avant même que vos collègues aient effectué la moindre analyse, j'aurais pu leur affirmer que la piste du muti sud-africain ne les mènerait nulle part. Car s'il s'était agi d'un sacrifice de cette nature, ses parties génitales auraient été prélevées, prioritairement. Et ce qui est bizarre, c'est qu'alors que cet enfant était originaire du Nigeria votre police a très vite orienté ses recherches vers l'Afrique du Sud. Ils sont allés trouver Nelson Mandela. On voit mal quel rapport Nelson Mandela pourrait avoir avec un enfant nigérian. Alors, monsieur, quand vous parlez de « sorcellerie africaine », vous oubliez commodément que vous vous référez aux croyances de quarante-sept pays distincts et d'innombrables tribus. Et que la médecine et les pratiques mystiques varient énormément d'une région à l'autre.

Caffery ouvrait déjà la bouche pour répliquer quand quelque chose, dans la dernière phrase de Kaiser, parut le faire hésiter. Il réfléchit un instant avant de demander :

– Vous êtes capable de dire précisément de quelle région vient telle croyance ou telle superstition ?

– Assez précisément, oui.

Caffery le dévisagea d'un air pensif.

– Vous avez entendu parler du Tokoloshe ?

– Du quoi ? fit Flea.

– Le Tokoloshe, acquiesça Kaiser. On raconte qu'il serait le fruit des amours d'une femelle humaine et d'un babouin – il existe d'ailleurs quelques cas isolés de femmes ayant tenté de concevoir un Tokoloshe.

Il sourit en voyant Caffery hausser un sourcil.

– Oui. Ce qui montre à quel point certaines personnes croient en ce démon et le respectent, non ? Bien sûr, tant qu'il reste livré à lui-même, le Tokoloshe ne représente qu'une simple nuisance, sans danger véritable. Mais les sorciers le connaissent bien, et c'est surtout quand il tombe sous l'influence de l'un d'eux qu'on doit s'en méfier. Qu'il convient de prendre des précautions particulières, dit-il en ouvrant un autre livre. Un chauffeur a prétendu que son camion avait écrasé ce Tokoloshe sur une route du Drakensberg. Il s'agissait évidemment d'un faux, mais très convaincant, voyez vous-même. On comprend que les gens y aient cru.

En regardant Caffery se pencher sur le livre, Flea vit dans ses yeux qu'il découvrait une image monstrueuse.

– Je peux ? dit-elle.

Il lui tendit l'ouvrage. La photo montrait un homme aux manches de chemise retroussées, tenant à bout de bras un petit corps desséché, noirâtre et aplati comme les lièvres ou les blaireaux qu'on retrouvait régulièrement écrasés sur les routes du Somerset. Ses bras noirs s'éployaient à la façon des ailes d'un ange, sa tête broyée semblait regarder sur le côté, et sa bouche était grande ouverte. Une sensation de malaise diffus l'envahit pendant qu'elle contemplait cette dépouille étrangement convulsée.

– Un de mes ex-collègues au Nigeria a réussi à se procurer le cadavre, expliqua Kaiser. Pour être franc, il a payé pour l'avoir, presque trois mille rands, paraît-il, car le chauffeur a marchandé ferme. Il a découvert qu'il s'agissait d'un corps de babouin sur lequel on avait greffé un crâne humain, l'ensemble ayant été d'abord brûlé, puis séché au soleil, ajouta-t-il en reprenant le livre des mains de Flea. Je crois qu'il y a eu une enquête de police, mais qu'on n'a jamais su d'où venait la tête. On suppose qu'elle a été volée dans un cimetière.

– Et ça s'est passé en Afrique du Sud ?

– Oui.

– Le Tokoloshe est-il spécifique à l'Afrique du Sud ?

– Ce type de démon aquatique est présent dans tout le continent sous des noms variés – le dieu crocodile, par exemple. Mais on l'appelle Tokoloshe en Afrique du Sud et dans certaines parties du Malawi, du Mozambique et du Zimbabwe.

– Et que savez-vous de la tradition qui consiste à lui offrir un bol de sang humain ?

– Du sang humain ? En effet. De mémoire, je dirais qu'il s'agit d'une tradition du Natal ou du Gauteng, mais pas du Cap.

Caffery se leva.

– Merci, bougonna-t-il en sortant son portable. Il y a un endroit où le signal passe, près de chez vous ?

– L'antenne-relais la plus proche est sur le versant nord de la vallée. Je n'utilise pas ce genre d'appareil mais quelqu'un m'a dit qu'il était possible de téléphoner derrière la maison. Vous n'avez qu'à repasser par la verrière.

Caffery quitta la pièce, et le vieil homme, l'air un peu perdu, se laissa aller en arrière dans le canapé. Il y eut un silence. En étudiant son regard vague et sa tête massive, Flea repensa à la façon dont il lui était apparu sur le seuil : un squelette animal en chemise blanche. Elle s'était toujours crue proche de Kaiser, mais le connaissait-elle vraiment ?

– Tes cassettes, se résolut-elle à dire. Papa était au courant, je suppose ?

Il esquissa un hochement de tête quasi imperceptible.

– Je ne vais pas te mentir, Phoebe. Oui, il était au courant.

– Il a participé à tes expériences, n'est-ce pas ? Je vous ai entendus parler de ça la veille de l'accident.

– C'est un sujet qu'il vaudrait mieux laisser de côté. David nous a quittés. Il n'est plus là pour s'expliquer.

– Non, dit-elle, amère. Effectivement.

– Alors ? C'est pour ça que tu es venue me voir ?

Elle ne répondit pas. Elle n'avait envie ni de lui annoncer que les corps de ses parents avaient été retrouvés, ni de l'interroger sur le sens de sa vision prémonitoire, ni même de lui demander si elle s'était servie de l'ordinateur pendant son voyage à l'ibogaïne. Non, trancha-t-elle. Je ne te dirai rien. Tu m'as parlé un jour d'un chemin que j'étais la seule à pouvoir emprunter, et tu avais raison. La route est longue, et je n'ai plus assez confiance en toi pour te demander de m'accompagner.

– Phoebe ?

Elle se leva, quitta la pièce, remonta le couloir jusqu'à la verrière.

Au-delà de la vitre, dans le jardin, Caffery se tenait de profil et regardait la vallée, son téléphone contre l'oreille. A la fin de son appel, il se retourna. Flea vit ses lèvres articuler une question muette. Elle ouvrit la porte de la verrière et le rejoignit, dehors, sous le soleil. Une odeur de moisi, d'herbe coupée et de vaches lointaines flottait dans l'air. Elle s'aperçut qu'il tremblait encore, un tout petit peu.

— Ça va ?

Il acquiesça.

— Qu'est-ce qu'il y a ?

— Rien, dit-il.

— Rien ?

— J'ai cru qu'il vous était arrivé quelque chose. Tout à l'heure, quand vous étiez dans ce bureau. D'accord, je me suis trompé, mais ça ne change rien au fait qu'en ouvrant cette porte j'ai vraiment cru que vous...

— Oui ?

Il se mordit la langue et lui glissa un regard oblique. Son profil était à l'ombre mais bien visible, et Flea ne put s'empêcher de le dévorer des yeux. Un visage étroit, presque félin, fatigué et défait.

— Plus tard, dit-il en se retournant vers l'horizon. Pas maintenant.

— C'est... euh, c'est tout ? demanda-t-elle en s'obligeant à regarder ailleurs. C'est tout ce qui vous tracasse ?

Il secoua la tête.

— Quoi ? Qu'y a-t-il d'autre ?

— Jonah...

— Bon sang, fit-elle d'une voix sourde. Quoi ?

— Il y a un élément que ses parents avaient omis de mentionner. Un élément qui change tout et me fait craindre le pire.

— Le pire ? Qu'est-ce que c'est ? Ils ont omis de mentionner quoi ?

— Mallows. Lui et le fils de Dundas...

Flea sentit son cœur chavirer. La même addiction, le même parcours... Bien sûr. Ils se connaissaient forcément.

— Merde... Je sais ce que vous allez me dire.

Caffery rangea son portable, sortit ses clés de voiture et partit vers le côté de la maison. Elle le suivit au petit trot, le rattrapa au moment où il récupérait sa veste suspendue à la poignée d'un vieux rouleau de jardin. Il lui jeta un bref regard.

– Ça va aller, dit-il. Retournez donc voir votre ami.

– Et vous ?

– Je repars au travail, répondit-il en enfilant sa veste.

Il s'éloigna vers sa voiture.

– Non, lâcha-t-elle, forcée d'allonger le pas. Attendez.

– Je vous appelle dès que j'aurai du nouveau.

Il s'assit au volant, referma sa portière et inséra la clé dans le contact. Le moteur de la voiture grondait déjà quand Flea se planta devant le pare-chocs et mit les deux mains sur le capot.

Caffery baissa sa vitre.

– Excusez-moi, dit-il. Vous me barrez le passage.

– Oui. Oui, c'est exact.

– Et vous allez m'empêcher de partir.

– Je veux que vous m'attendiez. Laissez-moi le temps de récupérer mes clés et je vous suis.

– Comme au cinéma, vous voulez dire ?

– Comme au cinéma, confirma-t-elle, visant le front de Caffery de son index tendu à la façon d'un pistolet. Ne bougez pas d'ici. Attendez-moi, je reviens.

52

Flea suivit la guimbarde de Caffery, lancée comme un bolide sur les routes de campagne, au ras des haies touffues. Des odeurs de chevaux, de pollen s'engouffraient dans l'habitacle, et elle dut rester concentrée pour ne pas se laisser distancer. Ils regagnèrent la ville par l'A38 avant de s'engager dans un réseau de petites routes aux abords d'Easton ; ils traversèrent des quartiers aux façades couvertes de graffitis où des hommes jouaient aux échecs assis devant des kiosques à journaux, ils passèrent sous une bretelle d'autoroute, ils longèrent des entrepôts ; puis Caffery ralentit enfin et, après s'être penché vers son pare-brise pour une ultime vérification, se gara à l'angle d'une rue résidentielle.

Elle s'arrêta juste derrière, verrouilla sa Focus et s'approcha à pied. Elle ouvrit la portière passager de Caffery et s'assit à côté de lui.

– Qu'est-ce qu'on fait là ?

Le long du trottoir d'en face, une église, une officine de paris et une supérette se dressaient à touche-touche.

– La supérette, dit-il.

Elle se pencha en avant. « Eezy Pocket », disait l'enseigne rouge et jaune. La vitrine était défendue par une grille, et un placard publicitaire installé devant l'entrée reproduisait la manchette du jour d'un quotidien local. Quelques gamins traînaient sur le trottoir, scrutant nerveusement les deux extrémités de la rue comme s'ils attendaient quelqu'un.

– Eh bien ?

– Je ne sais pas, fit Caffery en tapotant pensivement son volant.

Il se replia dans le silence. La blancheur de sa chemise contrastait vigoureusement avec sa peau mate, et ses cheveux noirs étaient propres, mais décoiffés. Flea remarqua que ses yeux luisaient à nouveau de cette flamme trahissant un violent effort pour se contenir.

Bon sang, je sais ce que vous ressentez. Au moment où elle allait le dire, Caffery lui montra son téléphone portable. L'écran affichait la photo d'un petit Black mal fagoté, au front oblique, vêtu d'une chemise blanche et d'une veste en velours marron râpée.

– Le service multimédia a réussi à extraire ça des images de vidéosurveillance de l'ADERTI. Ce type était avec Mallows quand il a été vu vivant pour la dernière fois.

– Et vous savez qui c'est ?

– Aucune idée. Inconnu au bataillon, répondit-il en rangeant l'appareil. Il faut aussi que je vous parle de ce que j'ai retrouvé chez un vieil ami de Mabuza. Un certain Kwanele Dlamini. Il avait un pot de sang dans son salon.

– Sympa.

– Oui. Du sang humain.

– De plus en plus sympa.

– Les analyses ont confirmé que c'était celui de Mallows.

Flea tressaillit. Le visage de Jonah envahit ses pensées. Elle ne l'avait rencontré qu'une fois, un soir de Noël, chez Dundas. Il lui avait montré sa PlayStation en expliquant qu'il rêvait de devenir concepteur de jeux vidéo. Jamais elle ne se serait doutée à ce moment-là de l'avenir qui le guettait.

Caffery tourna la tête vers elle. Il avait le regard légèrement injecté de sang – comme elle, sans doute.

– Je me souviens d'une phrase de Nduka sur les offrandes de sang au Tokoloshe. Il a dit que c'était une superstition limitée à l'est de l'Afrique du Sud.

– Tiens, vous l'avez écouté ?

Il la gratifia d'un petit sourire ironique.

– J'ai appelé quelqu'un que je connais à l'Immigration – il travaille sur l'opération Atrium, un brave type. Serviable comme tout. Bref, je sais depuis quelques jours que Mabuza et Dlamini sont en règle, dit Caffery en sortant sa blague à tabac pour la poser sur la planche de bord. Mais j'ai rappelé ensuite mon copain de l'Immigration pour avoir quelques détails supplémentaires à leur sujet...

– Quel genre ?

– S'ils sont originaires de l'est de l'Afrique du Sud, par exemple. Du pays zoulou.

– A cause de cette histoire de sang ?

– A cause de cette histoire de sang. Le problème, c'est qu'il n'en savait rien – il va se renseigner. Et là-dessus, il s'est mis à m'expliquer que la plupart des Sud-Africains noirs originaires de Johannesburg, une des grandes villes les plus proches du territoire zoulou...

– Oui. On parle zoulou, là-bas.

– Eh bien, la plupart de ceux qui s'installent à Bristol passent par ici à un moment ou à un autre, poursuivit Caffery en montrant du doigt la supérette. Le propriétaire vient lui aussi d'un bidonville de Johannesburg. Ça fait des années qu'il roule l'Immigration dans la farine, et les nouveaux arrivants s'empressent en général de venir le voir. Il a plusieurs cordes à son arc : il leur fournit du boulot, de la came, des filles, en fonction de leurs besoins. Les collègues rêvent de l'épingler, et ça les intéresse que je jette un coup d'œil.

Caffery s'interrompit en voyant un groupe d'enfants d'une dizaine d'années, aux chaussettes rabattues sur leurs chevilles osseuses et aux sacs de sport traînant quasiment par terre, passer lentement à leur hauteur. Quelques-uns se penchèrent pour jeter un coup d'œil à l'intérieur de la voiture ; l'un d'eux sourit largement à Caffery et lui fit de la main le salut du

West Side avant de repartir en imitant la démarche traînante et chaloupée d'un adolescent.

Quand ils se furent éloignés, Caffery tendit le doigt vers un ensemble de tours HLM qui se dressait à quelques rues de distance.

– La cité Hopewell, dit-il. Celle de Jonah. Ce n'est pas bien loin, mais je suis sûr qu'il y a au moins vingt épiceries du même genre dans le quartier. Alors pourquoi est-il venu ici ?

– Comment savez-vous qu'il est venu ?

– Un sac en plastique. Dans sa chambre. A moins qu'il ne s'agisse d'une chaîne, mais ce n'est pas mon impression. Donc, il est venu ici. D'où il s'ensuit que quelqu'un doit le connaître, et...

Il s'arrêta net. Flea suivit son regard. Les enfants avaient traversé la rue et dépassé la petite file de véhicules garés devant la supérette ; ils s'engageaient dans une ruelle latérale.

– Quoi ? Qu'y a-t-il ?

Caffery détacha sa ceinture de sécurité, ouvrit sa portière et sauta sur le trottoir.

– Dans ces endroits-là, dit-il en se penchant vers Flea avec un sourire, il y a toujours quelqu'un qui est au courant de tout. Et je sais qui c'est.

Il sortit son porte-insigne, ôta sa veste et la jeta sur la banquette arrière. Ignorant la mine perplexe de Flea, il traversa la rue en direction de la supérette. La voiture qui l'intéressait, une Nissan bleue, était garée six ou sept mètres plus loin devant une boîte aux lettres. Son chauffeur – un gros type en maillot de l'équipe d'Angleterre – était assis côté trottoir, vitre baissée.

Caffery s'approcha en diagonale, en prenant soin de rester dans l'angle mort pour que l'homme ne le voie que trop tard. Il ouvrit d'un geste sec sa portière et, sans lui laisser le temps de dire ouf, arracha la clé du contact et l'empocha. Puis il claqua la portière.

– Hé ! Putain, qu'est-ce qui vous... ?

Le temps pour le gros type de réussir à s'extirper de son siège, Caffery avait déjà contourné le capot et s'asseyait côté passager. L'autre fit lui aussi le tour de la Nissan, aussi vite que le lui permettait son poids considérable, en remuant ses bras boudinés.

– Hé ! cria-t-il, s'acharnant en vain sur la portière verrouillée. Sors de là, connard ! Sors de ma caisse !

Il tambourina contre la vitre.

– Sors de là, où je te fous les flics au cul !

A l'intérieur, Caffery sortit son porte-insigne et le plaqua contre la vitre. Le gros s'interrompit en pleine phrase. Il n'eut pas besoin de se baisser pour examiner sa carte de plus près – Caffery devina qu'il en avait déjà vu d'autres du même modèle. Il cessa de tambouriner. Ses épaules s'affaissèrent. Il posa les mains à plat sur le toit de la voiture et balaya la rue du regard, comme si des idées de fuite lui trottaient dans la cervelle. Puis, tout bien considéré, il contourna l'auto en sens inverse et reprit sans un mot sa place au volant.

L'habitacle sentait la sueur, la nourriture et les vêtements sales. Le châssis grinça et oscilla quand l'homme se rassit. Il mit du temps à retrouver ses marques sur le siège étroit et, quand ce fut fait, son visage brillait de sueur.

– Alors ? J'ai rien à me reprocher, moi. Je suis pas interdit de séjour, ni en conditionnelle, ni rien. Je suis clean. J'ai le droit de poser mon cul où je veux et quand je veux.

Caffery ne répondit pas. La bande d'enfants s'éloignait. Il sentit que son voisin s'efforçait de ne pas les regarder. Il lui avait suffi de l'observer depuis le trottoir d'en face pour le jauger. Peut-être était-ce sa malédiction personnelle que de savoir repérer un pédophile à cent mètres. L'homme poussa un soupir, recula sur son siège et croisa les bras. Il était en short, et le bas du volant s'enfonçait dans ses cuisses adipeuses, aux poils clairsemés.

– Je me tue à vous le dire, les gars, on est tous pareils. En grattant bien, nous autres les hommes, on se ressemble tous. Dans nos idées… dans nos désirs, ajouta-t-il avec un coup de menton vers les gosses.

Caffery crispa les mâchoires.

– La seule différence, ajouta le gros en souriant, c'est que moi, j'ai le courage d'assumer. Je m'exprime. Et vous non.

Caffery inspira longuement, profondément. Après quelques secondes de silence, il se tourna sur son siège et, sans la moindre retenue, expédia son poing dans la figure du gros. Sa joue flasque s'écrasa contre l'enrouleur de ceinture et sa bouche s'ouvrit, libérant un jet de salive. Il se ratatina sur son siège, les mains sur le visage. Un filet de sang s'échappait de ses narines, et il avait les larmes aux yeux.

– Ça va pas, non ? bégaya-t-il d'une voix pâteuse, une main sous le nez, comme s'il cherchait à retenir son sang. Je connais mes droits. Vous avez pas le droit de faire ça !

– Et je n'ai pas le droit de faire ça non plus.

Caffery l'empoigna par le haut de son maillot de footballeur et serra tellement fort que le liseré du col disparut dans les bourrelets de son cou. Le visage de l'homme enfla.

– Lâchez-moi… lâchez-moi… !

Il griffa en vain les mains de Caffery.

– Lâchez-moi…

– Tu attends qui, sac à merde ?

– P… personne.

– Ne me dis pas ça, avertit Caffery en accentuant son étau. Tu attendais quelqu'un.

– Non… Non, je vous dis !

Caffery le rejeta contre son siège, sortit de la voiture et en fit le tour pour repasser côté chauffeur. Il entrevit Flea une fraction de seconde, sur le trottoir d'en face ; elle avait ôté ses lunettes noires et l'observait intensément. Il ouvrit la portière et saisit à nouveau le gros.

– Allez, saloperie, grommela-t-il en ahanant sous l'effort. Sors de là.

L'homme gicla de la Nissan comme un bouchon de bouteille ; il atterrit à quatre pattes sur l'asphalte et se mit à geindre.

– Vous pouvez pas me faire ça… z'avez pas le droit…

Caffery l'attrapa par les cheveux et lui appuya sur la nuque jusqu'à ce que son visage soit coincé entre le pied de la boîte aux lettres et le pneu arrière droit de sa Nissan. L'image de Penderecki avait resurgi dans ses pensées. Une crotte de chien séchait dans le caniveau à quelques centimètres de la bouche du gros et, toujours hanté par Penderecki, Caffery appuya encore un peu plus sur sa nuque, comme pour la lui faire manger.

– P... pitié, arrêtez...

L'épaule bien calée contre la carrosserie, Caffery lui enfonça un genou dans le dos. Une petite voix intérieure l'avertit : *C'est comme ça que les suspects meurent. C'est comme ça qu'ils meurent en détention. Par asphyxie. Le légiste relèvera des côtes fêlées, des hématomes indicatifs d'une immobilisation sous un genou. Ils meurent quand ils ne peuvent plus soulever assez les côtes pour que l'air continue à alimenter leurs poumons.* Et la voix ajouta : *C'est à Penderecki que tu aurais dû faire ça.*

– Vous allez y passer, lui souffla-t-il dans l'oreille. C'est une prise mortelle, même pour un gros tas dans votre genre. Si je la maintiens le temps qu'il faut, vous êtes un homme mort. OK ?

– S'il vous plaît, non. S'il vous plaît...

Il pleurait. Le poids de Caffery bloquait ses sanglots, mais des larmes se mêlaient maintenant à sa sueur.

– Soit vous parlez, soit je reste comme ça jusqu'à ce que vous soyez raide mort.

Les yeux de l'homme se révulsèrent. Il mit les paumes à plat sur le bitume et tenta en vain de soulever le buste pour respirer.

– D'accord... Lâchez-moi... et je parle.

Caffery se releva, une main en appui sur l'aile de la Nissan. Le gros type bascula sur le dos, à bout de souffle, et son visage heurta le pied crasseux de la boîte aux lettres.

– Ils sont... plusieurs, haleta-t-il. A venir ici.

– Ils font le trottoir, ou tu préfères jouer les initiateurs ?

– Non, fit l'homme en déglutissant. Non. C'est tous des pros.

– Des Noirs ? Tu aimes les Noirs ? C'est ce que je lirai dans ton dossier ? Noirs et jeunes ?

L'homme acquiesça d'un air penaud, un filet de bave aux lèvres.

– Quoi ? fit Caffery en se penchant au-dessus de lui. Qu'est-ce que tu viens de dire ?

Il sentit que deux ou trois personnes le fixaient depuis l'entrée de la supérette mais décida de les ignorer.

– J'ai dit oui...

Caffery sortit son portable, sélectionna la photo reçue du service multimédia et la mit sous le nez de l'homme.

– Celui-là. Tu te l'es fait, pas vrai ?

Le gros regarda à peine l'image.

– Ouais. C'en est un.

– Son nom ?

– Ça dépend. Jim, Paul, John, ça change à chaque fois. Y a un truc qui cloche chez lui. On lui donnerait douze piges, alors qu'en fait... il est majeur, je vous jure. Il a l'air plus jeune à cause d'un problème de croissance...

Caffery se souvint d'un gosse de Londres, âgé de douze ans, qui vendait ses charmes en précisant : « J'ai dix-huit ans, mais j'en fais onze suite à un accident. » Histoire d'attirer un maximum de vieux vicelards avides d'assouvir sans risque leurs fantasmes de viol d'enfant.

– J'ai déjà entendu ce bobard, fils de pute.

– C'est la vérité. La vérité vraie. Demandez à n'importe qui. A n'importe lequel de ceux qui traînent dans le coin, ils le connaissent tous. Il se sapait en écolier pour moi, mais c'était du flan. Un déguisement, je vous assure. Je touche plus à ça – aux gosses, je veux dire.

– Ben voyons.

– Faudra pas dire que c'est moi qui vous en ai parlé, hein ? Je crois qu'il a... des amis. De la famille, fit le gros type en s'essuyant le nez. Surtout dites pas que c'est moi.

Caffery releva la tête. Devant la supérette, trois jeunes skateurs l'observaient. A peine eut-il croisé leur regard qu'ils se détournèrent en remontant leur capuche.

– Bon, il vient quand ? Aujourd'hui ?

– Peut-être, renifla l'homme. Ça lui arrive de passer vers midi, mais si c'est pas lui, ça sera un autre. Je vous en prie, leur parlez pas de moi. Je veux pas d'embrouilles.

– Si tu ne veux pas d'embrouilles, arrête plutôt de te taper des petits garçons.

Caffery se mit les mains sur les hanches et roula des épaules pour assouplir ses muscles contractés. Il aida ensuite le gros à se relever et lui ouvrit sa portière.

– Tu vas attendre, dit-il en le poussant à l'intérieur de la Nissan. Ne bouge pas d'ici. Si tu te fais brancher par un autre de tes petits amis, envoie-le promener, même si tu dois passer toute la journée ici avec ta petite trique de merde. Mais si c'est lui, tu fais comme si de rien n'était. Laisse-le monter, et je m'occupe du reste.

– Mais... et mes clés ? Qu'est-ce que vous voulez que je fasse sans mes clés ?

– Bon Dieu... Je te demande de m'aider parce que tu es un tas de merde et que tu as une dette envers la société. Pas parce que je suis l'archange Gabriel. Allez. Remonte. Dans. Ta. Bagnole.

Caffery revint en nage. Il prit sa blague à tabac et se roula une cigarette.

– C'est parti pour un petit jeu de patience, annonça-t-il en léchant le bord du papier. Le chaînon manquant ne devrait pas tarder à s'approcher de cette Nissan.

Flea le regarda allumer sa clope. Le poids des deux derniers jours commençait à se faire sentir et elle était au bord des larmes – ou de l'endormissement, elle ne savait pas trop. A côté d'elle, Caffery grilla sa cigarette jusqu'à la dernière bouffée, sans perdre des yeux la voiture bleue du gros. Il écrasa le mégot dans le cendrier, ferma sa blague à tabac et la remit sur la planche de bord en lâchant d'un ton monocorde :

– Mon frère a disparu quand j'avais huit ans.

– Pardon ?

– Mon frère a disparu, répéta-t-il, aussi calme que s'il évoquait le menu de son petit déjeuner. J'étais avec lui quand c'est arrivé. On s'est… il y a eu une dispute, et il est sorti par le fond du jardin familial, qui donnait sur une tranchée ferroviaire. Ce n'était pas dangereux, on était déjà descendus des millions de fois là-dedans. Mais ce jour-là… il n'en est pas revenu. Un pédophile avéré habitait de l'autre côté de la voie ferrée. On n'employait pas le mot « pédophilie » à l'époque – on parlait plutôt de viols d'enfants, d'attouchements. Tout le monde savait que c'était lui, mais personne n'a jamais pu le prouver. C'était il y a trente ans et je ne sais toujours pas où est mon frère.

Le pouls de Flea s'accéléra. Il savait. Il savait ce qui était arrivé à ses parents – un collègue avait dû lui raconter que sa vie avait basculé au moment de l'accident, qu'elle ne s'en était jamais remise. Elle prit le temps de respirer.

– Pourquoi me dites-vous ça ? demanda-t-elle d'une voix blanche.

– Parce que vous devez comprendre la raison pour laquelle j'ai failli tuer ce type il y a cinq minutes. Vous voyez, je trimballe une charge écrasante de culpabilité depuis la disparition de mon frère, parce que, quand ce genre de drame vous tombe dessus – et en particulier quand il frappe celui des deux frères qui le méritait le moins, vu que c'est comme ça que mes parents l'ont vécu –, il n'y a aucun moyen d'y échapper. Et cette culpabilité s'exprime parfois sous des formes dont je ne suis pas fier et qui finiront par me foutre dans une merde noire.

Il indiqua d'un coup de menton la Nissan. Le gros type avait baissé son rétroviseur intérieur et examinait son visage meurtri.

– C'est un pervers, poursuivit Caffery avec un sourire forcé. Et mon radar à pervers, si vous me passez l'expression, est plus sensible que la moyenne.

Incapable de répondre, Flea soutint un instant son regard avant de se détourner côté portière, le souffle un peu court.

– Rassurez-vous, dit-il. Je ne vous demande pas de m'absoudre. Allez-y, faites un rapport. Ça m'est égal.

Elle entendit un léger grincement de skaï, suivi d'un bruit de clés, et la main de Caffery se posa sur son épaule.

Ce contact fit à Flea l'effet d'une décharge électrique, et elle n'osa plus bouger. Au bout d'une éternité, alors que seul le bruit de leurs souffles rompait le silence, ce fut comme si un verrou sautait en elle. Elle ouvrit la bouche et les mots vinrent.

– Vous vous trancheriez le bras droit que ça n'y changerait rien. C'est quelque chose dans ce genre-là, non ? La seule façon de vous faire pardonner serait de mourir – d'une mort encore plus horrible que la sienne, encore plus douloureuse et terrifiante. La seule façon, répéta-t-elle, les joues en feu, en se retournant pour lui faire face. Vous passez votre temps à vous dire que ça aurait pu être vous, et vous préféreriez connaître mille fois la même mort plutôt que d'éprouver cette culpabilité une seule seconde de plus.

Caffery retira sa main en pâlissant comme si toutes ses angoisses, toutes ses nuits blanches l'avaient rattrapé d'un coup.

– Mes parents, reprit Flea. Les rares collègues qui sont au courant ne m'en parlent jamais. Ça fait deux ans, et leurs corps n'ont jamais été retrouvés. Ce n'est pas comme vous : je sais où ils sont, exactement. Tout le monde le sait. Mais c'est un lieu inaccessible.

Elle se tut aussi soudainement qu'elle avait pris la parole, surprise de s'être autant livrée. Caffery la fixait de ses pupilles réduites à des têtes d'épingle. Sa main se souleva à demi et, une fraction de seconde, Flea crut qu'il allait la frapper. Mais non. Il reposa sa main sur le volant et se détourna vers la portière. Dans un silence pesant, elle chercha les mots justes. Et brusquement, comme elle allait parler, ce fut trop tard. Un petit homme flottant bizarrement dans sa veste marron et son jean à revers passa devant la voiture de Caffery et traversa la chaussée en face de la supérette.

C'était parti.

53

Caffery pivota lentement sur son siège pour suivre des yeux le jeune Noir perdu dans sa veste.

– Putain, murmura-t-il. Je crois que c'est lui.

– Qui ?

– La photo. Sur mon portable.

Le nouveau venu se dirigeait vers la Nissan bleue. Il s'arrêta brièvement à hauteur d'une poubelle, baissa la tête et reprit sa marche jusqu'à la portière du gros. *Je le connais,* pensa Flea en le voyant toquer à la vitre d'une main gracile. *Où ai-je bien pu le voir ?* Mais Caffery, déjà hors de la voiture, se retroussait les manches. Et la suite s'enchaîna tellement vite qu'elle en oublia ses interrogations.

Une sorte de cri primal monta de la Nissan.

– Les flics ! beugla le chauffeur, un bras à l'extérieur de la portière. Tire-toi ! Y a les flics !

Deux événements simultanés se produisirent alors : le petit personnage en veste marron s'enfuit au pas de course, et Caffery gifla le toit de son auto – en guise de déclaration d'intention – puis se lança à sa poursuite.

Flea avait beau être formée à ce type de situation, le vide se fit instantanément dans sa tête. Caffery disparaissait déjà au coin de la rue, et elle ne connaissait pas le quartier. Elle attrapa fébrilement son portable, le fit tomber, le ramassa et se rendit compte que le capot était cassé – batterie et carte SIM pendouillaient à l'extérieur du boîtier. Elle se faufila côté volant, s'aperçut à force de tâtonner que les clés de Caffery n'étaient plus sur le contact, et regagna sa place initiale en se tortillant de plus belle, son portable et sa batterie dans une main, ses propres clés dans l'autre.

Elle sortit de la voiture de Caffery, rejoignit sa Focus, sauta dedans, démarra en trombe et faillit emplafonner une camionnette de livreur. Elle écrasa la pédale de frein et dut attendre, les mains crispées sur son volant et jurant à mi-voix, que le véhicule soit passé à un train de sénateur. Puis elle fit demi-tour sur la chaussée et prit la première à gauche.

C'était une ruelle en ligne droite, bordée de petites maisons victoriennes en brique rouge impersonnelles qui lui rappelèrent le Nord. Elle s'y engagea au ralenti, sans trop savoir de quel côté chercher. Caffery et sa cible pouvaient être n'importe où. Ils surgirent tout à coup une centaine de mètres plus loin d'une file de véhicules en stationnement – d'abord le petit Black avec sa veste ridicule, puis Caffery, dont la chemise blanche était aussi visible qu'un étendard. Elle accéléra, les rattrapa au moment où ils s'engouffraient dans un passage piétonnier.

Elle attrapa son *Bristol de A à Z* et consulta frénétiquement l'index des quartiers, cherchant « Hopewell ». Quelqu'un klaxonna dans son dos, pressé de passer. Elle l'ignora, coinça le guide entre ses genoux, trouva la double page correspondante et l'ouvrit au maximum pour étudier le plan. Elle repéra sa position et constata que le passage débouchait cité Hopewell. Derrière elle, l'automobiliste impatient avait baissé sa vitre et se demandait en hurlant pourquoi c'étaient toujours ces foutues gonzesses qui bloquaient le trafic, et qu'est-ce qu'elle attendait pour dégager ? Elle s'enfilait un Tampax, ou quoi ? Flea le gratifia d'un doigt d'honneur et enclencha la première.

Les rues du quartier étaient toutes étroites et en sens unique, mais il lui fallut moins d'une minute de zigzags pour s'en extraire. Elle freina sec en débouchant dans une large rue aux accotements gazonnés, où poussaient à intervalles réguliers de jeunes arbres protégés par un grillage. Elle venait d'atteindre l'entrée de la cité Hopewell et, d'après ses calculs, la première rue à droite était dans le prolongement du passage. Elle abaissa sa vitre et attendit, penchée en avant.

Elle crut un moment qu'elle arrivait trop tard. Puis des pas précipités s'élevèrent, de plus en plus proches. Le petit Black en veste déboula sur le trottoir et passa à sa hauteur – elle entrevit ses membres maigres, ses traits tirés – avant de détaler à travers une pelouse dont une partie était envahie par l'ombre des tours. Elle défit sa ceinture et commençait à sortir de sa Focus – personne, curieusement, n'était encore apparu dans le sillage du fugitif – quand Caffery émergea enfin à l'angle de la rue, sans se presser. Il se mit un doigt en travers des lèvres dès qu'il vit Flea et lui fit signe de se rasseoir. Elle se laissa retomber sur son siège, les pieds encore sur le trottoir, et referma partiellement sa portière pour le laisser passer.

Elle le suivit des yeux puis étudia le décor, l'esprit en effervescence. Si le quartier de la supérette, un peu plus à l'est, lui était totalement inconnu, elle était souvent venue dans cette cité. Celle-ci se composait de six tours colossales, reliées par un réseau d'allées piétonnes en forme de 8 qui entouraient des pelouses triangulaires. Elle s'imagina l'ensemble vu d'en haut, comme si elle regardait une maquette d'urbaniste, et devina à la trajectoire du fugitif qu'il courait vers la tour Nord-Ouest, un haut lieu du trafic de drogue bristolien. Elle attendit encore un peu puis, à la seconde où Caffery disparaissait dans l'ombre de la tour Sud-Ouest, elle ramena ses jambes à l'intérieur de la voiture, redémarra et entreprit de slalomer entre les petits parkings et les enclos à poubelles.

Elle prenait un risque, car ils pouvaient être partis dans n'importe quelle direction. Elle finit par déboucher quasiment au pied de la tour Nord-Ouest et craignit dans un premier temps d'avoir perdu son pari. L'endroit semblait désert. A côté d'une des portes de la tour, couverte d'affiches sauvages et de graffitis, plusieurs bacs de tri sélectif débordaient de sacs en plastique. Personne.

Soudain, un éclair blanc s'imprima sur sa rétine, et Caffery – comment ne l'avait-elle pas repéré plus tôt ? – lui apparut à une dizaine de mètres. Il la fixait, immobile.

Elle descendit de sa Focus d'un bond.

– Bordel de merde ! Qu'est-ce que... ?

D'une main, il lui fit signe de se taire. Son autre bras, tendu, lui montrait quelque chose. Et quand elle vit ce dont il s'agissait, un affreux pressentiment la transperça, car elle savait maintenant où elle avait déjà vu le jeune type en veste. Ici. A l'endroit même où se tenait Caffery. Elle n'avait fait que le croiser, une brève seconde, mais elle s'en souvenait nettement car cela datait de quelques jours à peine. Elle regarda à nouveau la porte d'appartement que lui indiquait Caffery.

Et tout à coup il n'y eut plus rien, absolument plus rien de normal.

54

La porte, bleu pâle, était ornée d'un numéro 11 en chiffres miroirs autocollants ; le Noir en veste avait disparu par là. Caffery l'étudia en reprenant son souffle. Une porte parfaitement ordinaire, percée d'une petite vitre masquée par un voilage graisseux qui avait pris au fil des ans la teinte sinistre d'un sachet de thé usagé, et pourtant son intuition lui souffla sur-le-champ que c'était ici que Mallows avait été taillé en pièces. Dieu seul savait ce qu'ils trouveraient à l'intérieur.

Il contourna le bâtiment afin de vérifier l'absence d'issue de secours ; la tour était de section carrée, plus une saillie pour la cage d'escalier et d'ascenseur. Il recensa plusieurs portes d'entrée individuelles similaires à celle qu'il venait de laisser derrière lui, mais les appartements ne disposaient manifestement pas de sortie de secours. La présence d'un grand nombre de fenêtres condamnées lui fit réaliser brusquement que ses pas l'avaient ramené cité Hopewell, mais à l'opposé de la tour de Jonah, qui se dressait à l'autre bout de la dalle. Même s'il ne les voyait pas, une vingtaine de collègues devaient être en train de la perquisitionner en ce moment même. La plupart des fenêtres du rez-de-chaussée de cette tour-ci étaient bouchées. Il les scruta longuement dans le silence et la chaleur de la mi-journée. Un filet de sueur coulait dans son dos.

Il revint sur ses pas et, alors seulement, il se rendit compte que Flea était bouleversée.

– Le 11, murmura-t-elle. C'est le 11.

– Oui. Et alors ?

Elle lui fit signe de la suivre jusqu'au parking pour ne plus être visible de l'appartement. Caffery la rejoignit et dut se pencher vers elle pour entendre ce qu'elle disait.

– Je sais qui habite ici, murmura-t-elle. C'est un ami à moi.

– Génial. De mieux en mieux.

– Oui. Et... vous le connaissez aussi. Tommy Baines. Tig. De l'association le Relais des Usagers, à Mangotsfield. Le borgne.

Caffery mit du temps à comprendre.

– Le b... Vous le connaissez aussi, celui-là ? Comment ça se fait ?

Flea ferma brièvement les yeux. Elle était livide.

– J'ai... oh, merde, on se connaît depuis une éternité, d'accord ? Mais je l'ai revu récemment. Il m'a dit que vous l'aviez interrogé.

– Splendide. J'ai vraiment de la chance d'être entouré de gens infoutus de la boucler, qui passent leur...

– Minute. Ce n'est pas parce que ce type vient d'entrer chez lui que Tig a forcément quelque chose à se reprocher, alors épargnez-moi vos remarques. C'est peut-être un hasard. Si ça se trouve, il...

Une pensée l'interrompit net. Flea leva les yeux au ciel.

– Et merde, lâcha-t-elle en se frappant le front. Merde, merde, merde...

– Quoi ?

– Je me suis fait avoir en beauté.

– Quoi ?

Elle soupira, laissa retomber son poing et repartit vers sa voiture sur l'asphalte chauffé à blanc. Caffery la regarda ouvrir une portière, sortir son gros sac de police et fouiller dedans. Elle se redressa et glissa un objet qui ressemblait à un couteau dans sa gaine, peut-être un couteau de plongée, à l'arrière de son pantalon. Elle claqua la portière et revint vers Caffery avec deux gilets pare-balles en kevlar. L'un d'eux était équipé de tous ses accessoires, l'autre avait les poches vides.

– Le jour où on a retrouvé la main dans le port, dit-elle en lui tendant le gilet équipé.

– Oui ?

– J'ai reçu un sms de lui. De Tig. Il voulait me voir. Ça faisait un temps fou qu'on ne s'était pas fait signe, et d'un seul coup le voilà qui cherche à renouer. Et quand je suis passée le voir, il a discrètement essayé de me tirer les vers du nez, de me faire dire où en était l'enquête. Voilà, conclut-elle avec une grimace. Quelle conne. Je vais sûrement perdre ma place, hein ?

Un court silence s'ensuivit. Caffery se souvint de la sensation physique qu'avait fait naître en lui le contact de Tig, de l'envie qu'il avait eue de le frapper. Cette sensation était de nouveau là. Il repoussa le gilet équipé et prit l'autre.

– Tâchons d'éviter les conclusions hâtives, dit-il. Comme vous l'avez dit vous-même, le fait que ce type se soit réfugié chez lui ne prouve pas grand-chose. On va commencer par jeter un œil avant de foncer. D'accord ?

Quand tous deux eurent enfilé leur gilet pare-balles, Flea écarta une mèche de son front, se campa bien droite devant la porte et frappa énergiquement.

Silence. Elle se hissa sur la pointe des pieds et tenta en vain de discerner quelque chose à travers la petite vitre dépolie.

– Tig ? cria-t-elle en tambourinant contre le panneau du plat de la main. Tig, tu es là ? C'est moi, Flea !

De l'autre côté leur parvinrent des murmures, des bruits de pas précipités. Une porte claqua.

– Tig ? Juste une seconde !

Encore du bruit. Et un long silence. Puis un nouveau bruit de porte et, soudain, une main écarta le voilage. Un visage indistinct apparut derrière le carreau sale.

– Madame Baines ? fit Flea, une paume sur la vitre. C'est moi. Vous allez bien ? Je peux entrer ?

L'apparition la fixa comme si elle ne la reconnaissait pas.

– C'est moi, Flea. Je peux entrer ?

Il y eut un cliquetis de loquet, et la porte s'ouvrit sur une vieille dame frêle, emmitouflée dans une robe de chambre élimée.

– Je ne sais pas où il est, mon cœur. Il est reparti avec les Noirs.

Caffery étudia le couloir. L'appartement était un capharnaüm. Des piles de journaux s'alignaient au pied des murs défraîchis dans de grands sacs à provisions. Des dates étaient inscrites au feutre au sommet de chaque pile : de 1999 à 2006. Une odeur de soupe à la tomate flottait dans l'air, mêlée à une autre qu'il ne parvint pas à définir. Toutes les portes donnant sur ce couloir étaient closes.

Il resserra une sangle latérale de son gilet pare-balles et franchit le seuil.

– Vous êtes seule, madame ?

– Oui, oui. On me laisse toujours toute seule.

Caffery ouvrit une première porte. La cuisine : minuscule, et l'évier débordant de vaisselle sale. Personne à l'intérieur.

– Le problème, c'est qu'on sait que vous avez du monde.

– Ah bon, jeune homme ? Il faudra plutôt voir ça avec mon fils.

La vieille dame regarda avec une apparente insouciance Flea entrer dans le séjour et jeter un coup d'œil derrière le canapé, les rideaux.

Caffery ouvrit une autre porte, puis encore une autre.

– Il est ici ?

– Oh, non. Enfin, pas vraiment. Pas au sens où vous l'entendez.

– C'est-à-dire ?

Mme Baines le gratifia d'un sourire édenté.

– Dieu seul le sait. Je suis un peu gaga, vous savez. C'est ce qu'ils me répètent à longueur de temps, que j'ai la tête ailleurs, dit-elle en se tapotant le front. Que je ne suis plus ce que j'étais.

– Madame Baines, votre fils est-il ici, oui ou non ?

– Oh… non. Bien sûr que non.

Caffery considéra ses yeux fuyants, sa robe de chambre écossaise pleine de taches, ses cheveux clairsemés. Lui-même avait une mère quelque part ; à sa connaissance, elle vivait encore. Mais elle avait fait une croix sur lui après la disparition d'Ewan et, trente ans plus tard, il ne se demandait même plus où elle pouvait bien être.

– Votre scanner est branché ? demanda Flea.

– Mon scanner ? Oh, non, je l'ai éteint. Je regarde la télé.

– Ça vous dérange si j'y jette un coup d'œil ? fit Caffery.

Mme Baines agita une main, comme pour les congédier.

– Oh, faites ce que vous voulez. Moi, je m'en fiche.

Il pénétra dans sa chambre ; le lit était défait, les rideaux tirés, et quatre ou cinq mugs sales encombraient le chevet. Une toute petite pièce, où Caffery sentit vite qu'il n'y avait personne. Son regard s'arrêta sur le scanner. Il était effectivement éteint. L'air de cette chambre, froid et vicié, semblait venir d'ailleurs. Il regagna le couloir et vit que Mme Baines le fixait en fronçant les sourcils, un doigt tendu en signe d'avertissement.

– De toute façon, il va falloir prévenir la police. Pour qu'il arrête ses trucs. C'est tout ce que j'ai à dire, conclut-elle en souriant.

Caffery se tourna vers Flea. Immobile sur le seuil du séjour, elle regardait la vieille dame.

– « Pour qu'il arrête ses trucs » ? Qu'est-ce que ça signifie, madame Baines ?

– Ce que je viens de vous dire. Je ne serais pas étonnée que les flics viennent remettre un peu d'ordre dans tout ça. Il n'avait qu'à pas fricoter avec ces Noirs qu'il laisse courir partout. Mais ne vous en faites pas pour moi. Ne vous en faites pas pour moi.

Elle se tapota la tempe, regagna sa chambre à pas traînants, et claqua énergiquement la porte. Un bruit de télévision rompit le silence peu après. Flea fit un pas en avant pour la suivre, mais se ravisa et marcha vers la seule porte qu'ils n'avaient pas encore ouverte.

– La chambre de Tig, dit-elle. Je n'y suis jamais entrée.

– Vous avez toujours ce couteau à l'arrière de votre pantalon ?

– Vous l'avez vu ?

Caffery ne répondit pas. Il s'adossa au mur face à la porte, leva le pied et poussa juste ce qu'il fallait pour que le pêne cède. Le battant s'ouvrit sur une chambrette obscure, dont l'unique fenêtre était masquée par un dessus-de-lit bleu sale. Une penderie courait le long du mur opposé, un ordinateur trônait sur un petit bureau d'angle, et l'essentiel de l'espace était occupé par un lit métallique surélevé d'adolescent. Toujours dos au mur, Caffery passa un bras à l'intérieur de la pièce et alluma le plafonnier.

– Personne ?

Flea jeta un coup d'œil dans l'embrasure et se remit aussitôt à couvert.

– Personne, répondit-elle.

Caffery franchit le seuil, s'engouffra dans la pièce et alla ouvrir la penderie Plusieurs vêtements y étaient suspendus, mais il n'y avait personne. Il se pencha sous le lit, souleva la couette. La fenêtre était fermée. Aucun être humain n'avait pu s'échapper par là. Le petit Noir semblait s'être volatilisé.

Alors qu'il se creusait la cervelle pour tenter de comprendre ce qui lui échappait dans cet appartement, il se rendit compte que Flea ne bougeait plus. Toujours sur le seuil, elle regardait les murs, tétanisée. Il suivit son regard et comprit.

Ils étaient tapissés d'images homosexuelles sado-maso. Caffery remarqua d'abord une affiche du *Deviant*, le club SM d'Old Market, vantant son équipement : « 2 barres de suspension, 2 croix, 2 chevalets… » Sur un autre mur, plusieurs photos montraient un homme moulé dans une combinaison transparente, le pénis entouré d'un anneau de cuir ; le sang jailli de plusieurs plaies adhérait au plastique comme dans une barquette de viande. Sur les deux premiers clichés, on l'obligeait à lécher les pieds d'un homme d'affaires en costume trois-pièces. Sur la dernière, quelqu'un lui enfonçait la tête dans une cuvette de W-C.

– Holà, siffla Caffery. C'est du lourd.

Le dernier mur disparaissait presque entièrement sous un immense agrandissement photographique – image réelle ou truquée, c'était difficile à dire – montrant un homme au crâne rasé, en tablier de cuir, qui arrachait de ses dents le mamelon d'un autre homme seulement vêtu d'une paire de Doc Martens et d'un collier clouté blanc pour chien. Une dizaine de tirages numériques au format A4 avaient été punaisés pardessus. Caffery s'en approcha et vit qu'il y avait là de quoi condamner Baines en trois coups de cuiller à pot. Ces photos témoignaient explicitement de tout ce qui avait pu se passer dans la tour Nord-Ouest de la cité Hopewell. Elles montraient un petit Noir en parure tribale, avec des perles dans les cheveux et de la peinture blanche sur les joues. Caffery reconnut le type à la veste, immortalisé dans différentes poses : sur une des images, il s'adonnait à une danse rituelle en robe de sorcier, montrant les dents à l'objectif, mais les suivantes le représentaient au chevet d'un jeune homme à demi nu allongé sur un canapé – sûrement Ian Mallows ; le Noir lui avait intubé le bras et regardait son sang couler dans un volumineux broc en plastique. Quant à la dernière photo – Caffery se pinça le nez pour endiguer un début d'envie de vomir –, elle montrait le sorcier accroupi près d'un corps inerte, touchant de son couteau la chair sanguinolente d'un poignet sectionné.

Il déglutit avec peine et s'obligea à étudier attentivement cette image. Mieux valait faire abstraction de certains détails : le corps blême de Mallows – ça ne pouvait être que lui –, la fontaine de sang qui jaillissait de son avant-bras, ses yeux révulsés. Caffery dut faire un gros effort pour focaliser son attention sur un élément encore plus anormal que tout le reste, le seul qui sonnait faux : le visage du sorcier.

Il l'étudia en plissant les yeux et sentit, derrière ce masque impassible, un mensonge. Il y avait quelque chose dans l'attitude du jeune homme – son expression trop posée, sa lame brandie pour l'objectif – qui tenait presque de la photo de vacances. Une pensée assaillit Caffery : *Ce n'est pas toi qui l'as amputé, n'est-ce pas ? Tu joues un rôle.* Il n'eut pas besoin de formuler la question qui en découlait – *Alors qui ?* –, car il connaissait déjà la réponse. Il savait qui avait tranché les mains de Mallows.

Tu peux toujours courir pour que je t'accorde le bénéfice du doute, Tig. La rédemption ne sera jamais pour toi. Tu m'as envoyé sur une fausse piste en me parlant de l'ADERTI. Et, tout à coup, Caffery comprit pourquoi.

– Baines connaît Kaiser, c'est ça ? demanda-t-il en se retournant vers Flea, qui se tenait derrière lui, pâle comme la mort. Par vous ?

– Pardon ?

– Je vous demande si Baines connaît Kaiser.

– Non, répondit-elle faiblement. Non. Enfin... si. Il a entendu parler de lui.

– De lui et de l'ibogaïne ?

Elle s'humecta les lèvres, gênée.

– Probablement. Pourquoi ?

Il soupira.

– Pour rien. Vous n'avez pas l'impression qu'il s'est bien foutu de vous ?

Flea fit un pas en avant, l'œil toujours rivé sur les photos. Elle tendit une main vers le mur mais n'alla pas au bout de son geste : son instinct de flic lui soufflait de ne toucher à rien.

– Seigneur. Qui est-ce ?

– Je ne sais pas, mais probablement notre ami à la veste marron. Et sur le canapé, je suis prêt à parier que c'est Mallows.

– Merde... C'était donc vrai.

Elle s'assit devant l'ordinateur et se prit le visage entre les mains.

Caffery eut envie de la toucher, de lui caresser les cheveux, mais sentit qu'il valait mieux s'abstenir.

– Dites-moi.

– Rien. A part...

– Oui ?

– Quand je suis allée chez Mabuza, j'ai vraiment cru qu'il m'avait percée à jour.

– Pourquoi ?

Une lueur de méfiance passa dans les prunelles de Flea.

– Pour rien. J'ai eu l'impression que quelqu'un l'avait prévenu. Il y avait des crucifix partout dans sa maison, comme s'il cherchait à donner l'image d'un bon chrétien. Et aussi...

– Et aussi ?

– Il est pédé, fit-elle à mi-voix. Tig.

– Jusqu'au bout des ongles, visiblement. Vous ne le saviez pas ?

– Si, je le savais. Je l'ai toujours su. Il a essayé de m'en faire douter, mais je crois maintenant qu'il cherchait à me déstabiliser pour que je l'alimente en informations sur l'enquête.

– Des informations qu'il s'est empressé de transmettre à Mabuza. Je sentais bien que quelqu'un tirait les ficelles, mais je ne m'attendais pas à ce que ce soit un pédé blanc.

– Ça, dit Flea en regardant le mur, c'est l'image que vous avez de Tig. La plupart de ses clients sont noirs, ou asiatiques. Il vient de la rue, vous savez. C'est un des leurs. A une époque, il a même failli devenir indic pour Atrium.

Caffery examina la petite tablette qui courait au-dessus du bureau. Plusieurs CD y étaient posés. Le mot « Magie » était inscrit au feutre sur l'étiquette de l'un d'eux, en lettres grossières. Les deux suivants portaient le nom « Mabuza ».

Caffery tendait la main vers les disques lorsqu'un bruit l'interrompit au beau milieu de son geste. Il chercha le regard de Flea. Ils n'eurent pas besoin de se parler pour comprendre qu'ils venaient l'un et l'autre d'entendre quelqu'un, tout près, déplacer un meuble.

– D'où est-ce que ça venait ? chuchota Caffery.

Il avait toujours le bras tendu au-dessus de Flea, qui remarqua son aisselle auréolée de sueur.

– Aucune idée.

Le bruit ne semblait pas provenir de l'appartement. Plutôt de chez les voisins, derrière la chambre. Elle se retourna lentement et observa le lit, puis la penderie. Elle revit la mère de Tig la semaine précédente, marmonnant seule dans la cuisine. *Dis aux Noirs d'arrêter de courir dans mon couloir et de passer la tête à travers les murs.*

– Les murs, souffla-t-elle.

– Les murs ?

– Vérifions-les.

Caffery lui adressa un regard perplexe mais s'approcha tout de même du mur et passa les mains dessus pour détecter une éventuelle anomalie. Il décrocha le dessus-de-lit tendu devant la fenêtre, cherchant une bouche d'aération ou un orifice caché, pendant que Flea se mettait à quatre pattes sur la moquette pour examiner la plinthe qui longeait le lit. Rien. Caffery rouvrit la penderie et écarta du pied une pile de vêtements sales. Il allait la refermer quand il s'arrêta net.

– Qu'est-ce qu'il y a ?

Flea s'approcha et comprit ce qui l'intriguait. Le fond de la penderie n'était pas maçonné. Une large planche de contreplaqué se dressait à la verticale derrière la tringle. Caffery s'accroupit, réussit à glisser les doigts derrière et l'écarta du mur, en soulevant au passage un petit nuage de poussière de plâtre. Une odeur de moisi et d'ammoniac leur agressa les narines.

– Ça y est, grogna-t-il en s'essuyant les mains. Je crois qu'on le tient.

Derrière le contreplaqué, une brèche d'environ un mètre cinquante de haut sur un mètre de large avait été percée dans la cloison. Le sol, au-delà, était jonché de plâtras et de lambeaux de papier peint. En passant la tête dans l'orifice, ils découvrirent un petit couloir aux murs en ruine, avec des câbles électriques qui pendaient du plafond. Une clarté filtrait d'une ouverture située à peu de distance sur leur gauche, barrée par une grille d'acier munie d'un cadenas. Quelque part, de l'eau gouttait. La grille donnait sur une pièce dont seul le sol était visible : des restes de moquette collés à même le ciment, un vieux journal ouvert à la page Sports. Devant eux, le couloir se perdait dans l'ombre.

Caffery se faufila dans la brèche et, du bout du pied, testa la grille sur sa gauche. Il examina brièvement le cadenas – fermé –, n'insista pas et fit face au corridor obscur.

– Voilà donc comment ce fumier a fait son coup. Il a creusé son terrier dans un autre appartement.

– Mon Dieu, murmura Flea.

L'atmosphère humide et confinée lui rappelait une grotte. Elle s'imagina un dédale de couloirs, et son pouls s'accéléra. Elle passa en hâte une main sur le mur, à hauteur d'épaules, dans l'espoir de trouver un interrupteur. Rien. Hormis cette lueur du jour venue de la gauche et, devant, l'inconnu.

– Il a dû...

Un bruissement s'éleva de l'obscurité, devant eux. Flea se pencha en avant et aperçut un petit point clignotant de lumière rouge, de la taille d'un iris humain. Un appareil électronique, peut-être. Le bruissement se fit à nouveau entendre.

– Et merde, grommela-t-elle.

Elle revint dans la chambre et sortit fébrilement l'émetteur radio scratché sur son gilet. Elle appuya sur la touche d'appel prioritaire pour couvrir toutes les autres communications.

– Bravo contrôle, bravo contrôle... Ici cité Hopewell, tour Nord-Ouest, demandons renforts en urgence. Matériel de soutien et bélier requis. Et, euh...

Elle scruta le couloir, qui semblait se perdre dans les profondeurs de la tour, et une image lui glaça le sang : Tig rongeant les murs comme un termite.

– Il faudra cerner le bâtiment, ajouta-t-elle. La plupart des issues sont hermétiquement condamnées, donc prévoyez des masques à gaz.

Elle mit fin à la communication et se retourna vers Caffery, qui attendait de l'autre côté de l'ouverture, adossé au mur. Le voyant rouge clignotait toujours au fond du couloir, éclairant vaguement son profil. Il secoua la tête.

– Qu'y a-t-il ? demanda-t-elle à voix basse.

Vous comptez les attendre ?

— Oui. J'ai évalué les risques, et c'est la meilleure solution.

— A votre avis, il peut aller jusqu'où dans ce putain d'immeuble ?

Elle comprit où Caffery voulait en venir.

— Ce n'est pas mon problème.

— Ça le deviendrait peut-être s'il ressortait de l'autre côté.

— Ce qui compte, c'est que je fasse mon boulot et que moi, je ressorte de l'autre côté. C'est la base de notre formation, la leçon numéro un : nous ne disposons d'aucune visibilité, nous ne savons absolument pas ce qui nous attend là-dedans, et je n'ai aucune envie de risquer ma vie. Vous êtes peut-être pressé de mourir, mais pas moi.

La lueur reflétée dans les yeux de Caffery se durcit légèrement lorsqu'elle prononça sa dernière phrase. Il ouvrit la bouche pour répliquer puis parut changer d'avis. Il regarda un instant le couloir et se retourna vers elle. Flea crut d'abord qu'il allait partir seul. Il finit cependant par réintégrer la chambre et, en le voyant tendre brusquement le bras, elle crut pour la deuxième fois ce jour-là qu'il allait la frapper. Mais il se contenta de dégrafer la bombe de gaz CS qu'elle portait fixée à son gilet pare-balles et lui glissa à l'oreille :

— Voilà bien le plus énorme mensonge que j'aie jamais entendu.

Et il repartit dans le couloir. Flea, pétrifiée, regarda s'éloigner sa silhouette éclairée par intermittence par le halo spectral du voyant rouge. Elle repensa à Boesmansgat et à la façon dont elle avait laissé tomber son frère. Elle repensa à l'eau noire, à ce que Thom avait dû éprouver en voyant leur père et leur mère piquer vers les ténèbres, et quelque chose, soudain, se souleva en elle. Elle rangea son émetteur, rattrapa Caffery dans le couloir et lui mit une main sur l'épaule.

— Ecoutez-moi, fit-elle, plissant les yeux pour percer l'obscurité de la pièce qui se profilait devant eux. Le CS… Ne l'utilisez qu'en cas d'absolue nécessité. Nous sommes en milieu confiné. On s'en prendrait plein la figure, et il ne nous resterait plus qu'à attendre la cavalerie

Elle palpa son gilet pour vérifier que tout était bien là : ses menottes, sa matraque. Elle récupéra le couteau glissé à l'arrière de son pantalon et le tendit à Caffery.

– Ils essaieront de nous viser à la tête ou au torse. On va entrer le plus bas possible.

Elle se faufila devant lui et s'accroupit juste avant le seuil, au ras du mur. Caffery la talonnait. Elle l'entendit se baisser à son tour, sentit son souffle lui caresser la nuque, mais devant eux le silence était désormais total. Le bruissement avait cessé. Flea effectua machinalement les opérations mentales requises dans ce type de situation – repérer la forme de la pièce, définir la position de la cible, choisir un objectif –, tout en sachant que cela ne servirait pas à grand-chose.

– Vous prenez la gauche, je prends la droite. A trois.

Elle décrocha sa lourde matraque télescopique en acier gainé de néoprène et la serra au creux de sa paume pour se rassurer. Mieux valait l'avoir dans les mains pour ne pas être gênée dans sa progression.

– Un, deux, trois...

Elle déboula lourdement dans la pièce, à moitié en roulade, à moitié en crabe, un bras en protection devant le visage. Elle avait avancé d'un peu plus d'un mètre quand les semelles de ses baskets se dérobèrent brusquement, ce qui la fit basculer en avant. Son genou heurta un angle rigide, et elle sentit quelque chose lui effleurer la joue en même temps que son coude s'écrasait contre le sol. Elle resta immobile, affalée au pied d'un mur. Elle s'accorda quelques secondes pour reprendre son souffle et commençait péniblement à se redresser quand la voix de Caffery s'éleva dans le noir.

– Stop, dit-il. Je vois quelque chose. Attendez que j'aie trouvé ce putain d'interrupteur.

Flea s'immobilisa à quatre pattes, les cheveux devant la figure.

– Je suis sérieux. Surtout ne vous relevez pas.

Tremblante et en nage, elle écouta le bruit de ses pas. Une odeur de cuivre et de mort flottait dans l'air, et quand elle se retourna vers le seuil rougeâtre par où ils étaient entrés, toute la partie supérieure de celui-ci était escamotée par une ombre noire et rectiligne qui lui donna l'impression d'être enfermée, comme si elle avait roulé sous un meuble. Elle prit aussi conscience d'un son. Un son que les pas de Caffery ne couvraient pas tout à fait. Un ruissellement visqueux, répugnant.

– Qu'y a-t-il ? murmura-t-elle. Qu'est-ce que vous faites ?

Il y eut un silence. Puis Caffery soupira bruyamment et, juste après, une lumière bleutée inonda tout. Flea cligna plusieurs fois des yeux ; son cerveau mit un certain temps à enregistrer les formes et les couleurs, mais quand ce fut fait la stupeur lui coupa le souffle.

– Putain de merde, grogna Caffery.

55

L'absence de raisons de vivre comportait un avantage : on finissait par se foutre un peu de tout.

Cette indifférence aux maux du monde s'était progressivement installée chez Caffery, jusqu'à lui devenir aussi naturelle que le réflexe d'ouvrir les yeux le matin ou de bâiller quand il avait sommeil. Aussi fut-il presque étonné ce jour-là, cité Hopewell, alors qu'il cherchait à tâtons un interrupteur en s'écorchant les mains sur les plâtras, de ressentir une trépidation, un bref moment de malaise. Cela ne dura que quelques secondes. Il finit par trouver le bouton, et la pièce s'illumina, révélant ce avec quoi ils venaient de partager l'obscurité.

Elle était de dimensions similaires à celles de la chambre de Baines mais, à en juger par le linoléum à motifs qui recouvrait le sol et les traces d'éléments hauts visibles sur les murs, il devait s'agir d'une ancienne cuisine. Le papier peint avait sans doute arboré de pimpantes rayures roses avant d'être rongé par la moisissure et le confinement, et il n'y avait plus que deux meubles : un canapé sur sa gauche et la table, adossée au mur, sous laquelle se trouvait Flea.

Une image quasi photographique de la jeune femme s'imprima sur la rétine de Caffery – elle ne semblait pas avoir vraiment conscience de la situation. Elle était à quatre pattes, en état de choc, avec du sang sur les bras et le tee-shirt, et elle le regardait fixement, attendant ses instructions. Elle ne voyait pas ce qui était sur la table juste au-dessus d'elle. Un cadavre, allongé sur le dos : torse nu, en jean, entravé au niveau des hanches par une sangle de cuir.

Caffery l'avait reconnu. Il n'eut pas besoin de s'approcher pour savoir que c'était Jonah. Et qu'il n'était pas mort depuis longtemps : la flaque écarlate qui grossissait sous la table autour d'un broc plein à ras bord ne présentait aucun signe de coagulation. Il coulait encore un peu de sang de sa gorge béante. Son sort avait été scellé dès la première entaille. Tig avait cherché à lui couper la tête et il y serait sûrement parvenu s'ils ne l'avaient pas dérangé. Il avait disposé plusieurs serviettes roulées autour du torse du jeune homme pour endiguer l'inondation et en avait calé une autre sous ses fesses, peut-être au cas où ses intestins se videraient.

– C'est lui, dit Flea, toujours aussi immobile, en regardant le broc et la flaque, puis en levant la tête vers la table. C'est lui ? C'est Jonah ?

Le regard de Caffery fut ensuite attiré par la caméra qui, montée sur un trépied, filmait le corps : le voyant rouge d'enregistrement clignotait. Il est mort, pensa-t-il en se forçant à inspecter le reste de la pièce, à faire abstraction de l'horreur de cette table. Fais ce que tu as de mieux à faire. Tu ne le connaissais pas. Ne perds pas de vue tes priorités. Oublie Jonah et retrouve le salaud qui a fait ça.

Flea ressortit à quatre pattes de dessous la table.

– Nom de Dieu ! s'exclama-t-elle en découvrant le cadavre. Putain de nom de Dieu !

Elle se leva sans cesser de fixer Jonah.

– Chut, fit Caffery, qui cherchait à deviner d'où venait le bruissement entendu tout à l'heure. Taisez-vous.

Il s'approcha du canapé et, une main en appui sur le dossier, se pencha par-dessus. Il découvrit instantanément ce qu'il cherchait. Sur un mètre de hauteur environ à partir du sol, une autre brèche avait été percée dans la cloison. Il déplaça le canapé et tendit l'oreille, mais derrière lui Flea parlait toute seule.

– Chut ! Fermez-la, bordel de merde. On y est.

Le mur avait été découpé à l'aide d'une meuleuse d'angle, ou peut-être d'une scie à main. Un peu de lumière du jour caressait le sol de l'autre côté.

Surpris par l'absence de réaction de Flea, il se retourna. Et la vit penchée au-dessus de la table, jambes écartées. Elle avait redressé le menton de Jonah et lui administrait un massage cardiaque en appuyant des deux mains sur sa poitrine, de tout son poids. A chaque compression, un petit filet de sang sortait de la gorge du jeune homme.

– Bon sang ! Arrêtez ça !

Mais elle continua à pomper.

Caffery revint sur ses pas et lui attrapa le bras.

– Il est mort. Arrêtez vos conneries.

Les deux mains toujours sur la poitrine de Jonah, Flea s'interrompit enfin. Elle avait le teint gris et les pupilles dilatées.

– Rappelez-vous ce qu'on est venus faire, fit Caffery. Concentrez-vous là-dessus.

– Qu... quoi ?

– Bordel de merde ! Suivez-moi, sergent Marley, ordonna-t-il en lui serrant le bras. Allez. Il faut qu'on avance.

Elle se retourna vers le canapé, fixa la brèche dans le mur. Regarda à nouveau le cadavre. Caffery s'apprêtait à la secouer comme un prunier quand il perçut un changement dans son expression. Son front se plissa, et ce fut comme si elle revenait à elle d'un seul coup.

– D'accord, souffla-t-elle en essuyant ses paumes ensanglantées sur son tee-shirt.

Elle se pencha en avant et, les mains sur les cuisses, respira plusieurs fois de suite par la bouche avant d'ajouter :

– C'est bon, je suis prête. Allons-y.

La bombe de CS dans une main et le couteau de Flea dans l'autre, Caffery se glissa à travers la brèche. Elle donnait sur un étroit passage à l'extrémité duquel s'ouvrait un orifice similaire, barré par une grille comme la porte aperçue tout à l'heure. Sauf que celle-ci était entrouverte.

Il s'en approcha plié en deux, presque accroupi, en tenant sa bombe à hauteur de visage et en s'appuyant à chaque pas sur le couteau. Flea resta un instant seule dans la cuisine mais, avant même d'avoir atteint la grille, Caffery sentit un léger souffle sur sa nuque. Il repensa sans trop savoir pourquoi à un détail lu dans le dossier de Marilyn Kryotos, sur la faculté du Tokoloshe à devenir invisible en se mettant un galet dans la bouche, et il ne put s'empêcher de jeter un coup d'œil par-dessus son épaule. C'était bien elle. Ses prunelles flamboyaient, et son visage étroit exprimait une détermination farouche.

Ils se postèrent de part et d'autre de la grille et écoutèrent. Tout près, quelqu'un haletait.

– On démarre par un trois cent soixante, chuchota-t-elle.

– Pardon ?

– Un balayage visuel. A trois cent soixante degrés.

Imitant Flea, Caffery se décala légèrement de profil, plaça la main gauche à l'intérieur du mur puis avança le pied droit dans l'orifice.

– Maintenant, dit-elle. On y va.

Bombe et matraque en avant, ils passèrent le cou dans la brèche et balayèrent prestement la pièce du regard. Elle était petite, avec deux portes et une fenêtre condamnée, et d'une saleté repoussante, pleine de mouches et de vieux emballages alimentaires. Sur un canapé adossé au mur du fond étaient assis deux jeunes hommes, un Blanc squelettique et un petit Noir.

– Police ! hurla Caffery en braquant sur eux sa bombe de gaz. Police !

Les deux jeunes se pelotonnèrent l'un contre l'autre. L'un d'eux était celui qu'ils avaient pris en chasse, le petit sorcier en veste marron ; quant à l'autre, Caffery n'eut pas besoin de voir ses moignons pour deviner qu'il s'agissait de Mallows. Vivant. On lui avait pris son sang. On l'avait amputé des deux mains. Et il vivait encore. Les propos du coordinateur de scène de crime lui revinrent à l'esprit. Cet enfoiré avait vu juste.

– Eh, vous ! lança-t-il. Mallows ? Ian Mallows ?

Mossy fit mine de lever ses bras enveloppés de bandes infectes, mais ce seul effort parut le mettre à l'agonie. Il les laissa retomber, fixa sur Caffery un regard vitreux.

– Comment vous savez qui je suis ?

– A votre avis ? Ça va ?

– Non, putain, ça va pas.

– Restez où vous êtes. Je suis sérieux. Ne bougez pas.

– J'ai l'air d'un mec qui va bouger ? marmonna Mossy en s'essuyant le nez contre son épaule. Putain de merde...

– Vous ! cria Caffery au Noir en veste. Pourquoi avez-vous pris la fuite tout à l'heure ? Hein ?

– Pardon, monsieur, fit celui-ci en se recroquevillant, les mains levées. Pardon...

– Debout, commanda Caffery en agitant sa bombe d'un geste impérieux. Descendez de ce canapé. Mettez-vous contre le mur. Allez !

Le Noir s'exécuta et, en le voyant glisser du canapé comme un enfant, Caffery se souvint des paroles de la serveuse : *Il était haut comme trois pommes... pas plus grand que ça.*

– Ce mur-là. C'est ça, ne bougez plus. Les bras écartés. Les mains sur le mur.

Il pénétra entièrement dans la pièce et se redressa. Flea le suivit. Tous deux s'adossèrent au mur, étudiant les lieux.

– Où est-il ? interrogea Flea. Baines ? Où est-il passé ?

– Hein ?

– Baines ? Où est Baines ?

Mossy redressa vaguement la tête et leva les yeux au ciel.

– La salle de bains.

Comme s'il s'en foutait. Comme si ces flics venus le secourir étaient des importuns qui le laisseraient peut-être en paix s'il savait se montrer patient. D'un geste vague, il indiqua une fenêtre condamnée.

Caffery comprit qu'ils avaient traversé tout l'immeuble. La fenêtre en question, située dans un petit couloir éteint, devait longer le flanc de la tour. Il entendit à l'extérieur un lointain vibrato de sirènes. Les unités de soutien. Il croisa le regard luisant de Flea et sentit son hésitation. Fallait-il entrer dans la salle de bains ou attendre ici l'arrivée des renforts ?

– Il a pu s'enfuir par là ? demanda sèchement Caffery au petit sorcier. Il y a une issue ? Une porte, une fenêtre ?

– Moi pas savoir. Peut-être fenêtre.

– Merde. Merde, merde. Une fenêtre, ça serait logique, non ?

Dans une vie antérieure, avant sa condamnation par la municipalité, cette pièce immonde avait été une chambre – une chambre de jeune fille, à en juger par les motifs de la penderie à housse plastique qui trônait dans un des angles. La porte de la salle de bains, malgré sa crasse et son vernis écaillé, était encore munie d'un bouton de faux cristal taillé qui avait dû, jadis, faire l'orgueil et la joie de son occupante.

Flea et Caffery étaient immobiles dans le petit couloir. Flea se tenait dos au mur, juste à côté de la fenêtre condamnée. Quittant des yeux la porte de la salle de bains, elle se pencha légèrement, réussit à glisser la tête et le cou sous la plaque de métal rouillé à l'endroit où celle-ci était tordue, et devina des voitures garées à l'extérieur. Elle se dégagea, observa la chambre qu'ils venaient de quitter : l'interstice n'était pas assez large pour laisser passer un type aussi costaud que Tig, mais le petit Black, lui, devait pouvoir se glisser par là. Elle aurait dû l'entraver avec Mallows ou l'enfermer dans un placard. Trop tard. Les sirènes faisaient de plus en plus de bruit, la première unité de soutien n'allait pas tarder à se garer dehors.

– Prête ? fit Caffery.

Elle acquiesça en repensant aux principes de base du protocole tactique dit « du forcené » auquel elle avait été formée. Ce type d'intervention requérait au minimum trois agents armés d'un bouclier – et non pas deux se partageant l'équipement d'un seul. N'ayant pas la moindre idée de ce qui les attendait, elle déploya sa matraque télescopique et la plaça sur son épaule.

– OK, dit-elle. Envoyez un coup de tatane.

Caffery lui glissa un petit sourire en coin et expédia son pied dans la porte. Celle-ci s'ouvrit à toute volée, et ils se précipitèrent à l'intérieur de la salle de bains, Caffery en tête. Juste derrière lui, Flea trébucha, se rattrapa en lui posant une main sur le bras et adopta ensuite sa position de combat classique : de profil, les genoux fléchis et la main gauche devant le visage.

Rien ne se passa. Ils clignèrent des yeux dans la clarté jaunâtre qui entrait par la fenêtre à barreaux. Cette salle de bains ne ressemblait à rien de connu. Une croix de Saint-André était encastrée dans le mur carrelé au-dessus de la baignoire, et à l'emplacement des W-C se dressait une cage en acier galvanisé, assez vaste pour contenir un homme de taille moyenne mais sans lui permettre de se tenir debout. La pièce était vide. Aucune cachette, aucune issue possible. Personne ne pouvait s'être faufilé par cette fenêtre minuscule.

– Merde, soupira Caffery, lâchant son couteau. Ces petits fumiers nous ont menti.

– Attendez.

Flea lui prit le bras et se retourna vers la fenêtre condamnée du couloir. Si le petit Noir tentait de s'enfuir par là, ils le verraient forcément, et s'il s'avisait de repartir dans le dédale d'appartements il se ferait cueillir par les renforts qui devaient être en train de cerner l'immeuble. Tig, en revanche, pouvait être n'importe où.

– A mon avis, dit-elle, il est encore dans le coin. Il y a une deuxième porte dans la chambre, elle doit mener au reste de l'appartement. On va retourner là-bas. S'ils y sont toujours, je me charge du Black. D'accord ?

Caffery lui fit face. Pendant une fraction de seconde, leurs visages furent tellement proches qu'elle discerna chaque pore de sa peau.

– D'accord, souffla-t-il.

– A cinq, on y va. OK ?

– OK.

– Un. Deux. Trois. Quatre…

Le reste mourut dans sa gorge. Flea se raidit. Une goutte d'eau venait de s'écraser sur l'épaule de Caffery, une goutte en forme de larme, limpide sur sa chemise blanche. Et elle se contenta dans un premier temps de la fixer, de la regarder glisser vers sa poitrine. Lui aussi la regarda, puis leurs yeux se croisèrent. Ni l'un ni l'autre n'eut besoin de parler, car ils savaient déjà, avant même de lever la tête, ce qu'ils allaient découvrir.

Il était au-dessus d'eux. Suspendu à une paire d'anneaux rivés au plafond, les bras en croix, en nage et tremblant de l'effort qu'il devait fournir pour se maintenir en position. Seulement vêtu d'un pantalon de treillis noir, le corps luisant de sueur et de sang. Ses lèvres étaient retroussées, et le sang qui baignait son œil blanchâtre rendait celui-ci plus globuleux que jamais. Un ange vengeur.

Flea sentit un cri monter dans sa gorge tandis qu'une voix intérieure hurlait : *Tu n'as pas respecté les principes de base de ta formation, pauvre conne. Un bon trois cent soixante englobe aussi le plafond.* Puis Tig piqua comme un faucon, toutes griffes dehors, et s'abattit avec un craquement sinistre sur les épaules de Caffery. La bombe de CS tomba en tournoyant sur le carrelage. Les deux hommes partirent à la renverse et heurtèrent la baignoire avant d'atterrir au pied du mur, enlacés comme des amants et se tirant les oreilles, les cheveux, la peau des joues.

Flea sortit sa paire de menottes d'une poche de son gilet pare-balles et se jeta dans la mêlée ; elle tenta sans succès de glisser sa matraque entre les deux hommes afin de saisir les poignets de Tig.

– Retournez-le ! hurla-t-elle à Caffery, qui venait de réussir à se mettre à califourchon sur son adversaire. Retournez-moi ce fils de pute, que je lui mette les pinces !

– Il veut me baiser d'abord, rugit Tig. Il crève d'envie de tirer son coup avant qu'on m'embarque !

Mâchoires serrées, Caffery se servit de ses coudes pour l'obliger à baisser les mains au sol. Flea essaya dans la foulée de bloquer les chevilles de Tig, mais celui-ci se dégagea d'une ruade et se mit à marteler le sol de ses semelles. Son œil mort roulait dans tous les sens.

– T'as entendu ? lança-t-il à Caffery, la bave aux lèvres. Hé, toi, le micheton de City Road, tu me fais une petite branlette tant qu'on y est ?

Caffery, au-dessus de lui, s'arrêta net. Malgré la sueur qui lui coulait dans les yeux, il ne cilla pas.

– Dégagez-lui le bras ! cria Flea, prête à abattre sa matraque. Que je puisse l'avoir !

– Alors, fumier, tu réponds ? Ouais, toi, le baiseur de putes ! ajouta Tig avec un grand coup de bassin. Réponds ! Allez ! Vas-y ! Dis-moi que t'en meurs d'envie !

Le temps, qui jusque-là avait paru en suspens, s'accéléra brutalement. Quelque part derrière elle, Flea entendit des voix, un crépitement de radio, une voix criant « Police ! ». Caffery bascula en arrière et souleva la tête de son adversaire en l'empoignant par les oreilles. Celui-ci hurla, se débattit. Flea fut obligée de les enjamber et se cogna à la baignoire ; elle chercha désespérément à attraper le bras de Tig, mais cette fois ce fut Caffery qui l'en empêcha. Sans un son, il lâcha brusquement les oreilles de Tig et lui projeta le crâne contre le carrelage.

– Nom de Dieu ! s'exclama-t-elle. Arrêtez ! Vous allez le...

Mais Caffery n'écoutait plus. Il souleva à nouveau la tête de Tig et la cogna par terre, encore plus violemment. Quelque chose fusa sur le sol – peut-être une dent. Un filet de sang jaillit des narines de Tig, pas plus épais qu'un fétu de paille.

– Je vais te tuer !

Caffery, à genoux, lui reprit les oreilles.

– Arrêtez ! Stop !

Elle le prit par les épaules, lui planta ses ongles dans la peau, fit de son mieux pour l'obliger à lâcher prise, mais

Caffery se déroba, changea de position d'un coup de reins pour lui tourner le dos. Sous lui, Tig lançait des ruades à l'aveuglette. Flea partit à la renverse et atterrit sur les fesses. Elle n'eut pas le temps de reprendre une position correcte, tout juste celui de choisir sa cible – pas les côtes, à cause du gilet pare-balles, mais la cheville. Oui, sa cheville ferait l'affaire. Caffery portait une élégante paire de Loakes et des chaussettes grises ; son pantalon un peu remonté révélait les poils sombres de son tibia. Flea ânonna une prière et abattit sa matraque, une seule fois, en visant l'os.

Un instant de calme absolu s'ensuivit. Caffery se raidit, la tête en arrière. Flea crut d'abord qu'il n'allait pas broncher, mais tout à coup, avec un interminable soupir, il lâcha Tig et s'écroula sur le côté, en position fœtale, les deux mains autour de la cheville. Elle s'attendait à essuyer un torrent d'insultes, et pourtant non, il se contenta de lui tourner le dos, prostré et se tenant le pied. Ses côtes se soulevaient et retombaient, se soulevaient et retombaient sous son gilet pare-balles.

Ce silence surréaliste se prolongea deux ou trois secondes, juste le temps pour Flea d'étudier la nuque de Caffery, puis Tig qui gisait prostré sur le carrelage, le torse couvert de sang et le visage entre les mains. Puis ce furent des cris, des faisceaux lumineux, et des appels radio. Les hommes de l'unité de soutien investissaient l'immeuble. C'était fini.

56

Caffery se soulageait, debout entre les arbres, et un nuage de vapeur montait de son urine – le froid était tombé avec le crépuscule – lorsqu'un bruit surgit sur sa gauche, légèrement en aval, et l'incita à s'interrompre. Il crut d'abord que c'était le Marcheur qui ramassait du petit bois pour son feu de camp, mais, en jetant un coup d'œil à travers les branchages, il vit que celui-ci était toujours là où il l'avait laissé, en ombre chinoise contre le ciel rougi.

Il referma sa braguette et, glissant une main dans la poche de son manteau pour s'assurer de la présence de son canif, s'avança clopin-clopant de quelques mètres dans le bosquet. Il fit halte un instant et s'efforça de dissocier, de décrypter les ombres. Un murmure grave et régulier s'élevait de la rocade, mais le silence était revenu entre les arbres. Il rebroussa chemin vers le bivouac.

Debout devant son feu encore éteint, le Marcheur regardait fixement en direction du bruit.

– Jack Caffery, policier, dit-il sans détourner les yeux du bosquet. Qu'avez-vous donc attiré sur mon campement ?

Caffery ne répondit pas. Il n'avait vu aucune voiture sur le chemin qui s'enfonçait dans le bois, il n'avait entendu aucun moteur. Quiconque se trouvait là était venu à pied.

Le Marcheur alluma son briquet. Il se pencha en avant, et sa flamme lécha les brindilles ; celles-ci s'embrasèrent instantanément, diffusant une clarté orangée qui creusa les reliefs des branches et des ronces. Il rempocha son briquet et marcha jusqu'à l'orée des arbres. L'oreille aux aguets, il écouta la nuit un certain temps. Puis, apparemment satisfait, il émit un grognement et secoua la tête.

– Il n'est plus là, dit-il.

Caffery scrutait toujours les confins de la lumière, les limites de la nuit.

– Ne vous inquiétez pas, ajouta le Marcheur. Il est curieux, c'est tout. Pour le moment, ça s'arrête là. Il a encore peur de vous.

– « Il » ? Qui ça, « il » ?

– Allez savoir. Un démon ? Un sorcier ?

– Allez vous faire foutre.

Le vagabond partit d'un rire mauvais.

– Mouais... bien sûr, vous avez raison. Ce n'est rien de tout ça. Un simple mirage, un mauvais tour de votre imagination.

Caffery regarda la ligne d'arbres au-delà du Marcheur. Sans qu'il puisse s'expliquer pourquoi, le jeune Noir qui l'avait mené jusqu'à Tig fit tout à coup irruption dans ses pensées. L'enquête avait montré qu'il s'agissait d'un de ces nombreux immigrants illégaux qui n'avaient pas eu la présence d'esprit de demander l'asile. Comme beaucoup de sans-papiers de la cité Hopewell, il avait croisé la route de Tig, lequel avait eu le déclic en apprenant que la police tanzanienne recherchait ce minuscule Africain pour trafic de peaux humaines. Tig avait aussitôt flairé l'aubaine : il allait vendre du muti à d'autres Africains de la ville – sous forme de rituels et de produits. Ce type de combine pouvait rapporter gros.

En début d'après-midi, pendant que Tig s'agitait en beuglant comme un minotaure dans sa cellule de garde à vue, Caffery, planté en silence devant celle du petit Noir, l'avait longuement observé par le judas, cherchant à se l'imaginer nu au bord d'un lac. C'était lui qui avait été vu sur le port flottant, il l'aurait juré, affublé d'un godemiché ridicule pour faire peur aux femmes. Il leur avait parlé de la graisse dont il s'enduisait le corps, de l'eau dont il s'aspergeait pour faire croire à ses victimes qu'il sortait du fleuve. Tout se tenait, en un sens. Mais Caffery ne parvenait pas à se débarrasser de l'impression troublante qu'un élément lui échappait encore. Cela ne concernait pas Tig – de ce côté-là tout s'emboîtait parfaitement, en voilà un qui allait passer le restant de ses jours à l'ombre –, non, il s'agissait bien de ce petit Noir efflanqué, rôdant nuitamment dans les rues de la ville. Caffery savait pourtant qu'il valait mieux cesser d'y penser : l'intéressé était en garde à vue.

– C'est ça, fit le Marcheur, comme s'il lisait en lui. N'y pensez plus. De toute façon, personne ne peut s'approcher de mon camp sans se faire repérer.

Caffery le regarda revenir lentement vers le feu, se baisser et sortir deux boîtes de conserve de dessous son duvet. Il utilisa son couteau suisse pour percer les couvercles et les plaça au centre des flammes, en les titillant avec un bâton jusqu'à ce qu'elles soient bien droites.

Caffery s'assit sur un carré de mousse et fit de son mieux pour ignorer les arbres. Ce ne fut pas chose aisée. Pendant que le repas chauffait, pendant que le Marcheur buvait du cidre et comptait puis recomptait les bulbes de crocus serrés dans leur sachet, il continua d'y penser. Il était venu ici avec un sac de couchage, dans l'intention de passer la nuit à la belle étoile, mais il faisait plus froid que prévu, et son petit cottage voisin des cercles néolithiques, si inhospitalier fût-il, lui apparaissait à présent comme un cocon douillet. Ce ne fut qu'après avoir mangé et bu la moitié d'une bonbonne de cidre qu'il retrouva un pouls normal. Les flammes dansaient toujours dans la nuit, les sons avaient fini par reprendre une texture familière, et les ombres se cantonnaient désormais à leur place.

Après le repas, chacun déroula son sac de couchage. Caffery enfila le sien jusqu'aux épaules et s'adossa à un vieil abreuvoir, en prenant soin de garder tendue sa jambe blessée.

Le Marcheur se couvrit les genoux et s'assit au pied d'un arbre.

— Bon, dit-il en ouvrant une nouvelle bonbonne de cidre avec un bruit de bouchon qui résonna à travers le camp. Monsieur le policier en a vu de belles, aujourd'hui. C'est écrit sur son visage. Je vous en prie, racontez-moi tout. J'adore les histoires de mort et de destruction.

Caffery grogna.

— Il n'y a rien à raconter.

Il pensa à Tig, qui n'avait pas changé d'un iota depuis le jour où il s'était acharné sur une vieille dame, qui n'avait jamais renoncé à la violence. Puis il pensa à lui-même, et à la certitude qui l'habitait encore quelques heures plus tôt que plus jamais il ne perdrait son sang-froid. Il pensa aussi à ce qui serait arrivé si Flea n'avait pas été dans cette salle de bains. Et il pensa enfin à Penderecki, car c'était sa tête qu'il avait cognée contre le carrelage, encore et encore.

— Sauf que je me rends compte que vous avez raison.

— Que j'ai raison ? fit le Marcheur en haussant les sourcils. J'avoue être étonné.

— Vous m'avez dit un jour que vous ne croiriez jamais à la rédemption, et je constate que vous avez raison. Il n'existe rien de tel.

Le Marcheur éclata de rire. Il se laissa aller en arrière contre son tronc d'arbre, les mains derrière la nuque, et le dévisagea, attendant la suite. Caffery sentit qu'il jubilait de le voir découvrir des vérités que lui-même connaissait depuis des années. Il sortit sa blague à tabac et se roula une cigarette avant de demander :

— Et s'il n'y a pas de rédemption, qu'est-ce qui nous reste ? La vengeance ? La vengeance et puis la mort ?

Il ficha sa cigarette entre ses lèvres, l'alluma, et affronta le regard du Marcheur. Son visage n'était pas très ridé, remarqua-t-il. Pourquoi lui avait-il toujours paru si vieux ?

— Je vous repose une question à laquelle vous n'avez toujours pas répondu, poursuivit Caffery. Vous m'avez dit que je cherchais la mort. Qu'est-ce que ça signifie ?

Le vagabond déplia un accessoire de son couteau suisse et entreprit de se curer méticuleusement les dents.

– Il y a deux enfants dans votre vie, Jack Caffery, celui qui est mort et celui qui n'existe pas encore. L'enfant possible.

– C'est ça, fit Caffery en riant. Quelle connerie !

– Vous aviez une femme à Londres, c'est vous qui me l'avez dit. Elle voulait un enfant, mais vous l'avez quittée. Vous devez donc vous poser la question : était-ce votre dernière chance ?

Caffery soupira. Il massa sa cheville meurtrie par la matraque de Flea en contemplant la vallée, la ligne de peupliers qui hachurait l'horizon sur le versant opposé. L'image d'une femme lui vint à l'esprit. Une blonde, en jean, dont il ne voyait pas le visage. Elle lui tournait le dos et était penchée sur la surface d'une étendue d'eau, quasi immobile. Il aurait aimé qu'elle se retourne. Il aurait aimé savoir si c'était Flea. Mais elle ne bougeait pas.

– Non, répondit-il après avoir tiré longuement sur sa cigarette. Je n'aurai jamais d'enfants. Et vous ?

Le Marcheur gloussa.

– Regardez-moi. Je suis sans doute capable d'engendrer un enfant, mais quelle femme voudrait le porter ? Pour vous, c'est différent. Il vous reste peut-être une chance, dit-il en essuyant son cure-dents dans l'herbe, puis en le remettant dans sa bouche. J'ai dit que vous cherchiez la mort parce que vous avez choisi de suivre l'enfant qui n'est plus. Tout ce que vous entreprenez dans votre métier, chacun de vos actes est une nouvelle offrande à Ewan. Chaque nouvelle affaire élucidée va rejoindre les autres sur son autel. Donc, vous avez choisi la mort. Continuez dans cette voie et la vôtre ne sera pas douloureuse.

– Qu'est-ce que ça veut dire ?

Le Marcheur répondit sans le quitter des yeux, d'une voix très basse, et pourtant chaque consonne, chaque voyelle s'envola légèrement dans l'air pur. Avec ses yeux pleins de flammes, il sembla un moment être tout à la fois : monstrueux et triste. Vieux et sage.

– Ça veut dire... qu'il n'est pas trop tard. Pour vous. Vous pouvez changer d'avis. Il vous est encore possible d'accueillir un enfant différent. Jack Caffery, policier, martela-t-il en dardant sur lui un regard imparable, vous avez encore le choix. D'accueillir l'enfant possible.

57

Il faisait sombre quand Flea arriva chez elle, et les nuages qui galopaient devant la lune répandaient sur la colline des ombres spectrales, prédatrices. Fourbue et affamée, elle prit soin de se garer dos à la vallée pour éviter de les voir. Son jean et son gilet pare-balles avaient été réquisitionnés par l'équipe de scène de crime : on lui avait prêté un pantalon de treillis et un sweat-shirt de la police, et il ne restait plus grand-chose à l'arrière de sa voiture, à part une combinaison sèche qu'elle fourra dans son sac noir. Au moment de mettre pied à terre, elle aperçut un carré de lumière artificielle sur le gravier.

Elle s'interrompit et leva la tête vers la masse surplombante du manoir, juste à temps pour voir une lumière s'éteindre à une fenêtre, aussitôt remplacée par un reflet de nuit tombante. Malgré l'obscurité, elle crut voir un rideau bouger. Une infime ondulation de forme et de couleur. Tout à l'heure, quand ses collègues avaient extrait Tig de la tour Nord-Ouest, sanglé dans une ceinture de contention – il avait survécu aux coups de Caffery –, elle avait vu un membre de l'équipe immobile devant le bâtiment sur un lopin de gazon pelé, les yeux fixés sur les fenêtres. Quand elle lui avait demandé ce qu'il regardait, il s'était contenté de hausser les épaules et de répondre quelque chose du genre : « J'sais pas. J'ai l'impression d'être observé. D'une de ces fenêtres. »

Sur le coup, elle avait pensé à la fenêtre condamnée du couloir de la salle de bains, avec sa plaque de métal rouillé légèrement tordue, juste de quoi permettre le passage d'une personne de petite taille. Une idée absurde, vu que tout le monde était désormais sous les verrous, mais cette fenêtre lui revint néanmoins à l'esprit, ainsi que les mots : *J'ai l'impression d'être observé.*

Encore un mouvement de lumière chez les Oscar : quelqu'un qui se retirait de la fenêtre, peut-être. L'envie la prit d'aller tambouriner à la porte du manoir en exigeant de parler à Katherine, pour qu'on cesse enfin de l'espionner. Mais elle se retint. Elle inspira profondément plusieurs fois de suite jusqu'à retrouver son calme puis adressa un petit salut de la main à la fenêtre, histoire de leur montrer qu'elle n'était pas dupe et qu'ils n'avaient aucune chance de l'atteindre. Ensuite seulement, elle récupéra ses affaires et claqua la portière.

Le système de verrouillage électronique devait être tombé en panne, car son coffre refusa de s'ouvrir. Au lieu d'y ranger comme d'habitude ses affaires pour la nuit, elle emporta son sac dans le cottage et le laissa tomber au sol sitôt le seuil franchi. En relevant la tête, elle vit qu'il y avait de la lumière dans la cuisine, au fond du couloir. Elle détecta aussi une odeur – un mélange de gingembre, d'agrumes et de mélasse – et comprit immédiatement qui c'était : seule une personne au monde savait qu'elle cachait une clé de secours entre les branches de la glycine. Kaiser.

Elle aurait dû l'ignorer, monter à l'étage, prendre une douche, se mettre au chaud. Et pourtant, après avoir tiré les manches de son sweat-shirt sur ses mains glaciales, elle s'avança vers la cuisine. Kaiser, debout face à la table, entassait des muffins enrobés de papier sulfurisé dans une boîte en fer-blanc.

– Bonsoir, dit-il sans lever les yeux. J'ai laissé la boîte de mélasse en évidence pour te rappeler qu'il faudra en racheter.

– Pourquoi es-tu ici ?

– Oh, fit-il d'un ton léger. Parce que nous avons à parler. Il y a des questions que tu n'as pas encore posées.

Elle soupira et s'assit à la table, près de la fenêtre, en croisant les bras. Elle le regarda poursuivre sa tâche. Elle le connaissait depuis toujours, à la fois très bien et très mal. Il portait encore sa chemise blanche tachée de vert, et même si son large visage de bouc africain était détourné, elle sentit qu'il avait pleuré. Elle remarqua que le coffre-fort de son père était sur la table, à côté de la boîte en fer-blanc. Kaiser devait l'avoir pris sur le plan de travail. Elle tendit le bras et posa la main dessus.

– Kaiser ? Ça concerne le Nigeria, n'est-ce pas ? Le contenu de ce coffre est lié à tes expériences ?

Kaiser s'interrompit et chercha son regard.

– C'était mon projet, Phoebe. David était un simple observateur, il ne faut surtout pas l'accabler de reproches. Il n'a jamais considéré nos travaux comme honteux mais, quand j'ai été expulsé de l'université, il a compris qu'il devrait dissimuler sa participation. Excuse-moi de ne jamais t'en avoir parlé, mais tout ça s'est passé bien avant ta naissance, et nous n'avons pas jugé utile de t'en informer. (Il rangea un dernier muffin et se pencha en avant pour remettre le couvercle sur la boîte.) Ce coffre contient ses notes. Je n'en connais pas la combinaison, mais dans la mesure où ton père n'est plus là pour plaider sa cause, j'estime qu'il a le droit au respect de son intimité. Pas toi ?

Il tourna les talons, déposa la plaque du four dans l'évier et ouvrit le robinet. Flea frotta ses paupières lourdes puis observa par la fenêtre la lune basse suspendue au-dessus de Bath, frôlée par des nuages gris-jaune qui rappelaient des hématomes. Le cauchemar provoqué par la découverte d'une main coupée dans le port flottant de Bristol était terminé. Il ne lui restait plus qu'à digérer tout ce qui s'était passé : Jack Caffery sur le sol de cette salle de bains, les yeux brillants d'une flamme qui n'aurait jamais dû exister dans le regard d'un officier de police, et ceux de Jonah, vitreux et fixés sur elle pendant qu'elle s'efforçait en vain de ranimer son cœur aussi sec qu'un parchemin. Tig avait été mis hors d'état de nuire, et tout était réglé. Elle aurait dû être soulagée d'un poids énorme. Ce n'était pas le cas. Elle se sentait encore plus lourde.

– Kaiser, murmura-t-elle sans cesser d'observer la vallée. Quand tu m'as dit que l'ibogaïne permettait de communiquer avec les morts, tu y croyais vraiment ?

– Et toi, Phoebe ? Tu y crois vraiment ?

– J'ai vu maman. Je ne t'en ai pas parlé, mais je l'ai vue ce soir-là. Elle m'a dit deux choses : d'abord que papa et elle allaient être retrouvés – bientôt. Et aussi que quand ça se produirait je ne devrais pas essayer de remonter leurs corps. Et, Kaiser... ce qui m'échappe, ce qu'il faut que je te dise... c'est que c'est arrivé. Exactement comme maman me l'a annoncé. Ils ont été retrouvés. Quelqu'un a vu leurs corps dans Boesmansgat.

Dans le silence qui suivit, Flea se demanda s'il l'avait entendue ; Kaiser déposa la plaque dans l'évier, s'essuya les mains sur son pantalon, sortit un mouchoir de sa poche et souffla dedans.

– Oui, fit-il enfin en se détournant vers la fenêtre. Oh, oui. Je sais.

– Tu sais ?

– Oui, je sais. David était mon seul ami, Phoebe. J'attends depuis deux ans qu'on les retrouve. Je me connecte tous les jours.

– Mais pas moi. Plus maintenant. Alors comment se fait-il que je l'aie su ? Je n'ai quand même pas parlé avec les morts... Si ?

Il lui fit face.

– Peut-être que non, peut-être que si. Mais si tu sais qu'ils ont été retrouvés, c'est parce que tu t'es servie de mon ordinateur pendant que tu étais sous ibogaïne.

– Pardon ?

– Tu es allée sur le forum. Je t'ai retrouvée devant à mon retour de la cuisine.

– Sur DiveNet ?

– Tu étais en larmes.

– Mais je...

Une main sur le front, Flea s'efforça de comprendre comment elle avait pu occulter un tel événement, comment l'ibogaïne avait pu purger aussi radicalement sa mémoire.

– Je sais ce que tu penses : que c'est impossible. Mais tu n'accordes pas assez de crédit à l'ibogaïne. Ni à ton instinct.

– Mon instinct ?

– Ton désir de revoir tes parents.

Ton désir de revoir tes parents. Flea se mordit la lèvre. Sa gorge se serra brusquement, et des larmes lui embuèrent les yeux.

– Oh, Kaiser... chuchota-t-elle. Je me demande sans cesse s'il faut aller les chercher. Tu crois qu'on devrait essayer ?

– Il n'y a que toi qui puisses répondre à cette question. Toi, Thom, et peut-être...

– Peut-être ?

– Peut-être vos parents. Que t'a dit ta mère pendant tes hallucinations ?

– De les laisser tranquilles. De les laisser tranquilles quoi qu'il arrive.

Kaiser secoua la tête, tira une chaise, s'assit et posa les coudes sur la table sans cesser de la dévisager. La peau craquelée du pourtour de ses yeux rappela à Flea qu'elle était face à un vieil homme. Aussi vieux, aussi mystérieux que le continent de ses ancêtres.

– Tu ne crois pas qu'il vaudrait mieux l'écouter ? Les laisser reposer là où ils sont ? Laisser reposer le passé de David ? Et surtout, Phoebe...

– Oui ?

Il sourit. Se pencha au-dessus de la table et posa une main sur la sienne.

– Tu ne crois pas que tu devrais te reposer, toi aussi ?

Flea retira sa main pour essuyer les larmes qui débordaient de ses paupières. *Tu devrais te reposer. Tu devrais te reposer.* Ces mots résonnèrent interminablement dans sa tête. Elle chercha la fenêtre du regard. Bien sûr, il restait de la douleur, des fantômes de son passé qu'elle refusait d'affronter. Bien sûr, l'avenir lui réservait des épreuves qui la feraient pleurer, sans doute.

Tout là-bas, un vagabond solitaire devait camper pour la nuit sur l'autre versant de la vallée, à l'endroit où passait la route de Warminster, car elle devina un faible rougeoiement sous les frondaisons d'un bosquet. Cela se passait beaucoup trop loin pour qu'elle puisse voir autre chose, mais elle se concentra tout de même dessus, et petit à petit, très progressivement, cette lueur et les mots de Kaiser s'installèrent en elle. Elle ferma les yeux et se laissa aller en arrière sur sa chaise.

— A quoi penses-tu ? demanda Kaiser. Pourquoi ce sourire ?

Flea ne répondit pas. Elle se contenta de secouer la tête en s'accrochant à l'image de cette petite flamme lointaine, à l'écho lancinant des paroles du vieil homme, et aux prémices d'un état qui ressemblait à la paix. Elle souriait parce qu'il avait raison. Elle y avait droit. Elle avait le droit de se reposer.

Remerciements

Merci à tous les membres de la police de l'Avon et du Somerset qui m'ont aidée, par leurs informations techniques, à approcher la réalité ; à toute la brigade de recherche subaquatique, et en particulier au sergent Bob Randall, dont la contribution à cet ouvrage ne saurait être sous-estimée. Merci aussi à l'inspecteur Steven Lawrence, du service de formation de la police judiciaire ; au commissaire Steve Tonks et au constable Kevin Pope, de la police des routes ; à Alan Andrews et à l'équipe de supervision de la brigade du grand banditisme. Ainsi qu'à Cliff Davies, de l'équipe de supervision de la brigade criminelle de la Metropolitan Police.

Merci à tous mes amis de Transworld : Alison Barrow, Larry Finlay, Ed Christie, Nick Robinson, Simon Taylor, Claire Ward, Danielle Weekes, Katrina Whone, et surtout Selina Walker pour ses impressionnants talents d'éditrice. Pardon à ceux que je n'ai pas pu citer.

Merci à Jane Gregory et à son équipe : Jemma McDonagh, Claire Morris, Terry Bland et Emma Dunford.

Pour leur aide, leur amitié et leur inspiration : Christian Allis, John et Aida Bastin ; Linda et Laura Downing ; les Fiddler ; Tracey et Eddie Gore ; les Head ; Mairi Hitomi ; Sue et Don Hollins ; Patrick et ALF Janson-Smith ; les filles Larkhall

(Kate, Karen, Rebecca et Ness) ; Lee le forestier ; Mel et Chris Macer ; Margaret OWO Murphy et E. A. Murphy ; Misty Marshall Welling pour m'avoir prêté son prénom ; Selina Perry ; Helen Piper pour son invraisemblable sagacité ; Keith Quinn ; Karin Slaughter pour ses inlassables efforts de déstabilisation ; Sophie et Vincent Thiébaut ; tous les Vaulkhard, mais en particulier Gilly pour sa grâce et son amitié ; Mark Watson ; et Tracey et Jo Waite pour m'avoir donné un aperçu de ce qu'est le vrai courage.

Merci par-dessus tout à Lotte Genevieve Quinn, ma fille, qui est si belle et fait tourner mon monde même quand rien d'autre ne va.

Achevé d'imprimer sur les presses de

BUSSIÈRE
GROUPE CPI

à Saint-Amand-Montrond (Cher)
en mai 2008

Composé par Nord Compo
à Villeneuve-d'Ascq

N° d'édition : C 07706/01. — N° d'impression : 081664/4.
Dépôt légal : juin 2008.

Imprimé en France